औपचारिक पत्र-लेखन

किताबघर प्रकाशन
नयी दिल्ली

औपचारिक पत्र-लेखन

ओम्प्रकाश सिंहल

प्रकाशक
किताबघर प्रकाशन
4855-56/24, अंसारी रोड, दरियागंज, नई दिल्ली-110002
फ़ोन : 011-23266207, 41584421
E-mail : kitabgharprakashan@gmail.com
website : www.bookshindi.com

प्रथम पेपरबैक संस्करण : 2023

आवरण : के.जी.पी.

मूल्य : तीन सौ पंचानबे रुपये

मुद्रक : आर. के. ऑफसेट
शाहदरा, दिल्ली-110095

AUPACHARIK PATRA-LEKHAN *(Hindi)*
by Om Prakash Singhal
Price : ₹ 395 (Paperback Edition)

ISBN—978-93-89663-64-8

भूमिका

जब कोई व्यक्ति अपने भावों या विचारों को लिखित रूप में किसी दूसरे व्यक्ति के पास भेजता है तब उसे पत्र कहते हैं। विषय एवं शैली की दृष्टि से पत्रों को अनेक वर्गों में बाँटा जा सकता है किन्तु मुख्यत: ये दो प्रकार के हैं—(i) औपचारिक, (ii) अनौपचारिक। अनौपचारिक पत्रों में जहाँ लेखक वैयक्तिक सुख-दु:ख या हर्ष-विषाद को वाणी देता है वहाँ औपचारिक पत्र निर्वैयक्तिक होते हैं। उनमें सूचनापरक तथ्यों की प्रधानता होती है।

औपचारिक पत्रों का प्रयोग मुख्यत: सरकारी कार्यालयों, स्वायत्त संस्थानों, व्यापारिक प्रतिष्ठानों, बैंकों, बीमा कंपनियों आदि में होता है। सरकारी तंत्र विभिन्न प्रकार के कायदे-कानूनों में बँधा होता है। वहाँ सभी सूचनाएँ एक ही ढंग से नहीं भेजी जा सकतीं। सूचना की प्रकृति तथा प्रेषिती के पद का ध्यान रखते हुए प्रेषक को पत्राचार के उपयुक्त रूप का चयन करना पड़ता है। विषय की प्रकृति के अनुरूप अपेक्षित आँकड़े देते हुए, विश्लेषणात्मक ढंग से तथा तार्किक शैली में अपनी बात कहनी होती है। इस बात का विशेष ध्यान रखना पड़ता है कि पत्र में किसी प्रकार की असंगति, अस्पष्टता, अनिश्चितता अथवा द्वयार्थकता न आने पाए। पक्षपात अथवा पूर्वाग्रह न झलके। भाषा सरल तथा शिष्ट रहे। विनम्र रहते हुए भी अपनी बात को दृढ़तापूर्वक कहना ऐसे पत्रों का गुरु-मंत्र है।

सरकारी पत्रों की तुलना में स्वायत्त संस्थानों, व्यावसायिक प्रतिष्ठानों आदि के पत्रों की प्रकृति अधिक लचीली होती है। वहाँ नियमों-उपनियमों का बंधन बहुत कठोर नहीं होता। पत्र भेजते समय इस बात का विशेष ध्यान रखा जाता है कि उससे आपसी सद्भाव बढ़े और पत्र-प्राप्तकर्ता उसे पढ़ते ही इतना प्रभावित हो जाए कि अपेक्षित कार्य करने के लिए प्रेरित हो उठे। व्यावसायिक प्रतिष्ठान के लिए तो पत्र एक प्रतिनिधि का काम करता है। वह डूबे हुए पैसे वसूल करने में मदद देता है, पुराने और खोए हुए ग्राहकों को वापस लाता है, प्रतिष्ठान की साख बढ़ाता है।

औपचारिक पत्र एक प्रकार के दस्तावेज होते हैं। जरूरत पड़ने पर उनका उपयोग प्रमाण एवं साक्ष्य के निमित्त किया जाता है। यही कारण है कि वे प्राय: सहेजकर रखे जाते हैं। अतएव इन्हें लिखते समय पर्याप्त सावधानी बरतने की जरूरत होती है। यह ध्यान रखना होता है कि प्रत्येक शब्द, वाक्य एवं अनुच्छेद इतना स्पष्ट एवं एकार्थी हो कि संसार का मूढ़ से मूढ़ व्यक्ति उसका दूसरा अर्थ

न लगाए, निहितार्थ जानने के लिए उसे बार-बार पढ़ने की जरूरत न हो।

पत्रों को सुरक्षित रखने की परम्परा अत्यंत प्राचीन है। पौरस्त्य तथा पाश्चात्य जगत के विभिन्न कालखंडों के महत्त्वपूर्ण पत्रों के उपलब्ध संग्रह इसके प्रमाण हैं। संसार के लगभग सभी देशों के पुरातत्त्वीय संग्रहालयों में प्राचीन पत्रों का अक्षय भंडार है। भारत में यह प्रवृत्ति बहुत बलवती तो नहीं रही किन्तु इसका सर्वथा अभाव भी नहीं रहा।

हमारे देश के प्राचीन वाङ्मय में पत्र के लिए 'लेख' शब्द का प्रयोग होता रहा है। मध्यकाल में सरकारी पत्रों को सनद, फरमान, रुक्का आदि कहा जाता रहा है। डॉ० धीरेन्द्र वर्मा तथा डॉ० लक्ष्मीसागर वार्ष्णेय ने 'प्राचीन हिन्दी पत्र संग्रह' में इस प्रकार के अनेक बहुमूल्य पत्र संगृहीत किए हैं। डॉ० काशीनाथ केलकर द्वारा संपादित 'अट्ठारहवीं सदी के हिन्दी पत्र' तथा डॉ० नारायणसिंह भाटी द्वारा संपादित 'परम्परा' पत्रिका के भाग 24 में भी ऐसे बहुत-से पत्रों का संग्रह है। डॉ० महेन्द्र प्रताप सिंह विरचित 'ऐतिहासिक प्रमाणावली और छत्रसाल' में बहुत से दुर्लभ एवं महत्त्वपूर्ण पत्र उपलब्ध हैं। डॉ० कांतिकुमार जैन के संपादकत्व में सागर से प्रकाशित होने वाली पत्रिका 'ईसुरी' में भी समय-समय पर बहुत-से नये-पुराने पत्र प्रकाशित होते रहे हैं। एक अंक में तो झाँसी की रानी लक्ष्मीबाई के कुछ दुर्लभ पत्र प्रकाशित हुए थे।

किसी भी भाषा की क्षमता इस बात से पहचानी जाती है कि उसमें विभिन्न संदर्भों एवं प्रयोजनों में प्रयुक्त होने की कितनी सामर्थ्य है। हिन्दी भारत की राष्ट्र-भाषा होने के साथ-साथ राजभाषा भी है। धीमी गति से ही सही, किन्तु अब उसका प्रयोग लगभग सब जगह बढ़ता जा रहा है। अब वह सरकारी दफ्तरों तथा व्यावसायिक प्रतिष्ठानों में अछूत नहीं मानी जाती। हिन्दी का प्रयोग सभी जगहों पर न केवल शुरू हो गया है अपितु निरंतर गति पकड़ता जा रहा है। अब सरकारी और गैर-सरकारी कार्यालयों एवं व्यावसायिक प्रतिष्ठानों में नियुक्त हिन्दी पढ़े-लिखे व्यक्तियों से हिन्दी पत्राचार में दक्ष होने की अपेक्षा की जाती है। इसी अपेक्षा के कारण भारतीय विश्वविद्यालयों की पाठ्यचर्चाओं में औपचारिक पत्र-लेखन को भी स्थान मिलने लगा है।

औपचारिक पत्रों के विविध रूपों की लेखन-शैली का सोदाहरण सैद्धांतिक विवेचन करने वाली पुस्तक का हिन्दी में अभी तक अभाव है। प्रस्तुत पुस्तक इसी दिशा में उठाया गया पहला कदम है। यदि यह पुस्तक विषयगत अपेक्षाओं तथा समय की माँग को यत्किंचित् भी पूरा कर सकी तो मैं अपना श्रम सार्थक समझूंगा।

पाठक-पाठिकाओं की प्रतिक्रियाओं एवं सुझावों का सदैव स्वागत होगा।

—ओम्प्रकाश सिंहल

क्रम

1

औपचारिक पत्र-लेखन

जब कोई व्यक्ति अपने मन के भाव एवम् विचार किसी दूसरे व्यक्ति के पास लिखकर भेजता है तब उसे पत्र कहते हैं। विषय एवम् शैली की दृष्टि से पत्रों को अनेक वर्गों में बांटा जा सकता है, किन्तु सामान्यतः ये दो प्रकार के होते हैं—

(क) अनौपचारिक तथा (ख) औपचारिक। अनौपचारिक पत्राचार उन व्यक्तियों के साथ किया जाता है जिनके साथ हमारा निजी सम्बन्ध होता है। यही कारण है कि इन पत्रों में व्यक्तिगत जीवन के सुख-दुःख का ब्यौरा रहता है, गिले-शिकवे होते हैं, मान-मनौवल होता है। इसके विपरीत औपचारिक पत्राचार उन व्यक्तियों के साथ किया जाता है जिनके साथ हमारा कोई विशेष परिचय नहीं होता, और यदि होता भी है तो उनमें निजता के स्थान पर औपचारिकता ही अधिक रहती है। इन पत्रों में तथ्यों एवम् सूचनाओं की प्रधानता होती है।

औपचारिक पत्रों को मुख्यतः चार वर्गों में बांटा जा सकता है—(1) आवेदन पत्र, (2) व्यावसायिक पत्र, (3) सरकारी पत्र, (4) संस्थागत पत्र, (5) विश्वविद्यालीय पत्र।

कुछ विद्वानों का विचार है कि व्यावसायिक तथा संस्थागत पत्रों को पृथक्-पृथक् वर्गों में नहीं रखना चाहिए। इसका कारण यह है कि व्यवसाय का कार्य किसी-न-किसी संस्था के द्वारा ही होता है। यद्यपि इस कथन से किसी को आपत्ति नहीं हो सकती किन्तु इस संदर्भ में यह भी ध्यातव्य है कि अनेक संस्थाएं व्यावसायिक कार्य नहीं करतीं। धार्मिक, आध्यात्मिक एवम् साहित्यिक क्रियाकलापों से सम्बन्धित अनेक सार्वजनिक संस्थाएं यथा आर्य समाज, सनातन धर्म समाज, विश्व मैत्री संघ, हिन्दी साहित्य सम्मेलन, भारतीय हिन्दी परिषद आदि इसी वर्ग में आती हैं। अतएव इनके पत्राचार के लिए एक पृथक् वर्ग बनाना समीचीन प्रतीत होता है। प्रश्न उठता है कि इसे क्या नाम दिया जाए? यों हम इसे गैर-व्यवसायी पत्राचार कह सकते हैं, किन्तु यह नाम कानों को खटकता-सा है। मेरी दृष्टि में इसे स्वैच्छिक संस्थाओं का पत्राचार या संस्थागत पत्राचार की संज्ञा दे सकते हैं।

कालेजों तथा विश्वविद्यालयों में भी परस्पर पत्राचार होता रहता है। कालेज

विश्वविद्यालय के विद्यार्थियों एवम् विभिन्न कर्मचारियों के मध्य भी निरन्तर पत्र-व्यवहार होता रहता है।

प्रश्न उठता है कि इस पत्राचार को किस वर्ग के अंतर्गत रखा जाए? यह पत्राचार संस्थागत पत्रों के अंतर्गत भी रखा जा सकता है और एक स्वतंत्र वर्ग भी बनाया जा सकता है। स्वतंत्र वर्ग में रखने से विषय अपेक्षाकृत स्पष्ट रूप में उभर कर सामने आता है।-

बैंक सम्बन्धी पत्राचार को किस वर्ग में रखना चाहिए यह भी एक विचारणीय विषय है। इसे व्यावसायिक पत्राचार के अंतर्गत भी रखा जा सकता है तथा स्वतंत्र विवेचन भी किया जा सकता है स्वतंत्र विवेचन से उसका फलक व्यापक हो जाता है। अत: उसका पृथक् विवेचन करना ही संगत प्रतीत होता है।

2

आवेदन पत्र

अर्थ

अंग्रेजी के एप्लीकेशन (Application) शब्द के हिन्दी प्रतिशब्द के रूप में प्रयुक्त 'आवेदन' शब्द संस्कृत से विद् धातु में निच् लगाकर ल्युट प्रत्यय द्वारा निर्मित हुआ है। इसका शाब्दिक अर्थ है अपनी दशा सूचित करना। अतएव आवेदन पत्र ऐसे पत्र होते हैं जिनमें अपने से उच्च अधिकारी को अपनी दशा सूचित करके अपेक्षित सहायता की प्रार्थना की जाती है। चूंकि ये पत्र सदैव अपने से उच्च अधिकारी को सूचित किए जाते हैं, अतएव इन पत्रों में विनम्रता तथा औपचारिकता की ओर विशेष ध्यान दिया जाता है। क्रमबद्ध, तर्कसंगत, स्पष्ट और संक्षिप्त आवेदन ही अच्छे माने जाते हैं। इन पत्रों की भाषा शिष्ट तथा संयत होनी चाहिए। लम्बे तथा आलंकारिक वाक्यों के स्थान पर छोटे वाक्यों का प्रयोग करना चाहिए। अपनी प्रार्थना बिना किसी घुमाव-फिराव, अतिशयोक्ति अथवा पुनरुक्ति के संक्षेप में कहनी चाहिए।

आवेदन पत्र तथा अन्य रचना-रूप

आवेदन पत्र तथा पत्र

यद्यपि आवेदन पत्र एक प्रकार का पत्र ही है किन्तु फिर भी इसे केवल एक पत्र की संज्ञा नहीं दी जा सकती। इसका कारण यह कि आवेदन पत्र सदैव अपने से उच्च अधिकारी को संबोधित किए जाते हैं। आवेदक का लक्ष्य अधिकारी को अपनी समस्या से अवगत कराते हुए अपेक्षित स्वीकृति प्राप्त करना होता है। इस प्रकार इन पत्रों में विनम्रता तथा शिष्टता का विशेष ध्यान रखा जाता है। आवेदक अपनी बात अत्यन्त संक्षेप में कहता है और उसमें भावावेश का सर्वथा अभाव होता है। जहां कहीं आवश्यक होता है वहां अपेक्षित प्रलेख/दस्तावेज भी संलग्न कर दिए जाते हैं। इसके विपरीत, पत्र अपने से छोटे-बड़े सभी को लिखे जा सकते हैं और लिखे जाते हैं। उनमें कभी मन का सारा राग-द्वेष और आक्रोश व्यक्त होता है तो कभी सीख का स्वर होता है।

औपचारिकता के स्थान पर अनौपचारिकता और रूपाकांक्षा के स्थान पर सद्भाव स्थान पाते हैं।

आवेदन पत्र तथा प्रारूपण

आवेदन पत्र तथा प्रारूपण एक-दूसरे से सर्वथा भिन्न रचना-रूप हैं। इन दोनों में पहला अन्तर तो यही है कि प्रारूपण जहां अन्तिम आलेख तैयार करने के लिए पत्र आदि का प्रथम अथवा कच्चा रूप है तथा सक्षम अधिकारी द्वारा अनुमोदित किए जाने के बाद ही अन्तिम रूप प्राप्त करता है वहाँ आवेदन पत्र किसी आलेख का पूर्वरूप या कच्चा रूप नहीं है। आवेदन पत्र आवेदक द्वारा स्वयं लिखा जाता है और उसे भी अन्तिम रूप देने के लिए किसी अन्य व्यक्ति को दिखाने की कोई आवश्यकता नहीं होती। सामान्यतः आवेदन पत्र अपने अन्तिम रूप में ही लिखे जाते हैं किन्तु यदि वह आवेदक को विश्रृंखलित, अपेक्षित प्रभाव-क्षमता में असमर्थ प्रतीत होता है तो वह स्वयं उसे संशोधित करके अन्तिम रूप दे देता है। फिर आवेदन पत्र जहां अनिवार्यतः अपने से उच्च अधिकारी को संशोधित किए जाते हैं वहां प्रारूपण में ऐसा नहीं होता।

आवेदन पत्र का ढांचा

प्रत्येक आवेदन पत्र तीन भागों में बंटा होता है—(1) शीर्ष भाग, (2) मुख्य भाग, (3) अधो भाग।

शीर्ष भाग—यह पत्र का सबसे पहला भाग है। इसे ऊपरी भाग भी कह सकते हैं। इसमें उस अधिकारी के पद, कार्यालय तथा स्थान का उल्लेख होता है जिसके नाम आवेदन पत्र प्रेषित किया जा रहा है। पदनाम से पूर्व बाएं कोने में सेवा में लिखा जाना चाहिए। नीचे दिए गए उदाहरण से आवेदन पत्र के शीर्ष भाग का रूप सहज ही स्पष्ट हो जाएगा—

सेवा में,

उपसचिव (हिन्दी)
मानव संसाधन विकास मन्त्रालय
नई दिल्ली।

आवश्यकतानुसार पदनाम तथा कार्यालय का नाम परिवर्तित किया जा सकता है, जैसे—

सेवा में,

प्राचार्य
दौलतराम कालेज
दिल्ली-110007

मुख्य भाग—आवेदन पत्र के मुख्य भाग का प्रारम्भ सदैव सम्मानसूचक संबोधन से करना चाहिए। यदि पत्र गुरु को अथवा कालेज के प्राचार्य को लिखा जा रहा है तो श्रद्धेय, आदरणीय, माननीय, मान्यवर आदि सम्बोधनों का प्रयोग किया जाना चाहिए। यदि आवेदन पत्र किसी सरकारी अधिकारी को लिखा जा रहा है तो सम्बोधन के रूप में 'महोदय' का प्रयोग करना चाहिए। गैरसरकारी व्यक्ति को सम्बोधित करने के लिए 'प्रिय महोदय' तथा व्यावसायिक संस्थान के अधिकारी के लिए 'प्रिय महानुभाव संबोधन ठीक रहते हैं। इसके बाद यथा नम्र, सविनय, सादर आदि विनयसूचक शब्दों का प्रयोग करते हुए अपेक्षित निवेदन करना चाहिए। यदि विषय सम्बन्धी कोई विवरण देना हो तो वह भी यहीं देना चाहिए। विवरण देते समय विषयांतर तथा अनपेक्षित विस्तार से बचना चाहिए। सभी तथ्य तार्किक क्रम से तथा संक्षेप में लिखने चाहिए। यदि आवेदन पत्र बहुत बड़ा हो तो उसे एक अनुच्छेद में न लिखकर कई अनुच्छेदों में बांट लेना चाहिए। कथ्य को विभिन्न अनुच्छेदों में बांट लेने से जहां आवेदक को अपनी बात समझाने में सुविधा रहती है वहां अधिकारी को समस्या को समझने में सुविधा रहती है।

मुख्य भाग का अन्तिम वाक्य आभारसूचक होना चाहिए। इसके लिए सामान्यत: निम्नलिखित वाक्य प्रयोग में लाये जाते हैं—

(1) आशा है आप अनुमति देकर कृतार्थ करेंगे।
(2) आशा है आप मेरी प्रार्थना स्वीकार कर अनुगृहीत करेंगे।
(3) मैं आपकी इस कृपा के लिए सदैव आभारी रहूंगा।
(4) आशा है आप मेरी प्रार्थना पर विनम्रतापूर्वक विचार करेंगे।
(5) निवेदन है कि वैकल्पिक अवकाश की अनुज्ञा देकर कृतार्थ करें।
(6) कृपया मुझे कार्यालय से अनुपस्थित रहने की अनुज्ञा प्रदान करें।
(7) आपसे प्रार्थना है कि आकस्मिक अवकाश देने की कृपा करें।

मुख्य भाग की समाप्ति के एकदम बाद तथा अधोभाग के पूर्व 'सधन्यवाद' शब्द लिखना चाहिए।

इस प्रकार आवेदन पत्र के मुख्य भाग का ढांचा निम्न प्रकार का होता है—

मान्यवर,

नम्र निवेदन है कि..
....
....
....
....
....

मैं आपकी इस कृपा के लिए सदैव आभारी रहूंगा।

सधन्यवाद,

अधोभाग—इसे अधोलेख या स्वनिर्देश भी कहते हैं। यह आवेदन पत्र समाप्त करने के बाद दाईं ओर लिखा जाता है तथा भवदीय/भवदीया, आपका विश्वासपात्र आदि शिष्टतासूचक शब्दों का प्रयोग किया जाता है। यदि आवेदन पत्र किसी विद्यार्थी द्वारा कालेज के प्राचार्य को सम्बोधित किया गया है तो 'आपका आज्ञाकारी शिष्य' वाक्य लिखना चाहिए। इसके बाद आवेदक को अपने हस्ताक्षर कर देने चाहिए तथा कोष्ठक में अपना पूरा नाम दे देना चाहिए। कालेज-प्राचार्य के नाम लिखे गए पत्र में विद्यार्थी को अपनी कक्षा तथा अनुक्रमांक (Roll No.) का भी उल्लेख कर देना चाहिए। यदि पत्र किसी सरकारी अधिकारी को लिखा जा रहा हो तो आवेदक को अपने नाम के नीचे पद-नाम भी दे देना चाहिए। जहां कहीं आवश्यक हो वहां आवेदक को अपने नाम के नीचे ही पता भी दे देना चाहिए। यदि पत्र किसी व्यावसायिक संस्थान को लिखा गया है तो आवेदक को अपना पूरा पता ऊपर दाईं ओर एक कोने में लिखना चाहिए। आवेदन पत्र भेजने की तिथि दाईं ओर दी जानी चाहिए। यदि पत्र के साथ कुछ प्रलेख या दस्तावेज (Documents) नत्थी किए गए हों तो उनका उल्लेख तिथि के एकदम नीचे संलग्न (Enclosures) लिखकर तथा क्रम संख्या 1, 2, 3 देते रहना चाहिए। इस प्रकार पत्र के अधोभाग का रूप इस प्रकार होगा—

दिनांक.........
भवदीय
संलग्न :
(क. ख. ग)
1. डाक्टरी प्रमाण पत्र
बी० काम० (पास) द्वितीय वर्ष
अनुक्रमांक 331

अब तुम्हें आवेदन पत्र की रूपरेखा स्पष्ट हो गई होगी। आओ, इसे एक बार दोहरा लें—

सेवा में,

प्राचार्य
दौलतराम कालेज
दिल्ली-110007

मान्यवर,

नम्र निवेदन है कि...
....
....
....
....
....

मैं आपकी इस कृपा के लिए सदैव आभारी रहूंगा।

सधन्यवाद,
भवदीय
दिनांक.........
(क. ख. ग)
संलग्न :
बी० काम० (पास) द्वितीय वर्ष
1. डाक्टरी प्रमाण पत्र
अनुक्रमांक 331

अच्छे आवेदन पत्र की विशेषताएं

(1) **विनम्रता तथा शिष्टता**—आवेदन पत्र सदैव अपने से उच्च अधिकारी को सम्बोधित किए जाते हैं। इनका लक्ष्य अधिकारी को न केवल अपनी समस्या से अवगत कराना होता है बल्कि अपने अनुकूल निर्णय देने के लिए प्रेरित करना होता है। यह कार्य विनम्रता तथा शिष्टता से ही सम्भव हो सकता है।

(2) **यथातथ्यता**—आवेदन पत्र सदैव तथ्याधारित होने चाहिए। यदि अधिकारी को प्रार्थना के सही न होने की तनिक-सी भी गंध आ गई तो फिर वह उसे कतई स्वीकार नहीं करेगा। यदि आवेदन पत्र चिकित्सा परिणत छुट्टी के लिए दिया गया है, तो आवेदक को आवेदन पत्र के साथ डाक्टरी प्रमाण पत्र संलग्न कर देना चाहिए।

(3) **संक्षिप्तता**—संक्षिप्तता आवेदन पत्र का एक अत्यन्त महत्त्वपूर्ण गुण है। अधिकारी अत्यंत व्यस्त रहते हैं और उनके पास समय की कमी रहती है। ऐसी स्थिति में आवेदक को अनपेक्षित विस्तार से बचते हुए अपनी प्रार्थना अत्यन्त संक्षेप में निवेदित करनी चाहिए। ऐसा करने से अधिकारी को उसके आवेदन के निपटान में कम समय लगेगा।

(4) **पूर्णता**—पूर्णता आवेदन पत्र का अनिवार्य गुण है। आवेदक को इस बात का ध्यान रखना चाहिए कि कोई भी बात छूटने न पाए। किसी भी तथ्य के छूटने से आवेदक की प्रार्थना सही रूप में अधिकारी तक नहीं पहुंच पाएगी। अधूरे तथ्य अधिकारी के मन में संदेह अथवा अनिश्चय का भाव उत्पन्न कर सकते हैं और ऐसी स्थिति में वह प्रतिकूल निर्णय भी दे सकता है।

आवेदन पत्र के प्रकार

आवेदन पत्र नाना प्रकार के हो सकते हैं किन्तु सामान्यतः इन्हें तीन वर्गों में बांटा जा सकता है—(क) छात्र-छात्राओं द्वारा अपने कालेज के प्राचार्य, विश्वविद्यालय के विभिन्न अधिकारियों तथा कुलपति, उपकुलपति, रजिस्ट्रार, परीक्षा-नियंत्रक आदि को लिखे गए आवेदन पत्र; (ख) सरकारी-गैरसरकारी कार्यालयों के कर्मचारियों द्वारा कार्यालय-जीवन से संबंधित आवेदन पत्र; तथा (ग) जनसाधारण द्वारा अपने नगर, जिले अथवा राज्य के विभिन्न अधिकारियों को लिखे गए आवेदन पत्र।

(क) छात्र-छात्राओं द्वारा लिखे गए आवेदन पत्र—छात्र-जीवन की अपनी ही समस्याएं होती हैं। यों तो प्रत्येक छात्र की एक-दूसरे से सर्वथा पृथक् एवं नितान्त निजी समस्याएं होती हैं किन्तु कुछ समस्याएं एक-दूसरे से मिलती-जुलती हैं। उदाहरण के लिए किसी एक कालेज से दूसरे कालेज में स्थानान्तरण (Migration), किसी एक पाठ्यक्रम (Course) में प्रवेश लेने के बाद किसी दूसरे पाठ्यक्रम में प्रवेश लेने की इच्छा

रखना, आर्थिक स्थिति ठीक न होने तथा किताबों की कीमतें बहुत अधिक होने के कारण छात्र सहायता निधि (Students' Aid Fund) में से वर्ष-भर के लिए पुस्तकें दिलाने की प्रार्थना, समय-सारिणी (Time Table) में एक ही पीरियड में दो विभिन्न विषयों की कक्षाएं लगी होने से उसे ठीक करने का निवेदन, दो पीरियडों के बीच में कई पीरियड खाली होने से समय का अपव्यय होने की सूचना और ऐसी स्थिति को दूर करने की प्रार्थना, समय-सारिणी का दिल्ली परिवहन की विश्वविद्यालय स्पेशल (University Special) के अनुरूप न होने के कारण आने-जाने में असुविधा और उसके निराकरण का अनुरोध, चरित्र सम्बन्धी प्रमाणपत्र के लिए प्रार्थना पत्र, कक्षा में उपस्थिति कम होने पर इस शर्त के अनुसार परीक्षा में बैठने की अनुमति के लिए प्रार्थना पत्र देना कि अगले वर्ष इस वर्ष की उपस्थितियां पूरी कर ली जाएंगी आदि कतिपय ऐसी समस्याएं जिनके निमित्त अनेक विद्यार्थियों को समय-समय पर आवेदन पत्र देने पड़ते हैं। कुछ समस्याएं ऐसी होती हैं जिनका सम्बन्ध कालेज से न होकर विश्वविद्यालय से होता है और विश्वविद्यालय के अधिकारी ही उनका निराकरण कर पाते हैं। उदाहरण के लिए बीमार होने, हाथ में चोट लगने या विकलांग होने पर लिपिक की व्यवस्था के लिए प्रार्थना, उत्तर-पुस्तिकाओं के पुनर्मूल्यांकन के लिए आवेदन आदि विश्वविद्यालय के विभिन्न अधिकारियों को लिखे जाते हैं। कतिपय आवेदनों के लिए तो मुद्रित प्रपत्र हैं जिन्हें भरने तथा हस्ताक्षर कर देने भर से काम चल जाता है किन्तु अधिकांश के लिए विद्यार्थी को स्वयं आवेदन पत्र लिखना पड़ता है। अतएव इस प्रकार के आवेदन पत्रों को लिखने की विधि जानना अत्यन्त आवश्यक है। इसी निमित्त कतिपय उदाहरण नीचे दिए जा रहे हैं।

उदाहरण 1

विषय-परिवर्तन के लिए आवेदन पत्र

सेवा में,

प्राचार्य
हिन्दू कालेज
दिल्ली-110007

मान्यवर,

सादर निवेदन है कि मैं बी० ए० (हिन्दी आनर्स) प्रथम वर्ष का विद्यार्थी हूं। केन्द्रीय माध्यमिक शिक्षा परिषद्, दिल्ली की सीनियर सेकण्डरी स्कूल परीक्षा प्रथम श्रेणी में उत्तीर्ण करने के बाद मैंने हिन्दी आनर्स में प्रवेश लिया था। लेकिन एक सप्ताह तक नियमित रूप से अध्ययन करने के बाद मुझे ऐसा लगने लगा है कि मेरी क्षमता इस पाठ्यक्रम के अनुरूप नहीं है। हिन्दी आनर्स के पाठ्यक्रम को समुचित रीति से हृदयंगम

करने के लिए संस्कृत का ज्ञान अत्यन्त आवश्यक है। जबकि मैंने अभी तक किसी भी स्तर पर संस्कृत का अध्ययन नहीं किया। ऐसी स्थिति में मैं हिन्दी आनर्स में प्रथम श्रेणी के अंक प्राप्त नहीं कर पाऊंगा। सीनियर सेकण्डरी परीक्षा में मैंने राजनीति विज्ञान में 70 प्रतिशत अंक प्राप्त किए थे, अतएव आपसे प्रार्थना है कि हिन्दी के स्थान पर राजनीति विज्ञान में आनर्स करने की अनुमति प्रदान कर कृतार्थ करें।

सधन्यवाद,

दिनांक 27 जुलाई, 1992

आपका आज्ञाकारी शिष्य
(क. ख. ग)
बी० ए० हिन्दी आनर्स (प्रथम वर्ष)
अनुक्रमांक 21

उदाहरण 2

एक कालेज से दूसरे कालेज में स्थानान्तरण के लिए आवेदन पत्र

सेवा में,

प्राचार्य
श्री गुरु तेगबहादुर खालसा कालेज
दिल्ली-110007

मान्यवर,

विनम्र निवेदन है कि मैं आत्माराम सनातन धर्म कालेज, धौला कुआं, नई दिल्ली का बी० काम० (आनर्स) प्रथम वर्ष का विद्यार्थी हूं और आपके कालेज में स्थानान्तरित (migrate) करना चाहता हूं। सीनियर सेकण्डरी स्कूल की परीक्षा में 74 प्रतिशत अंक होने के कारण मुझे सत्र के प्रारम्भ में ही आपके कालेज में दाखिला मिलने की पूरी संभावना थी किन्तु मैंने सनातन धर्म कालेज में स्वेच्छापूर्वक दाखिला इसलिए लिया था क्योंकि तब हम लोग आर० के० पुरम० में रहते थे। इस बीच मेरे पिताजी सेवा-निवृत्त हो गए हैं और उन्होंने यमुना विहार में निजी मकान बनवा लिया है। यमुना विहार से धौला कुआं के लिए न तो कोई नियमित बस सेवा ही है और न कोई यू स्पेशल ही चलती है। फिर वह कालेज मेरे निवासस्थान से लगभग तीस किलोमीटर दूर पड़ता है। बस बदलकर आने-जाने में न केवल पर्याप्त असुविधा होती है अपितु सारा समय आने-जाने में ही बीत जाता है। ऐसी स्थिति में घर पर अध्ययन करने के लिए तनिक भी अवकाश नहीं मिलता। अतएव आपसे विनम्र प्रार्थना है कि अपने कालेज में स्थानान्तरित करने की अनुमति देकर कृतार्थ करें। मैं आपका अत्यन्त अनुगृहीत होऊंगा।

इस आवेदन पत्र के साथ सनातन धर्म कालेज के प्राचार्य का अनापत्ति प्रमाण पत्र संलग्न कर रहा हूं।

सधन्यवाद,

आपका कृपाकांक्षी
(क. ख. ग)

दिनांक 10-11-92

सी-7/173, यमुना विहार
दिल्ली-110053

संलग्न

1. आत्माराम सनातन धर्म कालेज
धौला कुआं, नई दिल्ली के प्राचार्य
का अनापत्ति प्रमाण पत्र।

कार्यालीय जीवन से सम्बन्धित आवेदन पत्र

सरकारी-गैरसरकारी कार्यालयों में काम करने वाले कर्मचारियों को समय-समय पर स्थानांतरण, स्थायीकरण, पदनाम में परिवर्तन, समयोपरि भत्ते का भुगतान, सरकारी मकान का आवंटन, अल्पकालीन आधी या पूरी छुट्टी, आकस्मिक आधी छुट्टी, प्रतिपूरक छुट्टी, परिवर्तित छुट्टी, अध्ययनार्थ छुट्टी आदि के लिए आवेदन पत्र देने पड़ते हैं। आवेदन पत्र के प्रभावी ढंग से लिखे होने पर अधिकारी के मन पर अच्छा प्रभाव पड़ता है तथा अनुकूल निर्णय की सम्भावना रहती है। यों तो नियमित एवं निरन्तर अभ्यास से ही इस दिशा में दक्षता प्राप्त हो सकती है किन्तु अभ्यास के लिए भी कुछ आदर्श नमूने सामने रहने ही चाहिए। अतएव कुछ उदाहरण नीचे दिए जा रहे हैं।

उदाहरण 1

आकस्मिक अवकाश के लिए आवेदन पत्र

सेवा में,

निदेशक
निर्माण, आवास और पूर्ति मंत्रालय
नई दिल्ली।

महोदय,

नम्र निवेदन है कि कल कार्यालय से घर जाते समय वर्षा में भीग जाने के कारण मैं रात से ज्वरग्रस्त हूं। अतएव आज कार्यालय में उपस्थित होने में असमर्थ हूं।

कृपया मुझे दिनांक 17 जुलाई, 1984 से 18 जुलाई, 1984 तक का कुल दो दिन का आकस्मिक अवकाश प्रदान कर कृतार्थ करें।

सधन्यवाद,

भवदीय
(क. ख. ग)
टंकक

दिनांक 17 जुलाई, 1992

उदाहरण 2
प्रतिपूरक छुट्टी के लिए आवेदन पत्र

सेवा में,

सहायक कुलसचिव (स्थापना-1)
दिल्ली विश्वविद्यालय
दिल्ली-110007

महोदय,

नम्र निवेदन है कि मैंने जून मास के दूसरे शनिवार की छुट्टी के दिन तथा रविवार को (दिनांक 9 तथा 10 जून) कार्यालय में आकर कार्य किया था। इस संबंध में मुझसे यह कहा गया था कि इन दो दिनों के कार्य के एवज में समयोपरि भत्ते के स्थान पर प्रतिपूरक छुट्टियां दे दी जाएंगी। आपसे प्रार्थना है कि 18 तथा 19 जून के लिए प्रतिपूरक अवकाश देने की कृपा करें।

सधन्यवाद,

भवदीय
(क. ख. ग)
सहायक

दिनांक 15-6-92

उदाहरण 3
आधे दिन की छुट्टी के लिए आवेदन पत्र

सेवा में,

अनुभाग अधिकारी
.........अनुभाग
.........कार्यालय
नई दिल्ली

महोदय,

सविनय निवेदन है कि कल मेरे पिताजी का श्राद्ध दिवस है। अतएव पूजा-पाठ

तथा ब्राह्मणों को भोजन कराने के लिए मेरा घर पर रहना जरूरी होगा। अतः आप मुझे पूर्वाह्न में आधे दिन की छुट्टी देने की कृपा करें।

सधन्यवाद,

भवदीय

दिनांक.........

कृष्णचन्द्र

सहायक

उदाहरण 4

अल्पकालीन छुट्टी के लिए आवेदन पत्र

सेवा में,

सहायक निदेशक (प्रशासन)

सामान्य प्रशासन अनुभाग

............कार्यालय

....

महोदय,

निवेदन है कि मेरे पिताजी कल प्रातःकाल दिल्ली आ रहे हैं। गाड़ी प्रातः नौ बजे पहुंचती है। उनकी आयु सत्तर वर्ष है और वह पहली बार दिल्ली आ रहे हैं। अतएव मुझे उन्हें लेने के लिए स्टेशन जाना होगा। उन्हें स्टेशन से घर तक पहुंचाने में एक घंटे का समय लग जाएगा। आपसे प्रार्थना है कि मुझे कार्यालय में दो घंटे देर से आने की अनुज्ञा देने की कृपा करें। प्रातःकाल देर से आने की एवज में मैं शाम को दो घंटे बिना किसी समयोपरि भत्ते के कार्य करने के लिए प्रस्तुत हूं। आशा है, आप मेरी प्रार्थना स्वीकार करेंगे।

सधन्यवाद,

आपका

दिनांक.........

रामगोपाल शर्मा

लिपिक

जनसाधारण द्वारा लिखे जाने वाले आवेदन

प्रत्येक व्यक्ति को अपने दैनिक जीवन में विभिन्न कार्यों के लिए पत्राचार करना पड़ता है। कभी ग्रीष्मकालीन अवकाश के दो महीनों में घर चले जाने पर डाकपाल को सूचना देते हुए यह अनुरोध करना पड़ता है कि इन दिनों आने वाले पत्रों को दिए गए पते पर पुनःप्रेषित (Redirect) कर दिया जाए तो कभी अपने मकान के पिछवाड़े में जमा हुए कूड़े-कर्कट के ढेर को हटवाने के लिए नगर निगम के स्वास्थ्य विभाग को

शिकायती आवेदन लिखना पड़ता है। कभी भारतीय जीवन बीमा निगम (Life Insurance Corporation of India) को पालिसी के परिपक्व (Mature) हो जाने पर उसके भुगतान की व्यवस्था के लिए आवेदन देना पड़ता है तो कभी दिल्ली विकास प्राधिकरण को भूखण्ड आवंटित करने के लिए जमा की गई अग्रिम धनराशि के समंजन (Adjustment) के लिए लिखना पड़ता है। इस प्रकार के सभी आवेदन शिष्ट भाषा में लिखे जाने चाहिए। जिन आवेदनों में मन के आक्रोश को व्यक्त करना जरूरी हो उनमें भी संयम का सर्वथा अभाव नहीं होना चाहिए। एतद्विषयक आवेदनों के कुछ उदाहरण नीचे दिए जा रहे हैं।

डाकपाल के नाम आवेदन

सेवा में,

डाकपाल
करौलबाग डाकखाना
नई दिल्ली-110005

महोदय,

निवेदन है कि ग्रीष्मकालीन अवकाश के दिनों में मैं कुरुक्षेत्र जा रही हूं। अत: आपसे अनुरोध है कि 10 मई, 1992 से 6 जून, 1992 तक की अवधि के दौरान मेरे नाम जो भी पत्र आएं उन्हें निम्नलिखित पते पर भेज दिया जाए—

डॉ० उषा सिंहल
6, एम० टी० एच०
विश्वविद्यालय परिसर
कुरुक्षेत्र-132119
हरियाणा (भारत)

मैं आपकी इस कृपा के लिए अत्यन्त आभारी रहूंगी।
कष्ट के लिए धन्यवाद,

भवदीय
उषा सिंहल
61/5, रामजस रोड
करौलबाग, नई दिल्ली-110005

सफाई के सम्बन्ध में स्वास्थ्य अधिकारी के नाम आवेदन

सेवा में,

स्वास्थ्य अधिकारी
दिल्ली नगर निगम
करौलबाग मण्डल
नई दिल्ली-110005

महोदय,

सविनय निवेदन है कि मेरे मकान के पिछवाड़े में कूड़े का एक भारी ढेर जमा हो गया है। इलाके के सफाई-कर्मचारी कूड़े के ढेर को साफ करने के स्थान पर प्रतिदिन सारा कूड़ा इस ढेर पर ही फेंक जाते हैं। इस प्रकार गन्दगी लगातार बढ़ती जा रही है। सफाई निरीक्षकों से कई बार व्यक्तिगत अनुरोध करने पर भी अभी तक इसे हटाने की कोई कार्रवाई नहीं की गई है। मुझे डर है कि यदि इसे तुरन्त साफ न कराया गया तो संक्रामक रोग फैल सकते हैं। अतएव विनम्र निवेदन है कि अपेक्षित कार्रवाई करके इस स्थान को गन्दगी-मुक्त किया जाए। आपकी इस कृपा के लिए मैं हृदय से आभारी रहूंगा।

सधन्यवाद,

भवदीय

दिनांक 25 अक्तूबर, 1992

(क. ख. ग.)
53/31, रामजस रोड
करौलबाग, नई दिल्ली-110005

3

व्यावसायिक पत्र

व्यावसायिक पत्र विभिन्न व्यापारियों अथवा व्यावसायिक संगठनों के बीच आपसी व्यापार के लिए लिखे जाते हैं। बड़े व्यावसायिक संस्थानों में ग्राहक सेवा के लिए एक पृथक् अनुभाग होता है। अपने ग्राहकों की शिकायतें दूर करना, अपने नये माल से परिचित कराना, उन्हें बेहतर बनाने के लिए सुझाव मांगना आदि इसके मुख्य कार्य होते हैं। अतएव यह विभाग अपने उत्पादनों की बिक्री के लिए उपभोक्ताओं को समय-समय पर पत्र लिखता रहता है।

व्यावसायिक पत्राचार की महत्ता

अपने विचारों को दूसरों तक सम्प्रेषित करने के लिए पत्रों का प्रयोग प्राचीन काल से ही किया जा रहा है। निजी जीवन हो या सार्वजनिक क्षेत्र, पत्रों का प्रयोग सभी जगह होता रहा है। व्यापार एवं व्यवसाय के क्षेत्र में तो इसकी एक महत्त्वपूर्ण भूमिका है। यदि यह कहा जाए कि वर्तमान व्यावसायिक उन्नति में पत्राचार की एक प्रभावी भूमिका रही है तो इसमें शायद ही किसी को आपत्ति होगी। व्यावसायिक जीवन में पत्रों की जरूरत हर जगह पड़ती है। उपभोक्ता हो या व्यापारिक संस्थान, बैंक हो या बीमा कम्पनी, सरकारी कार्यालय हो या गैरसरकारी, पत्राचार की जरूरत सब जगह पड़ती है। फिर आजकल तो डाक द्वारा व्यापार (Mail Order Business) के लिए एक नया क्षेत्र ही खुल गया है। इसने व्यावसायिक जगत् में एक क्रांति मचा दी है। इस प्रकार के व्यापार में पत्र ही व्यावसायिक संस्थान के प्रतिनिधि का काम करता है। हरबर्ट कैसन के शब्दों में "Every outgoing letter is a representative of your firm. It is a salesman It carries a message. It is silent but not dumb. It attracts or repels. It helps to make the reputation of the firm." अर्थात् आपकी फर्म से जाने वाला प्रत्येक पत्र आपका प्रतिनिधि है। वह आपका विक्रय-प्रतिनिधि है। वह मौन भले ही हो, किन्तु गूंगा कदापि नहीं। वह या तो आकर्षित करता है या फिर विकर्षित। वह फर्म की साख बनाने में मददगार होता है।

एक अच्छा पत्र प्रत्येक व्यावसायिक संस्थान के लिए मूल्यवान संपत्ति है। वह वस्तुओं की बिक्री के लिए नये बाजार तैयार करता है, पुराने और खोए हुए ग्राहकों को

वापस लाता है, डूबे हुए पैसे को वसूल करवाने में मदद करता है आदि।

व्यावसायिक पत्र के गुण

व्यावसायिक पत्रों का दायरा बड़ा विस्तृत है। कभी माल के खरीदने-बेचने के सिलसिले में व्यावसायिक संस्थानों के साथ, कभी माल भेजने या छुड़ाने के सिलसिले में ट्रांसपोर्ट कंपनियों, रेल-अधिकारियों, हवाई कंपनियों आदि से तो कभी क्रयादेश, हिसाब-किताब या फिर ग्राहकों की शिकायतें दूर करने के लिए समय-समय पर प्रत्येक व्यवसायी को पत्राचार करना पड़ता है। सभी प्रकार के पत्र एक ही ढंग से नहीं लिखे जा सकते। विभिन्न प्रयोजनों से लिखे गए पत्रों की शैली सदैव अलग ही होगी; किन्तु कुछ बातें ऐसी हैं जो सभी प्रकार के पत्रों में होनी चाहिए।

व्यावसायिक पत्रों के गुणों को दो वर्गों में बांटा जा सकता है—(क) बाह्य रूप विधान सम्बन्धी विशेषताएं, (ख) आंतरिक विशेषताएं।

जिस प्रकार किसी व्यक्ति से मिलते समय पहला प्रभाव हमारे बाह्य व्यक्तित्व का पड़ता है उसी प्रकार से पत्र का पहला प्रभाव उसके बाह्य रूपाकार का पड़ता है। अतएव प्रत्येक व्यवसायी को अपने पत्र के बाह्य रूप के सम्बन्ध में विशेष ध्यान रखना चाहिए। इस सम्बन्ध में निम्नलिखित बातें विचारणीय हैं—

(1) **कागज**—पत्र सदैव कागज पर लिखे जाते हैं। पत्र लिखने के लिए प्रयुक्त कागज उत्तम कोटि का होना चाहिए। व्यावसायिक पत्र एक प्रकार के दस्तावेज होते हैं। इन्हें प्रमाण एवं साक्ष्य के निमित्त लम्बे समय तक सहेजकर रखना पड़ता है। फिर ये एक हाथ से दूसरे हाथ तक हस्तांतरित होते रहते हैं। अतएव पत्राचार के लिए प्रयुक्त कागज टिकाऊ होना चाहिए। लेकिन विदेशों में भेजे जाने वाले पत्रों के लिए हल्का किन्तु टिकाऊ कागज प्रयोग में लाना चाहिए। व्यावसायिक पत्रों में प्रयुक्त कागज के भार के साथ जुड़ा हुआ एक महत्त्वपूर्ण प्रश्न यह भी है कि उसका आकार क्या हो। सामान्यत: 18×22 सेंटीमीटर के आकार का कागज सर्वोत्तम रहता है।

व्यावसायिक पत्राचार में सामान्यत: सफेद रंग के कागज का ही इस्तेमाल किया जाता है। लेकिन रंगीन कागज के प्रयोग की मनाही नहीं है। यदि कोई व्यावसायिक संस्थान रंगीन कागज का इस्तेमाल करना चाहे तो वह हल्के नीले, हल्के धानी, भूरे अथवा आसमानी रंग के कागज का इस्तेमाल कर सकता है। लेकिन नारंगी, लाल, नीले, पीले तथा हरे रंग के कागजों का प्रयोग नहीं करना चाहिए।

(2) **लेखन**—पत्र लिखने के लिए कटे-फटे या आधे-पौने कागज का इस्तेमाल भूलकर भी नहीं करना चाहिए। यदि विषय-सामग्री एक पृष्ठ पर न आए तो फिर कागज की पीठ पर लिखने के स्थान पर वैसा ही दूसरा कागज इस्तेमाल करना चाहिए।

(3) **पत्र को तह करना**—पत्र को सही ढंग से मोड़कर लिफाफे में रखना भी एक कला है। पत्र को कभी भद्दे ढंग से नहीं मोड़ना चाहिए। पत्र को सदैव इस प्रकार से मोड़िए कि वह लिफाफे में आसानी से समा जाए। पत्र की कभी इस प्रकार तह मत कीजिए कि वह लिफाफे में आए नहीं और उसकी तह फिर से करनी पड़े।

(4) उत्तर देने के लिए साथ में रखे गए लिफाफे के सम्बन्ध में महत्त्वपूर्ण बातें—बहुत बार प्रेषक पत्र का उत्तर पाने के लिए साथ में एक टिकट लगा लिफाफा भी रख देता है। सामान्यतः ऐसा तब होता है जब बाजार में या तो कोई नया ब्रांड प्रचारित किया जाता है या फिर किसी माल के बारे में ग्राहकों, उपभोक्ताओं की राय जानना अभीष्ट होता है। उत्तर-प्राप्ति के लिए रखे गए लिफाफे पर सदैव उचित टिकट लगानी चाहिए। डाक-तार विभाग की ओर से एक ऐसी भी योजना है जिसके अंतर्गत डाक-शुल्क पत्र-प्राप्तकर्ता द्वारा दिया जाता है। एक अच्छा व्यवसायी इस योजना के अंतर्गत अपना पंजीकरण करा लेता है। ऐसी स्थिति में पत्रों की प्राप्ति के लिए रखे गए लिफाफों पर यह वाक्य मुद्रित करा लेना चाहिए : postage will be paid by the addresse.

यह एक विचारणीय प्रश्न है कि उत्तर देने के लिए साथ में रखा गया लिफाफा किस रंग का होना चाहिए। इस सन्दर्भ में एक महत्त्वपूर्ण सर्वेक्षण एक अमेरिकी पत्रिका के प्रचार-प्रबन्धक ने किया था। उसने अपनी पत्रिका के बारे में लोगों के विचारों से परिचित होने के लिए भेजे जाने वाले जवाबी लिफाफों के रंग का प्रभाव जानना चाहा। अतएव उसने लाल, पीले, हरे, नीले, गुलाबी, सफेद रंगों के जवाबी लिफाफे भेजे। उसने पाया कि सबसे ज्यादा उत्तर गुलाबी रंग वाले लिफाफों के आए थे। उसके बाद क्रमशः नीले, पीले, हरे तथा सफेद लिफाफों के उत्तर प्राप्त हुए। लाल रंग के लिफाफे लौटकर नहीं आए। इससे वह इस निष्कर्ष पर पहुँचा कि गुलाबी रंग के लिफाफे सर्वोत्तम तथा लाल रंग के लिफाफे निकृष्टतम होते हैं। यद्यपि इस सदर्भ में यह कहा जा सकता है कि हो सकता है कि गुलाबी लिफाफे उन लोगों के पास पहुंचे हों जो या तो उत्तर देने के अभ्यस्त हों या फिर उस समय उत्तर देने की मनःस्थिति में हों। लेकिन इसके बावजूद यह तो कहा ही जा सकता है कि रंगों में अपनी ओर आकर्षित करने का मनोवैज्ञानिक गुण होता है।

पत्र भेजने के लिए प्रयुक्त होने वाला लिफाफा

यह बात सदैव याद रखिए कि आपका पत्र लिफाफे रूपी परिधान में ही व्यापारी के हाथ में पहुंचता है। जिस प्रकार हमारा परिधान हमारे व्यक्तित्व को प्रभावी बनाता है उसी प्रकार से उपयुक्त आकार, रंग और डिज़ाइन का लिफाफा हमारे पत्र को प्रभावी बनाता है। यदि पत्र रंगदार कागज पर लिखा गया है तो लिफाफे का रंग भी कागज के रंग के अनुरूप होना चाहिए।

आवश्यकतानुरूप डाक टिकट लगाना

पत्र प्रेषित करते समय इस बात का ध्यान रखिए कि सदैव लिफाफे पर पूरा-पूरा

टिकट जरूर लगाया जाए। यदि किसी लिफाफे पर पूरा टिकट न लगा हो तो वह बैरंग हो जाता है। बैरंग पत्र को एक तो कोई छुड़ाता नहीं है, और यदि कोई छुड़ा भी ले तो फिर उस पर व्यावसायिक संस्थान का अच्छा प्रभाव नहीं पड़ता।

आंतरिक विशेषताएं

व्यावसायिक पत्र-लेखन में जितना महत्त्व बाह्य रूप विधान का है उससे भी कहीं अधिक महत्त्व उसके कथ्य सम्बन्धी गुणों का है। एक प्रभावी पत्र में निम्नलिखित गुणों का होना आवश्यक माना गया है—

(1) **स्पष्टता**—व्यावसायिक पत्र का पहला आवश्यक गुण स्पष्टता है। यह स्पष्टता विचार एवं भाषा दोनों में ही होनी चाहिए। विचारों की स्पष्टता से अभिप्राय यह है कि माल की गुणता, मूल्य, सेवा-शर्तों आदि के बारे में सभी बातें साफ-साफ लिखनी चाहिए। द्वयार्थक एवं अप्रचलित शब्दों का प्रयोग नहीं करना चाहिए। इससे पत्र में अस्पष्टता आती है। यदि पत्र अस्पष्ट है तो फिर पत्राचार का लाभ ही क्या है। अस्पष्ट पत्र से व्यर्थ का पत्राचार बढ़ता है, आपसी विश्वास कम होता है और काम पूरा होने में समय लगता है।

पत्र में अस्पष्टता तब आती है जब लेखक के अपने विचार उलझे हुए होते हैं। अतएव पत्र-लेखक को सर्वप्रथम यह निश्चय कर लेना चाहिए कि वह क्या कहना चाहता है और फिर अपने विचारों को निर्भ्रांत शब्दों में लिख देना चाहिए। पत्र लिखते समय उसे लार्ड चेस्टरफील्ड की यह चेतावनी सदैव याद रखनी चाहिए—"Every paragraph should be so clear and unambigious that the dullest fellow in the World will not be able to mistake it nor be obliged to read it twice in order to understand it." अर्थात् पत्र का प्रत्येक अनुच्छेद इतना स्पष्ट एवं एकार्थी होना चाहिए कि संसार का मूढ़-से-मूढ़ व्यक्ति भी उसे अन्यथा न समझे, न उसे पत्र का आशय समझने के लिए फिर से पढ़ने की ही आवश्यकता पड़े।

(2) **पूर्णता**—एक अच्छे व्यावसायिक पत्र में 'पूर्णता' का गुण होता है। उसमें उन सभी बातों का उल्लेख होना आवश्यक है जिन्हें पत्र पाने वाला जानना चाहता है। उदाहरण के लिए क्रयादेश भेजते समय उसकी मात्रा, किस्म, मूल्य यदि अतिरिक्त कमीशन तय हुआ हो तो उसका उल्लेख, पैकिंग, भेजने का ढंग आदि सभी बातों का उल्लेख रहना चाहिए।

(3) **संक्षिप्तता**—व्यावसायिक पत्रों में संक्षिप्तता का गुण होना भी आवश्यक है। प्रत्येक पत्र में सारी जानकारी कम-से-कम शब्दों में दी जानी चाहिए। पत्र में व्यर्थ की बातें लिखने से न केवल लिखने वाले अपितु पत्र पढ़ने वाले के समय का भी अपव्यय होता है। लेकिन संक्षिप्तता का अर्थ अपूर्णता, अस्पष्टता या अशिष्टता नहीं है। पत्र के अपूर्ण तथा अस्पष्ट होने से काम पूरा होने में रुकावट आएगी तथा अशिष्टता से आपसी सद्भाव समाप्त होगा।

(4) **सदाशयता**—एक अच्छे व्यावसायिक पत्र में सदाशयता का गुण होना

चाहिए। पत्र-लेखन का लक्ष्य पत्र-प्राप्तकर्ता की जिज्ञासाओं की संतुष्टि करना है। एक अच्छा व्यवसायी किसी को हानि पहुंचाने के लिए पत्र नहीं लिखता। उसका लक्ष्य आपसी सद्भाव बढ़ाना होता है। इसी को सदाशयता कहते हैं। सदाशयता सदैव व्यवसाय को समृद्ध करती है।

(5) **शिष्टता**—यों तो शिष्टता का गुण सभी प्रकार के पत्रों के लिए आवश्यक है किंतु व्यावसायिक पत्रों में इस ओर विशेष ध्यान देना चाहिए। किसी प्रस्ताव को अस्वीकृत करने, रुपया वसूल करने, समय पर माल न मिलने या उसकी गुणता में किसी प्रकार की कमी होने आदि की शिकायत करने आदि से संबंधित पत्रों में शिष्टता का ध्यान रखने की विशेष आवश्यकता होती है। आत्म-सम्मान बनाए रखते हुए भी अपने पक्ष को दृढ़तापूर्वक किंतु शिष्ट भाषा में कहा जा सकता है। प्रसंगानुरूप सटीक शब्द शिष्टता बनाए रखने में सहायक होते हैं। जिस प्रकार शीतल जल प्रचण्ड से प्रचण्ड अग्नि को शांत कर देता है उसी प्रकार शिष्टतापूर्वक लिखा गया पत्र असंतुष्ट एवं अप्रसन्न ग्राहक की नाराजगी दूर करके उसे स्थायी ग्राहक बना सकता है।

(6) **प्रभाव-क्षमता**—व्यावसायिक पत्र की सफलता इस बात में है कि पत्र पाने वाला व्यक्ति उसे पढ़ते ही इतना प्रभावित हो जाए कि अपेक्षित कार्य करने के लिए प्रेरित हो उठे। स्वच्छ एवं सुस्पष्ट हस्तलेख अथवा टंकण, अपेक्षित तथ्यों का संक्षिप्त किन्तु पूर्ण उल्लेख, विनम्र एवं शिष्ट शब्दावली आदि कुछ ऐसी बातें हैं जो किसी भी पत्र को अनायास प्रभावी बना देती हैं। इसके विपरीत दाग-धब्बेदार कागज, स्थान-स्थान पर कटा हुआ एवं अशुद्धियों से भरपूर हस्तलेख अथवा टंकण, अनपेक्षित जानकारी की भरमार, कड़े तथा अशिष्ट शब्दों का प्रयोग किसी भी पत्र को प्रभावहीन बना देते हैं।

व्यावसायिक पत्र के अंग

व्यावसायिक पत्रों का एक विशिष्ट स्वरूप होता है। इसके निम्नलिखित अंग होते हैं—(1) शीर्ष, (2) तिथि, (3) पत्र-संख्या, (4) पत्र-प्राप्तकर्ता का पता, (5) संबोधन, (6) अभिवादन, (7) पत्र का कलेवर, (8) स्वनिर्देश, (9) हस्ताक्षर, (10) संलग्न पत्र, (11) पुनश्च, (12) टंकक के संक्षिप्त हस्ताक्षर/नाम।

(1) **शीर्ष**—यह पत्र का सबसे ऊपरी भाग है। सामान्यतः प्रत्येक व्यावसायिक संस्थान या संगठन का अपना एक मुद्रित लेटर हैड (Letter Head) होता है। इस पर निम्नलिखित सूचनाएं छपी रहती हैं—**संस्था, संगठन अथवा प्रतिष्ठान का नाम, स्थापना वर्ष, दूरभाष, तार का पता आदि**। प्रत्येक व्यावसायिक संस्थान के लेटर हैड पर शीर्ष के रूप में उस संस्थान/संगठन आदि का नाम बड़े-बड़े आकर्षक अक्षरों में मुद्रित होता है। लेटर हैड छपवाते समय इस बात का ध्यान रखना चाहिए कि नाम के साथ सर्वश्री, श्री आदि का प्रयोग न किया जाए। हां, नाम से पहले संस्था का गुम्फाक्षर अर्थात् मोनोग्राम अवश्य लगाया जा सकता है। नाम के ठीक नीचे संस्था द्वारा किए जाने वाले व्यवसाय का उल्लेख करना चाहिए। इसके बाद पता लिखना चाहिए। पता लिखते समय पंक्ति के पहले भाग में मार्ग का नाम, दूसरे भाग में शहर का नाम, और यदि शहर छोटा है तो

कोष्ठक में प्रांत का नाम भी लिखना चाहिए। यदि देश-विदेश में किसी संस्था की शाखाएं हों तो उसका उल्लेख अगली पंक्ति में कोष्ठक में करना चाहिए। यदि संस्था के पास फोन, फैक्स आदि की सुविधा है या उसका तार का पता है तो उसका उल्लेख सबसे ऊपर दायीं ओर किया जाता है। निम्नलिखित उदाहरण से यह बात स्पष्ट हो जाएगी—

स्थापना-वर्ष : 1964 | **दूरभाष : 3271844**
फैक्स :
तार : किताबघर

किताब घर
नयी दिल्ली-110002

(2) **तिथि**—तिथि सदैव पते के बाद दाहिनी ओर लिखी जाती है। यह सामान्यत: अंकों में लिखी जाती है। इसे लिखने की तीन पद्धतियां हैं—(i) अंग्रेजी पद्धति, (ii) अमेरिकी पद्धति तथा (iii) सरकारी पद्धति।

(i) **अंग्रेजी पद्धति**—अंग्रेजी पद्धति के अनुसार पहले तिथि, फिर महीने का नाम और उसके बाद वर्ष लिखा जाता है। यथा—24 अगस्त, 1992। अंक देवनागरी लिपि में न लिखकर रोमन अंकों में लिखते हैं।

(ii) **अमेरिकी पद्धति**—अमेरिकी पद्धति में पहले महीने का नाम, फिर तिथि और उसके बाद वर्ष लिखते हैं। यथा—अगस्त 24, 1992

(iii) **सरकारी पद्धति**—भारत सरकार के नियमानुसार तिथि पहले शक संवत में और फिर ईसवी सन् में लिखी जाती है।

(3) **पत्र-संख्या**—मुद्रित लेटर हैड में नाम के बाद बाईं ओर पत्र-संख्या शब्द छाप कर खाली स्थान छोड़ दिया जाता है। यह खाली स्थान पत्राचार की संख्या लिखने के लिए होता है। व्यावसायिक पत्रों पर पत्र-संख्या अवश्य लिखी जाती है। इसका कारण यह है कि पत्र-संख्या लिखने पर उत्तर देते समय सही-सही हवाला दिया जा सकता है। इसके अतिरिक्त यदि व्यावसायिक पत्राचार काफी समय तक चलता रहे तो कई बार पुराने संदर्भ देखने की जरूरत पड़ जाती है। पुराने संदर्भ देखने के लिए पत्र-संख्या बहुत सहायता करती है।

(4) **पत्र-प्राप्तकर्ता का पता**—तिथि एवं पत्र-संख्या के बाद पत्र-प्राप्तकर्ता का पता लिखा जाता है। सामान्यत: यह पता तीन पंक्तियों में लिखा जाता है। पहली पंक्ति में व्यावसायिक संस्थान/प्रतिष्ठान का नाम, दूसरी पंक्ति में मार्ग का नाम तथा तीसरी पंक्ति में गांव या शहर का नाम लिखा जाता है। (पोस्टकार्ड पर पत्र लिखते समय सामान्यत: प्राप्तकर्ता का पता नहीं लिखते। इसका मुख्य कारण पोस्टकार्ड में स्थान कम

होना है।)

पता लिखने की दो पद्धतियां हैं—(1) अंग्रेजी पद्धति, (2) अमेरिकी पद्धति। अंग्रेजी पद्धति में व्यावसायिक संस्थान/प्रतिष्ठान का नाम लिखने के बाद दूसरी पंक्ति का पहला शब्द दाईं ओर को थोड़ा-सा हटकर लिखा जाता है। इसके बाद तीसरी पंक्ति में स्थान लिखते समय फिर प्रारंभ में थोड़ा-सा स्थान छोड़ देते हैं। इसके विपरीत अमेरिकी पद्धति में तीनों पंक्तियां एक ही सीध में लिखी जाती हैं। एक उदाहरण से यह बात स्पष्ट हो जाएगी—

अंग्रेजी पद्धति

सर्वश्री बिशनसिंह हरनामसिंह
16-ए, महात्मा गांधी मार्ग
इलाहाबाद-1

अमेरिकी पद्धति

सर्वश्री बिशनसिंह हरनामसिंह
16-ए, महात्मा गांधी मार्ग
इलाहाबाद-1

आजकल अमेरिकी पद्धति का ही अधिक चलन है।

(5) **संबोधन**—प्राप्तकर्ता के पते के बाद संबोधन लिखा जाता है। व्यावसायिक पत्र औपचारिक होते हैं। अतएव इन पत्रों के संबोधनों में वैविध्य का अभाव होता है। इन पत्रों में प्रायः महोदय/महोदया, प्रिय महोदय, महोदया/माननीय महोदय आदि गिने-चुने सम्बोधनों का ही प्रयोग होता है।

(6) **अभिवादन**—व्यावसायिक पत्रों में नमस्कार आदि अभिवादन नहीं लिखा जाता।

(7) **पत्र का कलेवर**—यह पत्र का मुख्य अंग है। इसे तीन भागों में बांटा जाता है—(क) प्रारम्भ, (ख) मध्य, (ग) अंत या समापन।

(क) प्रारम्भ—पत्र का प्रारंभ किस प्रकार किया जाए यह इस पर निर्भर करता है कि पत्र पहली बार लिखा जा रहा है अथवा किसी पूर्व पत्र के उत्तर में भेजा जा रहा है। यदि पत्र पहली बार लिखा जा रहा हो तो प्रारंभिक वाक्य परिचयात्मक एवं मित्रता-सूचक होने चाहिए। यदि पत्र पूर्व पत्र के उत्तर के रूप में है तो प्राप्त पत्र की संख्या, तिथि, विषय आदि का संक्षेप में उल्लेख करना चाहिए।

(ख) मध्य—पत्र के इस भाग में वह सब कुछ लिखा जाता है जिसे हम दूसरे तक संप्रेषित करना चाहते हैं। इस भाग को लिखते समय निम्नलिखित बातों की ओर विशेष ध्यान देना चाहिए—

(I) **यदि पत्र पहली बार लिखा जा रहा है**—पहली बार पत्र लिखते समय यह ध्यान रखना चाहिए कि आपको पत्र-प्राप्तकर्ता के साथ स्थायी सम्बन्ध बनाने हैं। ऐसे सम्बन्ध जिनसे आपके व्यावसायिक हितों को निरन्तर लाभ प्राप्त होता रहे। अतएव

अपने दृष्टिकोण को निष्पक्ष एवं स्पष्ट रूप से प्रस्तुत करें। सभी जानने योग्य बातें साफ-साफ लिखें। अपने उत्पादनों की तारीफ के पुल न बांधें बल्कि उनके आई० एस० आई० (I. S. I.) द्वारा स्वीकृत किए जाने, सरकारी-गैरसरकारी संस्थानों के द्वारा खरीदे जाने, जनता द्वारा टिकाऊ और उपयोगी माने जाने के कारण पूरे देश में प्राप्त होने, माल के खराब निकलने की स्थिति में एक निश्चित अवधि तक उसके बदलने अथवा कीमत वापस किए जाने की सुविधा मिलने, एक निश्चित समय तक वस्तु के ठीक-ठीक काम करने की गारंटी तथा ग्राहक-सेवा सम्बन्धी अन्य शर्तों का उल्लेख इस प्रकार करना चाहिए कि पत्र-प्राप्तकर्ता पत्र पढ़ते ही आपके प्रतिष्ठान से व्यावसायिक संबंध बनाने के लिए उत्सुक हो उठे।

(II) **यदि पत्र पूर्व पत्र के उत्तर में भेजा जा रहा है**—पूर्वपत्र के उत्तर में भेजे गए पत्र वस्तुओं के नमूने भेजने, पुराना भुगतान करने, अधिशेष पूछने, माल न पहुंचने पर क्रयादेश रद्द करने, पैकिंग खराब होने की वजह से भेजे गए माल के मार्ग में खराब हो जाने की शिकायत करने आदि विविध प्रकार के हो सकते हैं। ऐसे पत्र लिखते समय निम्नलिखित बातों का ध्यान रखना चाहिए—

(i) **समस्या के समाधान का प्रयत्न करना**—पत्र के उत्तर का उद्देश्य समस्या को टालने के स्थान पर उसका समाधान करना होना चाहिए। अतएव ऐसे पत्रों का उत्तर लिखने से पहले प्रस्तुत की गई समस्या के विभिन्न पक्षों को समझने तथा उन्हें सुलझाने के उपाय सोचने चाहिए। उदाहरण के लिए यदि पैकिंग खराब होने की वजह से माल के खराब हालत में पहुंचने की शिकायत है तो यह पता लगाना चाहिए, क्या पैकिंग सामग्री में किसी प्रकार की खराबी थी या फिर पैकिंग करने वाले ने अपना काम ठीक प्रकार से नहीं किया? यदि गलती का पता लग जाए तो न केवल उसकी पुनरावृत्ति से बचा जा सकता है अपितु शिकायत भेजने वाले को संतोषजनक उत्तर दिया जा सकता है।

(ii) **अपनी गलती मानने को तैयार रहना**—एक सफल व्यवसायी व्यवहार-कुशल होता है। वह सदैव अपनी गलती मानने को तैयार रहता है। वह वकील नहीं बल्कि विक्रेता है। अतएव यदि ग्राहक ने उसकी किसी भूल की ओर संकेत किया है तो उसे बिना किसी झिझक के स्वीकार कर लेना चाहिए। इससे क्रेता तथा विक्रेता के मध्य आपसी सौहार्द बढ़ता है।

(iii) **ग्राहक के दृष्टिकोण से सोचना**—पत्र का उत्तर देते समय अपने को ग्राहक के स्थान पर रखें, उसकी जिज्ञासाओं का समाधान करें, सुझावों पर गौर करें और विशेष मुद्दों पर अपना सुचिन्तित दृष्टिकोण विनम्रतापूर्वक प्रस्तुत करें।

(iv) **व्यंग्यात्मक शैली का प्रयोग न करें**—व्यावसायिक पत्रों में व्यंग्य-शैली का प्रयोग नहीं किया जाता। वहां तो अपनी बात आसानी से समझ में आने वाली सरल भाषा में कही जाती है। व्यंग्य-शैली का प्रयोग करने से लाभ के स्थान पर हानि होने की संभावना रहती है। सम्बन्ध मधुर न रहकर कटु हो जाते हैं। सद्भाव समाप्त हो जाता है। इससे व्यवसाय को बहुत नुकसान पहुंचता है।

(v) **सभी प्रकार के पूर्वग्रह से मुक्त उदार दृष्टिकोण**—एक अच्छे व्यवसायी को

पूर्वग्रह से मुक्त एवं उदार दृष्टिकोण वाला होना चाहिए। उसके लिए सभी ग्राहक बराबर हैं। आज कम माल खरीदने वाला ग्राहक कल अधिक माल खरीद सकता है। अतएव किसी भी ग्राहक को छोटा मानना कदापि ठीक नहीं है। किसी भी पत्र का उत्तर देते समय यही दृष्टिकोण अपनाना ठीक रहता है।

(vi) **अपनी बात को संक्षेप तथा सरल भाषा में कहना**—आज का युग व्यस्तता का युग है। व्यर्थ की बात सुनने का अवकाश किसी के पास नहीं है। फिर व्यवसायी तो व्यवसायी है। एक व्यस्त व्यवसायी के पास निरर्थक बात सुनने या पढ़ने के लिए अवकाश नहीं होता। उसके लिए निरर्थक बातें पढ़ना समय का अपव्यय है। वह समय के अपव्यय को धन का अपव्यय मानता है। इसका कारण यह है कि व्यवसायी के लिए समय ही धन है। अतएव व्यावसायिक पत्रों में विषयानुरूप संक्षिप्तता होनी चाहिए। भाषा इतनी सरल एवं सटीक होनी चाहिए कि कथ्य को समझने में कहीं अटकाव न आने पाए। किसी शब्द का अर्थ समझने के लिए न तो किसी से पूछना पड़े और न शब्दकोश ही देखना पड़े।

(vii) **मैत्रीपूर्ण संबंध स्थापित करने में समर्थ**—एक उत्तम व्यावसायिक पत्र का मूल गुण पत्र-प्राप्तकर्ता के साथ मैत्रीपूर्ण सम्बन्धों की स्थापना है। यह तभी संभव है जब पत्र में न तो किसी विवाद में उलझा गया हो, न फब्तियां कसी गई हों और न उसके द्वारा उठाए गए मसलों को हल्के-फुल्के ढंग से लिया गया हो। वस्तुतः पत्र की शैली ऐसी होनी चाहिए कि प्राप्तकर्ता के मन में किसी प्रकार की गांठ न पड़ने पाए। पत्र लिखते समय यह बात सदैव याद रखनी चाहिए कि यदि एक बार मन में गांठ पड़ जाए तो वह आसानी से नहीं खुलती। इससे व्यवसाय को सदैव हानि पहुंचती है।

(ग) **अन्त या समापन**—पत्र के कलेवर का तीसरा मुख्य भाग उसका अन्त या समापन है। समापन एक प्रकार से पूरे पत्र का निचोड़ है। अतएव पत्र का यह भाग सावधानीपूर्वक लिखना चाहिए। प्रयत्न यह रहना चाहिए कि इस भाग में पत्र के पिछले भाग में कही गई बात का सार आ जाए। समापन के रूप में प्रयुक्त वाक्य निम्नलिखित प्रकार के हो सकते हैं—

(क) हम माल भेजने की तुरन्त व्यवस्था कर रहे हैं।

(ख) हम माल आज ही रेल से/अल्फा ट्रांसपोर्ट से रवाना कर रहे हैं।

(ग) इन दिनों चावल का बाजार-भाव तेजी से बढ़ रहा है। यदि तीन दिन तक क्रयादेश न मिला तो हमारे लिए तय हुई शर्तों पर माल भेजना संभव न हो सकेगा।

(घ) यदि आप हमसे वर्ष भर में दस लाख का माल खरीदेंगे तथा 31 मार्च तक हिसाब चुकता कर देंगे तो हम पांच प्रतिशत अतिरिक्त कमीशन देंगे।

(8) **स्वनिर्देश**—पत्र के मुख्य कलेवर के एकदम बाद, नीचे, दाहिनी ओर स्वनिर्देश लिखा जाता है। व्यावसायिक पत्र औपचारिक होते हैं। अतएव इनमें प्रयुक्त होने वाले स्वनिर्देश भी गिने-चुने ही हैं। 'भवदीय', 'कृपाभिलाषी', 'कृपाकांक्षी', 'आपका' आदि कुछ ऐसे स्वनिर्देश हैं जिनका प्रयोग प्रायः किया जाता है।

(9) **हस्ताक्षर**—स्वनिर्देश के एकदम नीचे हस्ताक्षर किए जाते हैं। हस्ताक्षर

के बाद ही कोई पत्र अधिकृत बनता है। व्यावसायिक पत्रों में हस्ताक्षर अत्यन्त महत्त्वपूर्ण स्थान रखते हैं। हस्ताक्षर करने वाले के संबंध में यह माना जाता है कि वह उस संस्था का जिम्मेदार एवं अधिकार-सम्पन्न व्यक्ति है। यही कारण है कि अत्यन्त महत्त्वपूर्ण पत्रों पर मालिक, साझीदार अथवा व्यवस्थापक के हस्ताक्षर होते हैं। यदि ऐसे पत्रों पर हस्ताक्षर करने के लिए किसी को वैधानिक अधिकार प्राप्त होते हैं तो व्यापारिक संस्थान का नाम लिखने के बाद 'की ओर से अधिकृत' जोड़ देते हैं, यथा—'कन्हैयालाल मिश्रीलाल एण्ड संज़ की ओर से अधिकृत'। यदि हस्ताक्षरकर्ता को वैधानिक अधिकार प्राप्त न हों तो फिर उसे संस्था के नाम से पहले कृते लगा देना चाहिए, यथा—

कृते कन्हैयालाल मिश्रीलाल एण्ड संज़
अरुण कुमार
व्यवस्थापक

(10) **संलग्न पत्र**—व्यावसायिक पत्रों में पत्र के साथ प्रायः चेक, बैंक ड्राफ्ट, बिल बीजक, नकद प्राप्ति रसीद, हिसाब-किताब का विवरण आदि नत्थी होते हैं। ऐसी स्थिति में बाईं ओर संलग्न पत्र लिखकर इनका हवाला दे देना चाहिए, यथा--

संलग्न पत्र—1. बीजक संख्या 5441.
2. पंजाब नेशनल बैंक, दरियागंज, नई दिल्ली के नाम जारी किए गए रेखांकित चेक संख्या 05561 की रसीद संख्या 521.

यदि संलग्न पत्रों के रूप में बहुत सारे कागजात लगाए जा रहे हों तो उनका विवरण देने के स्थान पर कुल संख्या भी लिखी जा सकती है, यथा—संलग्न पत्र-10.

(11) **पुनश्च**—'पुनश्च' का अर्थ है 'फिर से'। दूसरे शब्दों में पत्र लिखने के बाद हमारे मन में यदि फिर से कोई विचार कौंध जाए या पत्र लिखने के दौरान हम कोई बात लिखना भूल गए हों, या पत्र लिखने के बाद कोई ऐसी सूचना मिली हो जिसे पत्र-प्राप्तकर्ता तक पहुंचाना जरूरी हो तो वह पत्र के अंत में अर्थात् संलग्न पत्र के एकदम नीचे 'पुनश्च' लिखकर और उसे रेखांकित करने के बाद उसके एकदम नीचे उस विचार विशेष को लिख देते हैं। सामान्यतः व्यावसायिक पत्रों में 'पुनश्च' लिखना अच्छा नहीं माना जाता। इसका कारण यह है कि इससे व्यवसायी के मन के दुविधा में फंसे होने का पता चलता है, फिर भी कभी-कभार पुनश्च लिखने की जरूरत पड़ जाती है। उदाहरण के लिए यदि माल भेजने के बाद बिल्टी की रसीद भेजते समय व्यवसायी से अतिरिक्त माल भेजने की सूचना उस समय प्राप्त होती है जब माल भेजा जा चुका हो तो 'पुनश्च' लिखकर यह सूचना देना जरूरी है कि बाद में प्राप्त क्रयादेश का माल अलग से भेजना पड़ेगा क्योंकि पहले प्राप्त क्रयादेश का माल भेजा जा चुका है। 'पुनश्च' लिखने के बाद हस्ताक्षर करना आवश्यक होता है।

(12) **टंकक के संक्षिप्त हस्ताक्षर/नाम**—पत्र के अंत में बाईं ओर टंकक के संक्षिप्त हस्ताक्षर अथवा नाम लिखा जाता है। ऐसा इसलिए किया जाता है कि यदि टंकण संबंधी कोई भूल हो जाए तो टंकक से जवाब तलब किया जा सके।

कतिपय उदाहरण

व्यापारिक व्यावसायिक पूछताछ सम्बन्धी पत्र

व्यापारिक पूछताछ सम्बन्धी पत्रों का मूल उद्देश्य किसी वस्तु विशेष अथवा विभिन्न वस्तुओं की कीमत, गुण, व्यापारिक शर्तों आदि की जानकारी हासिल करना होता है। इस प्रकार के पत्र लिखते समय निम्नलिखित बातों का स्पष्ट उल्लेख होना चाहिए :

(1) पूछताछ का उद्देश्य

(2) वस्तु विशेष के निर्माता अथवा थोक-विक्रेता में रुचि का कारण।

(3) क्रयादेश के बारे में संकेत अर्थात् प्रतिवर्ष अनुमानतः कितने रुपये का माल खरीदा जाएगा।

(4) क्रेता के व्यवसाय के सम्बन्ध में संक्षिप्त जानकारी।

(5) कमीशन, माल पहुंचाने की विधि तथा भुगतान सम्बन्धी शर्तें आदि।

स्थापित : 1910 **तार** : कालीन वाले

दूरभाष : 571 11 01

घनश्यामदास मोहनलाल एण्ड संज़

कालीन तथा दरियों के थोक विक्रेता

1441, हरध्यानसिंह रोड, करोलबाग, नई दिल्ली-110005

संख्या 5/8-92/401 5 अगस्त, 1992

मैसर्स मनोहरलाल श्यामलाल एण्ड कम्पनी
वाराणसी

प्रिय महोदय,

नवभारत टाइम्स (दिल्ली संस्करण) के रविवार, दिनांक 2 अगस्त, 1992 में प्रकाशित विज्ञापन से पता लगा है कि इधर आपने आकर्षक रंगों तथा डिजाइनों में विभिन्न आकारों की टिकाऊ दरियां तथा कालीन तैयार कराए हैं। दिल्ली में दरी तथा कालीन का थोक काम करने वालों में हमारी फर्म का अपना अलग स्थान है। यदि आपके माल की कीमतें अनुकूल हुईं तो हम प्रतिवर्ष एक लाख रुपये तक का माल

खरीद सकते हैं। अतएव आप अपने माल का सूचीपत्र तथा व्यापारिक शर्तों की विस्तृत जानकारी तुरन्त भेजने का कष्ट करें।

भवदीय
कृते घनश्यामदास मोहनलाल एण्ड संज़
मोहनलाल
साझेदार

स्थापित : 1930 **तार** : मनोहर
दूरभाष : 5440

मनोहरलाल श्यामलाल एण्ड कम्पनी
दरी तथा कालीनों के निर्माता
मैदागिन, वाराणसी

संख्या 10/8-92/521 10 अगस्त, 1992

मैसर्स घनश्यामदास मोहनलाल एण्ड संज़
नई दिल्ली-110005

प्रिय महोदय,

आपके पत्रांक 401 दिनांक 5 अगस्त, 1992 के संदर्भ में हमें अपनी नवीनतम मूल्य-सूची संलग्न करते हुए पर्याप्त प्रसन्नता हो रही है।

हमारी मूल्य-सूची के साथ दूसरे निर्माताओं की मूल्य-सूचियों का मिलान करने पर आप यह पाएंगे कि उनकी तुलना में हमारी कीमतें बहुत कम हैं। इसका कारण यह है कि हम कम मुनाफा तथा ज्यादा बिक्री के सिद्धान्त में विश्वास रखते हैं।

अभी दो दिन पहले ही हमारे पास नया माल आया है। हमने इस डिजाइन का माल अभी तक बाजार में नहीं भेजा है।

मूल्य-सूची के अंत में व्यापारिक शर्तों की विस्तृत जानकारी दे दी गई है।

हमें आपके क्रयादेश की प्रतीक्षा रहेगी।

भवदीय
कृते मनोहरलाल श्यामलाल एण्ड कम्पनी
मनोहरलाल
साझेदार

संलग्न : मूल्य-सूची, नमूने एवं
व्यापारिक शर्तें

क्रयादेश और उसका निष्पादन/कार्यान्वयन सम्बन्धी पत्र

जब हम किसी संस्थान के पास वस्तुओं की खरीद के लिए कोई आदेश भेजते हैं तो वह वास्तव में वस्तुओं की खरीद एवं बिक्री के सिलसिले में होने वाले अनुबंध-पत्र का मूल आधार होता है। अतएव क्रयादेश तैयार करते समय पर्याप्त सावधानी बरतनी चाहिए जिससे बाद के किसी प्रकार के विवाद की गुंजाइश न रहे।

मंगाई जाने वाली वस्तु के सम्बन्ध में निम्नलिखित विवरण का स्पष्ट उल्लेख होना चाहिए—

(1) वस्तु के ब्रांड, रंग, आकार, डिजाइन संख्या, गुणता तथा पैकिंग का स्पष्ट उल्लेख।

(2) मूल्य-सूची में उल्लिखित मूल्य अथवा परस्पर तय किया गया मूल्य।

(3) विक्रेता द्वारा दिए जाने वाले बट्टे (Discount) अथवा विशेष बट्टे का उल्लेख।

(4) माल के पहुंचने की तिथि का उल्लेख। माल के निर्धारित तिथि तक न पहुंचने पर क्या कार्रवाई की जाएगी।

(5) माल को मालगाड़ी, ट्रांसपोर्ट एजेंसी की मार्फत ट्रक द्वारा अथवा हवाई जहाज आदि में से किस विधि द्वारा भेजा जाए।

(6) माल का बीमा कराया जाएगा अथवा नहीं। यदि माल का बीमा कराना हो तो वह कितनी राशि का होना चाहिए।

किसी भी आदेश का निष्पादन करने से पहले विक्रेता को उसे ध्यानपूर्वक पढ़ना चाहिए। यदि उसे सारी शर्तें मंजूर हों तो क्रयादेश के प्राप्त होने की सूचना भेजने के साथ-साथ उसके निष्पादन के लिए प्रयत्नशील होना चाहिए। यदि उसे सारी या कुछ शर्तें मंजूर न हों या फिर पूरा माल निर्धारित तिथि तक भेजना संभव न हो तो फिर या तो स्पष्टीकरण मांग लेना चाहिए या फिर क्रयादेश के स्वीकार न किए जाने के कारणों का उल्लेख करते हुए पत्र लिखना चाहिए। जब तक सारी शर्तें तय न हो जाएं तब तक माल नहीं भेजना चाहिए।

माल भेजते समय बीजक अवश्य तैयार करना चाहिए। बीजक में भेजी जा रही वस्तुओं के नाम, ब्रांड, डिजाइन संख्या, मात्रा तथा माल के भेजने की विधि का स्पष्ट उल्लेख होना चाहिए।

किसी फर्म के साथ पहली बार व्यावसायिक सम्बन्ध स्थापित होने पर उसकी वित्तीय प्रतिष्ठा (Financial position) से परिचित होना बहुत जरूरी है। अतः क्रयादेश का निष्पादन करने से पूर्व क्रयादेश भेजने वाली फर्म से विनम्रतापूर्वक एक, दो या तीन हवाले मंगवा लेने चाहिए। वित्तीय स्थिति की जांच-पड़ताल के लिए दिए गए व्यापारिक संदर्भों पर पत्र लिखते समय प्रारूप बहुत सावधानीपूर्वक तैयार करना चाहिए।

क्रयादेश का उदाहरण

स्थापित : 1910

तार : कालीन वाले
दूरभाष : 571 11 01

घनश्यामदास मोहनलाल एण्ड संज़

कालीन तथा दरियों के थोक विक्रेता

1441, हरध्यानसिंह रोड, करोलबाग, नई दिल्ली-110005

संख्या 16/8-92/423

16 अगस्त, 1992

मैसर्स मनोहरलाल श्यामलाल एण्ड कम्पनी
वाराणसी

प्रिय महोदय,

आपका पत्रांक 521 दिनांक 10 अगस्त, 1992 तथा संलग्न सूचीपत्र एवं नमूने प्राप्त हुए। कृपया निम्नलिखित माल रेल से भेजने का कष्ट करें :

100 कालीन नमूना संख्या 41	रु० 100.00 प्रति
200 छोटे कालीन नमूना संख्य 45	रु० 50.00 प्रति
300 आसन नमूना संख्या 70	रु० 20.00 प्रति

माल की पैकिंग टाटा के बोरों में करें तथा रेलवे रसीद हमारे नाम बेचान करके, बीजक पर 20% का नकद बट्टा काटकर हुंडी इलाहाबाद बैंक, अजमलखां रोड, करोलबाग, नई दिल्ली-110005 के पास भेज दें।

आशा है आप माल जल्दी भेजने का कष्ट करेंगे जिससे वह हमें 30 अगस्त, 1992 तक अवश्य प्राप्त हो जाएगा।

भवदीय
कृते घनश्यामदास मोहनलाल एण्ड संज़
मोहनलाल
साझेदार

आदेश-प्राप्ति की सूचना के साथ-साथ पहली बार क्रयादेश आने पर दो हवाले भेजने के लिए निवेदन करना

स्थापित : 1930

तार : मनोहर
दूरभाष : 5440

मनोहरलाल श्यामलाल एण्ड कम्पनी

दरी तथा कालीनों के निर्माता

मैदागिन, वाराणसी

संख्या 19/8-92/550

19 अगस्त, 1992

मैसर्स घनश्यामदास मोहनलाल एण्ड संज़
नई दिल्ली-110005

प्रिय महोदय,

आपके पत्रांक 423 दिनांक 16 अगस्त, 1992 के साथ भेजे गए क्रयादेश के लिए धन्यवाद। आपकी फर्म के साथ व्यापारिक सम्बन्धों की शुरुआत पर हमें काफी प्रसन्नता है।

चूंकि हम आपके साथ पहली बार कारोबार शुरू कर रहे हैं, अतएव अपनी फर्म के नियमानुसार एक या दो व्यापारिक संदर्भ प्राप्त करके प्रसन्नता होगी। आशा है आप इसे अन्यथा न लेंगे।

आपके पत्र की प्रतीक्षा रहेगी।

भवदीय
कृते मनोहरलाल श्यामलाल एण्ड कम्पनी
मनोहरलाल
साझेदार

व्यावसायिक संदर्भ सम्बन्धी पत्र

स्थापित : 1910

तार : कालीन वाले
दूरभाष : 571 11 01

घनश्यामदास मोहनलाल एण्ड संज़
कालीन तथा दरियों के थोक विक्रेता
1441, हरध्यानसिंह रोड, करोलबाग, नई दिल्ली-110005

संख्या 21/8-92/440

21 अगस्त, 1992

मैसर्स मनोहरलाल श्यामलाल एण्ड कम्पनी
वाराणसी

प्रिय महोदय,

आपका पत्रांक 550 दिनांक 19 अगस्त, 1992 प्राप्त हुआ। आपकी इच्छानुसार हम निम्नलिखित व्यापारिक संदर्भ भेज रहे हैं :

(1) भोलानाथ गोरखनाथ,
कालीन विक्रेता
गदौलिया, वाराणसी (उ० प्र०)

(2) रामनारायण भैरोंप्रसाद
दरी एवं कालीन निर्माता
चौक, वाराणसी (उ० प्र०)

इन दोनों फर्मों के साथ हमारे व्यावसायिक सम्बन्ध पिछले बीस वर्षों से हैं। कृपया माल शीघ्र भेजने का कष्ट करें।

भवदीय
कृते घनश्यामदास मोहनलाल एण्ड संज़
मोहनलाल
साझेदार

संदर्भ-पत्र

संदर्भ-पत्र लिखते समय बहुत सावधानी बरतनी चाहिए। इस सम्बन्ध में यह ध्यान रखना चाहिए कि उससे क्रेता के स्वाभिमान को किसी प्रकार की ठेस न पहुंचे। पत्र से यह भी ध्वनित नहीं होना चाहिए कि क्रेता पर किसी प्रकार का अविश्वास किया जा रहा है। वस्तुतः पत्र पढ़कर यही पता लगना चाहिए कि ऐसा व्यावसायिक औपचारिकता के निर्वाह के निमित्त किया जा रहा है। विक्रेता की इच्छा मात्र इतनी है कि क्या वह निरापद होकर माल उधार दे सकता है।

स्थापित : 1930

तार : मनोहर
दूरभाष : 5440

मनोहरलाल श्यामलाल एण्ड कम्पनी
दरी तथा कालीनों के निर्माता
मैदागिन, वाराणसी

संख्या 23/8-92/570

23 अगस्त, 1992

मैसर्स रामनारायण भैरोंप्रसाद,
चौक, वाराणसी

प्रिय महोदय,

हमारे एक संभावित ग्राहक घनश्यामदास मोहनलाल एण्ड संज, 1441, हरध्यानसिंह रोड, करोलबाग, नई दिल्ली-110005 ने आपका नाम व्यावसायिक संदर्भ के रूप में प्रेषित करके हमें आपसे पत्राचार करने का सुयोग्य प्रदान किया है। यद्यपि इस पत्राचार से आपको किसी प्रकार का व्यावसायिक लाभ न होगा तथापि आप सहयोग देकर कृतार्थ करेंगे।

हम आपको विश्वास दिलाते हैं कि भविष्य में जब कभी आपको इस प्रकार के सहयोग की आवश्यकता होगी तो हमारी ओर से आपको पूरा सहयोग मिलेगा।

हम जानना चाहते हैं कि क्या आपकी सम्मति में उक्त फर्म को 30,000 (तीस हजार रुपये) तक का साख विक्रय सुरक्षित और निरापद रहेगा ? आपके द्वारा दी गई

सूचना एकदम गोपनीय रखी जाएगी। यह सूचना देने से आप पर किसी प्रकार का दायित्व नहीं होगा।

सधन्यवाद,

भवदीय
कृते मोहनलाल श्यामलाल एण्ड कम्पनी
मनोहरलाल
साझेदार

व्यावसायिक संदर्भ का उत्तर

व्यावसायिक संदर्भ के पत्रों का उत्तर बहुत सावधानी से देना चाहिए। इसका कारण यह है कि आपको क्रेता और विक्रेता दोनों ने ही अपना विश्वासपात्र माना है। इस विश्वास की रक्षा करना आपका कर्त्तव्य है। अतएव क्रेता फर्म के सम्बन्ध में आपके पास जो भी सूचना उपलब्ध हो वह विक्रेता फर्म को अवश्य दीजिए—लेकिन इस शर्त के साथ कि यह जानकारी सर्वथा गोपनीय रखी जाएगी। यदि आप कोई ऐसी बात लिख रहे हैं जो क्रेता फर्म के अनुकूल नहीं है तब तो गोपनीयता की शर्त और भी अधिक आवश्यक है। स्वीकारात्मक उत्तर देते समय इस बात का स्पष्ट उल्लेख कीजिए कि आपकी किसी भी प्रकार की देयता नहीं होगी। वैसे आजकल इस प्रकार की सूचनाएं बैंक, चैम्बर ऑफ कॉमर्स तथा व्यापार मंडल जैसे संगठनों से प्राप्त की जाती हैं।

उदाहरण

अनुकूल उत्तर

स्थापित : 1898

तार : नारायण
दूरभाष : 5471

रामनारायण भैरोंप्रसाद
दरी एवं कालीन निर्माता
चौक, वाराणसी (उ० प्र०)

संख्या 26/8-92/721

26 अगस्त, 1992

मैसर्स मनोहरलाल श्यामलाल एण्ड कम्पनी
वाराणसी

प्रिय महोदय,

आपका पत्रांक 570 दिनांक 23 अगस्त, 1992 मिला। एतदर्थ धन्यवाद। हमें

यह लिखते हुए पर्याप्त प्रसन्नता है कि घनश्यामदास मोहनलाल एण्ड संज़ के साथ पिछले बीस वर्षों से हमारे व्यापारिक सम्बन्ध हैं। इन वर्षों में हमने लेन-देन के मामलों में उन्हें एकदम खरा पाया है। उन्होंने भुगतान सदैव समय पर किया है। आज तक उनकी एक भी हुण्डी वापिस नहीं हुई।

हम इस फर्म के व्यवहार से इतने अधिक प्रभावित हैं कि उनके हर आदेश की पूर्ति निरापद साख विक्रय की चिन्ता किए बिना कर देते हैं। चालीस हजार की तो बात ही क्या है, हमने बहुत बार एक लाख रुपये तक का माल दिया है।

हम आपको उपर्युक्त सूचना निजी अनुभव के आधार पर दे रहे हैं। इस सूचना के माध्यम से हम किसी प्रकार के दायित्व में नहीं बंध रहे हैं। आशा है आप इस सूचना को नितांत गोपनीय रखेंगे।

हम किसी भी प्रकार की सेवा के लिए सदैव तत्पर हैं।

सधन्यवाद,

भवदीय
कृते रामनारायण भैरोंप्रसाद
भैरोंप्रसाद
साझेदार

उदाहरण

प्रतिकूल उत्तर का पहला रूप

स्थापित : *1898* **तार :** नारायण

रामनारायण भैरोंप्रसाद
दरी एवं कालीन निर्माता
चौक, वाराणसी (उ० प्र०)

संख्या 26/8-81/721 26 अगस्त, 1991

मैसर्स मनोहरलाल श्यामलाल एण्ड कम्पनी,
वाराणसी (उ० प्र०)

प्रिय महोदय,

आपका पत्रांक 370 दिनांक 23 अगस्त, 1991 मिला। एतदर्थ धन्यवाद। आपने अपने पत्र में घनश्यामदास मोहनलाल एण्ड संज़, दिल्ली वालों की आर्थिक स्थिति जाननी चाही है। इस सन्दर्भ में निवेदन है कि पिछले दो वर्षों से उनके साथ हमारा लेन-देन बन्द है। वैसे भी उक्त फर्म के साथ हमारा साख व्यवहार का अनुभव

सुखद नहीं रहा है।

हम आपको उपर्युक्त सूचना निजी अनुभव के आधार पर किसी प्रकार के पूर्वाग्रह के बिना दे रहे हैं। आशा है आप इस सूचना को नितान्त गोपनीय रखेंगे।

हम किसी भी प्रकार की सेवा के लिए सदैव तत्पर रहेंगे।

सधन्यवाद,

भवदीय

कृते रामनारायण भैरोंप्रसाद

भैरोंप्रसाद

साझेदार

उदाहरण

प्रतिकूल उत्तर का दूसरा रूप

स्थापित : 1898

तार : नारायण

दूरभाष : 5144

रामनारायण भैरोंप्रसाद

दरी एवं कालीन निर्माता

चौक, वाराणसी (उ० प्र०)

संख्या 26/8-81/721

26 अगस्त, 1991

मैसर्स मनोहरलाल श्यामलाल एण्ड कम्पनी

वाराणसी

प्रिय महोदय,

आपका पत्रांक 370 दिनांक 23 अगस्त, 1991 मिला। एतदर्थ धन्यवाद। आपने अपने पत्र में घनश्यामदास मोहनलाल एण्ड संज़ वालों की आर्थिक स्थिति जाननी चाही है। इस सन्दर्भ में निवेदन है कि हम इस फर्म की आर्थिक स्थिति के सम्बन्ध में किसी भी प्रकार की जानकारी देने में असमर्थ हैं। इसका कारण यह है कि इस फर्म के साथ हमारा व्यापारिक सम्बन्ध केवल नकदी तक सीमित रहा है।

आपकी सेवा न कर पाने के लिए हमें खेद है।

सधन्यवाद,

भवदीय

कृते रामनारायण भैरोंप्रसाद

भैरोंप्रसाद

साझेदार

क्रेता को उसके द्वारा भेजे गए आदेश-पत्र सम्बन्धी सूचना

जब विक्रेता व्यावसायिक संदर्भ से पत्राचार करने के बाद संतुष्ट हो जाता है तब वह उसके द्वारा भेजे गए आदेश की पूर्ति कर देता है। लेकिन जब वह क्रेता की आर्थिक स्थिति से सन्तुष्ट नहीं होता तब वह आदेश-पत्र रद्द कर देता है। लेकिन आदेश-पत्र रद्द करते समय यह ध्यान रखना चाहिए कि क्रेता को व्यावसायिक संदर्भों से प्रतिकूल उत्तर प्राप्त होने का आभास न होने पाए। यही कारण है कि वह अपनी किसी असमर्थता का उल्लेख करते हुए ऐसा पत्र लिखता है कि आदेश-पत्र भी रद्द हो जाए तथा आपसी सम्बन्ध भी खराब न हों। उदाहरणार्थ निम्नलिखित उत्तर देखिए :

उदाहरण

स्थापित : 1930 **तार** : मनोहर

दूरभाष : 5440

मनोहरलाल श्यामलाल एण्ड कम्पनी

दरी तथा कालीनों के निर्माता

मैदागिन, वाराणसी

संख्या 27/8-91/575 27 अगस्त, 1991

मैसर्स घनश्यामदास मोहनलाल एण्ड संज़

दिल्ली

प्रिय महोदय,

आपके पत्रांक 423 दिनांक 16 अगस्त, 1991 द्वारा दिए गए आदेश के सन्दर्भ में हमें खेदपूर्वक यह निवेदन करना पड़ रहा है कि अपनी व्यावसायिक परिस्थितियों के कारण हम इस समय उधार विक्रय की स्थिति में नहीं हैं। आशा है आप हमें क्षमा करेंगे। यदि आप नकद क्रय का आदेश-पत्र भेज सकें तो हमें प्रसन्नता होगी।

आपकी सेवा के लिए सदैव तत्पर।

भवदीय

कृते मनोहरलाल श्यामलाल एण्ड कम्पनी

मनोहरलाल

साझेदार

4

सरकारी पत्राचार

औपचारिक पत्रों का एक महत्त्वपूर्ण रूप सरकारी पत्राचार का है। इसे शासकीय पत्राचार भी कहते हैं। यह पत्राचार—(i) सरकार के विभिन्न विभागों, (ii) सरकार तथा विभिन्न संस्थाओं और (iii) सरकार तथा सरकार के बाहर के व्यक्तियों से होता है। आपको यह तो ज्ञात ही है कि हमारे देश में मंत्रिमंडलीय शासन प्रणाली है। इस शासन-व्यवस्था में राष्ट्रपति प्रधानमंत्री के परामर्श के अनुसार विभिन्न मंत्रालयों को बांट देते हैं। प्रत्येक मंत्रालय का कार्यभार एक अथवा एक से अधिक व्यक्तियों को सौंपा जाता है। किसी भी मंत्रालय के प्रशासनिक कार्य की सारी जिम्मेदारी उसके सचिव की होती है। मंत्रालय के कार्य को ध्यान में रखकर उसे विभिन्न विभागों, स्कन्धों, प्रभागों, शाखाओं तथा अनुभागों में बांट देते हैं जिनके कार्य को क्रमशः संयुक्त सचिव, उपसचिव, अवर सचिव या शाखा अधिकारी तथा अनुभाग अधिकारी आदि देखते हैं। प्रत्येक अनुभाग के काम-काज का निपटान करने के लिए अधीक्षक, पर्यवेक्षक, सहायक, टंकक, लिपिकवर्गीय सचिवालयी कर्मचारी तथा चतुर्थ श्रेणी के कर्मचारी होते हैं। हरेक कार्यालय को उसके कार्य से सम्बन्धित नाना प्रकार के पत्र प्रतिदिन प्राप्त होते हैं। ये पत्र कभी किसी व्यक्ति विशेष के द्वारा लिखे जाते हैं, कभी किसी कार्यालय अथवा संस्था के द्वारा भेजे जाते हैं। प्राप्त हुए पत्रों को दर्ज करने, उन पर कारंवाई करने तथा उन्हें सक्षम अधिकारी के समक्ष प्रस्तुत करने की एक सुनिश्चित प्रक्रिया है।

सरकारी पत्राचार की प्रक्रिया

जब कोई पत्र किसी कार्यालय में पहुंचता है तो उसे कार्यालयी भाषा में आवती कहते हैं। पत्र के मंत्रालय अथवा कार्यालय में पहुंचने पर उसे आवती रजिस्टर में दर्ज कर लिया जाता है। इसके बाद उसे सम्बद्ध अनुभाग के डायरी-कर्त्ता के पास भेज दिया जाता है। डायरी-कर्त्ता प्रत्येक आवती को डायरी में दर्ज करता है। दर्ज करते समय उसे प्राप्त होने का समय भी लिखा जाता है। यह प्रक्रिया डायरी करना कहलाती है। अब यह आवती अनुभाग अधिकारी के सामने पेश की जाती है। अनुभाग अधिकारी उस पर सम्बद्ध सहायक का नाम लिखता है और इस प्रकार यह आवती अब उसे सौंप दी जाती है। महत्त्वपूर्ण पत्र जानकारी एवं आवश्यक निर्देश के निमित्त डाक-स्तर पर ही

शाखा अधिकारी या उससे ऊपर के अधिकारी के सामने पेश किये जाते हैं। वे उन्हें अपने कार्यालय के संबंधित कर्मचारी को सौंप देते हैं। यदि कोई शाखा अधिकारी अथवा अन्य उच्च अधिकारी अनुभाग की सहायता के बिना ही आवती पर कार्रवाई करना चाहता है तो वह उस आवती को अपने पास रोक लेता है अन्यथा आवश्यक निर्देश देकर आद्यक्षर कर देता है तथा अनुभाग अधिकारी के पास भेज देता हैं।

टिप्पण

जब कोई पत्र किसी कार्यालय में पहुंचता है तो उस पर कार्रवाई की प्रक्रिया प्रारम्भ हो जाती है। यह प्रक्रिया उसके अन्तिम रूप में निपटाए जाने तक चलती रहती है। इस प्रक्रिया को टिप्पण-कार्य कहते हैं।

टिप्पण तथा टिप्पणी में अन्तर—बहुत बार टिप्पण तथा टिप्पणी को एक-दूसरे का पर्याय समझने की भूल हो जाती है। यह सही नहीं है। कार्यालय में प्राप्त हुए किसी भी पत्र आदि के सम्बन्ध में शुरू से लेकर निपटान तक किए जाने वाले लिखित विचार-विमर्श की प्रक्रिया को **टिप्पण**-कार्य कहते हैं। इस प्रक्रिया के दौरान विभिन्न चरणों में दिए गए सुझाव, संकेत, निर्देश, दर्ज किए गए तथ्य, सूचनाएं आदि **टिप्पणी** कहलाते हैं। किसी भी पत्र आदि का निपटान टिप्पण द्वारा ही किया जाता है। टिप्पण-कार्य के बिना किसी भी पत्रादि का अन्तिम रूप से निपटारा करना संभव नहीं है।

टिप्पण की प्रक्रिया से परिचित होने से पूर्व यह जानना जरूरी है कि मिसिल पंजिका अर्थात् फाइल किस प्रकार तैयार की जाती है। प्रत्येक मिसिल के दो भाग होते हैं। एक भाग में टिप्पणियां रखी जाती हैं तथा दूसरे भाग में पत्राचार रखा जाता है। टिप्पणी लिखने के लिए एक विशेष प्रकार के कागज का प्रयोग किया जाता है। इस कागज का रंग सामान्यतः हल्का हरा, आसमानी या हल्का पीला होता है। रंगीन कागज का प्रयोग इसलिए किया जाता है क्योंकि सफेद कागज जल्दी मैला हो जाता है; लेकिन सफेद कागज के प्रयोग की कोई मनाही नहीं है। टिप्पण वाले कागज की दूसरी विशेषता उसका हाशिएदार होना है। दूसरे शब्दों में टिप्पणी सदैव हाशिए वाले कागज पर लिखी जाती है। कागज पर हाशिया पहले से ही बना होता है। यह सामान्यतः पूरे पृष्ठ का लगभग एक-तिहाई भाग होता है। टिप्पणी वाले भाग को मिसिल के बाहर नत्थी करके रखते हैं तथा पत्राचार वाले भाग को मिसिल के भीतर रखते हैं। टिप्पणी वाले भाग में किसी आवती अर्थात् बाहर से आए पत्राचार में दी गई समस्या आदि के निपटान के लिए अनुभाग के सहायक तथा अधिकारियों के बीच हुए विचार-विमर्श लिपिबद्ध होते हैं। पत्राचार वाले भाग में बाहर से आए पत्र तथा विभाग द्वारा भेजे गए उत्तरों की कार्यालय-प्रतियां रखी जाती हैं।

जब किसी सहायक को कोई आवती प्राप्त होती है तब वह संगत मिसिल/फाइल पर टिप्पणी लिखकर सम्बन्धित अधिकारी के समक्ष प्रस्तुत करता है। यदि उस

विषय पर पहले से कोई मिसिल खुली हुई नहीं होती तो नई मिसिल खोली जाती है। कार्यालय में नई मिसिल केवल तभी खोलते हैं जब कोई पत्र पहली बार प्राप्त होता है।

आवती पर पहली टिप्पणी सम्बन्धित सहायक द्वारा लिखी जाती है। टिप्पणी लिखते समय वह (i) आवती का सार लिखता है। (ii) आवती में दिए गए तथ्यों के बारे में यह बताता है कि वे सही हैं अथवा गलत। (iii) यदि तथ्य गलत हैं तो गलती की ओर संकेत करता है। (iv) यदि उस विषय पर पहले कोई पत्राचार हो चुका है तो उसका सार देता है। (v) उन नीतियों, नियमों, कानूनों एवं पूर्व-निर्णयों का उल्लेख होता है जिनके आधार पर निर्णय लिया जा सकता है। (vi) उन मुद्दों का उल्लेख करता है जिन पर निर्णय लेना जरूरी होता है। (vii) निर्णय की दिशा का संकेत करता हुआ बाईं ओर अपने हस्ताक्षर करके मिसिल को अधिकारी के सामने पेश करता है। मिसिल में दो भाग होते हैं—(क) पत्राचार भाग, (ख) टिप्पण भाग।

पत्राचार भाग—पत्राचार भाग में आवतियां तथा उनके सम्बन्ध में हुए पत्राचार की कार्यालय-प्रतियां (office copies) रखी जाती हैं।

टिप्पण भाग—इसके अंतर्गत निपटान के निमित्त आए कागजात पर लिखी हुई टिप्पणियां रखी जाती हैं।

टिप्पण-लेखन के सिद्धांत

'टिप्पण' के सम्बन्ध में सार्वभौमिक एवं सार्वकालिक नियम बनाना संभव नहीं है। इसका कारण यह है कि 'टिप्पण' लिखना भी एक कला है। यह कला अभ्यास की अपेक्षा रखती है। अभ्यास के फलस्वरूप ही विषयानुरूप, तार्किक, निर्भ्रान्त एवं प्रभावी टिप्पण कार्य की सामर्थ्य पैदा होती है। लेकिन फिर भी कतिपय बातें ऐसी हैं जिनका ध्यान टिप्पण कार्य करते समय हर टिप्पणीकार को रखना ही पड़ता है। ये विशेषताएं दो वर्गों में बांटी जा सकती हैं—(1) बहिरंग विशेषताएं, (2) अंतरंग विशेषताएं।

बहिरंग विशेषताएं

(1) मूल पत्र पर टिप्पण-कार्य न करना—टिप्पण-कार्य कभी मूल पत्र पर नहीं किया जाता। यह सदैव टिप्पण के लिए निर्धारित कागज पर किया जाता है। यदि किसी कार्यालय में टिप्पण-कार्य के लिए कोई निर्धारित प्रपत्र न हों तो फिर टिप्पण-कार्य फुल-स्केप आकार के कागज पर करना चाहिए। यदि किसी अधिकारी ने मूल पत्र पर ही अपने निर्देश अंकित कर दिए हों तो फिर उनकी प्रतिलिपि करवाकर मिसिल में पृथक् से लगवा लेनी चाहिए।

(2) पत्राचार का विवरण एवं संकेत करना—टिप्पणी लिखने से पहले टिप्पणी-कर्ता को पत्राचार सम्बन्धी आवश्यक विवरण अवश्य देना चाहिए, यथा : क्रमसंख्या 21,

आगरा डिवीजन के कमिश्नर का पत्र, दिनांक 21 अगस्त, 1992, पृष्ठ 46, पत्र-व्यवहार।

(3) **प्रारम्भ में वाद-विषय का उल्लेख करना**—टिप्पणी के प्रारम्भ में ही वाद-विषय का उल्लेख कर देना चाहिए, फिर विचारणीय विषय अथवा प्रकरण का इतिहास दिया जाना चाहिए। उसके बाद विभिन्न दृष्टिकोणों से विचार करते हुए निस्तारण के लिए विभिन्न विकल्प एवं अन्त में क्रिया चयन के लिए उपयुक्त विकल्प सुझाना चाहिए।

(4) **अनुच्छेदों को संख्याबद्ध करना**—टिप्पणी के पहले अनुच्छेद को छोड़कर शेष सभी अनुच्छेद संख्याबद्ध कर देने चाहिए। इससे आदेशाधिकारी को न केवल पढ़ने-समझने में सुविधा रहती है अपितु यदि वह किसी विशेष स्थल पर कोई अभ्युक्ति देना चाहता है तो उसे सम्बन्धित अनुच्छेद का हवाला देने में सुविधा रहती है।

(5) **विषय का उपविभाजन करना**—कभी-कभी किसी विषय पर विभिन्न दृष्टियों से विचार करते हुए एक लम्बा टिप्पण लिखना जरूरी होता है। ऐसी स्थिति में विषय का उपविभाजन कर लेना चाहिए तथा विभिन्न बिन्दुओं पर पृथक्-पृथक् विचार करते हुए अन्त में समाधान देना चाहिए।

(6) **प्रथम पुरुष का प्रयोग न करना**—सहायक आदि अराजपत्रित अधिकारियों को टिप्पण लिखते समय प्रथम पुरुष अर्थात् मैं, मैंने आदि का प्रयोग नहीं करना चाहिए।

(7) **पूरे हवाले देना**—टिप्पणी लिखते समय पूरे हवाले दिए जाने चाहिए। उदाहरण के लिए यदि किसी टिप्पणी में इस बात का उल्लेख करना हो कि अमुक पत्र कई स्मरण-पत्रों के बावजूद अनुत्तरित रहा है तो फिर स्मरण-पत्रों की तिथियों का हवाला दिया जाना चाहिए। इसी प्रकार से यदि पिछले पत्र का स्मरण दिलाना जरूरी हो तो फिर उस पत्र की संख्या तथा दिनांक देना चाहिए।

(8) **निर्देशों का क्रम पत्रावली के अनुरूप रखना तथा निर्देश टिप्पणी के हाशिए में रखना**—जहां तक संभव हो सके वहां तक एक विषय पर एक ही टिप्पणी लिखनी चाहिए तथा टिप्पणी में दिए गए निर्देशों का क्रम पत्रावली में दिए गए क्रम के अनुसार होना चाहिए। निर्देश सदैव पत्रावली के पास में ही लिखे जाने चाहिए, न कि मूल में। इसका कारण यह है कि निर्देशों का उल्लेख मूल में करने से अधिकारी का ध्यान बंट जाता है।

(9) **अधिकारी का ध्यान आकर्षित करने, कोई तर्क देने अथवा निष्कर्ष निकालने के लिए ही उद्धरण देना**—पत्र के किसी अंश का उद्धरण देकर टिप्पणी का अनावश्यक विस्तार नहीं करना चाहिए। पत्र के किसी अंश का उद्धरण केवल तभी दिया जाना चाहिए जब टिप्पणीकार उसके आधार पर कोई तर्क देना चाहता है अथवा कोई निष्कर्ष निकालना चाहता है, या फिर किसी अंश विशेष की ओर ध्यान आकर्षित करना चाहता है।

(10) **टिप्पणी से सम्बन्धित सामग्री का मिसिल में होना**—टिप्पणीकार को विचाराधीन विषय से सम्बन्धित सारी सामग्री यथा : प्रलेख, पत्रादि को उसी क्रम से

मिसिल में लगा देना चाहिए जिस क्रम से वे टिप्पणी में संदर्भित किए गए हों। सम्बन्धित सामग्री के मिसिल में न होने पर अधिकारी को टिप्पणी को समझने और निर्णय लेने में परेशानी होती है।

(11) नेमी टिप्पण का प्रयोग बहुत अधिक आवश्यक होने पर ही करना—टिप्पणी तथा पत्रावली के साथ नेमी टिप्पणी अथवा अन्य कोई ऐसे कागजात नहीं बनने चाहिए जिससे ध्यान बटने की संभावना हो। ये तो केवल तभी भेजनी चाहिए जब अधिकारी का ध्यान आकर्षित करने के लिए कोई विशेष कारण हो।

(12) स्याही से लिखना—टिप्पणी सदैव स्याही से लिखनी चाहिए या फिर वह टंकित होनी चाहिए।

(13) संयत भाषा का प्रयोग—टिप्पणी लिखते समय सदैव संयत भाषा का प्रयोग करना चाहिए। भाषा ऐसी रहनी चाहिए जिससे किसी प्रकार की कटुता अथवा व्यंग्य का आभास न होने पाए। द्वयार्थक शब्दों का प्रयोग भूलकर भी नहीं करना चाहिए। टिप्पणीकार को अतिशयोक्तिपूर्ण एवं आलंकारिक भाषा-प्रयोग से बचना चाहिए। दूसरे शब्दों में टिप्पणी की भाषा सरल, साफ-सुथरी, संयमित एवं विनयपूर्ण होनी चाहिए। टिप्पणीकार जो कुछ भी लिखे उसका अर्थ स्पष्ट एवं निर्भ्रान्त निकलना चाहिए।

अभी तक जिन विशेषताओं का उल्लेख किया गया है वे टिप्पणी के बहिरंग से सम्बन्धित हैं। अब उन बातों को जान लेना भी जरूरी है जो टिप्पणी के अन्तरंग से सम्बन्ध रखती हैं। संक्षेप में विशेषताएं निम्नलिखित हैं—

अन्तरंग विशेषताएं

(1) वाद-विषय को भली भांति समझना—टिप्पणी-कार्य करने से पूर्व टिप्पणीकार को विचारणीय विषय वाद-विषय को अच्छी तरह समझ लेना चाहिए क्योंकि वाद-विषय को समझे बिना समस्या का समाधान प्रस्तुत नहीं किया जा सकता। यदि समस्या का समाधान ही प्रस्तुत नहीं किया जा सके तो टिप्पणी-कार्य का कोई लाभ नहीं है क्योंकि टिप्पणी का मूल उद्देश्य है समस्या का समाधान अथवा निराकरण।

(2) विभिन्न विकल्प सुझाते हुए उनकी शक्ति एवं सीमाओं का उल्लेख—समस्या का समाधान सुझाते समय सम्भावित विकल्पों का उल्लेख करना जरूरी है। प्रत्येक विकल्प के साथ उसकी शक्ति और सीमाओं का भी उल्लेख करना चाहिए। अन्त में यह सुझाना चाहिए कि किस विकल्प को चुनना श्रेयस्कर है तथा क्यों?

(3) विचारों को तार्किक क्रम से रखना—एक अच्छी टिप्पणी की यह विशेषता होती है कि उसमें अपने विचारों को तार्किक क्रम से रखा जाता है। यह तार्किक क्रम भी पूर्वापर क्रम से बना होता है। पूर्वापर क्रम से अभिप्राय यह है कि टिप्पणीकार जहां पहले की गई कार्रवाई का उल्लेख करता है वहां वर्तमान स्थिति बतलाते हुए भविष्य में की जाने वाली कार्रवाई भी सुझाता है।

(4) पुनरुक्ति से बचना—टिप्पणी लिखते समय इस बात का ध्यान रखना

चाहिए कि उसमें किसी भी प्रकार की पुनरुक्ति न हो। पुनरुक्ति से टिप्पणीकार की सूझ-बूझ, जानकारी तथा भाषाधिकार की कमी झलकती है।

(5) **संक्षिप्तता**—टिप्पणी लिखते समय व्यर्थ का विस्तार नहीं करना चाहिए। न दूसरे शब्दों में टिप्पणी यथासंभव संक्षिप्त होनी चाहिए। अनावश्यक विस्तार से बचते हुए पैने तर्कों तथा प्रभावी भाषा में ही टिप्पणी लिखी जानी चाहिए। यह बात कभी नहीं भूलनी चाहिए कि सम्बन्धित अधिकारी को दिन-भर अनेक टिप्पणियों एवं प्रारूपों से जूझना पड़ता है। इसके अतिरिक्त उसके पास अन्य अनेक काम भी होते हैं। ऐसी स्थिति में अनावश्यक विस्तार उसके समय का अपव्यय करेगा। होना तो यह चाहिए कि टिप्पणीकार ऐसी दिशा सुझाए जो सम्बन्धित अधिकारी को सर्वथा उचित दिखलाई पड़े। उसे ऐसा लगे कि उस विकल्प के अतिरिक्त कोई दूसरा विकल्प चुना ही नहीं जा सकता और इस प्रकार वह सुझाई गई दिशा पर अपनी सहमति दे दे।

(6) **व्यक्तिगत आक्षेप न करना**—टिप्पणी सदैव अकृतक भाव से लिखी जानी चाहिए। इस बात का ध्यान रखना चाहिए कि उसमें किसी वरिष्ठ अथवा कनिष्ठ अधिकारी अथवा किसी अन्य कर्मचारी पर कोई व्यक्तिगत आक्षेप न हो। किसी विचार की तार्किक आलोचना करते हुए अथवा कोई सुझाव देते हुए किसी ऐसी दृढ़ोक्ति का प्रयोग भी नहीं करना चाहिए जिससे टिप्पणीकार की अनुचित दिलचस्पी दिखलाई देती हो।

(7) **उपदेशक न होना**—टिप्पणीकार को उपदेशक का रूप ग्रहण नहीं करना चाहिए।

टिप्पण के प्रकार

टिप्पण के अनेक रूप और प्रकार हैं, यथा—(1) सूक्ष्म टिप्पण, (2) सामान्य अथवा संक्षिप्त टिप्पण, (3) संपूर्ण टिप्पण, (4) विभागीय अथवा आनुभागिक टिप्पण, (5) नित्यक्रमिक टिप्पण, (6) अनौपचारिक टिप्पण। इन सब का विस्तृत परिचय नीचे दिया जा रहा है—

सूक्ष्म टिप्पण

(i) इसे टीप भी कहते हैं। प्रत्येक कार्यालय में बहुत-से कागज-पत्र ऐसे आते हैं जो सम्बन्धित अधिकारियों को दिखाने के बाद फाइल में लगा दिये जाते हैं। जब अनुभाग से ऐसे कागज-पत्र अनुभाग अधिकारी, शाखाधिकारी, उपसचिव आदि के पास पहुंचते हैं तो वह उन पर बगल में अपने निर्देश दे देता है।

(ii) जब कागजात/फाइल, अनौपचारिक निर्देश प्राप्त करने के लिए भेजे जाते हैं तब उन पर बगल में 'अवलोकनार्थ/सम्मति के लिए' जैसे सूक्ष्म टिप्पण लिख दिए जाते हैं।

(iii) जब कोई टिप्पण/आलेख ऊपर भेजा जाता है अथवा ऊपर से नीचे लौट-कर आता है तब उस पर बगल में—

(क) उन व्यक्तियों के पद, नाम आदि लिख देते हैं जिनके पास वह भेजा जा रहा है।

(ख) टिप्पण/आलेख के संबंध में कृपया मिल लीजिए। देख लिया है, ठीक है। मैंने आलेख में कुछ परिवर्तन कर दिये हैं आदि सूक्ष्म टिप्पण होते हैं।

उच्च अधिकारी, मंत्री आदि प्रायः इसी प्रकार के टिप्पण लिखा करते हैं। क्योंकि ये टिप्पण अत्यन्त लघु होते हैं, अतएव इन्हें सूक्ष्म टिप्पण कहते हैं।

सामान्य टिप्पण

प्रत्येक कार्यालय में बहुत-से ऐसे कागजात भी आते हैं जिनके निपटान के लिए किसी पूर्व इतिहास अथवा कार्रवाई का विवरण देने की आवश्यकता नहीं होती। ये वास्तव में नई कार्रवाई की शुरुआत करते हैं। ऐसे कागजात पर जो टिप्पण लिखे जाते हैं उन्हें सामान्य टिप्पण कहते हैं।

संपूर्ण टिप्पण

जब किसी उलझे हुए, विवादग्रस्त विषय पर कोई टिप्पण लिखना होता है तब टिप्पण लिखने वाले को न केवल पुरानी फाइलों की छानबीन करके उसका पूरा इतिहास खोजना पड़ता है अपितु नियमों-अधिनियमों, सांविधिक एवं प्रचलित प्रक्रियाओं, पूर्व निर्णयों का भी अध्ययन करना पड़ता है। यह सब करने के बाद वह जो टिप्पण लिखता है उसमें संदर्भित विषय का पूरा किन्तु संक्षिप्त इतिहास होता है, पूर्ववर्ती कार्रवाई का विवरण होता है, विभिन्न कार्यालयों, मंत्रालयों आदि से प्राप्त अभ्युक्तियों (Remarks) एवं मंतव्यों का हवाला होता है, सम्बन्धित प्रश्नों की चर्चा रहती है तथा तथ्यों एवं तर्कों से पुष्ट अपने सुझाव होते हैं। वह विस्तार एवं गहराई से युक्त होता है। ऐसे टिप्पण सम्पूर्ण कहलाते हैं। ये टिप्पण किसी कार्यालय के लिपिकों एवं सहायकों द्वारा तैयार किये जाते हैं। अधिकारी, चाहे वह किसी भी स्तर का क्यों न हो, स्वयं ऐसे टिप्पण नहीं लिखता। वह तो सहायकों द्वारा भेजे गये सम्पूर्ण टिप्पणों के आलोक में ही अपना निर्णय देता है।

विभागीय अथवा आनुभागिक टिप्पण

जब किसी विषय के अन्तर्गत ऐसे मुद्दे आ जाते हैं कि विभिन्न अनुभागों से पृथक्-पृथक् आदेश प्राप्त करना आवश्यक होता है तब टिप्पण तैयार करने वाला व्यक्ति प्रत्येक मुद्दे पर पृथक्-पृथक् टिप्पण तैयार करके उन पर आदेश प्राप्त करता है। ऐसे टिप्पणों को आंशिक या आनुभागिक टिप्पण कहते हैं। इन आनुभागिक टिप्पणों के आलोक में ही सम्पूर्ण टिप्पण तैयार किया जाता है। फाइल तथा अभिलेख में आनुभागिक

टिप्पणों को मुख्य टिप्पण के बाद ही रखते हैं।

नित्यक्रमिक टिप्पण

नित्यक्रमिक टिप्पणों से अभिप्राय उन टिप्पणों से है जो किसी कार्यालय की छोटी-छोटी बातों से संबंधित होते हैं तथा जिन्हें अभिलेख के लिए नहीं रखा जाता।

अनौपचारिक टिप्पण

दफ्तरों में होने वाले टिप्पण के काम को दो वर्गों में बांट सकते हैं—

(i) औपचारिक या रूढ़ टिप्पण,

(ii) अनौपचारिक टिप्पण।

औपचारिक टिप्पण वे हैं जिनमें सभी नियमों एवं उपचारों का पूरी तरह पालन किया जाता है। वे उपयुक्त सीढ़ियां पार करने के बाद ही अधिकारियों के पास पहुंचते और लौटते हैं। इसके विपरीत अनौपचारिक टिप्पण में उपयुक्त सीढ़ियों को पार करने का बंधन नहीं होता। ये सीधे एक मंत्रालय से दूसरे मंत्रालय को अथवा संबद्ध कार्यालयों में किसी प्रस्ताव अथवा किन्हीं कागजात के बारे में जानकारी प्राप्त करने के निमित्त भेज दिए जाते हैं। ऐसे टिप्पणों के जो प्रत्युत्तर प्राप्त होते हैं वे भी अनौपचारिक टिप्पण ही कहलाते हैं।

मुख्य टिप्पण तथा आनुषंगिक टिप्पण

मुख्य टिप्पण से अभिप्राय उस टिप्पण से है जो किसी सहायक अथवा लिपिक द्वारा किसी विषय अथवा समस्या पर सबसे पहले लिखा जाता है। यह सामान्य टिप्पण के रूप में भी हो सकता है तथा सम्पूर्ण टिप्पण के रूप में भी हो सकता है। इसके विपरीत आनुषंगिक टिप्पण वे हैं जो इस मुख्य टिप्पण के पार्श्व में अथवा नीचे जुड़ते चले जाते हैं। सहायक द्वारा प्रस्तुत किए गए टिप्पण से सहमत होने पर वह उसके नीचे दाईं ओर अपने हस्ताक्षर करके लौटा देता है। यदि उस टिप्पण को आगे भेजना जरूरी होता है तो वह उसे आगे भेज देता है। यदि वह अपनी ओर से कुछ जोड़ना चाहता है तो सहायक द्वारा भेजे गए टिप्पण के नीचे ही लिखकर अपने हस्ताक्षर कर देता है। लेकिन यह जरूरी नहीं है कि अधिकारी सहायक द्वारा भेजे गए टिप्पण से सहमत ही हो। ऐसी स्थिति में वह एक नया टिप्पण तैयार करता है। इस प्रकार से कभी-कभी दूसरा मुख्य टिप्पण तैयार हो जाता है। सामान्यतः किसी भी कार्यालय के किसी भी विभाग में किसी भी प्राप्त पत्र पर दो से अधिक मुख्य टिप्पण तैयार नहीं किए जाते।

मुख्य टिप्पण कैसे लिखे जाते हैं?

1. विषय से संबद्ध सारी सामग्री का संकलन एवं अध्ययन—सहायक अथवा लिपिक सबसे पहले विषय से सम्बन्धित सारी सामग्री का संकलन एवं अध्ययन करता है।

यदि वह जरूरी समझता है तो विषय के विभिन्न मुद्दों पर निर्देश प्राप्त करने के लिए आनुभागिक टिप्पणों का सहारा लेता है।

2. समस्त संदर्भों का उल्लेख—सारी सामग्री संकलित करने तथा अध्ययन-मनन के बाद टिप्पण लिखना प्रारम्भ करता है। वह सबसे पहले टिप्पण पृष्ठ-संख्या देता है और उसके बाद टिप्पण क्रम-संख्या लिख देता है। इसके बाद वह उस पत्र / कागजात, जिनके बारे में वह टिप्पण लिखना चाहता है, की प्राप्ति संख्या अथवा निर्गम क्रम-संख्या तथा समाचार वाले भाग में पड़ी क्रम-संख्या टिप्पण के प्रथम पृष्ठ पर लिख देता है। इसके बाद वह इस बात का उल्लेख करता है कि वह पत्र / कागजात कहां से आया है और किस सम्बन्ध में है।

3. टिप्पण लिखने के कारणों का उल्लेख—वह इस बात का भी उल्लेख करता है कि टिप्पण क्यों लिखा जा रहा है। कभी-कभी टिप्पण के कथ्य का शीर्षक भी दे दिया जाता है।

4. पूर्व पत्राचार, नियम आदि का उल्लेख—इसके बाद पूर्व पत्र-व्यवहार, सम्बन्धित नियम आदि के संकेत दिए जाते हैं। ये सारे संदर्भ टिप्पणी के मूल अंश में उद्धृत नहीं किए जाते हैं अपितु ये तो बगल में संकेतित होते हैं। मूल अंश में तो विषय सम्बन्धी समस्याएं एवं आंकड़े प्रस्तुत किए जाते हैं।

5. सहायक द्वारा हस्ताक्षर—अन्त में टिप्पणकर्ता बायीं ओर अपने नाम के आद्य अक्षर अथवा संक्षिप्त हस्ताक्षर करके तारीख डाल देता है। इस प्रकार से मुख्य टिप्पण का कार्य सम्पन्न हो जाता है।

6. अनुभाग अधिकारी द्वारा कार्रवाई—सहायक द्वारा तैयार किए गए इस टिप्पण को अनुभाग अधिकारी ध्यान से पढ़कर आगे की कार्रवाई करता है। यदि वह उस टिप्पण को शाखाधिकारी, उपसचिव, सचिव आदि को नियमानुसार दिखाना आवश्यक समझता है तो वह उसके नीचे बायीं ओर अपने संक्षिप्त हस्ताक्षर तथा तारीख डालकर आगे भेज देता है। यदि वह उस टिप्पण में अपना कोई वक्तव्य जोड़ना चाहता है तो वह उसे जोड़ सकता है और उसे जोड़ने के बाद ही अपने हस्ताक्षर करता है। यदि वह उससे सन्तुष्ट नहीं है तो सर्वथा नया टिप्पण भी तैयार कर सकता है। यदि वह स्वयं उस विषय के निपटान के लिए सक्षम अधिकारी है तो वह दायीं ओर हस्ताक्षर करने के बाद उचित निर्देश देते हुए वह फाइल / कागजात लौटा देता है।

7. शाखाधिकारी द्वारा कार्रवाई—जब वह टिप्पण एवं फाइल शाखाधिकारी के पास पहुंचती है तो वह उचित निर्देश देने के बाद दायीं ओर अपने पूरे हस्ताक्षर कर देता है और अनुभाग अधिकारी के पास वापस भेज देता है। यदि वह यह समझता है कि उक्त विषय पर उपसचिव अथवा सचिव के निर्देशों की आवश्यकता है तो वह उस टिप्पण को उनके नाम अंकित करने के बाद आगे बढ़ा देता है। यदि वह अपनी ओर से कोई सुझाव आदि देना चाहता है तो फिर उस टिप्पण को आगे बढ़ाकर अपने हस्ताक्षर कर देता है। कभी-कभी वह उपसचिव आदि से टेलीफोन पर अथवा व्यक्तिगत सम्पर्क द्वारा मौखिक निर्देश भी प्राप्त कर लेता है।

8. **उपसचिव, संयुक्त सचिव तथा सचिव द्वारा कार्रवाई**—जब उपसचिव, संयुक्त सचिव अथवा सचिव के पास नीचे से कोई टिप्पण आता है तो वे प्राय: उस पर आदेश-निर्देश ही देते हैं। लेकिन यदि किसी टिप्पण को पढ़ने के बाद उनके मन में कोई शंका पैदा हो जाती है अथवा वे दिए गए सुझाव से सहमत नहीं होते तो वे उस टिप्पण को अपने प्रश्नों तथा निर्देशों के साथ नीचे लौटा देते हैं। यदि वे जरूरी समझते हैं तो उसे आगे मन्त्री के पास भी भेज सकते हैं।

उपसचिव, संयुक्त सचिव अथवा सचिव जब टिप्पण को आगे भेजते हैं अथवा नीचे लौटाते हैं तब वे उसके नीचे दायीं ओर अपने पूरे हस्ताक्षर करते हैं।

स्वत: पूर्ण टिप्पण

स्वत: पूर्ण टिप्पण लिखने की आवश्यकता कभी-कभार ही पड़ती है, लगभग नहीं के बराबर। इसका कारण यह है कि किसी भी कार्यालय में विभिन्न सोपानों पर होने वाली कार्यवाही से सभी परिचित होते हैं। यदि कभी ऐसी स्थिति उत्पन्न हो जाती है कि कोई नया अधिकारी कार्यभार संभाल लेता है तो वह पिछली टिप्पणियों तथा पत्रावली का अध्ययन करके समस्या से पूरी तरह परिचित हो जाता है। लेकिन निम्न-लिखित अथवा इनसे मिलती-जुलती स्थितियों में स्वत: पूर्ण टिप्पण लिखने की आवश्यकता पड़ सकती है—

1. **वित्त अधिकारी / विभाग / मंत्रालय से सलाह / अनुमोदन के लिए**—जब विचाराधीन विषय पर आंतरिक वित्त अधिकारियों, वित्त विभाग अथवा वित्त मंत्रालय से सलाह लेना अथवा अनुमोदन कराना जरूरी होता है।

2. **सरकारी समिति /आयोग के पास विचारार्थ भेजते समय**—जब कोई प्रस्ताव अथवा विचारादि किसी सरकारी समिति अथवा आयोग के पास विचारार्थ भेजना हो।

3. **निर्णय से कई विभागों का प्रभावित होना**—जब किसी विचाराधीन विषय के सम्बन्ध कई विभागों के साथ जुड़े हों तथा उस विषय पर निर्णय लेने से कई विभाग प्रभावित होते हों।

4. **सम्बद्ध अधिकारी को पृष्ठभूमि से परिचित कराने के लिए**—जब विचाराधीन समस्या इतनी जटिल हो कि सम्बन्धित अधिकारी को उसकी पूरी पृष्ठभूमि से परिचित कराना जरूरी हो।

5. **निर्णय लेने वाले अधिकारी को सारा मामला संक्षेप में समझाने के लिए**—जब विचाराधीन विषय पर पत्र-व्यवहार बहुत अधिक हो चुका हो या टिप्पणियों का क्रम इतना लम्बा खिंच गया हो कि निर्णय लेने वाले अधिकारी को सारा मामला संक्षेप में समझना जरूरी हो।

अच्छे टिप्पण की कसौटी क्या है ?

अब तक किए गए टिप्पण विषयक विश्लेषण से यह स्पष्ट हो जाता है कि एक अच्छे टिप्पण की पांच कसौटियां हैं—

1. क्या वह पूर्ण है ?

(अ) क्या वह सभी आवश्यक बातों की जानकारी देने में समर्थ है ?
(आ) क्या उससे सभी प्रश्नों के उत्तर प्राप्त हो जाते हैं ?

2. क्या वह संक्षिप्त है ?

(अ) क्या उसमें केवल आवश्यक बातों का ही उल्लेख किया गया है ?
(आ) क्या अवांतर विषयों, वाक्यों, दृष्टांतों आदि का बहिष्कार किया गया है ?

3. क्या वह स्पष्ट है ?

(अ) क्या एक अनुच्छेद में एक ही विचार प्रस्तुत किया गया है ?
(आ) क्या विभिन्न अनुच्छेद शृंखलाबद्ध हैं ?
(इ) क्या भाषा विषयानुरूप, स्पष्ट एवं निर्भ्रान्त है ? द्वयार्थक शब्दों के प्रयोग से बचा गया है अथवा नहीं ?
(ई) क्या वाक्य-विन्यास ठीक है ?

4. क्या वह सही है ?

(अ) क्या सारे तथ्य प्रामाणिक एवं सही हैं ?
(आ) क्या दिए गए ब्योरे नीति के अनुकूल हैं ?
(इ) क्या टिप्पण अकृतक भाव से लिखा गया है ? क्या वह वैयक्तिक द्वेष एवं पक्षपात से मुक्त है ?

5. क्या भाषा उपयुक्त है ?

(अ) क्या भाषा संयत है ?
(आ) क्या वह द्वयार्थक शब्दों से मुक्त है ?
(इ) क्या वह अभीष्ट प्रभाव उत्पन्न करने में समर्थ है ?
(ई) क्या वह अलंकारों, दृष्टांतों आदि से मुक्त है ?

आइए, अब हम एक उदाहरण से यह सारी प्रक्रिया समझ लें। हम नीचे एक ऐसा उदाहरण दे रहे हैं जिससे मिसिल प्रारम्भ करने से लेकर उसे बंद करने तक की सारी प्रक्रिया स्पष्ट हो जाए।

उदाहरण

महाडाकपाल शिमला, हिमाचल प्रदेश परिमंडल के प्रत्येक राजस्व जिले में एक डाक प्रखण्ड खोलने के लिए श्री सोमनाथ
पृ० 610 से प्राप्त पत्र से सम्बन्धित वांछित विवरण प्राप्त हो गया है। निदेशालय की नीति के अनुसार नया डाक प्रखण्ड खोलने के लिए किसी वर्तमान डाक प्रखण्ड का विभाजन तभी किया जा सकता है जब उसका कार्यभार 2.6 से अधिक हो और नवनिर्मित प्रखण्ड का कार्यभार .9 से कम न हो। इन मानकों के आधार पर हिमाचल प्रदेश परिमंडल में किसी नए डाक प्रखण्ड के सृजन का औचित्य नहीं बनता।

उपर्युक्त विवरण के आधार पर श्री सोमनाथ, सांसद, लोकसभा का पत्र, जो हमें संचार राज्यमंत्री के माध्यम से प्राप्त हुआ है अनुमोदनार्थ प्रस्तुत है।

कृ०कु ० 26/7

~~अनुभाग अधिकारी~~ (डा० स्था०)

~~प्र० म० नि०~~ (डा० स्था०)

~~निदेशक (स्थापना)~~

*पृ० सं० 2/पा० *पृ० सं० 3-4/पा०

श्री सोमनाथ, संसद् सदस्य (लोकसभा) ने अपने पत्र पृष्ठ संख्या* 2/पा० के साथ श्री धर्मचन्द शर्मा सब-डिवीजनल इंस्पैक्टर, नूरपुर, जिला कांगड़ा हिमाचल प्रदेश का एक पत्र* भेजा था जिसमें यह अनुरोध किया गया था कि हिमाचल प्रदेश के प्रत्येक राजस्व जिले में एक पोस्टल डिवीजन बनाया जाए ताकि डाक-निरीक्षकों की पदोन्नति हो सके।

*पृ० सं० 5/पा० *पृ० सं० 6/पा०

2. इस विषय में पोस्ट मास्टर जनरल, हिमाचल प्रदेश से मामले की विस्तृत जांच करके रिपोर्ट देने का* अनुरोध किया गया था। उनसे रिपोर्ट प्राप्त हो गई है जिसका अवलोकन* कृपया पृष्ठ संख्या 6/पा० पर करें। रिपोर्ट में बताया गया है कि विभाग के वर्तमान मानकों के आधार पर इस समय हिमाचल प्रदेश में किसी भी डाक प्रखण्ड को विभाजित करके नया डाक प्रखण्ड बनाने का औचित्य नहीं बनता।

3. विभागीय मानकों के अनुसार नए डाक प्रखण्ड का सृजन किसी वर्तमान डाक प्रखण्ड का विभाजन करके उस समय किया जाता है जब उसका कार्यभार 2.6 से अधिक हो। इस समय हिमाचल प्रदेश के किसी भी डाक प्रखण्ड का कार्यभार इतना नहीं है कि उसका विभाजन करके नया डाक प्रखण्ड बनाने का

पृ० सं० 2 जारी

औचित्य सिद्ध किया जा सके। अतएव श्री सोमनाथ का प्रस्ताव स्वीकार नहीं किया जा सकता।

4. डाक-निरीक्षकों तथा सहायक अधीक्षकों की पदोन्नति गत कई वर्षों से चर्चा का विषय रही है। इनकी पदोन्नति में गति-हीनता को देखते हुए विभाग ने कुछ वर्ष पूर्व इनके संवर्ग पुनरावलोकन (Cadre Review) का निर्णय लिया था। इनके संवर्ग पुनरावलोकन का प्रस्ताव हाल ही में वित्त मंत्रालय से मंजूर होकर आया है।

5. संवर्ग पुनरावलोकन के निर्णय के अनुसार इन लोगों को मुख्य डाकघरों में 245 राजपत्रित पद वर्तमान पदों के अतिरिक्त होंगे। आशा की जाती है कि इन पदों के सृजन के बाद इन लोगों को काफी अनुतोष मिलेगा। इसके साथ ही यह भी निर्णय लिया गया कि जब तक एस०आई०यू० द्वारा मुख्य डाकघरों तथा डाकमंडलों के मानकों का पुनरावलोकन नहीं किया जाता तब तक न तो कोई नया मुख्य डाकघर बनेगा और न ही नया डाक मंडल।

6. उपर्युक्त तथ्यों के आधार पर श्री सोमनाथ, संसद सदस्य (लोकसभा) को संचार मंत्री महोदय की ओर से पत्र का प्रारूप अनुमोदनार्थ प्रस्तुत है।

मोहन रामानाथन
3.8.92

सहायक महानिदेशक
(पी.ई.I)
निदेशक (स्थापना) ✓
उपमहानिदेशक (प्र० एव स्था०)
सदस्य (कार्मिक)
माननीय संचार मंत्री

नरेश पुंजाणी
06.08.92

महेन्द्र सचदेव
06.08.92

(मोहर)
Director
(Estab.)
Dy. No.
3140
Date 16/8

(मोहर)
DDG
(A & E)
Dy. No.
24421
Date
7.8.92

(मोहर)
Member
(Personnel)
Dy. No.
7111
Date 13/8

पृ० सं० 3 जारी

न० मोहन 7.08.92	(मोहर) Assistant D.G.Estab. Dy. No. 5561 Date 7.8.92
मो० भट्टाचार्य 7.8.92	(मोहर) Dy. No. 4763 Date 7.8.92
The Hon'ble Minister has signed the letter R. Ray P.S.	(मोहर) Dy. No. 1405 Mos (C) 92 7/8 KK

सदस्य (कार्मिक)

महेन्द्र सचदेव
16.8.92

अनुभाग अधिकारी (पो०ई०-I)

श्री सोमनाथ, संसद सदस्य (लोक सभा) द्वारा संचार मंत्री महोदय को लिखे गए पत्र का कृपया पृष्ठ संख्या* 10-11/पा० पर अवलोकन करें। इस पत्र के द्वारा श्री सोमनाथ ने हिमाचल प्रदेश के ऊना जिले में एक नया डाक डिवीजन खोलने का आग्रह किया है। (*पृ० सं० 10-11/पा०)

2. इससे पूर्व श्री सोमनाथ ने* 28.4.92 को संचार मंत्री महोदय को लिखे अपने पत्र के साथ श्री धर्मचन्द शर्मा सब-डिवीजन इंस्पैक्टर नूरपुर, जिला कांगड़ा, हिमाचल प्रदेश का एक पत्र भेजा था जिसमें हिमाचल प्रदेश के प्रत्येक राजस्व जिले में एक डाक डिवीजन खोलने का अनुरोध किया गया था। (*पृ० सं० 2/पा०)

3. श्री सोमनाथ के 28.4.92* पत्र के उत्तर के संदर्भ में पोस्ट मास्टर जनरल, हिमाचल प्रदेश सर्कल, शिमला से विस्तृत (*पृ० सं० 2/पा०)

पृ० सं० 4 जारी

पृ० सं० 5/पा० रिपोर्ट मंगवाई गई थी। इस रिपोर्ट का कृपया पृष्ठ संख्या** 6/पा० पर अवलोकन कर लें। इस रिपोर्ट के अनुसार विभाग के वर्तमान मानकों के आधार पर इस समय हिमाचल प्रदेश में किसी भी डाक प्रखण्ड को विभाजित करके नया डाक प्रखण्ड बनाने का औचित्य नहीं बनता।

**पृ० सं० 6/पा०

4. विभागीय मानकों के आधार पर पुराने डाक प्रखण्ड को विभाजित करके ही नया डाक प्रखण्ड बनाया जा सकता है। पुराने डाक प्रखण्ड को विभाजित करके नये डाक प्रखण्ड को बनाने का औचित्य उस समय बनता है जब उसका कार्यभार 2.6 एस०आई०यू० इकाइयां अथवा उससे अधिक हो।

5. पोस्ट मास्टर जनरल, हिमाचल प्रदेश सर्कल, शिमला से प्राप्त उपर्युक्त विवरण* के आधार पर श्री सोमनाथ को माननीय संचार मंत्री की ओर से 13.8.92 को उत्तर भेजा जा चुका है। उस उत्तर की प्रतिलिपि* पृ० सं० 8/पा० पर है।

*पृ० सं० 6/पा०

*पृ० सं० 8/पा०

6. उपर्युक्त तथ्यों के आधार पर श्री सोमनाथ, संसद सदस्य (लोक सभा) को संचार मंत्री महोदय की ओर से भेजे जाने वाले एक पत्र का प्रारूप अनुमोदन के लिए नीचे रखा है।

मोहन रामनाथन
10.10.92
नरेण पुंजाणी
10.10.92

सहायक महानिदेशक (डाक स्थापना)
निदेशक (स्थापना)
उपमहानिदेशक (प्र० एवम् स्था०)
सदस्य (कार्मिक)
माननीय संचार मंत्री

*विचाराधीन पत्र

श्री सोमनाथ, सांसद ने माननीय संचार मंत्री जी से यह आग्रह किया है* कि हिमाचल प्रदेश परिमंडल के ऊना जिले में एक नया डाक प्रखण्ड बनाया जाए।

2. श्री सोमनाथ जी के आग्रह की विस्तारपूर्वक जांच करा ली गई है। डाक महाध्यक्ष, हिमाचल प्रदेश प्रमण्डल ने अपनी रिपोर्ट में लिखा है कि इस समय ऊना जिले में वर्तमान मानकों के आधार पर नया डाक प्रखण्ड खोलने का कोई औचित्य नहीं

पृ० सं० 5 जारी

	बनता है। माननीय मंत्री महोदय को इस आशय से परिचित करा दिया जाए। श्री सोमनाथ जी को सम्बोधित एक प्रारूप-पत्र प्रस्तुत किया गया है जो माननीय मंत्री महोदय के अनुमोदन हेतु नीचे रखा है।
(मोहर) DDG (T & E) Dy. No. 3679 Date 11.9.92	उप डाक महानिदेशक टी एवम् ई सदस्य (कार्मिक) माननीय मंत्री (संचार) महेन्द्र सचदेव 11.09.92 न० मोहन
(मोहर) Member (Personnel) Dy. No. 6841 Date 12.9.92	सदस्य (कार्मिक) मो० भट्टाचार्य 26.9.92
(मोहर) No. 2246/ Mos (C) 26/9	माननीय मंत्री (संचार) The Hon'ble Minister has signed the letter R. Ray P.S. 5/10
(मोहर) Director (Establishment) Dy. No. 6431 Date 12.2.92	Member (Personnel) Dir. (E) NK 8/10 अनुभाग अधिकारी (पी. ई. I)

पृ० सं० 6 जारी

	संसद सदस्य को उत्तर दिया जा चुका है। यह मिसिल बन्द की जा सकती है। हरि राम सी-2371 20.10 मोहन रामनाथन
श्री ए० एन० रामपाल (मोहर) Estab. डायरी सं० 8321 दि० 8/10	**अनुभाग अधिकारी (डाक०)** 24/ × /92
दफ्तरी (मोहर) स्थापना डायरी सं० 9445 दि० 8.10	

पंजिका में टिप्पण-अनुक्रम के नीचे रखे गए पत्र

टिप्पण के आधार पर भेजा गया उत्तर

गंगाराम

सं० 13-3/92-पी०ई० I
संचार राज्यमंत्री
भारत
Minister of State
Communications
India
23.8.92

प्रिय श्री सोमनाथ जी,

कृपया अपने 28 अप्रैल, 1992 के पत्र का अवलोकन करें जिसके साथ डाकघर निरीक्षकों की पदोन्नति के बारे में हिमाचल प्रदेश के प्रत्येक राजस्व जिले में एक डाक डिवीजन बनाए जाने के बारे में श्री धर्मचन्द शर्मा सब-डिवीजनल इंस्पैक्टर, नूरपुर, कांगड़ा, हिमाचल प्रदेश का पत्र भेजा था।

मैंने इस मामले की विस्तृत जांच करवा ली है। नए प्रखण्ड का सृजन किसी वर्तमान डाक प्रखण्ड को विभाजित करके ही किया जा सकता है और यह भी केवल उसी स्थिति में संभव है जब उसका कार्यभार, डाक विभाग के वर्तमान मानकों के आधार पर 2.6 से अधिक हो। वर्तमान मानकों के आधार पर किसी भी डाक प्रखण्ड को विभाजित करने तथा नया डाक प्रखण्ड बनाने का औचित्य नहीं बनता। भविष्य में यदि नए डाक प्रखण्ड को विभाजित करने तथा नया डाक प्रखण्ट बनाने का औचित्य बना तो मामले की पुनः जांच की जाएगी।

शुभकामनाओं सहित

आपका
गंगाराम

श्री सोमनाथ
संसद सदस्य
9, नार्थ एवेन्यू
नई दिल्ली

उदाहरण

सत्यमेव जयते

सं० 13-3/92-पी० ई० I
संचार राज्य मंत्री
भारत
Minister of State
Communication
India
20 अक्तूबर, 1992

प्रिय सोमनाथ जी,

कृपया 17 जुलाई, 1992 का अपना पत्र देखें जिसमें आपने हिमाचल प्रदेश सर्किल के ऊना जिले में नया डाक डिवीजन बनाने के बारे में लिखा है।

मैंने इस मामले को दिखवा लिया है। विभागीय मानकों के आधार पर किसी डाक डिवीजन में विभाजन का औचित्य उस समय बनता है जब उसका कार्यभार 2.6 एस०आई०यू० इकाइयां अथवा उससे अधिक हो। साथ ही नए बनने वाले डाक डिवीजन का कार्यभार भी 0.9 एस०आई०यू० इकाइयों से कम नहीं होना चाहिए। हमीरपुर डाक डिवीजन का कार्यभार इस समय 2.66 एस०आई०यू० इकाइयां है जो इसके विभाजन को उचित ठहराता है। परन्तु ऊना राजस्व जिले के लिए डाक डिवीजन का औचित्य नहीं बनता क्योंकि कार्यभार केवल 0.732 एस०आई०यू० इकाइयों के बराबर है तथा आवश्यक न्यूनतम 0.9 से कम है। भविष्य में जब भी ऊना जिले में नया डाक डिवीजन बनाने का औचित्य बनेगा, तो उस समय मामले की पुन: जांच की जाएगी।

शुभकामनाओं सहित

आपका
गंगाराम

श्री सोमनाथ
संसद सदस्य
9, नार्थ एवेन्यू
नई दिल्ली

प्रारूपण

अंग्रेजी के ड्राफ्टिंग (Drafting) शब्द के हिंदी पर्याय के रूप में प्रायः तीन शब्दों—प्रारूपण, आलेखन तथा मसौदा तैयार करना—का प्रयोग किया जाता है। भारत सरकार के शिक्षा मंत्रालय द्वारा नियुक्त वैज्ञानिक तथा तकनीकी शब्दावली आयोग ने इनमें से केवल दो—'प्रारूपण' तथा 'मसौदा' तैयार करना स्वीकार किए हैं। इन दोनों में से भी प्रारूपण शब्द का ही अधिक चलन है।

प्रारूपण का सीधा-सादा अर्थ है पत्राचार का पहला या कच्चा रूप। यों तो प्रत्येक व्यक्ति अपने जीवन में थोड़ा-बहुत पत्राचार करता है किंतु हम अपने निजी पत्राचार में सामान्यतः उसका प्रारूप तैयार नहीं करते। इसके कई कारण हैं। एक तो यही है कि निजी पत्रों में औपचारिकता निभाने की आवश्यकता नहीं होती। पत्र का उत्तर किस रूप में दिया जाए यह नितान्त अपने पर निर्भर करता है। दूसरे शब्दों में यह पत्राचार व्यक्तिगत हित एवं दायित्व तक सीमित रहता है। इसके विपरीत सरकारी पत्राचार उचित अधिकारी द्वारा आदेश दिए जाने पर तैयार होता है। उसमें दफ्तर की मान-मर्यादा जुड़ी होती है। इसीलिए उसे तैयार करते समय सम्बद्ध अधिकारी द्वारा सुझाई गई राह पर सारी सामग्री यथा सभी सम्बद्ध टिप्पण तथा सार लेख एवं तत्सम्बन्धी प्राप्तियों पर लिखे गए पूर्वपत्रों का अध्ययन-मनन करना पड़ता है। इस बात की ओर ध्यान देना होता है कि प्रत्येक बात तथ्याधारित, तर्कसम्मत एवं प्रभावपूर्ण हो। उसमें स्वार्थ, पूर्वग्रह तथा अशिष्टता की कोई गन्ध न हो। इन सब बातों का ध्यान रखने के बाद तैयार किए गए इस प्रारूप को फिर से अपने उच्चाधिकारी के पास अनुमोदनार्थ भेजना होता है। अधिकारी द्वारा संशोधित एवं अनुमोदित होने के बाद ही प्रारूप को टंकित/साइक्लोस्टाइल कराया जाता है।

प्रारूप कौन तैयार करता है ?

प्रारूप तैयार करना एक दायित्व का काम है। अतएव यह कार्य कार्यालय के हर किसी व्यक्ति को नहीं सौंपा जाता। सामान्यतः यह कार्य सहायक (Assistant) करता है या फिर इसकी जिम्मेदारी किसी अनुभवी एवं वरिष्ठ लिपिक को सौंपी जाती है। कभी-कभी किसी महत्वपूर्ण विषय पर अनुभाग अधिकारी (Section officer) भी प्रारूप तैयार करता है, लेकिन ऐसा बहुत कम होता है।

प्रारूप की रचना-विधि

अब तक तुम्हें यह स्पष्ट हो गया होगा कि सरकारी कार्यालयों में पत्राचार के अपने कायदे-कानून होते हैं। प्रारूप तैयार करते समय इन कायदे-कानूनों से परिचित होना जरूरी होता है। आइए, अब इन सबसे परिचय प्राप्त कर लिया जाए।

1. निर्धारित प्रपत्र (Form)/**अनुक्रम पत्र** (Note sheet) **का प्रयोग**—सरकारी

कार्यालयों में प्रारूप एक निश्चित प्रपत्र/अनुक्रम पत्र पर तैयार किया जाता है। यदि प्रारूप का आकार बड़ा है तथा एक प्रपत्र/अनुक्रम पत्र पर नहीं आ सकता तो फिर संलग्न पत्रों/अनुवृत्ति पत्रों (Continuation sheets) का प्रयोग किया जाता है।

2. पत्राचार के सही रूप का चयन—सरकारी तन्त्र तरह-तरह के कायदे-कानूनों में बंधा होता है। सरकार में सभी प्रकार की सूचनाएं एक ही प्रकार से नहीं भेजी जा सकतीं। विभिन्न प्रकार की सूचनाओं के लिए पृथक्-पृथक् रचना-रूप निर्धारित हैं। कथ्य एवं स्थिति के अनुरूप उनमें से ही सर्वाधिक उपयुक्त रचना-रूप का प्रयोग करना पड़ता है। ये रचना-रूप हैं—

(1) सरकारी पत्र (Official Letter)
(2) अर्ध-सरकारी पत्र (Demi-official Letter—D. O.)
(3) मंजूरी पत्र (Sanction Letter)
(4) पृष्ठांकन (Endorsement)
(5) अनुस्मारक (Reminder)
(6) ज्ञापन (Memorandum)
(7) कार्यालय ज्ञापन (Office Memorandum)
(8) संलेख (Memorandum for Council of Ministers)
(9) अशासकीय ज्ञापन/अशासकीय निर्देश (Unofficial Memorandum/Unofficial Note)
(10) कार्यालय आदेश (Office Order)
(11) अधिसूचना (Notification)
(12) परिपत्र (Circular)
(13) मितव्यय पत्र (Savingram)
(14) तार (Telegram)
(15) प्रेस विज्ञप्ति (Press Communique)
(16) प्रेस नोट (Press Note)
(17) सूचना (Notice)
(18) संकल्प या संस्ताव (Resolution)
(19) घोषणा/उद्घोषणा (Proclamation)
(20) पावती/प्राप्ति स्वीकार (Acknowledgement)

इन सभी रचना-रूपों के अपने नियम-उपनियम हैं। अतएव इनकी जानकारी पृथक् से सोदाहरण आगे दी जा रही है।

3. हाशिया छोड़ना—पत्राचार के उपयुक्त रूप के चयन के बाद प्रारूपण का कार्य प्रारम्भ होता है। प्रारूप सदैव प्रपत्र/अनुक्रम पत्र के मध्य में दोनों ओर काफी हाशिया छोड़कर लिखा जाता है। बहुत ज्यादा हाशिया इसलिए छोड़ा जाता है जिससे टीप लिखने एवं संशोधन करने के लिए स्थान रहे। दो पंक्तियों के बीच में भी काफी स्थान खुला रखा जाता है जिससे संशोधन करने में कठिनाई न हो।

4. लेखन—इसके बाद शुरू होती है प्रारूप की लेखन-प्रक्रिया। प्रारूप-लेखन के अपने नियम-उपनियम हैं। ये नीचे दिए जा रहे हैं—

(i) **संख्या**—सरकारी पत्राचार में सबसे पहले पृष्ठ के ठीक मध्य में कार्यालय विशेष की जावक-संख्या (Issue Number) लिखी जाती है। इस संख्या का सम्बन्ध उस कार्यालय/विभाग की संचिका (File) से होता है जहां से पत्राचार हो रहा होता है। यह संख्या सामान्यत: प्रारूप लिखने वाला ही डालता है किंतु कभी-कभी यह संख्या कार्यालय के प्रेषक विभाग (Despatch Section) के द्वारा डाली जाती है। ऐसी स्थिति में प्रारूपक उसका पहले संकेत दे देता है। महत्त्वपूर्ण बात यह है कि कार्यालय की ओर से भेजे जाने वाले हर पत्र पर संख्या अवश्य डालनी चाहिए।

सामान्यत: पत्र संख्या सबसे ऊपर डाली जाती है किंतु जब उत्तर नामांकित पैड के कागज पर दिया जाता है तब पत्र-क्रमांक सरकारी विभाग/व्यावसायिक फर्म के छपे नाम के नीचे, बाईं ओर को दी जा सकती है।

(ii) **प्रशासकीय संस्थान का नाम**—पत्र की क्रम संख्या देने के बाद उसके ठीक नीचे एकदम मध्य में प्रशासकीय संस्थान का नाम (सरकार एवं उसके मंत्रालय एवं विभाग, संस्थान, निगम, आयोग आदि का नाम) दिया जाता है। सामान्यत: यह नाम छपा हुआ होता है किंतु यदि छपा हुआ न हो तो फिर टंकित कर दिया जाता है।

(iii) **प्रेषक** (Sender) **का उल्लेख**—पत्र-क्रमांक तथा प्रशासकीय संस्थान के नामोल्लेख के बाद बाईं ओर के हाशिए से सटते हुए पहली पंक्ति में **प्रेषक**, दूसरी पंक्ति में पत्र भेजने वाले **अधिकारी** (Officer) **का नाम** एवं **पदवियां** (Titles), तीसरी पंक्ति में **पद** (Designation), **विभाग** एवं **सरकार** (Department and Government) का नाम लिखा जाता है। अधिकारी के नाम के स्थान पर केवल पदनाम भी दिया जा सकता है। ऐसी स्थिति में दूसरी पंक्ति में केवल पदनाम रहेगा तीसरी पंक्ति में पद न लिखा जाकर केवल विभाग एवं सरकार का उल्लेख रहेगा। अधिकारी का नाम लिखते समय नाम से पूर्व, स्थिति के अनुरूप श्री/श्रीमती/कुमारी अवश्य लिखा जाता है। लेकिन यदि अधिकारी के नाम के स्थान पर केवल पदनाम लिखा गया है तो फिर उससे पहले श्री आदि नहीं लगाया जाता।

(iv) **प्रेषिती**—प्रेषिती (Addressee) का अर्थ है पत्र पाने वाला। पत्र-प्रेषक के नाम, पद आदि के उल्लेख के बाद, उसके नीचे, थोड़ा-सा स्थान छोड़कर **सेवा में** लिखकर उसके नीचे उस व्यक्ति का नाम, पद तथा पता लिखते हैं जिसे वह पत्र लिखा जा रहा है। यदि पत्र किसी व्यक्ति को भेजा जाता है तो फिर व्यक्ति का नाम लिखा जाता है और यदि वह किसी कार्यालय को भेजा जा रहा होता है तो फिर उस कार्यालय के अधिकारी का नाम, पद आदि लिखा जाता है। यदि पत्र किसी सरकार को प्रेषित किया जा रहा होता है तो फिर प्रेषिती के रूप में उस सरकार एवं विभाग के अधिकारी आदि का उल्लेख किया जाता है। प्रेषिती का उल्लेख कभी तो पत्र के प्रारम्भ में किया जाता है और कभी पत्र के अन्त में, सबसे नीचे बाईं ओर को किया जाता है। लेकिन हर हालत में प्रेषिती का उल्लेख अवश्य किया जाता है। व्यक्ति नाम/पदनाम

आदि लिखने की विधि वही है जो पीछे क्रम संख्या तीन में बताई गई है।

(v) **स्थान एवं तिथि**—प्रेषक एवं प्रेषिती के उल्लेख के बाद थोड़ा-सा नीचे हटकर दाईं ओर को पहले उस स्थान का नाम लिखा जाता है जहां से वह पत्र भेजा जा रहा है और फिर उसके बाद उसी पंक्ति में तिथि लिखी जाती है। स्थान का उल्लेख पहले किया जाता है तथा तिथि का बाद में। स्थान तथा तिथि लिखने की प्रक्रिया सदैव पंक्ति के मध्य से इस प्रकार करते हैं कि वह कोने तक समाप्त हो जाए। तिथि सदैव पहले शक संवत् में लिखी जाती है और उसके बाद ईसवी सन् में।

(vi) **विषय**—स्थान एवं तिथि के उल्लेख के बाद तथा सम्बोधन से पहले अत्यन्त संक्षेप में **विषय** शब्द लिखकर उसे रेखांकित कर देते हैं और उसके आगे कोलन (:) लगाकर उस विषय का अत्यन्त संक्षिप्त उल्लेख कर देते हैं जिसकी चर्चा पत्र में होने जा रही है।

(vii) **संदर्भ/निर्देश**—संदर्भ का उल्लेख प्रत्येक पत्राचार पर हो ही, ऐसा कतई आवश्यक नहीं है। वास्तव में इसकी आवश्यकता तो तब पड़ती है जब किसी विषय पर काफी समय से चल रहा होता है। इसका उल्लेख विषयोल्लेख के बाद तथा सम्बोधन से पहले किया जाता है। इसका उल्लेख पत्र की विषयवस्तु में प्रारम्भिक वाक्यों के अन्तर्गत भी किया जा सकता है।

(viii) **संबोधन**—सरकारी पत्राचार वैयक्तिक नहीं होते। अतएव उनमें संबोधनों की विविधता भी नहीं होती। गिने-चुने सम्बोधनों—यथा 'महोदय/महोदया, प्रिय महोदय/प्रिय महोदया' से ही प्रायः काम चला लिया जाता है। सरकारी अधिकारियों के लिए महोदय/महोदया का तथा गैरसरकारी व्यक्तियों तथा संस्थानों के लिए प्रिय महोदय/प्रिय महोदया सम्बोधनों का प्रयोग किया जाता है। यह भी ध्यान देने वाली बात है कि सभी प्रकार के सरकारी पत्राचार में सम्बोधन का इस्तेमाल नहीं होता।

(ix) **विषयवस्तु/विषय-विवेचन**—इसके बाद आती है विषयवस्तु/विषय-विवेचन। इसे हम तीन भागों में बांट सकते हैं—(क) सन्दर्भ एवं निर्देश का उल्लेख, (ख) विषय का उपस्थापन, (ग) निष्कर्ष।

(क) सन्दर्भ एवं निर्देश का उल्लेख—जब सन्दर्भ/निर्देश का उल्लेख स्वतन्त्र रूप से सम्बोधन से पूर्व नहीं किया जाता तब उसका उल्लेख विषयवस्तु के अन्तर्गत सबसे पहले किया जाता है। यह उल्लेख सामान्यतः इस प्रकार किया जाता है—

(अ) आपके पत्र क्रमांक·········दिनांक·········के प्रत्युत्तर/सन्दर्भ में·······

(आ) इस कार्यालय के पत्रांक······दिनांक······के सन्दर्भ में मुझे आगे यह सूचित करने का निदेश हुआ है कि·········

(इ) इस कार्यालय के पत्रांक······दिनांक······के सन्दर्भ/क्रम में मुझे यह सूचित/निवेदन करने का निदेश प्राप्त हुआ है कि·····

(ख) विषय का उपस्थापन—इसके बाद विषय का उपस्थापन होता है। विषय से सम्बद्ध सभी तथ्य, आंकड़े तथा तर्क इस प्रकार नियोजित किए जाते हैं कि विषय की

स्थापना प्रभावी रूप में हो सके। यदि पत्र-प्रेषक की मांग को स्वीकार करना होता है तो उसके कारण दिए जाते हैं और यदि उसको अस्वीकार करना होता है तो भी संतुष्ट करने योग्य तर्क दे दिए जाते हैं। शिष्टता, विनम्रता एवं भद्रता व्यक्त करने वाली भाषा का प्रयोग करते हुए छोटे-छोटे, स्पष्ट एवं तार्किक क्रम में गुंथे हुए वाक्यों के माध्यम से विषय को स्थापित या विस्थापित किया जाता है।

विषय के उपस्थापन, पुष्टि आदि के समय बहुत बार किसी नियम-उपनियम, विनियम (Regulation) अथवा उच्चाधिकारी विशेष के कथन/आदेश का उद्धरण देना जरूरी होता है। ऐसी स्थिति में कभी-कभी तो नियम, उपनियम, विनियम आदि की संख्या देने से काम चल जाता है, किंतु चूंकि इन्हें तत्काल स्मरण करना किसी के लिए संभव नहीं होता, अतएव यथासंभव मूल कथन को उद्धृत करना ही उपयोगी रहता है।

विवेच्य विषय को केवल एक अनुच्छेद में निरूपित करने के स्थान पर उसे कई अनुच्छेदों में बांट लेना ठीक रहता है। चूंकि आगे चलकर पिछले किसी अनुच्छेद की ओर निर्देश करना आवश्यक हो सकता है, अतएव अनुच्छेदों पर क्रम संख्या डाल देना ठीक रहता है। पहले अनुच्छेद पर संख्या नहीं डाली जाती किंतु दूसरे अनुच्छेद के प्रारंभ होने से पहले संख्या 2, तीसरे अनुच्छेद के प्रारंभ होने से पहले संख्या 3 तथा आगे इसी प्रकार से संख्याएं डालते चले जाते हैं। सरकारी कामकाज में देवनागरी अंकों के स्थान पर रोमन अंकों (1, 2, 3 आदि) का ही प्रयोग किया जाता है, अतएव अंक डालते समय इन्हीं का प्रयोग किया जाता है। यदि किसी अनुच्छेद को उप-अनुच्छेदों में बांटना जरूरी हो तो फिर कोष्ठक के भीतर क, ख, ग, घ आदि अक्षर लिखकर उसे अपनी एक निजी पहचान दी जाती है।

(ग) **निष्कर्ष**—विषय-विवेचन का तीसरा भाग है निष्कर्ष। इस भाग में सारे पत्र का निचोड़ तथा सिफारिशें रहती हैं।

(x) **स्वनिर्देश**—विषयवस्तु के एकदम बाद, नीचे दाहिनी ओर को स्वनिर्देश (Subscription) रहता है। स्वनिर्देश का संकेत 'भवदीय/भवदीया', 'आपका', 'आपका विश्वासपात्र' के रूप में किया जाता है। अनौपचारिक तथा अन्तर-कार्यालयीय पत्राचार में स्वनिर्देश नहीं होता।

(xi) **हस्ताक्षर**—स्वनिर्देश के एकदम नीचे हस्ताक्षर (Signature) किए जाते हैं। हस्ताक्षर के बाद ही कोई पत्र अधिकृत (Authenticated) बनता है। जो प्रतियां बाहर भेजी जाती हैं उन पर पूरे हस्ताक्षर किए जाते हैं किंतु कार्यालय की प्रति पर संक्षिप्त हस्ताक्षर ही रहते हैं। कुछ आदेश राष्ट्रपति के नाम पर लिखे जाते हैं। ऐसे आदेशों के नीचे उन्हीं अधिकारियों के हस्ताक्षर हो सकते हैं जिनको संविधान की धारा 77 के अनुच्छेद 2 के अंतर्गत राष्ट्रपति ने ऐसा करने का अधिकार दे रखा हो। इस प्रकार राष्ट्रपति के स्थान पर किए गए हस्ताक्षर प्रमाणीकृत (Authenticated) हो जाते हैं। जिन-जिन विषयों के लिए आदेश जारी करने का अधिकार राष्ट्रपति ने संविधान के अनुसार केन्द्रीय सरकार को दे रखा है, उन आदेशों को केंद्रीय सरकार के

नाम पर उसके उच्चाधिकारी जारी कर सकते हैं। समय-समय पर पुराने आदेशों को रद्द करके नए आदेश या अध्यादेश जारी किए जाते हैं, उनका ध्यान भी प्रमाणीकरण (Authentication) के निमित्त रखा जाना चाहिए।

(xii) **पद संज्ञा**—हस्ताक्षर से नीचे की पंक्ति में हस्ताक्षर करने वाले व्यक्ति के पद का उल्लेख किया जाता है। यदि हस्ताक्षर करने वाला व्यक्ति अपने से किसी ऊंचे अधिकारी के लिए हस्ताक्षर कर रहा हो तो फिर उसे उस अधिकारी का पद संज्ञा (Designation) से पहले **कृते** शब्द लिखकर हस्ताक्षर करने चाहिए।

(xiii) **संलग्न पत्र**—पत्र के विषय को अधिक स्पष्ट करने के लिए, विस्तृत हवाले के लिए या सूचनार्थ जो पत्र, परिपत्र या अन्य कागजात मूल पत्र के साथ नत्थी किए जाते हैं उन्हें संलग्न पत्र (Enclosures) कहते हैं। पत्र के एकदम नीचे संलग्न (Enclosure) शीर्षक देकर उसके नीचे, जितने भी पत्र, कागजात आदि संलग्न किए जा रहे हों, उनकी संख्या दे देनी चाहिए। जैसे संलग्न 4 अर्थात् पत्र के साथ चार और कागजात भेजे जा रहे हैं। (संलग्न पत्रों का प्रत्येक पत्र के साथ होना आवश्यक नहीं है।)

(xiv) **पृष्ठांकन**—कई बार वही पत्र मूल प्रेषिती को भेजने के साथ-साथ उससे सम्बद्ध अन्य अधिकारियों/व्यक्तियों को भी भेजा जाता है। ऐसा करते समय पृष्ठांकन (Endorsement) का सहारा लिया जाता है। पृष्ठांकन सदैव पत्राचार की समाप्ति के बाद कुछ स्थान छोड़कर करते हैं जिससे मूल पत्र/प्रतिलिपि तथा पृष्ठांकन में स्पष्ट अंतर दिखलाई दे सके। यदि आवश्यकता होती है तो स्वतंत्र पृष्ठांकन भी तैयार कर लेते हैं। संक्षेप में पृष्ठांकन की विधि इस प्रकार है—पत्र की समाप्ति के बाद थोड़ा-सा स्थान छोड़ते हुए नीचे बाईं ओर को ज्ञापन संख्या तथा दाईं ओर को तिथि लिखते हैं। इसके बाद अगली पंक्ति में बाईं ओर को 'प्रतिलिपियां प्रेषित' लिखकर नीचे संख्या 1, 2, 3 डालते हुए संबंधित व्यक्तियों के नाम, पद आदि लिख देते हैं। सबसे अंत में नीचे दाईं ओर को हस्ताक्षर करने के बाद पद संज्ञा लिख देते हैं।

कतिपय अन्य महत्त्वपूर्ण बातें

प्रारूप-लेखन संबंधी उपरिलिखित नियमों के अतिरिक्त निम्नलिखित बातों का भी ध्यान रखना चाहिए—

(i) आवश्यक मामलों में यह लिख देना चाहिए कि संबंधित अधिकारी/विभाग/मंत्रालय/राज्य सरकार से उस पत्र के उत्तर की अपेक्षा किस तारीख तक की जा रही है। निर्धारित तिथि तक उतर न आने पर अनुस्मारक (Reminder) भेजना चाहिए।

(ii) टंकित प्रतियों को पांडुलिपि से मिलाकर भली प्रकार संशोधित कर लेने के बाद ही अधिकारी के पास हस्ताक्षर के लिए भेजना चाहिए।

(iii) अधिकारी द्वारा पत्र में किसी प्रकार की काट-छांट/संशोधन करने पर उससे आद्य अक्षर (Initial) अवश्य करवा लेने चाहिए।

(iv) जो पत्र डाक द्वारा या संदेशवाहक द्वारा उसी दिन, तुरंत या अविलंब भेजने हों उन पर 'आज ही प्रेषित करें' (Must out today), दूत या चपरासी द्वारा (By messanger / peon), अविलंब कार्रवाई करें (For immediate action), अत्यावश्यक (Most Important), तत्काल (Urgent) आदि वाक्यांश लिख देने चाहिए।

(v) जिन पत्र/परिपत्र आदि को किसी प्रकार के परिवर्तन के बिना बार-बार भेजने की जरूरत होती हो, उनकी बहुत-सी प्रतियां मुद्रित करवाकर या साइक्लोस्टाइल करवाकर दफ्तर में रख लेनी चाहिए। इससे समय तथा धन की बचत भी होती है तथा उत्तर देने में भी विलंब नहीं होता।

प्रारूप पर चिट लगाना

प्रारूप तैयार करने के बाद उसकी हस्तलिखित/टंकित प्रति संबद्ध अधिकारी के पास अनुमोदनार्थ भेजी जाती है। ऐसा करते समय प्रारूप पर एक चिट या स्लिप लगा दी जाती है जिस पर लिखा होता है—'अनुमोदनार्थ प्रारूप' (Draft for approval or D. F. A)। यदि कई प्रारूप एक साथ भेजे जा रहे हों, तो फिर उन पर 'अनुमोदनार्थ प्रारूप-1', 'अनुमोदनार्थ प्रारूप-2' आदि लिखा जाता है।

अच्छे प्रारूप के गुण

एक अच्छे प्रारूप में निम्नलिखित गुण होने चाहिए—

1. **शुद्धता** (Accuracy)—एक अच्छे प्रारूप का पहला गुण उसका शुद्ध एवं सही होना है। क्रमांक, दिनांक, संदर्भ/निर्देश में किसी भी प्रकार की भूल नहीं होनी चाहिए। एक मामूली-सी भूल संबंधित कर्मचारी के लिए ही नहीं अपितु सरकार के लिए भी बहुत महंगी पड़ सकती है।

2. **यथातथ्यता एवं औपचारिकता** (factual and formal)—शासकीय पत्राचार में कथ्य को घुमा-फिराकर अथवा आलंकारिक ढंग से कहने के स्थान पर विश्लेषणात्मक शैली में तार्किक ढंग से कहा जाता है। विषय को तथ्य एवं साक्ष्य के आधार पर एक ऐसे तार्किक क्रम से निरूपित किया जाता है कि उसमें किसी प्रकार की असंगति, अस्पष्टता, अनिश्चितता तथा पुनरुक्ति न रहे। उसमें न तो किसी प्रकार के पक्षपात की गंध होनी चाहिए और न ही कोई पूर्वग्रह झलकना चाहिए। उसमें सत्य-निष्ठता आरंभ से अंत तक बनी रहनी चाहिए। वस्तुतः निष्पक्षता, पूर्वग्रहहीनता तथा सत्यनिष्ठता अच्छे प्रारूप के नियामक सिद्धान्त हैं।

3. **संक्षिप्त** (Brevity)—प्रशासकीय अधिकारी प्रायः बहुत व्यस्त रहते हैं। उनके पास समय की बहुत कमी रहती है। अतएव यह आवश्यक है कि जो कुछ कहना हो वह वह कम-से-कम शब्दों में साफ-साफ कहा जाए। प्रारूपकार से कम-से-कम शब्दों

में अधिक-से-अधिक बात कहकर सहज ही अधिकारी की प्रशंसा का पात्र बन सकता है। वैसे भी संक्षिप्तता रचना-शैली का एक प्रशंसनीय गुण माना जाता है।

4. पूर्णता (Completeness)—संक्षिप्ति का यह अर्थ कदापि नहीं है कि प्रारूप में किसी प्रकार की कमी रह जाए। वस्तुत: एक अच्छा प्रारूप वह होता है जो अपने आप में पूर्ण और स्पष्ट हो, जिसमें न तो किसी प्रकार का अनिश्चय हो और न ही कोई संदेह या अतिशयोक्ति। प्रारूप में हर सूचना, तथ्य एवं निर्देश का पूर्ण होना इसलिए भी आवश्यक होता है क्योंकि सरकारी कर्मचारियों में प्राय: एक स्थान से दूसरे स्थान तथा एक विभाग/प्रभाग/अनुभाग से दूसरे विभाग/प्रभाग/अनुभाग में तबादला होता रहता है। ऐसी स्थिति में यह अत्यन्त आवश्यक है कि नवागंतुक कर्मचारी को संचिका (File) देखते ही सारा मामला समझ में आ जाए तथा किसी प्रकार की कठिनाई न उठानी पड़े।

5. सरल तथा शिष्ट भाषा—प्रारूप की भाषा सरल तथा शिष्ट होनी चाहिए। उसमें कहीं भी अभद्रता नहीं आनी चाहिए। इस सिद्धान्त को कतई नहीं भूलना चाहिए कि विनम्र रहते हुए भी कोई बात दृढ़तापूर्वक कही जा सकती है।

6. पारंपरिक शैली का अनुसरण—प्रारूपण के निश्चित नियम, निर्धारित वाक्यावली तथा निश्चित प्रणाली होती है। वाक्य-रचना प्राय: अन्य पुरुष में, अप्रत्यक्ष कथन के रूप में की जाती है। जहां उत्तम पुरुष (मैं, हम) का प्रयोग होता है वहां भी 'मैं' या 'हम' व्यक्तिवाचक न होकर पदवाचक ही होते हैं अर्थात् वहां पर भी पद की जिम्मेदारी ही 'मैं' अथवा 'हम' के रूप में बोल रही होती है।

1. सरकारी पत्र
(Official Letter)

शासकीय पत्र-व्यवहार में यों तो विविध प्रकार के पत्र प्रयोग में लाए जाते हैं किंतु सबसे अधिक प्रयोग सरकारी पत्र का ही होता है। जब एक सरकार दूसरी सरकार को अर्थात् भारत सरकार राज्य सरकारों को, एक राज्य सरकार दूसरी राज्य सरकार को, अपने से संबद्ध या अपने अधीनस्थ कार्यालयों एवं विभागों, सहकारी संगठनों, कर्मचारी संघों, सार्वजनिक निकायों (Public Bodies) तथा व्यक्तियों को विभिन्न विषयों पर पत्र लिखती अथवा उनके उत्तर देती है तब उन्हें सरकारी पत्र कहा जाता है। जब किसी राज्य की सरकार केंद्रीय सरकार अर्थात् भारत सरकार को किसी महत्त्वपूर्ण विषय पर सरकारी पत्र भेजती है तब उसके आलेख पर उस विभाग के मंत्री (Minister-in-charge) की सम्मति आवश्यक होती है। सरकार द्वारा विदेशी सरकारों, उनके राजदूतावासों, स्वदेश स्थित कार्यालयों तथा अंतर्राष्ट्रीय संगठनों को लिखे गए पत्र भी इसी वर्ग में आते हैं। लेकिन एक ही सरकार के विभिन्न मंत्रालय आपस में सरकारी पत्र नहीं लिख सकते। इसके लिए तो उन्हें कार्यालय ज्ञापन (Memorandum) का ही प्रयोग करना होगा।

सरकारी पत्र का ढांचा

सरकारी पत्र में सभी बातें निम्नलिखित क्रम से लिखी जाती हैं—

1. पत्र संख्या—सर्वप्रथम पत्र के सबसे ऊपर बीच में पत्र संख्या लिखते हैं। यदि पत्र नामांकित पैड पर लिखा जा रहा हो तो पत्र क्रमांक छपे हुए नाम के नीचे लिखा जाता है।

2. सरकार एवं पत्र भेजने वाले मंत्रालय का नाम—पत्र संख्या लिखने के बाद उसके ठीक नीचे सरकार तथा पत्र भेजने वाले मंत्रालय का नाम लिखा जाता है। यदि आवश्यक हो तो मंत्रालय के नाम के साथ-साथ मण्डल/शाखा का नाम भी दे देना चाहिए।

3. प्रेषक—पत्र-क्रमांक तथा शासकीय संस्थान के नाम की सीध से नीचे हटकर बाईं ओर हाशिए (Margin) से सटाकर प्रेषक शब्द लिखते हैं। इसके बाद दूसरी पंक्ति में पत्र भेजने वाले अधिकारी का नाम एवं उसका पद अथवा केवल पद नाम (जैसे—अवर सचिव) और उसके साथ विभाग अथवा सरकार का नाम (जैसे—भारत सरकार या पंजाब सरकार) लिखते हैं। एक बात का ध्यान रखना आवश्यक है, यदि व्यक्ति का नाम हो तो श्री (या श्रीमती/कुमारी, जैसी भी स्थिति हो) नाम से पहले अवश्य लगाएं। यदि प्रेषक के नाम के साथ कोई पदवी या उपाधि है तो उसका भी उल्लेख अवश्य किया जाता है। (जैसे डॉ० चंद्रभूषण, पं० रघुनाथ भट्ट), लेकिन ऐसी स्थिति में नाम से पूर्व श्री / श्रीमती / कुमारी आदि नहीं लिखते। यदि केवल पदनाम ही दिया गया हो तो उससे पहले श्री आदि नहीं लगाया जाता—केवल पदनाम का उल्लेख भर पर्याप्त होता है जैसे—सचिव, भारतीय रेडक्रास सोसायटी। पत्र-प्रेषक के राजपत्रित अधिकारी होने की स्थिति में उसके नाम तथा उपाधियों का उल्लेख करना आवश्यक होता है (जैसे डॉ० चंद्रभूषण, आई० ए० एस०) अन्यथा केवल सरकारी पद का उल्लेख किया जाता है, नाम का नहीं। जब पत्र किसी विदेशी सरकार को लिखा जाता है तब प्रेषक नहीं लिखा जाता।

4. प्रेषिती—पत्र-प्रेषक का नाम/पद आदि लिखने के बाद, उसके ठीक नीचे पहली पंक्ति में 'सेवा में', दूसरी पंक्ति में प्रेषिती अर्थात् पत्र पाने वाले का नाम (यदि उसकी उपाधियां या पदवियां हों तो वे भी, यथा डॉ० पुष्पेंद्र कुमार, आई० ए० एस०, तीसरी पंक्ति में पद एवं बिभाग और चौथी पंक्ति में सरकार आदि का उल्लेख किया जाता है। प्रेषिती के नाम, पद संज्ञा तथा उसके कार्यालय के नाम के बाद अल्पविराम का प्रयोग किया जाता है। पत्र जिस स्थान पर भेजा जा रहा है उस स्थान का उल्लेख सबसे अंत में किया जाता है। इसके बाद पूर्ण विराम का प्रयोग किया जाता है। सरकारी पदाधिकारी का नाम प्रायः नहीं देते, केवल पद नाम तथा कार्यालय का ही उल्लेख किया जाता है। यदि यह ज्ञात हो कि प्रेषिती नियमित अधिकारी न होकर स्थानापन्न (Officiating) अधिकारी है तो भी मूल पद संज्ञा का ही उल्लेख किया जाता है, न कि 'स्थानापन्न अधिकारी' शब्द का। प्रेषिती के सार्वजनिक अथवा सामाजिक प्रतिष्ठा का व्यक्ति होने पर उसके नाम का उल्लेख किया जाता है। पत्र सदैव विभागाध्यक्ष के नाम पर ही भेजा जाता है। यदि कोई पत्र किसी विभागाध्यक्ष के सहायक के हस्ताक्षर से

आता है तब भी उसका उत्तर विभागाध्यक्ष के नाम से ही जाता है।

5. तिथि और स्थान—प्रेषिती के बाद दाईं ओर को पहले स्थान और बाद में तिथि का उल्लेख किया जाता है। तिथि पहले शक संवत् में लिखी जाती है और उसके बाद ईसवी सन् में।

6. विषय—तदनन्तर पृष्ठ के बीच में विषय लिखकर उसके आगे निर्देशक चिह्न (—) अथवा कोलन (:) लगा देते हैं। 'विषय' शब्द सदैव मोटे टाइप में लिखते हैं। इसके बाद एक या दो पंक्तियों में अत्यन्त संक्षेप में उस विषय का उल्लेख कर देते हैं जिसके विषय में पत्र लिखा जा रहा है। ऐसा करने से पत्र पाने वाले को पत्र के आशय का पूर्वाभास हो जाता है। सरकारी पत्र में एक से अधिक विषय पर नहीं लिखा जाता और विषय का उल्लेख कर देने के बाद उसे रेखांकित कर दिया जाता है।

7. संबोधन—विषय का उल्लेख कर चुकने के बाद उसके नीचे, बाईं ओर, हाशिए से किंचित हटकर, 'प्रेषक' एवं 'सेवा में' के ठीक नीचे, प्रेषिती को संबोधित किया जाता है। संबोधन तीन प्रकार के हैं—(1) महोदय / महोदया, (2) प्रिय महोदय / महोदया, और (3) महानुभाव अथवा महोदय वृंद। सरकारी अधिकारियों के लिए महोदय / महोदया का; गैरसरकारी व्यक्तियों के लिए प्रिय महोदय / महोदया का तथा संस्थाओं एवं प्रतिष्ठानों के अधिकारियों के लिए महानुभाव / महोदयवृंद का प्रयोग किया जाता है। संबोधन के बाद अल्पविराम अवश्य लगाते हैं।

8. पत्र का मुख्य भाग—यह पत्र का मुख्य एवं सबसे महत्त्वपूर्ण भाग है। पत्र का समूचा विषय इसी भाग में विवेचित होता है। इस भाग में प्रेषक (लिखने वाला) अपने लिए उत्तम पुरुष का तथा प्रेषिती (पाने वाले) के लिए मध्यम पुरुष का प्रयोग करते हुए तथा पत्र को "मुझे यह सूचित करने का निदेश हुआ है / मुझे यह निदेश दिया गया है / निर्देशानुसार मुझे यह कहना है" जैसे वाक्यांशों से प्रारंभ करके प्रेषिती के पत्र में उठाई गई सारी शंकाओं, जिज्ञासाओं तथा जानकारियों का संतोषजनक एवं समुचित समाधान प्रस्तुत करता है। लेकिन जब पत्र स्वायत्त संस्थाओं या स्थानीय निकायों के नाम लिखे जाते हैं तो "निवेदन है / सादर निवेदन है कि" जैसे वाक्यांशों का प्रयोग किया जाता है क्योंकि ये संस्थाएं सरकार के सीधे मातहत नहीं होतीं। पत्र का यह अंश तीन भागों में बंटा होता है—(i) निर्देश तथा विषयोल्लेख, (ii) विषय-प्रतिपादन, तथा (iii) निष्कर्ष।

(i) निर्देश तथा विषयोल्लेख

(क) निर्देश या संदर्भ—यदि पत्र किसी व्यक्ति, संस्था, मंत्रालय, अनुभाग आदि के पत्र के उत्तर में है तो संबोधन के एकदम बाद, प्राप्त पत्र अथवा पिछले पत्रों की संख्याओं एवं तिथियों का उल्लेख करना चाहिए। पिछले पत्र-व्यवहार का उल्लेख सुनिश्चित, सही एवं स्पष्ट होना चाहिए।

(ख) विषयोल्लेख—यद्यपि संबोधन से पूर्व विषय का संक्षिप्त उल्लेख हो चुका होता है किंतु पूर्व पत्र या पत्रों/अनुस्मारकों की संदर्भ संख्या एवं प्रेषण तिथि के उल्लेख के

एकदम बाद विषय का पुनर्कथन कर दिया जाता है ।

(ii) विषय-प्रतिपादन

तदनन्तर 'मुझे निदेश दिया गया है' या 'निर्देशानुसार मुझे कहना है' जैसे वाक्यांशों से प्रारंभ करते हुए वे सभी बातें लिखी जाती हैं जिनके लिए पत्र लिखा जा रहा है। सभी बातें विषय को स्थापित या विस्थापित करते हुए, तार्किक क्रम से, छोटे-छोटे, स्पष्ट एवं सुगठित वाक्यों में विनम्रतापूर्वक कही जाती हैं। भाषा सदैव शिष्ट एवं संयत रहती है तथा कटूक्तियों, व्यंग्योक्तियों एवं विसंगतियों से बचा जाता है। सारी बातें एक ही अनुच्छेद में भी कही जा सकती हैं और उसे कई अनुच्छेदों में बांटकर भी कहा जा सकता है। यदि प्रारूप लंबा है तो उसे कई अनुच्छेदों में बांट लेते हैं। यदि प्रारूप अनुच्छेदों में बांटा गया है तो अनुच्छेदों पर संख्या डाल देते हैं। पहले अनुच्छेद पर संख्या नहीं डाली जाती किंतु दूसरे अनुच्छेद के आरंभ से पहले संख्या (2), तीसरे अनुच्छेद के आरंभ से पहले संख्या (3) और आगे भी इसी तरह डाली जाती है। सरकारी कामकाज में देवनागरी अंकों के स्थान पर रोमन अंकों (1,2,3 आदि) का ही प्रयोग होता है। अतएव इस बात का ध्यान अवश्य रखना चाहिए। यदि किसी अनुच्छेद को कई उप-अनुच्छेदों में बांटना आवश्यक हो तो उसे कई उप-अनुच्छेदों में बांटकर प्रत्येक के पूर्व कोष्ठक के भीतर (क), (ख), (ग) आदि लिख देते हैं। यदि आवश्यक हो तो प्रत्येक अनुच्छेद के साथ शीर्षक या उपशीर्षक भी दे देते हैं।

(iii) निष्कर्ष

पत्र के मुख्य भाग का अंतिम सोपान है निष्कर्ष। इस भाग में पहले किए गए सारे खण्डन-मण्डन का सार दे दिया जाता है।

9. स्वनिर्देश या अधोलेख—पत्र के मुख्य भाग के बाद आता है स्वनिर्देश या अधोलेख। पत्र-प्रेषक को अपने सहयोग, अवधानता, समादर, शुभकामना आदि का विश्वास दिलाते हुए पत्र के अधोभाग में भवदीय/भवदीया, आपका विश्वासपात्र, आपका विश्वासभाजन आदि लिखना चाहिए।

10. हस्ताक्षर—स्वनिर्देश के बाद आते हैं उस अधिकारी के हस्ताक्षर जिसका नाम प्रेषक के रूप में दिया गया है। यों तो पत्र पर प्राय: प्रेषक स्वयं ही हस्ताक्षर करता है किंतु यदि उसके स्थान पर कोई अन्य व्यक्ति हस्ताक्षर करता है तो उसे 'कृते' लिख देना चाहिए। हस्ताक्षर के नीचे प्रेषक का पूरा नाम कोष्ठक में दिया जाना चाहिए और उसी के नीचे उसका पद भी। नाम और पद-नाम सदैव प्रेषक के ही दिए जाते हैं, न कि उस व्यक्ति के जिसने 'कृते' लिखकर हस्ताक्षर किए हैं।

11. संलग्न पत्र—पत्र के विषय को अधिक स्पष्ट करने के लिए विस्तृत हवाले के लिए या सूचनार्थ कुछ पत्र, परिपत्र या अन्य कागजात मूल पत्र के साथ नत्थी कर दिए जाते हैं। पत्र के अंत में बाईं ओर 'संलग्न' लिखकर उन सभी कागजातों का उल्लेख करना चाहिए जो पत्र के साथ नत्थी किए जा रहे हैं।

12. पृष्ठांकन—शासकीय पत्र-व्यवस्था में कई बार पत्र तो किसी एक अधिकारी को भेजा जाता है किंतु उस विषय से संबद्ध अन्य अधिकारियों, व्यक्तियों, संस्थाओं आदि को प्रतिलिपियां भेजनी आवश्यक होती हैं। पत्र की प्रतिलिपियां जिन-जिन को भेजी जा रही हों उनका उल्लेख कागज के नीचे बाईं ओर 'प्रतिलिपि प्रेषित' शीर्षक देकर और उसके नीचे 1, 2, 3 क्रम संख्या के साथ नाम या पद देते हुए करना चाहिए। अंत में प्रेषक अधिकारी को अपने हस्ताक्षर कर देने चाहिए। लेकिन प्रेषक अधिकारी के ही हस्ताक्षर हों, ऐसा आवश्यक नहीं है कार्यालय का जो कर्मचारी पत्र भेज रहा है वह भी कृते लिखकर अपने हस्ताक्षर कर सकता है।

सरकारी पत्र की रूपरेखा (पृष्ठांकन सहित)

क्रमांक....................
भारत सरकार
गृह मंत्रालय

[1]प्रेषक,
....
....

सेवा में,
....
....

नई दिल्ली, तारीख..............

विषय :

महोदय,

आपके ता०..................के पत्र क्रमांक..............के प्रसंग में मुझे निदेश मिला है कि..
....
....

भवदीय,
(हस्ताक्षर)[2]
अवर सचिव, भारत सरकार

क्रमांक.............. नई दिल्ली, ता०..............

---

1. विदेश भेजे हुए पत्रों में आवश्यक नहीं।
2. पत्र की मूल प्रति पर।
पृष्ठांकन में बताये गये (1) और (2) को भेजी जाने वाली नकलों पर।

नकल सूचना के लिए/उचित कार्रवाई के लिए भेजी जा रही है—

1.………………

2.………………

क, ख, ग

अवर सचिव, भारत सरकार

उदाहरण

पत्र-संख्या—क-1/21/92 (ग)

भारत सरकार

गृहमंत्रालय

प्रेषक,

श्री…………आई० ए० एस०

उपसचिव, भारत सरकार

सेवा में,

मुख्य सचिव

उत्तर प्रदेश सरकार

लखनऊ

नयी दिल्ली-110002

दिनांक 27 ज्येष्ठ, 19...(शक)
17 जून, 19...

विषय—अलीगढ़ में हुए विद्यार्थियों के उपद्रव

महोदय,

दिनांक 13 जून, 19… के आपके स।2।13।92 संख्या पत्र के उत्तर में मुझे आपको यह सूचित करने का निदेश हुआ है कि हाल में ही दिल्ली से लौटते हुए अलीगढ़ विश्वविद्यालय के कुछ छात्रों और असामाजिक तत्त्वों ने विश्वविद्यालय के समीपवर्ती शमशाद मार्केट में केवल एक वर्ग-विशेष की दूकानों को जलाने की चेष्टा की, जिसे रोकने में स्थानीय पुलिस सफल नहीं रही। भारत सरकार इस मामले को बड़ी चिन्ता की दृष्टि से देखती है। आशंका है कि इस घटना की प्रतिक्रिया पीड़ित वर्ग के लोगों में हो और शांति तथा व्यवस्था का संकट उत्पन्न हो जाय। अतः गृह मंत्रालय स्थानीय पुलिस की सहायता के लिए आपके अनुरोध को स्वीकार करते हुए सी० आर० पी० के तीन प्लाटूनों को अविलम्ब अलीगढ़ भेज रहा है और आशा करता है कि सभी नाजुक स्थलों पर पुलिस तथा सी० आर० पी० के जवानों की तैनाती कर दी जाएगी और साम्प्रदायिक

वैमनस्य को बढ़ने से तुरंत रोक दिया जाएगा।

इस सम्बन्ध में अन्य जो भी सहायता उत्तरप्रदेश सरकार चाहेगी, उसे देने के लिए भारत सरकार तत्पर रहेगी।

गृह मंत्रालय को ताजी से ताजी स्थिति की सूचना दी जाती रहे।

आपका विश्वासभाजन

....

उपसचिव

प्रतिलिपि

1. महामहिम राज्यपाल
   राजनिवास
   उत्तर प्रदेश
   लखनऊ
2. मुख्यमंत्री
   उत्तरप्रदेश सचिवालय
   लखनऊ
3. जिलाधीश, अलीगढ़

2. अर्धसरकारी पत्र

(Demi-official Letter—D.O.)

यद्यपि अर्धसरकारी पत्र एक सरकारी पत्र ही है किन्तु इसमें सरकारी पत्र की औपचारिकता के स्थान पर व्यक्तिगत संस्पर्श रहता है। इस पत्र की अनौपचारिकता का अनुमान इसी बात से लगाया जा सकता है कि कई बार प्रेषक अपने पद तक का उल्लेख नहीं करता। इस प्रकार अर्धसरकारी पत्र वे पत्र होते हैं जो सरकारी अधिकारियों के बीच औपचारिकता का परित्याग करते हुए व्यक्तिगत ढंग पर लिखे जाते हैं।

अर्धसरकारी पत्र कब लिखे जाते हैं ?

अर्धसरकारी पत्र लिखने की आवश्यकता तब होती है जब सरकारी अधिकारी-गण किसी विषय पर एक-दूसरे के साथ व्यक्तिगत स्तर पर किसी सूचना, सम्मति या जानकारी का आदान-प्रदान करना चाहते हैं। जब लाल फीताशाही के जंजाल में कोई मामला अटक जाता है तब अपने समकक्ष या कनिष्ठ अधिकारियों को अर्धसरकारी पत्र लिखकर मामले को त्वरित गति से निपटाने का अनुरोध किया जाता है। कभी-कभी ऐसे

पत्रों का प्रभाव तुरन्त होता है और काम हो जाता है। इस प्रकार के पत्रों का प्रयोग प्रायः निम्नलिखित स्थितियों में किया जाता है—

1. प्रेषिती का ध्यान आकर्षित करने के लिए—जब प्रेषिती (पत्र प्राप्तकर्ता) का ध्यान किसी विषय पर दिलाना हो।

2. प्रेषिती के कार्यालय से अनुदेश आदि प्राप्त करने के लिए—जब प्रेषिती के कार्यालय या विभाग का निर्णय, अनुदेश आदि शीघ्र प्राप्त करना अभीष्ट हो।

3. प्रेषिती के कार्यालय को तत्काल वांछित कारंवाई करने के लिए—जब प्रेषिती के कार्यालय से अनेक अनुस्मारकों के बाद भी न तो कोई उत्तर आया हो और न ही वांछित कारंवाई हुई हो।

अर्धसरकारी पत्र का ढांचा

1. संख्या—सर्वप्रथम सबसे ऊपर 'अ० स० संख्या' लिखने के बाद क्रमांक लिख देते हैं।

2. सरकार तथा मंत्रालय का उल्लेख—इसके बाद कार्यालय का नाम अथवा सरकार एवं विभाग का नाम लिखते हैं।

3. स्थान एवं तिथि—फिर दायीं ओर को हटकर स्थान एवं तिथि लिखते हैं। तिथि पहले शक संवत् में लिखी जाती है और फिर ईसवी सन् में।

4. विषय—इसमें सामान्यतः विषयोल्लेख नहीं किया जाता किन्तु यदि अत्यन्त आवश्यक हो तो फिर स्थान एवं तिथि लिखने के बाद विषयोल्लेख करते हैं।

5. संबोधन—इसके वाद आता है संबोधन। संबोधन का रूप प्रेषक तथा प्रेषिती के व्यक्तिगत सम्बन्धों पर निर्भर करता है। यदि प्रेषक एवं प्रेषिती परस्पर परिचित नहीं हैं तो प्रिय श्री/प्रिय महोदय लिखते हैं; यदि दोनों एक-दूसरे से परिचित हैं तो प्रियवर लिखते हैं; यदि दोनों में परस्पर अच्छी जान-पहचान या घनिष्ठता है तो प्रिय/प्रियवर के साथ उसका नाम भी लिख देते हैं, और अंत में 'जी' लगा देते हैं। नाम पूरा नहीं लिखा जाता अपितु जैसा वह सामान्यतः प्रयुक्त होता है वैसा ही लिखा जाता है जैसे प्रियवर करुणेश जी/प्रिय नन्दा जी आदि।

6. कलेवर या विषयवस्तु—संबोधन के बाद अगला सोपान है पत्र का मुख्य भाग अर्थात् विषयवस्तु। यह भाग उत्तम पुरुष एकवचन में लिखा जाता है। इसकी भाषा सद्भावना एवं मैत्रीपूर्ण होती है। यह तीन भागों में बंटा है—(क) प्रारम्भ, (ख) मध्य एवं (ग) अंत।

(क) प्रारम्भ—सबसे पहले संक्षिप्त निर्देश देते हुए वह संदर्भ लिखा जाता है जिसके बारे में पत्र लिखा जा रहा है। इसके अतिरिक्त इसका आरम्भ 'क्या आप मेरा पिछला अ० स० पत्र सं०······दिनांक······देखने की कृपा करेंगे' आदि से भी किया जा सकता है।

(ख) मध्य—इस भाग में तर्क देते हुए विषय का खंडन-मंडन किया जाता है।

(ग) अन्त—इसमें निष्कर्ष रहता है।

7. स्वनिर्देश—तदनन्तर दायीं ओर स्वनिर्देश दिया जाता है। यह स्वनिर्देश घनिष्ठता-सूचक होता है और इसीलिए भवदीय के स्थान पर 'आपका सद्भावी', 'आपका ही' या केवल 'आपका' लिखा जाता है। ध्यातव्य है कि 'आपका शविवासभाजन' या 'विश्वस्त' नहीं लिखा जाता।

8. हस्ताक्षर—स्वनिर्देश के बाद हस्ताक्षर किए जाते हैं। हस्ताक्षर में, या तो नाम का पहला भाग यथा 'महेन्द्र' आदि लिखा जाता है या फिर नाम के पहले हिस्से का पहला अक्षर तथा उपनाम (Surname) लिखा जाता है यथा म० सिंहल।

9. प्रेषिती—सबसे अंत में बायीं ओर प्रेषिती का नाम, पद और विभाग लिखते हैं। सरकार का नाम अथवा स्थान का उल्लेख करने की कोई आवश्यकता नहीं होती।

10. गोपनीयता का उल्लेख—यदि पत्र-प्रेषक अधिकारी यह नहीं चाहता कि सम्बन्धित अधिकारी का निजी सहायक भी इसे खोले तो पत्र के ऊपर **गोपनीय** शब्द लिख देते हैं।

अर्धसरकारी और सरकारी पत्र में अन्तर

अब तक आप सरकारी पत्राचार के दो प्रमुख रूपों—सरकारी पत्र तथा अर्ध-सरकारी पत्र से परिचित हो चुके हैं। आपने ध्यान दिया होगा कि पत्राचार के इन दोनों रूपों में पर्याप्त अन्तर है, यथा—

1. सरकारी पत्र **औपचारिक** तथा अर्धसरकारी पत्र **अनौपचारिक** होता है।
2. सरकारी पत्र में पत्र संख्या **बीच** में डाली जाती है जबकि अर्धसरकारी पत्र में **दाहिनी** ओर डाली जाती है।
3. सरकारी पत्र में प्रेषिती अर्थात् पत्र प्राप्तकर्ता सम्बन्धी विवरण **प्रेषक के नीचे** दिया जाता है जबकि अर्धसरकारी पत्र में **आपका के बाद नीचे बायीं ओर को** दिया जाता है।
4. सरकारी पत्र में संबोधन के रूप में **महोदय** का प्रयोग किया जाता है जबकि अर्धसरकारी पत्र में **प्रियश्री के साथ उपनाम** का प्रयोग करते हैं।
5. सरकारी पत्र में स्वनिर्देश के रूप में **भवदीय** तथा अर्धसरकारी पत्र में **आपका** का प्रयोग होता है।
6. सरकारी पत्र में धन्यवाद, साभार, सादर आदि का प्रयोग **नहीं** होता है जबकि अर्धसरकारी पत्र में धन्यवाद, साभार, सादर आदि का प्रयोग **होता** है।
7. सरकारी पत्र में पृष्ठांकन **होता** है जबकि अर्धसरकारी पत्र में पृष्ठांकन **नहीं** होता।

अर्धसरकारी पत्र की रूपरेखा

भारत सरकार

गृह मंत्रालय

अ० स० क्रमांक............ नई दिल्ली, दिनांक..............

प्रिय महोदय/प्रिय श्री............

कृपया........................के बारे में अपना ता०...............का अर्धसरकारी पत्र क्रमांक..............देखिए।

मैं..........................से सम्बन्धित नियमों के मसौदे की एक प्रति भेज रहा हूं। यदि आप इसका अवलोकन करके यथाशीघ्र अपने विचार मुझे लिख भेजें, तो आपकी बड़ी कृपा होगी। इन नियमों को अन्तिम रूप देने के लिए अगले महीने के आरम्भ में एक अन्तर्विभागीय बैठक करने का विचार है।

आपका—

(क ख ग)

श्री..................................

....

....

....

उदाहरण

भारत सरकार

गृह मंत्रालय

नई दिल्ली-110001

दिनांक 9 आषाढ़, 19...(शक०)
30 जून, 19...

अ० स० सं०...128/6/84

प्रिय सुरेन्द्र जी,

आपके पत्र सं० 17/5/92 के उत्तर में मैं आपके सम्मुख दो सुझाव प्रस्तुत करना चाहता हूं :

1. हिन्दी सीखने वाले हिन्दीतर प्रदेश के कर्मचारियों के वर्तमान पाठ्यक्रम को उनकी सुविधा का ध्यान रखते हुए अविलम्ब संशोधित और पुनर्गठित किया जाय।

2. अच्छे अंक प्राप्त कर उत्तीर्ण होने वाले छात्रों को पद-वृद्धि, मासिक वेतन-

वृद्धि तथा पुरस्कार आदि से सम्मानित एवं प्रोत्साहित किया जाय।

इस विषय पर विचार करने के लिए मेरे कमरे में (78, साउथ ब्लाक) में कुछ विद्वानों की एक गोष्ठी आमंत्रित की गयी है। आप उसमें पधारने का कष्ट करें और अपने उपयोगी सुझावों से हमें लाभान्वित करने की कृपा करें।

आपका
....
(क ख ग)

सेवा में,
श्री सुरेन्द्र तिवारी,
....
....
....

3. मंजूरी पत्र
(Sanction Letter)

भारतीय संविधान में राष्ट्रपति को कार्यपालिका का प्रधान माना गया है। कार्य-पालिका के सारे कार्य राष्ट्रपति से स्वीकृति प्राप्त करके उसके नाम पर किए जाते हैं। मंत्रिमण्डल एवं मंत्रालय अपने सारे कार्य राष्ट्रपति से स्वीकृति प्राप्त करके उसके नाम पर करते हैं। राष्ट्रपति की स्वीकृति के बिना कोई भी आदेश नहीं बन पाता। केन्द्रीय सरकार में जो स्थिति राष्ट्रपति की है, राज्य सरकार में वही स्थिति राज्यपाल की है। राज्यों में राज्यपाल राष्ट्रपति के प्रतिनिधि के रूप में कार्य करता है तथा सरकारी आदेशादि को स्वीकृति देता है। उसकी स्वीकृति के बिना कोई भी आदेश नहीं बन पाता, लेकिन प्रत्येक छोटे-छोटे आदेश पर राष्ट्रपति या राज्यपाल के हस्ताक्षर होने लगें तो फिर प्रशासन का काम त्वरित गति से नहीं चल सकता। अतएव प्रशासन में यह परम्परा नहीं है कि प्रत्येक आदेश पर राष्ट्रपति के ही हस्ताक्षर हों अपितु परम्परा एवं संविधान द्वारा कतिपय ऐसे विषय (Subjects) एवं मदें (Items) निर्धारित कर दिए गए हैं जिनके लिए राष्ट्रपति/राज्यपाल की स्वीकृति आवश्यक रहती है। राष्ट्रपति/राज्यपाल की ओर से प्राप्त स्वीकृति की सूचना जब किसी मंत्रालय, विभाग, कार्यालय आदि को दी जाती है तब उसे मंजूरी पत्र (Sanction Letter) कहते हैं।

मंजूरी पत्र तथा सरकारी पत्र में अंतर

यद्यपि मंजूरी पत्र तथा सरकारी पत्र का प्रारूप एकसमान होता है किंतु फिर भी

इन दोनों में निम्नलिखित अन्तर होता है—

1. सरकारी पत्र एक सरकार से दूसरी सरकार को, अर्थात् भारत सरकार से राज्य सरकारों को, एक राज्य सरकार से दूसरी राज्य सरकार को, अपने से संबद्ध या अपने अधीनस्थ कार्यालयों एवं विभागों, सरकारी संगठनों, कर्मचारी संघों, सार्वजनिक निकायों तथा व्यक्तियों को लिखे जाते हैं, और वहां मंजूरी पत्र केवल भारत सरकार या राज्य सरकारों द्वारा केवल अपने अधीनस्थ कार्यालयों तथा महालेखापाल को ही भेजे जाते हैं। मंजूरी पत्र, महालेखापाल को छोड़कर, प्राय: सरकार के तथा अपने अधीनस्थ विभाग के बाहर नहीं जाते।
2. मंजूरी पत्र में सरकारी पत्र के समान 'प्रेषक' नहीं लिखा जाता। इसका कारण यह है कि मंजूरी पत्र सरकार से बाहर न जाकर भीतर ही भीतर प्रयुक्त होते हैं।

मंजूरी पत्र का ढांचा

1. संख्या—सबसे पहले, सबसे ऊपर बीच में संख्या लिखते हैं।

2. सरकार तथा मंत्रालय का नाम—इसके बाद ठीक मध्य में सरकार तथा उसके विभाग का नाम लिखते हैं जहां से वह चल रहा है।

3. स्थान एवं तिथि—फिर दाईं ओर को पहले स्थान एवं बाद में तिथि लिखते हैं। तिथि पहले शकाब्द में और फिर ईसवी सन् में लिखी जाती है।

4. प्रेषिती का उल्लेख—तदनन्तर 'सेवा में' लिखने के बाद प्रेषिती का नाम तथा पदनाम या केवल पदनाम लिखते हैं। प्रेषिती एक से अधिक भी हो सकता है। ऐसी स्थिति में 'सेवा में' लिखने के बाद 1, 2, 3 का क्रम देते हुए सबका उल्लेख किया जाता है।

5. विषय—तदनन्तर विषय लिखकर उसके आगे कोलन (:) या डैश (—) लगाते हैं और संक्षेप में वह विषय लिखते हैं जिसके बारे में पत्र लिखा जा रहा है।

6. संबोधन—इसके बाद संबोधन लिखते हैं।

7. कलेवर या विषयवस्तु—इसके अनन्तर पत्र का मुख्य भाग अर्थात् कलेवर या विषयवस्तु आती है। इसके अंतर्गत राष्ट्रपति या राज्यपाल द्वारा किसी पद अथवा खर्चे के लिए दी गई स्वीकृति का उल्लेख होता है। यदि स्वीकृति किसी खर्चे के सम्बन्ध में दी गई है तो इस बात का भी उल्लेख किया जाता है कि उसे किस मद (Head) में डाला जाएगा—उसका जमा-खर्च कहां और कैसे किया जाएगा।

8. स्वनिर्देश—इसके बाद स्वनिर्देश लिखते हैं।

9. हस्ताक्षर—फिर हस्ताक्षर करते हैं।

10. पदनाम—इसके बाद पदनाम लिखा जाता है।

11. पृष्ठांकन—सबसे अन्त में पृष्ठांकन होता है।

मंज़ूरी पत्र का प्रारूप

संख्या............

............सरकार

............मंत्रालय

............, ...19......

सेवा में,

....

....

विषय—............ में ....नियुक्ति की मंज़ूरी

महोदय,

....

....

....

2. ....।

भवदीय

(क ख ग)

अवर सचिव, भारत सरकार

....

ज्ञापन संख्या............ ...., ...19

प्रतिलिपि...............को जानकारी के लिए प्रेषित।

(क ख ग)

अवर सचिव, भारत सरकार

उदाहरण

संख्या 440-7-92

भारत सरकार

शिक्षा एवं संस्कृति मन्त्रालय

नई दिल्ली-110002

दिनांक 19 आषाढ़, 19···(शक०)
10 जुलाई, 19······

सेवा में,

महालेखापाल
नई दिल्ली-110001

विषय—शिक्षा एवं संस्कृति मंत्रालय में अवर श्रेणी के 25 लिपिकों की नियुक्ति की मंजूरी।

महोदय,

मुझे यह सूचित करने का निर्देश हुआ है कि शिक्षा एवं संस्कृति मंत्रालय के बढ़े हुए काम के निपटान की दृष्टि से अवर श्रेणी के 25 लिपिकों की अस्थायी नियुक्ति के प्रस्ताव को महामहिम राष्ट्रपति द्वारा स्वीकृति प्रदान कर दी गई है।

2. इस मद के व्यय को शिक्षा मंत्रालय के मुख्य खाते के मद संख्या 40 के मातहत दिखाया जाए।

भवदीय
(क ख ग)
अवर सचिव, भारत सरकार

नई दिल्ली-110002

दिनांक 19 आषाढ़, 19··· (शक०)
10 जुलाई, 19···

ज्ञाप संख्या 441-7-92

प्रतिलिपि—(चार अतिरिक्त प्रतिलिपियों के साथ) वित्त मंत्रालय को। वे महालेखापाल, नई दिल्ली को अपनी ओर से यथावश्यक सूचना भिजवा दें।

(क ख ग)
अवर सचिव, भारत सरकार

4. पृष्ठांकन
(Endorsement)

पृष्ठांकन एक प्रकार से संक्षिप्त ज्ञापन है। इसका प्रयोग सरकारी पत्र, कार्यालय ज्ञापन, कार्यालय आदेश, सरकारी आदेश, परिपत्र, मंजूरी पत्र, अधिसूचना, प्रेस विज्ञप्ति, संकल्प, संलेख, तार आदि के मूल रूप में अथवा प्रतिलिपि के रूप में भेजने के लिए किया जाता है। लेकिन इसका प्रयोग अर्धसरकारी पत्र, अनुस्मारक तथा मितव्यय पत्र भेजने के लिए नहीं किया जाता। इसका प्रयोग निम्नलिखित स्थितियों में होता है—

(i) जब कोई पत्र अपने मूल रूप में प्रेषक के पास लौटाया जाता है।

(ii) जब पत्र की मूल प्रति किसी दूसरे मंत्रालय को या उससे संबद्ध किसी दूसरे विभाग को जानकारी प्राप्त करने के लिए, टिप्पणी के लिए अथवा अंतिम रूप से निपटान के लिए भेजी जाती है।

(iii) जब कोई पत्र अपने मूल रूप में अथवा प्रतिलिपि के रूप में, जिसे वह संबोधित किया जा रहा है उसके अतिरिक्त किसी अन्य प्राधिकारी (Authority)/ व्यक्ति को भेजा जाता है।

(iv) जब किसी पत्र का सम्बन्ध एक से अधिक अधिकारियों के साथ होता है।

लेकिन निम्नलिखित स्थितियों में पृष्ठांकन का प्रयोग नहीं किया जाता—

(i) जब किसी एक राज्य की सरकार किसी दूसरे राज्य की सरकार को अथवा केन्द्रीय सरकार राज्य की सरकार को पत्र भेजती है। ऐसी स्थिति में पत्रादि की प्रतिलिपि ही भेजी जाती है।

(ii) जब सरकार अथवा उनके किसी विभाग द्वारा या फिर किसी संस्था/कार्यालय द्वारा बाहरी व्यक्तियों/संस्थाओं को कोई कागजात भेजने हों।

(iii) जब किसी मूल पत्र की प्रतिलिपि गैरसरकारी संस्था, व्यक्ति को भेजनी हो।

(iv) जब पुस्तिकाएं, संगृहीत कागज-पत्र आदि भेजने हों।

पृष्ठांकन के प्रयोजन

पृष्ठांकन का प्रयोग निम्नलिखित कार्यों के लिए किया जाता है—

1. जानकारी/सूचना के लिए (for information/Notice)
2. जानकारी शीघ्र प्राप्त करने के लिए (to solicitearly information)
3. मार्गदर्शन के लिए (for favour of guidence)
4. आवश्यक कार्रवाई के लिए (for necessary action)
5. आवश्यक कार्रवाई तथा रिपोर्ट के लिए (for immediate action and report)
6. आवश्यक सत्यापन के लिए (for necessary verification)
7. सहानुभूतिपूर्वक विचार के लिए (for sympathetic consideration)

8. पत्र/पत्राचार का संदर्भ बतलाने के लिए (for reference)
9. राय जानने के लिए (for opinion)
10. उत्तर भेजने के लिए (for reply)
11. कर्मचारियों के बीच घुमाने के लिए (for circulation)
12. पत्र/पत्राचार की कार्यपूर्ति बतलाने के लिए (for information about the Comptetion of letter Correspondance)

पृष्ठांकन का रूप

पृष्ठांकन टिप्पणी रहित भी होते हैं तथा टिप्पणी सहित भी। जब पृष्ठांकन टिप्पणी सहित होता है तब इस बात का ध्यान रखा जाता है कि वह अत्यन्त संक्षिप्त रहे।

पृष्ठांकन के प्रकार

पृष्ठांकन दो प्रकार के होते हैं—(i) स्वतंत्र पृष्ठांकन, (ii) अंगीभूत पृष्ठांकन। कार्यालयों में इन दोनों प्रकार के विज्ञापनों का प्रयोग किया जाता है।

स्वतंत्र पृष्ठांकन

जब एक से अधिक पत्रादि को पृष्ठांकन के माध्यम से भेजना होता है तब प्रत्येक पत्र के साथ पृष्ठांकन संभव नहीं होता। ऐसी स्थिति में एक स्वतंत्र पृष्ठांकन तैयार कर लिया जाता है और उसमें उन सभी पत्रों की एक तालिका दे दी जाती है जिनकी प्रतिलिपि उसके साथ भेजी जा रही हैं। पत्र का उल्लेख करते समय प्रत्येक के सामने उपयुक्त टिप्पणी अथवा उद्देश्य भी लिख देते हैं।

स्वतंत्र पृष्ठांकन का ढांचा

1. क्रम-संख्या—सर्वप्रथम सबसे ऊपर पृष्ठ के ठीक बीचोबीच क्रम संख्या लिखी जाती है। पृष्ठांकन पर संख्या डालने की अनेक विधियां प्रचलित हैं। यथा—

(i) **पृष्ठांकन पर वही संख्या डालना जो मूल पत्र में है**—संख्यांकन की एक बहुप्रचलित प्रणाली यह है कि पृष्ठांकन पर भी वही संख्या डाली जाती है जो मूल पत्र पर पड़ी है। उदाहरण के लिए यदि मूल पत्र की संख्या इस प्रकार है—

ज्ञाप क्र० 92-7-21-6

तो पृष्ठांकन पर भी यही संख्या लिखी जाएगी—

क्र० 92-7-21-6

(ii) **पृष्ठांकन पर मूल पत्र की संख्या से अगली संख्या डालना**—संख्यांकन की दूसरी पद्धति यह है कि जो संख्या मूल पत्र पर पड़ी है, पृष्ठांकन पर उससे अगली संख्या डाली जाए। उदाहरण के लिए यदि मूल की संख्या इस प्रकार है—

ज्ञाप क्र० 92-7-21-6

तो पृष्ठांकन पर संख्या इस प्रकार लिखी जाए—

क्र० 92-7-21-7

(iii) **पृष्ठांकन पर मूल की संख्या डालकर उसके आगे क, ख आदि लिखना**—संख्या की तीसरी पद्धति यह है कि मूल पत्र पर जो संख्या डाली गई है वही संख्या पृष्ठांकन पर डाल दी जाए और उसके आगे क, ख, या एक, दो, तीन आदि लिख दिया जाए। उदाहरण के लिए यदि मूल पत्र पर यह संख्या पड़ी है—

क्र० 92-7-21-6

तो पृष्ठांकन पर संख्या इस प्रकार लिखी जाए—

क्र० 92-7-21-6 क

अथवा

क्र० 92-21-6 एक

प्रश्न उठता है कि इन तीनों पद्धतियों में से किस पद्धति का प्रयोग करना ठीक रहता है। इस संदर्भ में ध्यानपूर्वक सोचने पर यही ठीक लगता है कि पृष्ठांकन पर दी गई संख्या मूल पत्र पर दी गई संख्या से पृथक् होनी चाहिए। इसका कारण यह है कि पृष्ठांकन मूल पत्र से भिन्न पत्राचार है तथा मूल प्रेषिती के अतिरिक्त भिन्न व्यक्तियों के पास भिन्न उद्देश्य तथा भिन्न अभ्युक्तियों (Remarks) के साथ पहुंचता है। जब उद्देश्य एवं अभ्युक्तियां भिन्न हैं तब संख्यांकन भी भिन्न होना चाहिए। इसका सबसे बड़ा लाभ यह है कि जिस व्यक्ति के नाम पृष्ठांकन किया गया है उस व्यक्ति का उत्तर आने पर उसे उसकी संचिका (file) में रखने में सुविधा रहेगी जबकि एक ही संख्यांकन होने पर उत्तर किसी दूसरे व्यक्ति की संचिका में भी लग सकता है।

2. सरकार तथा मंत्रालय-कार्यालय का नाम—इसके बाद ठीक मध्य में सरकार एवं उस मंत्रालय/कार्यालय का नाम होना चाहिए जहां से वह चल रहा है। यदि प्रेषक कार्यालय अर्धसरकारी या गैरसरकारी हो तो फिर उस कार्यालय/संस्थान/प्रतिष्ठान तथा उसके विभाग का नाम होना चाहिए।

3. स्थान एवं तिथि—इसके बाद नीचे दाईं ओर को पहले स्थान और फिर तिथि लिखनी चाहिए। तिथि पहले शकाब्द में और फिर ईसवी सन् में लिखनी चाहिए।

4. विषयवस्तु या कलेवर—इसके अंतर्गत इस बात का उल्लेख रहता है कि कौन-कौन से कागजात अपने मूल रूप में अथवा उनकी प्रतिलिपियां किस-किसको किस उद्देश्य से भेजी जा रही हैं। पाने वाले व्यक्ति / व्यक्तियों का उल्लेख भी विषयवस्तु के अंतर्गत ही किया जाता है।

5. हस्ताक्षर एवं पदनाम—इसके बाद दाईं ओर को पहले अधिकारी के हस्ताक्षर होते हैं और उसके बाद पदनाम लिखते हैं।

6. भेजे जाने वाले कागजात की सूची—हस्ताक्षर एवं पदनाम के बाद बाईं ओर को भेजे जाने वाले कागजात की सूची क्रम-संख्या 1, 2, 3 डालकर दी जाती है।

स्वतंत्र पृष्ठांकन की रूपरेखा

क्रमांक............
भारत सरकार
गृह मन्त्रालय
नई दिल्ली, दिनांक.........

............को नीचे बताये कागजों की एक-एक नक्ल सूचना और आवश्यक कार्रवाई के लिए भेजी जा रही है।

(क ख ग)
अवर सचिव, भारत सरकार

प्रेषित पत्रों की सूची

(1)
(2)
(3)

उदाहरण

संख्या 92-7-21-6
भारत सरकार
वित्त मन्त्रालय

नई दिल्ली-110001
दिनांक 25 आषाढ़, शक 19...
16 जुलाई 19.........

निम्नलिखित पत्रों की एक-एक प्रति सूचना तथा आवश्यक कार्रवाई के लिए श्री राजकुमार को प्रेषित की जा रही है।

....

प्रेषित पत्रों की सूची :

1.........
2.........
3.........

(क ख ग)
अवर सचिव
वित्त मंत्रालय
भारत सरकार

अंगीभूत पृष्ठांकन

जब पृष्ठांकन मूल पत्र अथवा उसकी प्रतिलिपि के नीचे इसी उद्देश्य से छोड़े गए स्थान में किया जाता है तब उसे अंगीभूत पृष्ठांकन कहते हैं।

अंगीभूत पृष्ठांकन का ढांचा

1. मूल पत्र-प्रतिलिपि के नीचे स्थान छोड़ना—पृष्ठांकन लिखने से पहले मूल पत्र-प्रतिलिपि के नीचे या तो थोड़ा-सा स्थान छोड़ देते हैं या फिर एक सीधी रेखा खींच देते हैं। स्थान छोड़ने या रेखा खींचने का उद्देश्य मूल पत्र तथा पृष्ठांकन को एक-दूसरे से अलग दिखाना है।

2. संख्यांकन, स्थान एवं तिथि—पृष्ठांकन में सबसे पहला सोपान संख्यांकन है। संख्यांकन की तीन प्रणालियां प्रचलित हैं—(i) पृष्ठांकन पर वही संख्या डालना जो मूल पत्र पर है, (ii) पृष्ठांकन पर मूल पत्र की संख्या से अगली संख्या डालना, और (iii) पृष्ठांकन पर मूल पत्र की संख्या डालकर उसके आगे एक, दो, तीन लिखना। पृष्ठांकन पर मूल पत्र से भिन्न संख्या डालना ही ठीक रहता है। संख्या सदैव बाईं ओर को डाली जाती है। कभी-कभी संख्या डालने से पहले ज्ञाप भी लिख देते हैं। इसका कारण यह है कि पृष्ठांकन ज्ञापन का ही एक रूप है। संख्यांकन के ठीक सामने दाईं ओर को पहले स्थान और फिर तिथि लिखते हैं। तिथि पहले शक-संवत में लिखते हैं और फिर ईसवी सन् में।

3. विषयवस्तु या कलेवर—इसके अंतर्गत सर्वप्रथम मूल या प्रतिलिपि (जैसी भी स्थिति हो) का उल्लेख करते हुए जिसे वह भेजा जा रहा है उस अधिकारी / व्यक्ति का नाम तथा जिस उद्देश्य से भेजा जा रहा है उसका उल्लेख किया जाता है। यदि भेजने वाला पृष्ठांकन के उद्देश्य का उल्लेख करना चाहे या फिर कोई अभ्युक्ति (Remark) देना चाहे तो उसका उल्लेख भी यहीं किया जाता है। यदि प्रतिलिपियां पृथक्-पृथक् अधिकारियों / व्यक्तियों को भिन्न-भिन्न उद्देश्य एवं अभ्युक्तियों के साथ भेजनी हों तो संख्या, स्थान एवं तिथि का उल्लेख करने के बाद यह वाक्य लिखा जाता है—'प्रतिलिपि निम्नलिखित को प्रेषित'। इसके बाद इसके नीचे उन व्यक्तियों / अधिकारियों के नाम लिख देते हैं जिन्हें वह प्रतिलिपि भेजी जा रही है। हर अधिकारी / व्यक्ति के नाम के आगे उससे संबद्ध उद्देश्य, संदर्भ, अभ्युक्ति आदि भी लिख दी जाती है।

4. हस्ताक्षर एवं पदनाम—इसके बाद दाईं ओर को पहली पंक्ति में हस्ताक्षर तथा ठीक उसके नीचे दूसरी पंक्ति में पदनाम लिख देते हैं। पदनाम के साथ सरकार या विभाग का नाम नहीं दिया जाता।

पृष्ठांकन का प्रारूप

पत्र-संख्या·········
भारत सरकार
कृषि मंत्रालय
नई दिल्ली, दिनांक·········

प्रेषक

·····················

अवर सचिव, भारत सरकार

सेवा में,

·····················

·····················निदेशालय

नई दिल्ली

विषय—···

महोदय,

आपको यह सूचित करने का निदेश मिला है·····························
··
··

भवदीय
······
(क ख ग)
अवर सचिव
भारत सरकार

··

ज्ञाप क्रमांक········· नई दिल्ली, दिनांक·········

प्रतिलिपि········· को सूचनार्थ प्रेषित

············
(क ख ग)
अवर सचिव

उदाहरण

पत्र संख्या 9-6-92
भारत सरकार
वाणिज्य मंत्रालय

नई दिल्ली-110001
दिनांक 30 ज्येष्ठ, 19···(शक०)
20 जून, 19···

प्रेषक :

रामकुमार
अवर सचिव, भारत सरकार

सेवा में,

महानिदेशक
आयात-निर्यात निदेशालय
नई दिल्ली

विषय—वाणिज्य मंत्रालय के निर्यात-प्रभाग में संयुक्त निदेशक के पद की मंजूरी।

महोदय,

आपको यह सूचना देने का मुझे निदेश मिला है कि राष्ट्रपति ने कृपापूर्वक आपके महानिदेशालय के अन्तर्गत निर्यात-प्रभाग के लिए 1300-50-1600-100-1800 के वेतन-क्रम में एक संयुक्त निदेशक के पद की मंजूरी दे दी है। इस पद के संबंध में होने वाला व्यय चालू वित्त वर्ष में महानिदेशालय के वर्तमान बजट में से ही किया जाएगा।

भवदीय
....
(क ख ग)
अवर सचिव
भारत सरकार

नई दिल्ली-110001
दिनांक 30 ज्येष्ठ, 19···(शक०)
20 जून, 19···

ज्ञाप क्र० 10-6-92

प्रतिलिपि वित्त विभाग को सूचनार्थ प्रेषित—

....
(क ख ग)
अवर सचिव

5. अनुस्मारक
(Reminder)

अनुस्मारक का शाब्दिक अर्थ है स्मरण पत्र। जब किसी सरकारी पत्र, अर्ध-सरकारी पत्र, कार्यालय ज्ञापन आदि का संबंधित मंत्रालय/विभाग से निर्धारित अवधि के भीतर उत्तर नहीं आता तथा काम लटकना शुरू हो जाता है तब विवश होकर जो स्मारक भेजना पड़ता है उसे अनुस्मारक कहते हैं। अनुस्मारक केवल पूर्व प्रेषित पत्रों का उत्तर शीघ्र मंगाने के लिए ही नहीं लिखे जाते अपितु जब कोई संचिका (File) या कोई टिप्पण निपटान/कार्रवाई के लिए भेजा जाता है और अपेक्षित अवधि तक उसका कोई उत्तर नहीं आता अथवा कोई प्रतिवेदन अपेक्षित समय तक नहीं पहुंचता तब भी अनुस्मारक का प्रयोग किया जाता है। अनुस्मारक आकार में छोटे होते हैं। उनका काम न तो किसी विषय को फिर से प्रस्तुत करना है, न पहले पत्र को दोहराना है बल्कि केवल याद दिलाना है। संक्षिप्तता इसका मूल गुण है।

अनुस्मारक का ढांचा

अनुस्मारक का रूप पहले भेजे गए पत्र जैसा ही होता है अर्थात् सरकारी पत्र का सरकारी पत्र जैसा, अर्धसरकारी पत्र का अर्धसरकारी पत्र जैसा, ज्ञापन का ज्ञापन जैसा आदि। हां, पूर्व पत्र में लिखित कथ्य का संक्षेप में उल्लेख करते हुए इतना और जोड़ दिया जाता है कि अपेक्षित उत्तर निर्धारित अवधि में न मिलने से कार्य की गति में अटकाव आया है। स्थिति के अनुसार नम्र या कठोर भाषा का प्रयोग करते हुए एक निश्चित तिथि तक सूचना/जानकारी/अपेक्षित सामग्री भेजने के लिए कहा जाता है। प्रत्येक कार्यालय में काम की महत्ता के अनुसार यह तय होता है कि कितने-कितने समय के बाद अनुस्मारक भेजे जाएंगे। यदि पहले अनुस्मारक का कोई असर नहीं पड़ता तो फिर दूसरा, और इसके बाद फिर जरूरत हो तो तीसरा अनुस्मारक भेजा जाता है। जब तीन अनुस्मारक भेजने के बाद भी उत्तर नहीं आता तो फिर अगली कार्रवाई ऐसी करनी पड़ती है जिससे नाराजगी एवं सख्ती व्यक्त हो सके। जब एक से अधिक अनुस्मारक भेजे जाते हैं तब उन पर 'अनुस्मारक-1', 'अनुस्मारक-2', 'अनुस्मारक-3' लिख देते हैं।

उदाहरण

अनुस्मारक (सरकारी पत्र के रूप में)

संख्या 3।6।92 गो०

भारत सरकार

विदेश मंत्रालय — नई दिल्ली-110001

दिनांक...............

...............,

प्रेषक :

....

संयुक्त सचिव
विदेश मंत्रालय
भारत सरकार

सेवा में,

मुख्य सचिव
पंजाब सरकार
चण्डीगढ़

विषय..................

महोदय,

इस मंत्रालय के पत्र सं०.........दिनांक.........संदर्भ में मुझे आपसे यह पूछने का निदेश हुआ है कि वांछित सूचना के सम्बन्ध में आपके उत्तर की आशा कब तक की जाए। आशा है, आप इस मामले को उच्च प्राथमिकता देंगे और एक सप्ताह के अन्दर उत्तर भेज देंगे।

भवदीय

....

(क ख ग)
संयुक्त सचिव
विदेश मंत्रालय
भारत सरकार

उदाहरण 2

अनुस्मारक (कार्यालय-ज्ञापन के रूप में)

संख्या...........

भारत सरकार
गृह मंत्रालय

नई दिल्ली-110001

दिनांक..............

विषय..................

इस मंत्रालय के कार्यालय-ज्ञापन सं०.........के संदर्भ में अधोहस्ताक्षरी को

यह पूछने का निदेश हुआ है कि उपर्युक्त कार्यालय-ज्ञापन का उत्तर पाने की कब तक आशा की जाए ?

....

(क ख ग)
अवर सचिव
गृह मंत्रालय
भारत सरकार

सेवा में,

अवर सचिव
विधि मंत्रालय
भारत सरकार

6. ज्ञापन
(Memorandum)

सरकारी, अर्ध-सरकारी तथा गैरसरकारी कार्यालयों में पत्राचार के जिस रूप का प्रयोग सबसे अधिक किया जाता है वह है '**ज्ञापन**'। ज्ञापन सरकारी पत्र से भिन्न रचना-रूप है। यह भिन्नता इस अर्थ में है कि इसमें 'प्रेषक', 'प्रेषिती', 'संबोधन' और 'स्वनिर्देश' नहीं होते। ये अन्य पुरुष में लिखे जाते हैं तथा इनकी शैली निर्वैयक्तिक एवं तटस्थ होती है। वस्तुत: सरकारी पत्राचार को दो वर्गों में बांट सकते हैं। एक वर्ग तो उन पत्रों का है (जैसे अर्ध-सरकारी पत्र, मंजूरी पत्र, द्रुत पत्र, कूट पत्र, परिपत्र और अनुस्मारक) जिनमें सरकारी पत्र के समान सारी औपचारिकताएं तथा साज-सज्जा रहती हैं तथा दूसरा वर्ग उन पत्रों का है जिनमें ज्ञापन के समान 'प्रेषक', 'प्रेषिती', 'संबोधन' तथा 'स्वनिर्देश' नहीं रहते। इस वर्ग में निम्नलिखित पत्र आते हैं—

सामान्य ज्ञापन (Memorandum)
कार्यालय ज्ञापन (Office Memorandum)
कार्यालय आदेश (Office Order)
पृष्ठांकन (Endorsement)
अशासकीय ज्ञापन (Unofficial Memorandum), और
संलेख (Memorandum for Council of Ministers)

इनमें से प्रत्येक का निजी विधि-विधान है, किंतु सामान्य ढांचा ज्ञापन का ही है। अब हम इनमें से प्रत्येक पर पृथक्-पृथक् विचार करेंगे।

ज्ञापन (सामान्य) हिन्दी

(Memorandum/Memo)

कार्यालय ज्ञापन का प्रयोग एक-दूसरे के बराबर के विभागों/मंत्रालयों/कार्यालयों के बीच होता है किंतु जब एक मंत्रालय या विभाग/प्रभाग अपने अधीन अथवा संबद्ध कार्यालयों को कोई सूचना भेजता है तो वह ज्ञापन का प्रयोग करता है। कहने का अभिप्राय यह है कि इसका प्रयोग भीतरी पत्र-व्यवहार के लिए किया जाता है। इसका इस्तेमाल कर्मचारियों द्वारा दिए गए आवेदन-पत्रों, याचिकाओं का उत्तर तथा पत्रों की प्राप्ति-सूचना के लिए भी किया जाता है। कार्यालय ज्ञापन के समान यह भी संयत, शिष्ट, तटस्थ, शैली में एकवचन अन्य पुरुष में लिखा जाता है।

ज्ञापन का ढांचा

ज्ञापन का ढांचा कार्यालय ज्ञापन के ही समान होता है। कार्यालय ज्ञापन के समान इसमें भी प्रेषक, प्रेषिती, संबोधन तथा स्वनिर्देश नहीं होते। संख्या, कार्यालय का नाम, स्थान, तिथि, विषय आदि सब कार्यालय ज्ञापन के समान ही लिखे जाते हैं, केवल कार्यालय ज्ञापन के स्थान पर ज्ञापन शब्द लिख दिया जाता है। विषयवस्तु के अन्त में प्रेषक अधिकारी के हस्ताक्षर दाईं ओर होते हैं। हस्ताक्षर कार्यालय अधीक्षक अथवा कोई वरिष्ठ अधिकारी करता है। प्रेषिती का उल्लेख बाईं ओर पहली पंक्ति में 'सेवा में' लिखने के बाद किया जाता है तथा दूसरी पंक्ति में उस कार्यालय/व्यक्ति का नाम लिख देते हैं जिसे वह भेजा जा रहा है।

ज्ञापन की रूपरेखा

क्रमांक.................

भारत सरकार

स्वास्थ्य मन्त्रालय

नई दिल्ली, दिनांक............

ज्ञापन

विषय :

स्वास्थ्य मन्त्रालय की ता०............की दफ्तरी यादी, क्रमांक............ की ओर ध्यान आकर्षित किया जाता है।

इस मन्त्रालय के सामने ऐसे भी उदाहरण आये हैं जिनमें सिविल सेवा (वर्गीकरण और अपील) नियमों के अन्तर्गत नियम............में निर्धारित क्रियाविधि

का पूरी तरह पालन नहीं किया गया है। इसलिए निवेदन है कि भविष्य में.........।

(क ख ग)
अवर सचिव, भारत सरकार

सेवा में,

....
....

उदाहरण

क्रम संख्या 68।5।92

भारत सरकार
केन्द्रीय हिन्दी निदेशालय

नई दिल्ली-110022

दिनांक 16 ज्येष्ठ, 19...(शक०)
6 जून, 19...

ज्ञापन

विषय : प्रूफशोधक की नियुक्ति

श्री उमापति त्रिपाठी को सूचित किया जाता है कि वह मार्च, 1992 में ली गई उक्त पद की चुनाव-परीक्षा में उत्तीर्ण घोषित किए गए हैं। अत: उन्हें आज्ञा दी जाती है कि वह 27 जून, 1992 को प्रात: दस बजे इस कार्यालय में डॉक्टरी जांच के लिए उपस्थित हों।

मनोहर सिंह
अवर सचिव, भारत सरकार

सेवा में,

उमापति त्रिपाठी
15, थार्नहिल रोड
इलाहाबाद (उ० प्र०)

7. कार्यालय ज्ञापन

(Office Memorandum)

जो सरकारी विभाग एक-दूसरे के बराबर के होते हैं वे आपसी पत्राचार के लिए सरकारी पत्र का इस्तेमाल नहीं कर सकते। इसका कारण यह है कि दोनों के अधिकार एक-दूसरे के समकक्ष होते हैं। अतएव वे अपने बीच सूचनाओं के आदान-प्रदान, राय देने-लेने आदि के लिए पत्राचार के जिस रूप का प्रयोग करते हैं वह कार्यालय ज्ञापन है। इसका प्रयोग केवल उन्हीं मंत्रालयों अथवा विभागों के पत्राचार के समय किया जाता है जो परस्पर बराबर होते हैं। सम्बद्ध अथवा अधीनस्थ कार्यालयों के साथ पत्राचार करते समय इसका प्रयोग नहीं किया जा सकता। चूंकि इसका प्रयोग सरकार के विभिन्न मंत्रालय/कार्यालय सरकार के बाहर के कार्यालय आदि के लिए न करके केवल आपस में सरकारी काम के लिए करते हैं, अतएव इसमें औपचारिकता एवं शिष्टाचार की कोई विशेष आवश्यकता नहीं होती। इसीलिए इसमें प्रेषक, प्रेषिती, सम्बोधन तथा स्वनिर्देश नहीं होते। ये सदैव संयत तथा शिष्ट भाषा में अन्य पुरुष, एकवचन में लिखे जाते हैं। कभी-कभी प्रेषिती के लिए 'तुम' एवं 'आप' का तथा प्रेषक के लिए उत्तम पुरुष का भी प्रयोग किया जाता है।

कार्यालय ज्ञापन का ढांचा

1. **संख्या**—सर्वप्रथम सबसे ऊपर बीच में संख्या या क्रमांक लिखते हैं।

2. **सरकार तथा मंत्रालय/कार्यालय का नाम**—इसके बाद ठीक मध्य में सरकार एवं उस मंत्रालय/कार्यालय का नाम लिखते हैं जहां से वह चल रहा है।

3. **स्थान और तिथि**—इसके बाद नीचे दाईं ओर को पहले स्थान और बाद में तिथि लिखते हैं। तिथि पहले शक संवत् में लिखते हैं और फिर ईसवी सन् में।

4. **कार्यालय ज्ञापन का उल्लेख**—इसके बाद ठीक मध्य में 'कार्यालय ज्ञापन' लिखते हैं।

5. **विषय**—तदनन्तर विषय लिख कर उसके आगे कोलन (:) लगाते हैं और संक्षेप में उस विषय का उल्लेख करते हैं जिसके बारे में 'कार्यालय ज्ञापन' लिखा जा रहा है।

6. **कलेवर या विषयवस्तु**—इसके बाद विषयवस्तु आती है। यदि आवश्यक होता है तो इसकी शुरुआत पिछले सन्दर्भ का उल्लेख करते हुए होती है अन्यथा कथ्य के कलेवर को 'आदि', 'मध्य' और 'अंत' में बांटते हुए अभीष्ट बात कह देते हैं।

7. **हस्ताक्षर एवं पदोल्लेख**—इसके बाद दाईं ओर को पहले अधिकारी के हस्ताक्षर और उसके नीचे पदोल्लेख होता है।

8. **प्रेषिती के कार्यालय का उल्लेख**—इसके बाद बाईं ओर को पहली पंक्ति में

'सेवा' लिखने के बाद दूसरी पंक्ति में उस/उन कार्यालय/कार्यालयों, मंत्रालय/मंत्रालयों का नाम आदि लिख देते हैं जिसे/जिन्हें वह कार्यालय ज्ञापन भेजा जा रहा है ।

कार्यालय ज्ञापन की रूपरेखा

उदाहरण

संख्या 68।7।92
भारत सरकार
खाद्य एवं कृषि मंत्रालय

नई दिल्ली-110001
दिनांक भाद्र, 19··· (शक०)
सितम्बर, 19···

कार्यालय ज्ञापन

विषय :

अधोहस्ताक्षरी को यह निदेश हुआ है कि······························
···
···
············

(क ख ग)
अवर सचिव, भारत सरकार

उदाहरण

संख्या 68।7।92
भारत सरकार
गृह मंत्रालय

नई दिल्ली-110001
दिनांक 31 वैशाख, 19···(शक०)
21, मई, 19···

कार्यालय ज्ञापन

विषय : कार्यालय के स्थान-परिवर्तन की सूचना

अधोहस्ताक्षरी को यह निदेश हुआ कि सभी मंत्रालयों को यह सूचित कर दिया जाए कि इस मंत्रालय का सूचना कार्यालय वर्तमान कक्ष को छोड़कर कक्ष संख्या 221 में पहुंच गया है।

क ख ग

अवर सचिव, भारत सरकार

सेवा में :

भारत सरकार के सभी मंत्रालय

8. संलेख

(Memorandum for Council of Ministers)

मंत्रालय/विभाग के सामने कभी-कभी ऐसे मसले आते हैं जिन पर वह विभाग/मंत्रालय अकेला ही निर्णय नहीं ले पाता, साथ ही वह यह भी अनुभव करता है कि विभाग/मंत्रालय का मंत्री भी उस पर कोई अंतिम निर्णय नहीं ले पाएगा तथा पूरे मंत्रि-मंडल को ही उस विषय पर कोई सामूहिक निर्णय लेना होगा। ऐसी स्थिति में वह उस मसले पर एक ज्ञापन तैयार करके मंत्रिमंडल के सामने भेज देता है। मंत्रिमंडल के लिए तैयार किए गए ऐसे ज्ञापन को संलेख कहते हैं।

संलेख तथा ज्ञापन में अन्तर

संलेख तथा ज्ञापन का ऊपरी ढांचा एक जैसा होता है किन्तु इन दोनों के आंतरिक विधान में पर्याप्त अन्तर होता है। संक्षेप में यह अन्तर निम्नलिखित है—

1. ज्ञापन सदैव अधीनस्थ/सम्बद्ध कर्मचारियों/कार्यालयों को भेजे जाते हैं। इस प्रकार ये ऊपर से नीचे चलते हैं। इसके विपरीत संलेख सचिव/संयुक्त सचिव और कभी-कभी उपसचिव के द्वारा तैयार किए जाने के बाद मंत्रिमण्डल के सामने प्रस्तुत किए जाते हैं। इस प्रकार ये नीचे से ऊपर चलते हैं, कनिष्ठ से वरिष्ठ को भेजे जाते हैं।
2. प्रयोजन एवं उद्देश्य की दृष्टि से भी ज्ञापन तथा संलेख में पर्याप्त अंतर होता है। ज्ञापन एक प्रकार से सामान्य स्मृति-पत्र होता है जबकि संलेख में किसी ऐसे महत्त्पूवर्ण विषय को सारे सन्दर्भों, तथ्यों एवं सिफारिशों के साथ प्रस्तुत किया जाता है जिस पर मंत्रालय/विभाग का प्रशासन

ही नहीं अपितु मंत्री तक कोई निर्णय नहीं ले पाता तथा मंत्रिमंडल को समवेत निर्णय लेना पड़ता है।

3. ज्ञापन में प्रेषिती के नाम एवं पद का उल्लेख अन्त में बाईं ओर को किया जाता है किंतु संलेख में इसका कहीं पर भी उल्लेख इसलिए नहीं किया जाता क्योंकि इसकी कोई आवश्यकता नहीं होती।

संलेख और कार्यालय ज्ञापन में अन्तर

यद्यपि संलेख और कार्यालय ज्ञापन की लेखन-शैली में पर्याप्त समानता है किंतु फिर भी ये दोनों एक-दूसरे से भिन्न रचना-रूप हैं। इन दोनों में मुख्य अन्तर निम्नलिखित हैं :

1. कार्यालय ज्ञापन समकक्षों के बीच किया गया पत्र-व्यवहार है। इसके विपरीत संलेख कनिष्ठ से वरिष्ठ के पास भेजा गया पत्राचार है।
2. कार्यालय ज्ञापन का दायरा ही सीमित नहीं होता अपितु प्रयोजन भी सीमित होता है। इसका मुख्य प्रयोजन होता है समकक्ष कार्यालयों के बीच सूचनाओं का आदान-प्रदान। इसके विपरीत संलेख का प्रयोजन किसी ऐसे विषय को पूरी पृष्ठभूमि, तथ्य एवं सिफारिश के साथ मंत्रिमण्डल के सामने प्रस्तुत करना है जिसके बारे में न तो प्रशासन ही कोई निर्णय ले पाता है और न उस विभाग/मंत्रालय का मंत्री ही कोई निर्णय दे पाता है।
3. कार्यालय ज्ञापन में प्रेषिती के नाम एवं पद का उल्लेख अंत में बाईं ओर को किया जाता है किंतु संलेख में इसका कहीं पर भी उल्लेख करने की जरूरत नहीं होती।

संलेख किन स्थितियों/विषयों पर लिखे जाते हैं ?

संलेख सामान्यतः निम्नलिखित स्थितियों/विषयों पर लिखे जाते हैं :

1. जब विषय का सम्बन्ध एक से अधिक विभाग/मंत्रालय से हो,
2. जब विषय किसी दूसरे राज्य/राज्यों से सम्बन्ध रखता हो,
3. जब विषय का सम्बन्ध राज्य के विभिन्न क्षेत्रों की योजनाओं तथा राज्य की अपनी योजना के साथ हो,
4. जब उस विषय पर विधान सभा में कोई विधेयक पेश करना हो,
5. जब राज्य में कोई राजपत्रित स्थान (Gazetted Post) कायम करना हो या उस पर किसी की नियुक्ति के सम्बन्ध में विचार करना हो,
6. जब विषय पर केन्द्रीय सरकार से कोई बातचीत चल रही हो।

संलेख में क्या लिखा जाता है ?

संलेख तैयार करते समय निम्नलिखित बातें अवश्य लिखी जाती हैं—

(1) विचारणीय विषय की पृष्ठभूमि, इतिहास, आंकड़े और ब्योरा।

(2) सम्बन्धित विभागों, मंत्रालयों, राज्यों आदि के तत्सम्बन्धी विचार, सुझाव, मंतव्य पर प्रस्ताव।

(3) प्रेषक विभाग/मंत्रालय की सिफारिशें एवं प्रस्ताव जिससे मंत्रिमंडल सोच-विचारकर तत्काल निर्णय ले सके।

संलेख कौन लिखता है ?

संलेख तैयार करना बहुत ही जिम्मेदारी का काम है। अतएव यह कार्य स्वयं सचिव (Secretary) करता है। कभी-कभी यह जिम्मेदारी संयुक्त सचिव (Joint Secretary), उपसचिव (Deputy Secretary) को भी सौंप दी जाती है।

संलेख का ढांचा

1. **सरकार तथा मंत्रालय/विभाग का नाम**—सबसे पहले सबसे ऊपर बीच में सरकार का नाम लिखते हैं। फिर उसके ठीक नीचे उस मंत्रालय, विभाग का नाम लिखा जाता है जहां से वह भेजा जा रहा है।

2. **स्थान एवं तिथि**—संलेख में स्थान एवं तिथि का उल्लेख सामान्यतः नीचे हस्ताक्षर के बाद बायीं ओर को किया जाता है, किंतु इसका उल्लेख सरकार एवं मंत्रालय का नाम लिखने के बाद भी किया जा सकता है। तिथि पहले शक संवत् में लिखी जाती है और उसके बाद ईसवी सन् में।

3. **पत्राचार के रूप का उल्लेख**—इसके बाद ठीक मध्य में मोटे अक्षरों में पत्राचार के रूप अर्थात् **मंत्रिमंडल के लिए संलेख** (Mamorendum for the Cabinet) लिखते हैं।

4. **विषय**—इसके बाद विषय लिखकर उसके आगे कोलन (:) लगाते हैं और अत्यन्त संक्षेप में वह विषय लिख देते हैं जिसके बारे में वह संलेख तैयार किया गया है।

5. **कलेवर या विषयवस्तु**—इसके बाद का सोपान है कलेवर या विषयवस्तु। संलेख में सम्बोधन तथा संदर्भ निर्देश नहीं होता। सीधे काम की बात कही जाती है—हां, यह अवश्य है कि इस भाग को तीन अनुच्छेदों में बांट लेते हैं। पहले अनुच्छेद में विषय का परिचयात्मक उल्लेख रहता है। दूसरे अनुच्छेद में विषय की पृष्ठभूमि, ऐतिहासिक परिप्रेक्ष्य, तथ्य-निरूपण आदि का निर्भ्रान्त एवं सिलसिलेवार वर्णन रहता है। अन्तिम अनुच्छेद में उन मुद्दों का उल्लेख होता है जिन पर मंत्रिमंडल का निर्णय अपेक्षित है। यहीं उस मुद्दे पर विभिन्न मंत्रालयों, विभागों की राय तथा सिफारिशें भी—भले ही वे एक हों या अलग—दे दी जाती हैं। साथ ही वे मंतव्य, सिफारिशें, प्रस्ताव आदि भी दिए जाते हैं जिन्हें ध्यान में रखकर मंत्रिमंडल तुरन्त निर्णय ले सके।

ध्यातव्य है कि पहले अनुच्छेद में केवल प्रारम्भिक बातें होती हैं तथा अन्तिम अनुच्छेद में प्रस्ताव एवं सिफारिशें होती हैं।

6. **हस्ताक्षर**—इसके बाद दाहिनी ओर सचिव/संयुक्त सचिव/उपसचिव (जैसी भी स्थिति हो) के हस्ताक्षर होते हैं।

7. **प्रतिलिपियों का प्रेषण**— हस्ताक्षर के बाद पृष्ठ के एकदम बीच में अथवा बायीं ओर को 'ज्ञाप सं०.........' लिखने के बाद संस्था लिखते हैं। दायीं ओर पहले स्थान और फिर तिथि लिखते हैं। इसके बाद यह अभ्युक्ति (Remark) लिखकर, 'प्रतिलिपि—अतिरिक्त प्रतिलिपियों के साथ, मंत्रिपरिषद् के सचिव को जानकारी एवं आवश्यक कार्रवाई के लिए प्रेषित, सचिव / संयुक्त सचिव / उपसचिव अपने हस्ताक्षर कर देता है तथा उपर्युक्त संलेख की प्रति तथा मंत्रिमंडल में जितने मंत्री हैं उतनी प्रतिलिपियां नत्थी कर देते हैं। यदि संलेख की प्रति/प्रतियां वित्त विभाग/अन्य विभागों को भेजनी होती हैं तो उन्हें पृथक् से पृष्ठांकित करके भेजते हैं।

उदाहरण

हरियाणा सरकार

शिक्षा मंत्रालय

विषय : हरियाणा के विश्वविद्यालयों में स्नातक कक्षाओं में संस्कृत शिक्षा प्राप्त कर रही छात्राओं को पचास रुपये प्रतिमास की छात्रवृत्ति।

माननीय मुख्यमंत्री जी ने शिक्षा मंत्रालय की 14 जनवरी, 1992 की बैठक में यह सुझाव दिया था कि हरियाणा के विश्वविद्यालयों में स्नातक कक्षाओं में संस्कृत शिक्षा प्राप्त कर रही सभी छात्राओं को पचास रुपये प्रतिमास छात्रवृत्ति मिलनी चाहिए। तदनुसार सरकार ने एक आदेश परिपत्र संख्या 41-शि० 92—दिनांक 24 जनवरी, 1992 को हरियाणा के सभी विश्वविद्यालयों के कुलपतियों के नाम प्रेषित किया था। उसके परिणामस्वरूप 1992-93 के शैक्षिक सत्र से सभी छात्राओं को पचास रुपये प्रतिमास की छात्रवृत्ति मिलनी शुरू हो गई है। मुख्यमंत्री ने 20 अगस्त, 1992 को राज्य विधान सभा के अधिवेशन में यह घोषित किया है कि सरकार विश्वविद्यालयों को इस निमित्त तदर्थ अनुदान देने को तैयार है।

2. इस समय राज्य में संस्कृत पढ़ रही छात्राओं की संख्या एक हजार है। कुलपतियों की 4 सितम्बर, 1992 की बैठक में यह प्रश्न उठा था कि संस्कृत को प्रोत्साहित करने के इस कदम से संस्कृत पढ़ने वाली छात्राओं की संख्या पिछले वर्षों की तुलना में एकदम दुगुनी हो गई है। ऐसी स्थिति में राज्य में संस्कृत के पचास अतिरिक्त प्रवक्ताओं की नियुक्ति की तुरन्त आवश्यकता है। सरकार को चाहिए कि न केवल नई नियुक्तियां

तुरन्त होनी चाहिए अपितु इन पर होने वाला व्यय भी सरकार को ही वहन करना चाहिए।

3. इसलिए यह प्रार्थना है कि मंत्रिमंडल उक्त मसले पर शीघ्र निर्णय करे।

(क ख ग)
सचिव

चण्डीगढ़ हरियाणा सरकार, शिक्षा विभाग
10 सितम्बर, 1992

ज्ञाप संख्या 4105 चण्डीगढ़

दिनांक 19 भाद्र, 19··· (शक०)
10 सितम्बर, 19···

प्रतिलिपि, तीस अतिरिक्त प्रतिलिपियों के साथ सचिव, मंत्रिमडल की जानकारी एवं उचित कार्रवाई के लिए प्रेषित।

(क ख ग)
उपसचिव

9. अशासनिक ज्ञापन/अशासकीय निर्देश
(Unofficial Memorandum/Unofficial Note)

जब कोई मन्त्रालय/विभाग/कार्यालय किसी दूसरे मन्त्रालय/विभाग/कार्यालय से किसी विषय/प्रस्ताव पर अनौपचारिक रूप से किसी विषय से सम्बद्ध नियमों-उपनियमों का स्पष्टीकरण हासिल करता है, जानकारी प्राप्त करता है, उपलब्ध जानकारी को जांचता है या सलाह-मशविरा प्राप्त करता है तो उसे अशासनिक ज्ञापन या अशासकीय निर्देश कहते हैं। अशासनिक या अशासकीय का अर्थ गैरसरकारी कतई नहीं है क्योंकि इसकी विषयवस्तु का सम्बन्ध शासन या कार्यालय से ही होता है, निजी जीवन से नहीं। इन्हें अशासनिक या अशासकीय सिर्फ इसलिए कहा जाता है क्योंकि इनमें सरकारी पत्राचार की औपचारिकता नहीं होती और न ही कहीं पर इनका हवाला दिया जाता है। दूसरे शब्दों में अनौपचारिक ढंग से जानकारी प्राप्त करने के कारण यह अनौपचारिक ज्ञापन या अशासकीय निर्देश की संज्ञा पाता है।

अशासनिक ज्ञापन तथा अर्ध-सरकारी पत्र में अन्तर

अशासनिक ज्ञापन तथा अर्ध-सरकारी पत्र में एक-दो ऐसी समानताएं हैं कि कभी-

कभी इन दोनों के एक होने का भ्रम पैदा हो जाता है। उदाहरण के लिए दोनों ही अनौपचारिक पत्राचार हैं, दोनों में किसी का हवाला नहीं दिया जा सकता। लेकिन इन समानताओं के होते हुए भी ये दोनों एक-दूसरे से सर्वथा भिन्न प्रकार के रचना रूप हैं। इन दोनों का रूप-रंग ही नहीं अपितु उद्देश्य भी एक-दूसरे से भिन्न होता है। इन दोनों में मुख्य अन्तर निम्नलिखित हैं—

1. अर्धसरकारी पत्र का ढांचा व्यक्तिगत पत्र से मिलता-जुलता है और उसमें व्यक्तिगत पत्र के सभी अंगोपांग होते हैं। इसके विपरीत अशासनिक ज्ञापन का ढांचा ज्ञापन के समान होता है। सच तो यह है कि वह एक प्रकार का संक्षिप्त ज्ञापन ही है। उसकी लेखन-पद्धति तटस्थ, निर्वैयक्तिक एवं व्यावहारिक होती है।

2. अर्धसरकारी पत्र का उद्देश्य व्यक्तिगत अनुरोध से प्रेषिती के कार्यालय को बार-बार अनुस्मारक भेजने के बाद भी न मिल रही जानकारी हासिल करना, रुके या अटके हुए काम का जल्दी निपटान कराना होता है। इसके विपरीत अशासनिक ज्ञापन का उद्देश्य मात्र इतना ही नहीं होता बल्कि इसका उद्देश्य तो अनौपचारिक रूप से किसी मुद्दे पर दूसरे मन्त्रालय/विभाग से जानकारी/राय आदि हासिल करना होता है।

अशासनिक/अशासकीय ज्ञापन या निर्देश तथा ज्ञापन

अशासनिक/अशासकीय ज्ञापन में प्रयुक्त 'ज्ञापन' शब्द इस बात का भ्रम पैदा करता है कि ये दोनों रचना-रूप एक जैसे हैं। निस्सन्देह इन दोनों रचना-रूपों में कुछ समानताएं स्पष्ट रूप से देखी जा सकती हैं। उदाहरण के लिए दोनों में ही प्रेषक, प्रेषिती, सम्बोधन तथा स्वनिर्देश नहीं होते। लेकिन इन समानताओं के अलावा कुछ ऐसी विषमताएं भी हैं जो इन दोनों रचना-रूपों को एक-दूसरे से पृथक् कर देती हैं। उदाहरण के लिए अशासनिक/अशासकीय ज्ञापन में सरकार का नाम, कार्यालय का स्थान, नीचे पदनाम के साथ विभाग का नाम नहीं लिखा जाता। इसी प्रकार से पाने वाले का नाम, पद, विभाग आदि न लिखकर केवल मंत्रालय/विभाग तथा स्थान लिख देते हैं।

भेद

अशासनिक/अशासकीय निर्देश दो प्रकार के होते हैं—(i) ज्ञापन के रूप में, तथा (ii) टिप्पण के रूप में। जब यह ज्ञापन के रूप में भेजा जाता है तब इसका उत्तर भी ज्ञापन के रूप में ही अपेक्षित होता है और जब यह एक स्वतंत्र टिप्पण के रूप में भेजा जाता है तब इसका उत्तर भी टिप्पण के रूप में दिया जाता है।

अशासकीय ज्ञापन का ढांचा

1. **मंत्रालय/विभाग का नाम**—सर्वप्रथम सबसे ऊपर मध्य में मंत्रालय/विभाग का नाम लिखते हैं। सरकार/संस्था का नाम इसलिए नहीं लिखते क्योंकि किसी दूसरी सरकार/संस्था के पास अशासकीय ज्ञापन नहीं भेजते हैं।

2. **विषय**—इसके बाद अगली पंक्ति में विषय लिखकर उसके आगे कोलन (:) लगाते हैं और संक्षेप में उस विषय का उल्लेख करते हैं जिसके विषय में वह अशासकीय

ज्ञापन लिखा जा रहा है ।

3. **विषयवस्तु**—इसके बाद विषयवस्तु आती है । इसके अन्तर्गत अत्यन्त संक्षेप में उन सब बातों को लिखते हैं जिनके बारे में जानना-पूछना होता है। लिखते समय एकवचन तथा अन्य पुरुष का प्रयोग किया जाता है। शैली निर्वैयक्तिक एवं तटस्थ रहती है ।

4. **हस्ताक्षर तथा पदोल्लेख**—इसके बाद दायीं ओर को पहले अधिकारी के हस्ताक्षर और उसके नीचे पदोल्लेख होता है । पदनाम के साथ सरकार या संस्था का नाम नहीं लिखा जाता । लेकिन बहुत बार पदनाम के एकदम नीचे टेलीफोन नम्बर दे दिया जाता है । टेलीफोन नम्बर लिखने का अभिप्राय यह होता है कि प्रेषिती को किसी स्पष्टीकरण या जानकारी की जरूरत है तो वह लिखा-पढ़ी में समय नष्ट किए बिना फोन पर पूछ सकता है ।

5. **प्रेषिती के मंत्रालय/विभाग/अनुभाग का उल्लेख**—हस्ताक्षर तथा पदनाम का उल्लेख करने के बाद बायीं ओर को उस मंत्रालय/विभाग/अनुभाग का नाम लिखते हैं जिसे वह अशासनिक ज्ञापन भेजा जा रहा है ।

6. **संख्या/क्रमांक का उल्लेख**—इस प्रकार के पत्रों पर क्रम-संख्या लिखना जरूरी नहीं होता । लेकिन यदि क्रम-संख्या लिखनी हो तो फिर प्रेषिती के मंत्रालय/विभाग/अनुभाग का उल्लेख करने के बाद उसके नीचे एक लकीर खींच देते हैं । उसके बाद प्रेषक कार्यालय के नाम के साथ विभाग 'अ० शा० ज्ञा० सं०' (अशासकीय ज्ञापन संख्या) लिखकर क्रम संख्या तथा तिथि लिख देते हैं ।

उदाहरण

कार्मिक विभाग
प्रधानमंत्री सचिवालय
भारत सरकार

विषय—वरीयता का क्रम-निर्धारण ।

वरीयता का क्रम-निर्धारण करने में अब तक जो नियम प्रचलित हैं, उनमें इस बात का ध्यान नहीं रखा गया है कि कुछ कर्मचारियों की नियुक्ति तदर्थ (ऐड्-हाक) और कुछ की अस्थायी (टेम्परेरी) हुई थी । वे अब वरीयता की सूची में परिवर्तन करने की मांग कर रहे हैं ।

विधि मंत्रालय से उक्त समस्या पर परामर्श करना उचित जान पड़ता है। यदि विधि मंत्रालय इस सम्बन्ध में स्पष्ट निर्देश या स्पष्टीकरण दे सके तो कार्मिक विभाग (डिपार्टमेंट ऑफ परसोनेल) आभारी होगा ।

....

(क ख ग)
अवर सचिव
दूरभाष सं०............

अशासकीय/अनौपचारिक टिप्पण के रूप में

अशासकीय/अनौपचारिक टिप्पण को सामान्य संचिका (File) के साथ भेजते हैं किन्तु यह कोई जरूरी नहीं है। यह बिना संचिका के भी भेजी जा सकती है। इसमें औपचारिकता के लिए कोई अवकाश नहीं होता। इसमें जो कुछ पूछना है उसके निवेदन के बाद संक्षिप्त हस्ताक्षर एवं पदनाम रहता है। सरकार/संस्था का नाम नहीं दिया जाता। इसका कारण यह है कि टीप कहां से आ रही है यह बात संचिका स्वयं कह देती है।

अशासकीय/अनौपचारिक टिप्पण का प्रारूप

गृह मंत्रालय

विषय :

अभिज्ञा-पत्र देने की व्यवस्था के वर्तमान नियमों में दूसरी बातों के साथ-साथ यह भी उपबन्ध है कि..

2. अब एक प्रश्न उठा है कि क्या..
3. यह मंत्रालय उपर्युक्त पैरा 2 में उठे हुए विवाद पर विधि-मंत्रालय के सुझाव का आभारी होगा।

(क ख ग)
अवर सचिव
दूरभाष सं०...............

विधि मंत्रालय

(सोत्तर/उत्तर रहित)

गृह मंत्रालय अनौपचारिक टिप्पण क्रमांक............तारीख............

(जो भी उपयुक्त हो)

10. कार्यालय आदेश
(Office Order)

कार्यालय आदेश से अभिप्राय उस पत्राचार से है जिसमें अपने अधीन व्यक्तियों या कार्यालयों/विभागों को आंतरिक प्रशासन सम्बन्धी आदेश या सूचनाएं जारी की जाती हैं। ये आदेश/सूचनाएं किसी एक कर्मचारी/विभाग से सम्बन्धित भी हो सकती हैं तथा एक से अधिक कर्मचारियों/विभागों से भी सम्बद्ध हो सकती हैं। छुट्टी की मंजूरी, नामंजूरी, नियुक्ति, स्थायीकरण, पदोन्नति, स्थानांतरण, काम से हटाना, निलंबन,

सेवानिवृत्ति, अधिकारियों तथा अनुभागों के बीच काम का वितरण, कामकाज संबंधी नियम-उपनियम आदि सारी सूचनाएं कार्यालय आदेश के रूप में ही दी जाती हैं।

कार्यालय आदेश सदैव ज्ञापन की शैली में लिखे जाते हैं। ज्ञापन के समान इनमें भी प्रेषक, प्रेषिती, संबोधन तथा स्वनिर्देश नहीं होते। बिना किसी औपचारिकता के सीधे विषयोल्लेख, द्वयार्थकता से मुक्त, नपा-तुला, निर्वैयक्तिक एवं तटस्थ कथन तथा उत्तम पुरुष एकवचन का प्रयोग कार्यालय आदेश के मूल गुण हैं। लेकिन इन सबके बावजूद ज्ञापन कार्यालय आदेश एक न होकर दो पृथक् रचना-रूप हैं।

ज्ञापन तथा कार्यालय आदेश में अंतर

ज्ञापन तथा कार्यालय आदेश में मुख्य अन्तर यह है कि ज्ञापन का इस्तेमाल कर्मचारियों तथा विभागों को ऐसी सूचनाएं देने के लिए किया जाता है जो पूर्णरूपेण आदेश नहीं होते। इसके विपरीत कार्यालय आदेश के माध्यम से अधीनस्थ कर्मचारियों एवं विभागों को सभी प्रकार की सूचनाएं एवं आदेश दिये जा सकते हैं।

ज्ञापन तथा कार्यालय आदेश में दूसरा अन्तर यह है कि कार्यालय आदेश जहां कार्यालय के क्षेत्र के भीतर ही भीतर घूमते हैं वहां ज्ञापन कार्यालय से बाहर उन व्यक्तियों के पास भी भेजे जा सकते हैं जो न तो कार्यालय के कर्मचारी होते हैं और न किसी अन्य रूप में ही कार्यालय से सम्बद्ध होते हैं।

कार्यालय ज्ञापन तथा कार्यालय आदेश में अंतर

जिस प्रकार ज्ञापन तथा कार्यालय आदेश एक-दूसरे से पर्याप्त समानता रखते हुए कुछ मूल अन्तर लिये हैं उसी प्रकार से कार्यालय ज्ञापन तथा कार्यालय आदेश में भी जहां कुछ समानताएं हैं वहां कुछ मूलभूत अन्तर भी हैं। समानता तो यह है कि इन दोनों की लेखन-शैली एक है, दोनों तटस्थ एवं निर्वैयक्तिक रूप में अन्य पुरुष एकवचन में लिखे जाते हैं। दोनों में प्रेषक, प्रेषिती, संबोधन तथा स्वनिर्देश नहीं होते। अन्तर यह है कि कार्यालय ज्ञापन का क्षेत्र जहां विस्तृत है वहां कार्यालय आदेश का क्षेत्र सीमित होता है। कार्यालय ज्ञापन का प्रयोग समकक्ष मन्त्रालयों/प्रतिष्ठानों/कार्यालयों या विभागों के बीच सभी प्रकार की सूचनाओं, जानकारी, पूछताछ, सम्मति आदि के लिए होता है जबकि कार्यालय आदेश का इस्तेमाल अधीनस्थ कर्मचारियों एवं विभागों के लिए होता है। कार्यालय अदेश ऊपर से नीचे तक भीतर ही भीतर घूमते हैं।

कार्यालय आदेश का ढांचा

1. **संख्या**—सबसे पहले सबसे ऊपर बीच में संख्या लिखते हैं।

2. **सरकार तथा मन्त्रालय कार्यालय का नाम**—इसके बाद ठीक बीच में भेजने वाली सरकार का नाम लिखते हैं। इसके ठीक नीचे बीच में उस विभाग/कार्यालय/संस्था का नाम लिखा जाता है जहां से वह भेजा जा रहा है।

3. **स्थान और तिथि**—इसके बाद नीचे, दायीं ओर को पहले स्थान और फिर तिथि लिखते हैं।

4. **कार्यालय आदेश का उल्लेख**—इसके बाद ठीक मध्य में मोटे अक्षरों में 'कार्यालय आदेश' लिखते हैं।

5. **विषयवस्तु या कलेवर**—इसके बाद आता है कलेवर या विययवस्तु अर्थात् वह सूचना, जानकारी आदि जिसे हम प्रेषित करना चाहते हैं। वह अन्य पुरुष एकवचन में तटस्थ एवं निर्वैयक्तिक शैली में लिखी जाती है।

6. **हस्ताक्षर**—इसके बाद दायीं ओर को अधिकारी के हस्ताक्षर होते हैं। इस बात का ध्यान रखना चाहिए कि कार्यालय आदेश में **स्वनिर्देश नहीं होता**, केवल हस्ताक्षर होते हैं।

7. **पद नाम**—हस्ताक्षर के बाद हस्ताक्षर के एकदम नीचे पद नाम लिखा जाता है।

8. **प्रेषिती का उल्लेख**—इसके बाद नीचे बायीं ओर पहली पंक्ति में 'सूचनार्थ एवं आवश्यक कार्रवाई के लिए प्रेषित' लिखने के बाद अगली पंक्ति में उन अधिकारियों/कर्मचारियों/विभागों के नाम लिखे जाते हैं जिन्हें आदेश/सूचना भेजी जा रही है या जिन्हें उसकी जानकारी होनी चाहिए। यदि वह आदेश/सूचना सभी व्यक्तियों के लिए है तो बायीं ओर केवल यह लिखा जाता है—समस्त विभागीय अधिकारियों/कर्मचारियों के लिए।

कार्यालय आदेश का प्रारूप

संख्या............

............सरकार

............विभाग

लखनऊ, ..., 19

कार्यालय आदेश

....

....

....

(क ख ग)
अवर सचिव

सूचनार्थ एवं आवश्यक कार्रवाई के लिए प्रेषित

..............के सभी अधिकारी एवं अनुभाग

उदाहरण

संख्या 40/6/92
भारत सरकार
वित्त मन्त्रालय

नई दिल्ली-110007
दिनांक 26 ज्येष्ठ, 19···(शक०)
16 जून, 19···

कार्यालय आदेश

लोक सेवा आयोग द्वारा संचालित विभागीय परीक्षाएं अक्तूबर, 1984 में होंगी। उक्त परीक्षा में सम्मिलित होने के इच्छुक विद्यार्थी अपने आवेदन-पत्र इस कार्यालय को 25 अगस्त, 1984 तक अवश्य दे दें।

महेशचन्द्र
अवर सचिव

सूचना एवं आवश्यक कार्रवाई के लिए प्रेषित
वित्त मन्त्रालय के सभी अधिकारी
एवं अनुभाग

11. अधिसूचना
(Notification)

सरकार जनसाधारण, सरकारी कार्यालयों, तत्सम्बन्धी अधिकारियों एवं कर्मचारियों की जानकारी के लिए समय-समय पर निम्नलिखित प्रकार की सूचनाएं सरकारी गजट में प्रकाशित करती रहती है—

1. अध्यादेश (Ordinance), अधिनियम (Acts), अथवा विनियम (Regulations) आदि,
2. केन्द्रीय अधिकारियों या मंत्रालयों द्वारा समय-समम पर साया किये गए सामान्य सांविधिक नियम (General Statutory Rules),
3. केन्द्र प्रशासित क्षेत्रों के मुख्य आयुक्तों द्वारा प्रचारित अधिसूचनाएं,
4. सर्वोच्च न्यायालय (Supreme Court), महालेखा परीक्षक (Auditor General), संघ लोक सेवा आयोग (Union Public Service Com-

mission), उच्च न्यायालय (High Court), रेलवे प्रशासन (Railway Adminstration), केन्द्रीय सरकार से संबद्ध मंत्रालयों एवं अधीनस्थ कार्यालयों द्वारा प्रचारित की गई सूचनाएं/अधिसूचनाएं,

5. भारतीय रिजर्व बैंक के साप्ताहिक विवरण (Weekly statements of Reserve Bank of India),
6. विभिन्न मंत्रालयों के संकल्प (Resolutions),
7. विभिन्न मंत्रालयों के असांविधिक आदेश (Non-statutory Orders),
8. सांविधिक निकायो (Statutory Bodies) आदि द्वारा जारी किए गए आदेश, अधिसूचनाएं, विज्ञापन आदि,
9. आपातकालीन स्थिति संबंधी उद्घोषणाएं (Proclamation regarding Emergency),
10. पेटेंट कार्यालय (Patent Office) द्वारा जारी की गई सूचनाएं/अधिसूचनाएं,
11. विधेयकों के मसौदे एवं संसद द्वारा स्वीकृत किये गए मसौदे,
12. सरकार द्वारा की गई राजपत्रित अधिकारियों की नियुक्तियां, स्थानांतरण, अवकाश, पद-त्याग, सेवा-निवृत्ति, वेतन आदि की सूचनाएं,
13. सार्वजनिक उपयोग के निमित्त भूमि अधिग्रहण आदि ।

सरकारी गजट में छपने वाली इन सूचनाओं को अधिसूचना कहते हैं।

कतिपय महत्त्वपूर्ण बातें

अधिसूचना के सम्बन्ध में निम्नलिखित बातें सदैव स्मरण रखनी चाहिए—

1. **सरकारी सूचना को ही अधिसूचना कहते हैं**—'अधिसूचना' शब्द का प्रयोग केवल सरकारी सूचनाओं के लिए किया जाता है। अर्धसरकारी या गैरसरकारी संस्था/संस्थान/सूत्र अधिसूचना नहीं निकाल सकते।

2. **राजपत्र** (Gazett) **में प्रकाशन अनिवार्य**—अधिसूचना सदैव राजपत्र में प्रकाशित होती है।

3. **बहुत अधिक सार्वजनिक महत्व की अधिसूचनाओं के लिए प्रेस विज्ञप्ति/प्रेस नोट का प्रकाशन**—जब यह समझा जाता है कि कोई अधिसूचना बहुत अधिक सार्वजनिक महत्त्व की है तथा वह अखबारों में भी छपनी चाहिए तब सरकार का प्रेस-ब्यूरो उसके लिए एक स्वतंत्र प्रेस विज्ञप्ति/प्रेस नोट तैयार करके अखबारों में प्रकाशनार्थ भेजता है।

4. **तात्कालिक आवश्यकतायुक्त अधिसूचनाओं के लिए विशेष गजट का प्रकाशन**—जब कोई अधिसूचना इतनी अधिक महत्त्वपूर्ण होती है कि उसका तत्काल प्रकाशन आवश्यक होता है तब राजपत्र का विशेष संस्करण (Extra-ordinary Gazette) निकाला जाता है। लेकिन ऐसी सूचनाओं के आलेख पर संयुक्त सचिव (Joint Secretary) अथवा उससे वरिष्ठ अधिकारी के हस्ताक्षर आवश्यक होते हैं।

अधिसूचना का ढांचा

1. **प्रकाशन सम्बन्धी निर्देश**—अधिसूचना के आलेख में सबसे पहले कोष्ठक के भीतर इस बात का निर्देश दिया जाता है कि उसे गजट के किस भाग एवं अनुभाग में प्रकाशित किया जाएगा। भारतीय गजट चार भागों में प्रकाशित होता है। प्रत्येक भाग के कई अनुभाग होते हैं जिनमें अलग-अलग प्रकार की सूचनाएं प्रकाशित होती हैं।

2. **सरकार एवं मंत्रालय का नाम**—इसके बाद पृष्ठ के ठीक बीच में पहली पंक्ति में सरकार का नाम तथा दूसरी पंक्ति में मंत्रालय का नाम लिखा जाता है।

3. **स्थान एवं तिथि**—इसके बाद नीचे, दायीं ओर को हटते हुए, पहले स्थान और फिर तिथि लिखते हैं। तिथि पहले शक-संवत् में लिखी जाती है और फिर ईसवी सन् में।

4. **रचना-रूप का उल्लेख**—इसके वाद ठीक मध्य में मोटे अक्षरों में 'अधिसूचना' लिखते हैं। लेकिन जब अधिसूचना का सम्वन्ध संकल्प, विधेयक, अध्यादेश आदि से होता है तब 'अधिसूचना' के स्थान पर 'संकल्प', 'विधेयक', 'अध्यादेश' आदि ही लिखा जाता है।

5. **कलेवर या विषयवस्तु**—कलेवर की शुरुआत हमेशा संख्या से की जाती है। क्रम संख्या लिखने के बाद पूर्णविराम लगा देते हैं। फिर अन्य पुरुष का प्रयोग करते हुए अभीष्ट बात कह देते हैं। लिखते समय इस बात का ध्यान रखते हैं कि काट-छांट न हो क्योंकि प्रत्येक संशोधन का सक्षम अधिकारी द्वारा प्रमाणित होना आवश्यक होता है।

6. **हस्ताक्षर और पदोल्लेख** – इसके बाद दायीं ओर को सक्षम अधिकारी के हस्ताक्षर होते हैं। इस अधिकारी का पद कम-से-कम अवर सचिव(Under Secretary) का अवश्य होना चाहिए। सामान्यतः इस पर उपसचिव या संयुक्त सचिव के हस्ताक्षर होते हैं। इसके बाद अधिकारी का पद नाम दे दिया जाता है।

टिप्पणी—यदि अधिसूचना किसी के आदेश से जारी की जाती है तो फिर हस्ताक्षर करने से पहले '······के आदेश से' लिखते हैं और उसके बाद हस्ताक्षर करके पद नाम लिखा जाता है।

हस्ताक्षर एवं पद नाम के उल्लेख के बाद सबसे अन्त में बायीं ओर को—

'सेवा में,

प्रबंधक

भारत सरकार मुद्रणालय

नई दिल्ली'

लिख देते हैं।

पृष्ठांकन—अधिसूचना का मम्बन्ध जिस विभाग/व्यक्ति से होता है उसके पास वह पृष्ठांकन करके भेजी जाती है। अधिसूचना के पृष्ठांकन की विधि यह है कि आलेख

के नीचे 'ज्ञाप सं०' लिखकर उन सभी विभागों/व्यक्तियों के नाम लिख देते हैं जिनके पास उसकी प्रति/प्रतियां भेजनी हैं। मूल अधिसूचना पर जहां संयुक्त सचिव/उपसचिव के हस्ताक्षर होते हैं वहां पृष्ठांकत पर अवर सचिव हस्ताक्षर करता है।

अधिसूचना का प्रारूप

(भारत के राजपत्र भाग 1, खंड 2 में प्रकाशन के लिए)

भारत सरकार

गृह मंत्रालय

नई दिल्ली-110007

दिनांक............

अधिसूचना

सं०...............श्री..................के स्थान पर, जिनका तबादला विधि मंत्रालय को हो गया है, (क ख ग) अवर सचिव, गृहमंत्रालय, को इसी मंत्रालय में स्थानापन्न उपसचिव नियुक्त किया जाता है।

(क ख ग)
संयुक्त सचिव
भारत सरकार

सेवा में,

प्रबन्धक
भारत सरकार मुद्रणालय
नई दिल्ली
क्रमांक............

नई दिल्ली
दिनांक............

* इसकी नकल सूचना के लिए इनको भेजी जा रही है—

(1)
(2)
(3)

(क ख ग)
अवर सचिव
भारत सरकार

---

* प्रेस भेजी जाने वाली नकल को छोड़कर सभी नकलों पर पृष्ठांकन टंकित होगा।

उदाहरण

(भारत सरकार का गजट, भाग 1 अनुभाग 3 में प्रकाशन के लिए)

भारत सरकार

स्वास्थ्य मंत्रालय

भारत सरकार

नई दिल्ली

दिनांक 26 ज्येष्ठ···(शक०)
16 जून, 19······

अधिसूचना

संख्या 485-7-92 श्री राजेन्द्रकुमार के स्थान पर, जिनका तबादला विधि मंत्रालय में हो गया है, श्री प्रेमस्वरूप अवर सचिव, स्वास्थ्य मंत्रालय को इसी मंत्रालय में स्थानापन्न उपसचिव नियुक्त किया जाता है।

(क ख ग)
संयुक्त सचिव
भारत सरकार

सेवा में,

प्रबन्धक
भारत सरकार मुद्रणालय
नई दिल्ली

क्रमांक 485-7-92

नई दिल्ली

दिनांक 26 ज्येष्ठ, 19···(शक०)
16 जून, 19···

* इसकी नकल सूचना के लिए इनको भेजी जा रही है—

(1)
(2)
(3)

(क ख ग)
अवर सचिव
भारत सरकार

---

* प्रेस भेजी जाने वाली नकल को छोड़कर अन्य सभी नकलों पर पृष्ठांकन टंकित होगा।

12. परिपत्र
(Circular)

इसे गश्ती चिट्ठी भी कहते हैं । यह सरकारी पत्राचार का कोई स्वतंत्र रूप नहीं है बल्कि इसका रूप-रंग या तो सरकारी पत्र के समान होता है या फिर ज्ञापन के समान । वस्तुतः जब कोई एक ही सूचना, आदेश, अनुदेश कई मंत्रालयों, विभागीय कार्यालयों एवं मातहत या संबद्ध विभागों को भेजना होता है तब उसे अलग-अलग सरकारी पत्र, कार्यालय ज्ञापन/पृष्ठांकन/द्रुत पत्र आदि के रूप में न भेजकर परिपत्र के रूप में भेजा जाता है । कहने का अभिप्राय यह है कि जब किसी पत्राचार की विषयवस्तु एक होती है, प्रेषक भी एक ही होता है किन्तु प्रेषिती अलग-अलग होते हैं तब वह परिपत्र का रूप ले लेता है ।

परिपत्र तथा पृष्ठांकन में अन्तर

परिपत्र और पृष्ठांकन दोनों ही एक से अधिक व्यक्ति/संस्था/कार्यालय/मंत्रालय आदि के पास प्रेषित किये जाते हैं, इसलिए मन में इन दोनों के समान होने की शंका उठना स्वाभाविक है । लेकिन इस समानता के बावजूद इन दोनों में पर्याप्त अंतर है और इसीलिए ये दो भिन्न रचना-रूप माने जाते हैं । संक्षेप में इन दोनों में निम्नलिखित अंतर हैं—

1. परिपत्र में एक ही पत्र विभिन्न प्रेषितियों (पाने वालों) के पास भेजा जाता है । विभिन्न प्रेषितियों के पास भेजते समय इस परिपत्र में क्रम संख्या, तिथि, संदर्भ, विषय, सम्बोधन, कथ्य, स्वनिर्देश, हस्ताक्षर आदि में किसी प्रकार का परिवर्तन नहीं किया जाता । कहने का अभिप्राय यह है कि परिपत्र आरंभ से अंत तक एक ही रहता है तथा विभिन्न प्रेषितियों के पास पृथक्-पृथक् प्रतिलिपियों के रूप में भेजा जाता है । इसके विपरीत पृष्ठांकन अपना कोई स्वतंत्र अस्तित्व ही नहीं रखता । वह स्वयं में कोई पूर्ण एवं स्वतंत्र पत्राचार नहीं है बल्कि वह तो एक माध्यम का कार्य करता है । उसका प्रयोग या तो उस समय होता है जब किसी पत्राचार को प्रेषक के पास अधिकारी की अभ्युक्तियों (Remarks) के साथ भेजा जाता है या फिर कोई मंत्रालय अपने अधीनस्थ कार्यालय को जानकारी/कार्रवाई आदि के लिए भेजता है । पृष्ठांकन सदैव पत्र के अंत में, बाद में लिखा जाता है । वास्तव में पृष्ठांकन शब्द का अर्थ ही है पीछे से अंकित करना ।

   प्रश्न उठता है कि जो पृष्ठांकन किसी पत्राचार के अंत में न जोड़े जाकर स्वतंत्र रूप से लिखे जाते हैं उनमें तथा परिपत्र में क्या अन्तर होता है ? स्वतंत्र पृष्ठांकन तब लिखे जाते हैं जब एक से अधिक पत्रों की प्रतिलिपियां एक साथ भेजनी होती हैं तथा प्रत्येक प्रतिलिपि पर पृष्ठांकन करना सम्भव

नहीं होता । इसके विपरीत परिपत्र में एक ही पत्र की प्रतिलिपियां विभिन्न स्थानों पर भेजी जाती हैं ।

2. परिपत्र केवल थोड़े से व्यक्तियों के लिए तैयार नहीं किया जाता । परिपत्र केवल तभी जारी किया जाता है जब कोई आदेश सूचना, कुछेक के लिए न होकर बहुतों के लिए होती है । इसके विपरीत पृष्ठांकन किसी एक-दो या पांच-सात व्यक्तियों/कार्यालयों के लिए भी हो सकता है ।

3. परिपत्र का दायरा सीमित होता है जबकि पृष्ठांकन का दायरा विस्तृत होता है । परिपत्र किसी एक ही सरकार/मंत्रालय/संस्थान के विभिन्न कार्यालयों, अधिकारियों एवं कर्मचारियों के मध्य प्रचारित होता है जबकि पृष्ठांकन के माध्यम से कोई पत्राचार सरकारी, अर्धसरकारी तथा कभी-कभी गैर-सरकारी कार्यालयों/मंत्रालयों तक प्रचारित किया जा सकता है ।

परिपत्र का ढांचा

जैसा कि पहले कहा जा चुका है परिपत्र एक स्वतंत्र रचना रूप नहीं है बल्कि इसका ढांचा सरकारी पत्र, ज्ञापन आदि जैसा होता है । इसमें पृष्ठांकन आदि भी उसी प्रकार के होते हैं । हां, सरकारी पत्र में जहां अंत में स्वनिर्देश-सूचक शब्द भवदीय/भवदीया, आपका आदि लिखे जाते हैं वहां परिपत्र के अंत में ये शब्द नहीं रखे जाते । सरकारी पत्र के रूप का प्रयोग करते समय सम्बोधन इस प्रकार किया जाता है—

(क) सेवा में,

शिक्षा मंत्री,
असम
अरुणाचल प्रदेश
आंध्र
उड़ीसा
उत्तर प्रदेश
कर्नाटक
केरल
गुजरात
जम्मू तथा कश्मीर
तमिलनाडु
नागालैंड
पंजाब
पश्चिमी बंगाल
बिहार

मणिपुर
मध्यप्रदेश
महाराष्ट्र
मेघालय
राजस्थान
सिक्किम
हरियाणा
हिमाचल प्रदेश
त्रिपुरा

(ख) सेवा में,

समस्त जिलाधीश
हरियाणा राज्य

उदाहरण-1

संख्या 711-7-92
भारत सरकार
योजना आयोग

नई दिल्ली-110002

दिनांक 21 चैत्र, 19··· (शक०)
10 अप्रैल, 19···

परिपत्र

सातवीं पंचवर्षीय योजना के लिए राष्ट्रीय प्राथमिकताओं और क्षेत्रीय आवश्यकताओं का समावेश करने के लिए आयोग ने सभी राज्य सरकारों और केन्द्र-शासित प्रदेशों को यह सूचित करना आवश्यक समझा है कि सभी सम्बन्धित इकाइयां अपनी आवश्यकताओं को प्राथमिकता के क्रम से, उन पर व्यय होने वाली अनुमानित राशि, उनका स्थान तथा उनके पूर्ण हो जाने पर होने वाले लाभ इत्यादि के साथ योजना-आयोग के पास पत्र-प्रेषण की तिथि से तीन माह के अन्दर भेज दें। इस परिपत्र को अत्यावश्यक माना जाये।

....

(क ख ग)
सचिव
योजना-आयोग
भारत सरकार

1. समस्त राज्य-सरकारों के मुख्य सचिव
2. समस्त केन्द्र-शासित प्रदेशों के उपसचिव
3. भारत सरकार के सभी मंत्रालय

उदाहरण-2

परिपत्र (ज्ञापन के रूप में)

संख्या 721-6-92
उत्तर प्रदेश सरकार
समाज-कल्याण मंत्रालय

लखनऊ

दिनांक 11 आषाढ़, 19···(शक०)
2 जुलाई, 19···

परिपत्र

भारत के प्रधानमंत्री ने जानना चाहा है कि अनुसूचित जातियों और अनुसूचित आदिम जातियों को 1976-71 में कृषि के निमित्त जो अतिरिक्त भूमि (Surplus Land) आवंटित की गयी थी तथा उनको आवास-निर्माणार्थ जो भूमि-खण्ड (प्लाट) दिये गये थे, उन पर काबिज होने की अब ताजी स्थिति क्या है ? कितने लोग उस समय आवंटित की गयी भूमि पर अधिकार प्राप्त करने में किसी-न-किसी कारणवश वंचित रह गये हैं ? दोनों प्रकार की स्थितियों के ताजे आंकड़े विकास-प्रखण्डों, लेखपालों तथा ग्राम-पंचायत-प्रधानों के स्तर से एकत्र कर उपर्युक्त मंत्रालय को पत्र-प्रेषण-तिथि के 30 दिन के भीतर प्रेषित कर दिये जाने चाहिए।

....

1. समस्त जिलाधीशों को

(क ख ग)
उपसचिव
समाज-कल्याण मंत्रालय,
उत्तर प्रदेश

13. मितव्यय पत्र या कूट पत्र
(Savingram)

मितव्यय पत्र को कूट पत्र भी कहते हैं। इसका कारण यह है कि ये विदेश-स्थित दूतावास आदि को कोई सूचना/जानकारी/आदेश देने अथवा कोई सूचना/जानकारी हासिल करने के लिए भेजे जाते हैं। इनकी विषय-वस्तु गोपनीय होती है, अतएव ये कूट भाषा में लिखे जाते हैं। पहले विदेशों को आवश्यक समाचार समुद्री तार (Cables) के माध्यम से भेजे जाते थे किंतु अब उन्हें हवाई जहाज से कूटनीतिक थैलों (Diplomatic

Bags) में बंद करके भेजते हैं। इससे न केवल इन्हें भेजने में सुविधा रहती है बल्कि शीघ्रता एवं सुरक्षा भी रहती है। चूंकि इन पत्रों को कूटनीतिक थैलों में हवाई जहाज से भेजकर समय एवं धन की बचत की जाती है अतएव इन्हें मितव्यय पत्र कहा जाता है। मितव्यय का अर्थ ही होता है कम खर्च।

मितव्यय पत्र पहले साधारण भाषा में ही लिखे जाते हैं। फिर इन्हें बीजांकन विभाग (Cypher Bureau) में भेजा जाता है, जहां इन्हें कूट भाषा (Code Language) में रूपांतरित कर लिया जाता है। कूट भाषा में रूपांतरित पत्र ही आगे भेजे जाते हैं। इसी प्रकार से जब कोई पत्र कूट भाषा में आता है तब वह केंद्रीय बीज भाषा विभाग (Central Cypher Bureau) में भेज देते हैं जहां वह साधारण भाषा में रूपांतरित कर दिया जाता है और इस प्रकार वह समझने योग्य रूप धारण कर लेता है।

मितव्यय पत्र का प्रयोग केवल सरकार ही कर सकती है, कार्यालय अथवा संस्था नहीं कर सकती। कूट पत्र में संलग्नक तथा पृष्ठांकन भी नहीं होते।

कूट पत्र का ढांचा

1. सरकार एवं विभाग का नाम—सबसे पहले पृष्ठ के ठीक बीच में सबसे ऊपर पहली पंक्ति में भेजने वाली सरकार का तथा दूसरी पंक्ति में उसके नीचे विभाग का नाम लिखा जाता है। इसके बाद नीचे बाईं ओर प्रेषक शब्द लिखकर उसके आगे डैश (—) लगाते हैं और फिर भेजने वाले विभाग का पंजीकृत तार का पता लिखकर उसके आगे उस कार्यालय के शहर का पता लिख देते हैं।

2. प्रेषिती का उल्लेख—इसके बाद सेवा में लिख कर डैश (—) लगाते हैं और प्रेषिती के तार का पता दे देते हैं।

3. क्रमांक—इसके बाद बाईं ओर को संख्या लिख कर उसके आगे क्रमांक दे देते हैं।

4. स्थान एवं तारीख—इसके बाद क्रमांक के ठीक सामने दाईं ओर को पहले स्थान और फिर तिथि लिख देते हैं। तिथि पहले शक संवत् में लिखी जाती है और फिर ईसवी सन् में।

टिप्पणी—कूट पत्र में स्थान का उल्लेख आवश्यक नहीं है।

5. विषय—इसके बाद विषय लिखकर डैश (—) लगाते हैं और संक्षेप में विषय का उल्लेख कर देते हैं।

टिप्पणी—कूट पत्र में विषय का उल्लेख करना जरूरी नहीं होता।

6. विषयवस्तु या कलेवर—इसके बाद संक्षिप्त किंतु निर्भ्रान्त रूप में विषय वस्तु लिखी जाती है।

7. हस्ताक्षर एवं पद नाम—इसके बाद सबसे नीचे बाईं ओर को पहली पंक्ति में हस्ताक्षर होते हैं और फिर उसके नीचे दूसरी पंक्ति में पद नाम दे दिया जाता है।

मितव्यय पत्र/कूट पत्र का प्रारूप

भारत सरकार
विदेश मंत्रालय

प्रेषक—विदेश, नई दिल्ली*
सेवा में—भारत दूतावास······*
क्रम सं० 431/92

नई दिल्ली
दिनांक 11 आषाढ़, 19··· (शक०)
2 जुलाई, 19···

विषय :

....
....
....

(क ख ग)
उपसचिव,
भारत सरकार

भारत सरकार
विदेश मंत्रालय

प्रेषक—विदेश, नई दिल्ली*
सेवा में—भारत दूतावास, ढाका*
क्रम संख्या 431/92

नई दिल्ली,
दिनांक 16 ज्येष्ठ, 19···(शक०)
6 जून, 19···

इस मंत्रालय के पत्र संख्या 4/9/92 दिनांक 29 मई, 1992 के प्रसंग में बंगला देश सरकार को यह सूचित कर दें कि भारत सरकार बंगला देश के बाढ़ पीड़ितों की सहायता के लिए 40 हजार मीट्रिक टन चावल अविलंब भेज रही है।

चंद्रप्रकाश
उपसचिव,
भारत सरकार

* तारांकित शब्दों का प्रयोग क्रमशः प्रेषक तथा प्राप्तकर्त्ता के लिए तार पते के रूप में किया जाता है।

14. तार
(Telegram)

जब किसी समाचार, संदेश, सूचना, निर्णय पर तत्क्षण कार्रवाई आवश्यक होती है तब तार का इस्तेमाल किया जाता है। वस्तुतः तार का प्रयोग किसी विषय अथवा समस्या की गंभीरता को ज्ञापित करने के लिए होता है। तार का कलेवर संक्षिप्त होता है। अतएव उसमें औपचारिकता की गुंजाइश नहीं होती। उसमें न संबोधन रहता है, न स्वनिर्देश। शब्द-चयन इस प्रकार किया जाता है कि कथ्य को संक्षेप में स्पष्ट रूप से व्यक्त किया जा सके।

तार के प्रकार

1. **अंतर्देशीय तार** (Inland Telegram)—जो तार देश के भीतर भेजे जाते हैं उन्हें अंतर्देशीय तार कहते हैं। इन्हें केबल तार भी कहते हैं।

2. **समुद्री तार** (Cables or overseas Telegram)—जो तार विदेशों को भेजे जाते हैं उन्हें समुद्री तार कहते हैं।

3. **स्पष्टभाषी तार** (Enclair Telegram)—जो तार साधारण भाषा में भेजे एवं प्राप्त किए जाते हैं, उन्हें स्पष्ट भाषी तार कहते हैं। ये तार संबंधित मंत्रालय अपनी-अपनी केंद्रीय रजिस्ट्री के माध्यम से जारी करते हैं तथा डाक वाले पते पर भेजे जाते हैं। इन तारों का प्रयोग प्रायः देश के भीतर होता है।

4. **बीजांक अथवा कूटभाषी तार** (Cypher or Code Telegram)—जिन तारों में साधारण भाषा का प्रयोग करने के स्थान पर कूटभाषा का प्रयोग किया जाता है उन्हें बीजांक अथवा कूटभाषी तार कहते हैं। विदेशों को प्रायः कूट तार ही भेजे जाते हैं। इन्हें देश के भीतर भी भेजा जा सकता है—विशेष रूप से उस समय जबकि कोई गोपनीय समाचार भेजना होता है। इस प्रकार के तार विदेश मंत्रालय के केंद्रीय बीजांक कार्यालय द्वारा भेजे जाते हैं। इन्हें भेजते समय विदेश मंत्रालय द्वारा निर्धारित अनुदेशों का पालन करना जरूरी होता है।

5. **राजकीय तार** (State Telegram)—जब कोई तार राज्य की ओर से भेजा जाता है तब उसे राजकीय तार कहते हैं। इस प्रकार के तारों का प्रयोग शासकीय कार्यों के लिए ही किया जाता है। ये तार केवल वही अधिकारी भेज सकते हैं जिन्हें सरकार द्वारा ऐसे तार भेजने का अधिकार मिला होता है। इस प्रकार के तारों में ऊपर एकदम बीच में राजकीय अथवा सरकारी (State) लिख देते हैं।

6. **साधारण तार तथा द्रुत तार** (Ordinary Telegram and Express Telegram)—यह तो तुम्हें पता है कि तार दो प्रकार के होते हैं—

(i) साधारण तार (Ordinary Telegram), तथा (ii) द्रुत तार (Express Telegram)। सरकारी कामकाज में सामान्यतः साधारण तार का ही इस्तेमाल किया

जाता है, लेकिन जब कोई विषय प्राथमिकता मांगता है तब द्रुत तार का इस्तेमाल किया जाता है। तार साधारण है अथवा द्रुत इस बात का उल्लेख तार के ऊपर अवश्य किया जाता है।

प्राथमिकताएं

सरकारी तारों पर लिखे जाने के लिए कुछ प्राथमिकताएं भी दी गई हैं। ये प्राथमिकताएं इस प्रकार हैं—

(i) संकट संदेश (S. O. S.) जीवन की रक्षा के लिए
(ii) अति तात्कालिक (Most Immediate)
(iii) सैन्य तात्कालिक (Operation Immediate)
(iv) तात्कालिक (Immediate)
(v) आवश्यक (Important)

डाक द्वारा प्रतिलिपि

केवल कूट तार को छोड़कर सभी प्रकार के सरकारी तारों की प्रतिलिपियां प्रेषिती के पास डाक द्वारा अवश्य भेजी जाती हैं। डाक द्वारा प्रतिलिपि भेजने का उद्देश्य यह होता है कि प्रेषिती को यह पता चल जाए कि तार उचित सरकारी अधिकारी के द्वारा भेजा गया है। तार में अधिकारी के हस्ताक्षर नहीं होते किंतु प्रतिलिपि में अधिकारी के हस्ताक्षर रहते हैं।

तार का ढांचा

1. रचना-रूप का उल्लेख—सबसे पहले सबसे ऊपर तार लिखते हैं।

2. अग्रता तथा राजकीय होने का उल्लेख—इसके बाद अगली पंक्ति में पहले अग्रता सूचक शब्द यथा साधारण / द्रुत, अति तात्कालिक/तात्कालिक देते हैं। फिर यह दिखाने के लिए कि वह सरकारी है 'सरकारी/राज्य' लिखते हैं। इसके बाद इसी पंक्ति में तिथि लिखते हैं।

3. पता—इसके बाद तार पाने वाले का पता लिखा जाता है। यदि उसका कोई पंजीकृत (Registered) तार का पता है तो फिर वही पता लिखा जाता है अन्यथा संक्षेप में ही प्रेषिती का पता लिख देते हैं। पता संक्षेप में लिखते समय इस बात का ध्यान अवश्य रखा जाता है कि उसमें वे सभी जानकारियां अवश्य आ जाएं जिससे तार प्रेषिती के पास बिना किसी कठिनाई के पहुंच जाये। सरकारी तार में अधिकारी का पद संज्ञा तथा मंत्रालय/विभाग का नाम अथवा मंत्रालय का तार का पता लिख देते हैं।

4. कलेवर—तार के कलेवर में पहले क्रम संख्या लिखकर निर्देशक चिह्न (—) लगा देते हैं। इसके बाद छोटे-छोटे वाक्यांशों या शब्दों में विषयवस्तु का उल्लेख कर देते हैं। तार में विराम-चिह्न नहीं भेजे जा सकते, अतएव प्रत्येक वाक्यांश के बाद

आ आ आ संकेत का इस्तेमाल करते हैं। तार में शब्दों तथा वाक्यों को परस्पर जोड़ने वाले शब्दों तथा समुच्चयबोधक अव्ययों का इस्तेमाल नहीं किया जाता।

5. प्रेषक का उल्लेख—कलेवर के समाप्त होने के बाद दाईं ओर को प्रेषक का नाम लिखा जाता है। सरकारी तारों में नाम के स्थान पर अधिकारी के पदनाम अथवा विभाग अथवा तार के पते का उल्लेख रहता है।

6. तार घर के लिए जानकारी—प्रेषक के हस्ताक्षर अथवा पदनाम, विभाग का उल्लेख करने के बाद एक लम्बी रेखा खींचकर पहली पंक्ति में तार के लिए नहीं (Not to be telegraphed) लिख कर दूसरी पंक्ति में प्रेषक अधिकारी का नाम/हस्ताक्षर, पदनाम तथा विभाग का पता लिख देते हैं। यह जानकारी तार घर के अपने रिकार्ड के लिए है तथा न तो प्रेषिती के पास भेजी जाती है और न इसके लिए कोई पैसे लिए जाते हैं।

7. पुष्टि के लिए डाक से प्रतिलिपि भेजना—सरकारी तार की प्रतिलिपि तार भेजने के एकदम बाद डाक से पुष्टि के लिए भेजी जाती है। प्रतिलिपि में सबसे पहले तार की पूरी इबारत उतारने के बाद एक रेखा खींच कर ज्ञापन तथा पृष्ठांकन का रूप दे देते हैं। क्रमांक, स्थान एवं तिथि देने के बाद नीचे यह लिख देते हैं—पुष्टि के लिए (for confirmation) प्रतिलिपि डाक द्वारा प्रेषित। इसके बाद प्रेषक अधिकारी अपने हस्ताक्षर कर देता है। हस्ताक्षर के नीचे पदनाम, विभाग आदि का उल्लेख होता है। फिर अंत में बाईं ओर 'सेवा में' लिखने के बाद प्रेषिती का नाम लिख देते हैं।

तार का प्रारूप

सरकारी

तार — तुरत*

बम्बई

क्रमांक······देखिए अपना दस जुलाई का पत्र (—) भारत सरकार (क खि ग) की सेवा प्राप्त करना नहीं चाहती (—)···

······(—)·········

·········

(क ख ग)

अवर सचिव, भारत सरकार

तार के लिए नहीं

गृह मंत्रालय

क्रमांक·················नई दिल्ली, ता०··················

पुष्टि के लिए नकल डाक द्वारा प्रेषित

············

(क ख ग)

कृते, अवर सचिव,

भारत सरकार

* केवल वहीं लिखा जाये जहां आवश्यक हो।

सेवा में,

सचिव, बम्बई राज्य सरकार
गृह विभाग, बम्बई
जहां आवश्यक हो।
*पाने और भेजने वालों के तार पते।

टिप्पणी

(1) तार के मूल संवाद में अंक नहीं होने चाहिए। उनके स्थान पर आसानी से शब्द लिखे जा सकते हैं। उदाहरणार्थ उपर्युक्त नमूने में 10 के स्थान पर दस लिखा हुआ है।

(2) पूर्ण विराम को इस प्रकार अंकित करना चाहिए '(—)' या 'आ आ आ।' पूर्ण विराम (.) के अतिरिक्त अन्य विराम चिह्न प्रयुक्त न हों।

उदाहरण

तार सरकारी तुरत

जनसंचार*
नई दिल्ली

संख्या 80/38 दिनांक 7 जून। देखिए इसी संख्या का 15 मई का पत्र। प्रत्युत्तर तुरन्त चाहिए।

(क ख ग)
अवर सचिव, भारत सरकार

नई दिल्ली, 110001
दिनांक 17 ज्येष्ठ, 19···(शक०)
7 जून, 19···

तार में शामिल न किया जाए

संख्या 80/38 गृह मंत्रालय

पुष्टि के लिए नकल डाक द्वारा प्रेषित

(क ख ग)
अवर सचिव, भारत सरकार

---

*

* तार पाने वाले का तार का पता

सेवा में,

निदेशक,
भारतीय जनसंचार संस्थान
डी-13 रिंग रोड, साउथ एक्सटेंशन, भाग-2
नई दिल्ली-110049

15. प्रेस विज्ञप्ति
(Press Communique)

जब सरकार किसी निर्णय, प्रस्ताव आदेश आदि को व्यापक रूप से प्रसारित करना चाहती है तो वह उसे प्रेस विज्ञप्ति के माध्यम से समाचार पत्रों में प्रकाशनार्थ भेज देती है। प्रेस विज्ञप्तियां प्रत्येक अवसर पर जारी न होकर विशेष अवसरों पर ही जारी होती हैं। सामान्यतः ये निम्नलिखित स्थितियों में जारी की जाती हैं—

(i) सरकार द्वारा किसी विषय पर अपनी नीति अथवा निर्णय की घोषणा के लिए।

(ii) विदेशों के साथ अपने कूटनीतिक, राजनीतिक, सांस्कृतिक, आर्थिक सम्बन्धों की घोषणा के लिए।

(iii) अन्तर्राष्ट्रीय सम्मेलनों की सिफारिशों की घोषणा के लिए।

(iv) दो देशों के प्रमुख (Heads of the State) प्रधान मंत्री, विदेश मंत्री आदि के मध्य हुई बातचीत तथा निर्णयों की जानकारी देने के लिए।

प्रेस विज्ञप्तियां सामान्यतः केन्द्रीय सरकार द्वारा जारी की जाती हैं। इनमें एक प्रकार से सरकारी बयान रहता है। इसीलिए ये पर्याप्त सावधानीपूर्वक तैयार की जाती हैं—प्रत्येक शब्द इस प्रकार नाप-तोल कर रखा जाता है जिससे अभीप्सित अर्थ से इतर कोई दूसरा अर्थ ध्वनित न होने पाये—राजनीतिक तथा कूटनीतिक दृष्टि से उसका कोई अन्य अर्थ न निकाला जा सके। प्रेस विज्ञप्ति में प्रेषक, प्रेषिती, संबोधन, स्वनिर्देश आदि नहीं होते। इसका कारण यह है कि ये किसी एक को संबोधित नहीं होती। ये सूचना विभाग में तैयार न होकर सरकार के सम्बन्धित विभाग में किसी योग्य एवं अनुभवी अधिकारी की देखरेख में तैयार होती हैं। फिर इन्हें सूचना-विभाग के पास प्रकाशनार्थ एवं प्रसारणार्थ भेज दिया जाता है। सूचना विभाग इसे समाचार पत्रों/समाचार एजेंसियों के पास प्रकाशनार्थ भेज देता है। सूचना विभाग का अधिकारी इसे प्रेस को भेजते समय अपने हस्ताक्षर करने के स्थान पर उस पर एक टिप्पणी लिखकर अपने हस्ताक्षर कर देता है। समाचार पत्रों से यह अपेक्षा रखी जाती है कि वे इसमें किसी प्रकार का परिवर्तन किये बिना—यहां तक कि उसका संक्षिप्तीकरण किये बिना—पूरे का पूरा ही छापें।

प्रेस विज्ञप्ति का ढांचा

1. प्रकाशन सम्बन्धी निर्देश—प्रेस विज्ञप्ति के आलेख में सर्वप्रथम सबसे ऊपर इस बात का निर्देश रहता है कि उसे कब प्रकाशित किया जाये। सामान्यतः यह निर्देश नकारात्मक होता है और इस रूप में लिखा जाता है—(तारीख 14 अगस्त, 1992 को सायंकाल 6 बजे से पहले प्रकाशित न किया जाये।)

2. रचना-रूप का उल्लेख—प्रकाशन सम्बन्धी निर्देश के बाद मोटे अक्षरों में रचना-रूप का उल्लेख किया जाता है यथा—**प्रेस विज्ञप्ति**।

3. विषय या शीर्षक का उल्लेख—इसके बाद आलेख का विषय/शीर्षक देते हैं। शीर्षक देते समय इस बात का ध्यान रखा जाता है कि वह संक्षिप्त से संक्षिप्त हो।

4. आदेश—प्रेस विज्ञप्ति के अन्त में यह आदेश रहता है कि इसे प्रधान सूचना अधिकारी के पास भेज दिया जाये जिससे वह इसे जारी कर सके।

5. हस्ताक्षर एवं पदनाम—आदेश के बाद दाईं ओर विज्ञप्ति जारी करने वाले के हस्ताक्षर और उसके नीचे पद नाम दिया जाता है।

6. मंत्रालय का नाम, स्थान और तिथि—दाईं ओर को पहली पंक्ति में मंत्रालय का नाम तथा दूसरी पंक्ति में पहले स्थान एवं उसके बाद तिथि लिखते हैं। कभी-कभी स्थान एवं तिथि ऊपर दे दिये जाते हैं। ऐसी स्थिति में इनका उल्लेख नीचे नहीं किया जाता।

प्रेस विज्ञप्ति का प्रारूप

(ता० ·········के·········प्रातः / सायं·········के पूर्व प्रकाशित या प्रसारित न हो।)

प्रेस विज्ञप्ति

भारत और·········के बीच राजनयिक सम्बन्ध

भारत सरकार और·········सरकार इस बात पर सहमत हुए हैं कि एक-दूसरे के यहां दूतावास खोलकर राजनयिक सम्बन्ध स्थापित किये जायें। उन्हें इस बात का विश्वास है कि इस प्रकार उन दोनों के बीच विद्यमान मैत्री सम्बन्ध और भी दृढ़ होंगे और इससे दोनों देशों का हित होगा।

प्रधान सूचना अधिकारी, समाचार-सूचना कार्यालय, भारत सरकार, नई दिल्ली को विज्ञप्ति प्रसार और विस्तृत प्रचार के लिए प्रेषित ।

परराष्ट्र मंत्रालय
नई दिल्ली, (क ख ग)
दिनांक.......... संयुक्त सचिव, भारत सरकार

उदाहरण

(तारीख 30 जून, 1971 के सायंकाल 6 बजे प्रकाशित/प्रसारित न किया जाये)

प्रेस विज्ञप्ति

भारत और बंगला देश के बीच राजनयिक सम्बन्ध

भारत सरकार और बंगला देश सरकार दूतावास के स्तर पर पारस्परिक राजनयिक सम्बन्ध स्थापित करने के लिए सहमत हो गई हैं। उन्हें इस बात का विश्वास है कि इससे दोनों देशों के मैत्रीपूर्ण सम्बन्धों में और अधिक दृढ़ता आयेगी जिससे दोनों देशों को लाभ होगा ।

प्रधान सूचना अधिकारी, प्रेस सूचना ब्यूरो, भारत सरकार नई दिल्ली को विज्ञप्ति निकालने तथा विस्तृत प्रचार के लिए प्रेषित ।

मदन मोहन
सचिव, भारत सरकार

परराष्ट्र मंत्रालय
नई दिल्ली,
दिनांक : 25 जून, 1971

16. प्रेस नोट
(Press Note)

प्रेस नोट भी प्रेस विज्ञप्ति के समान सरकार द्वारा जारी किये जाते हैं । इनका लक्ष्य सरकार द्वारा जनता को किसी प्रकार की जानकारी देना, किसी विवादग्रस्त विषय के सम्बन्ध में सरकार के पत्र को प्रस्तुत करना अथवा जनता में फैले हुए किसी भ्रम को दूर करना होता है। इसके माध्यम से राष्ट्रपति, उपराष्ट्रपति, प्रधानमंत्री आदि के दौरों एवं कार्यक्रमों की सूचना भी दी जाती है ।

प्रेस नोट तथा प्रेस विज्ञप्ति में अन्तर

सरकारी निगाह से देखने पर ऐसा लगता है कि प्रेस नोट तथा प्रेस विज्ञप्ति में कोई अन्तर नहीं है। लेकिन ये दोनों रचना-रूप एक-दूसरे से कई अर्थों में भिन्न होते हैं। इनमें मुख्य अन्तर इस प्रकार हैं—

1. प्रेस विज्ञप्ति सरकार द्वारा दिया गया एक नपा-तुला बयान होता है। इसे अच्छी तरह सोच कर एवं जांच-पड़ताल के बाद लिखा जाता है। प्रेस-विज्ञप्ति तैयार करते समय इस दृष्टि से भी विचार किया जाता है कि कूटनीतिक एवं राजनीतिक दृष्टि से उसके क्या-क्या अर्थ लिए जा सकते हैं। इसका कारण यह है कि यदि उससे अभीप्सित अर्थ के अतिरिक्त कोई अन्य अर्थ भी ध्वनित होने पर सरकार संकट में पड़ सकती है। इसीलिए प्रेस विज्ञप्ति किसी योग्य एवं अनुभवी व्यक्ति की देखरेख में तैयार की जाती है। समाचारपत्रों से इस बात की अपेक्षा की जाती है कि वे प्रेस विज्ञप्ति में किसी प्रकार का परिवर्तन किए बिना उसे ज्यों-का-त्यों छापें। इसके विपरीत प्रेस नोट में इतना कड़ा बन्धन नहीं होता। उसे संक्षिप्त भी किया जा सकता है तथा अपने शब्दों में भी लिखा जा सकता है। संक्षिप्तीकरण अथवा शब्दांतर की प्रक्रिया के दौरान केवल इस बात का ध्यान रखा जाता है कि किसी शब्द अथवा वाक्य-विन्यास से मूल से भिन्न अर्थ ध्वनित न होने पाये।
2. प्रेस विज्ञप्ति सामान्यतः केंद्रीय सरकार प्रकाशित करती है और ये न तो हमेशा ही जारी होती हैं और न ही हर विषय पर। उनका प्रकाशन केवल इन स्थितियों में होता है—(i) जब सरकार किसी विषय पर अपनी नीति या निर्णय की घोषणा करती है, (ii) जब सरकार को विदेशों के साथ अपने राजनीतिक, कूटनीतिक, सांस्कृतिक, आर्थिक सम्बन्धों की घोषणा करनी होती है, (iii) दो देशों के प्रमुख (Heads the State), प्रधान मंत्री, विदेश मंत्री आदि के परस्पर विचार-विनियम के बाद हुए निर्णयों की जानकारी देने के लिए, (iv) अन्तर्राष्ट्रीय सम्मेलन की विभिन्न गोष्ठियों, परिसंवादों आदि के दौरान हुए विचार-विनियम के बाद निकले निष्कर्षों को जन-साधारण तक पहुंचाने के लिए। इसके विपरीत प्रेस नोट तो प्रांतीय सरकारों के सूचना एवं प्रकाशन विभाग द्वारा समय-समय पर निकलते ही रहते हैं। वे इस बन्धन से भी मुक्त हैं कि कब और कौन-कौन से विषयों पर लिखे जायेंगे।
3. प्रेस विज्ञप्तियां सूचना विभाग द्वारा तैयार नहीं की जातीं बल्कि सरकार के सम्बन्धित विभाग द्वारा तैयार की जाती हैं। इसके विपरीत प्रेस नोट विभिन्न विभागों से प्राप्त सामग्री के आधार पर सूचना विभाग द्वारा भी तैयार किए जा सकते हैं।

4. प्रेस विज्ञप्ति में औपचारिकता रहती है जबकि प्रेस नोट अपेक्षाकृत अधिक अनौपचारिक पत्राचार है।

प्रेस नोट का ढांचा

1. प्रकाशन सम्बन्धी निर्देश—प्रेस नोट का आलेख तैयार करते समय सबसे ऊपर सबसे पहले प्रकाशित करने की तिथि लिखी जाती है। तिथि लिखने का उद्देश्य यह बताना है कि उसे नियत समय से पूर्व प्रकाशित/प्रसारित नहीं किया जा सकता। लेकिन प्रत्येक नोट के साथ इस प्रकार की सूचना रहना आवश्यक नहीं है।

2. रचना-रूप का उल्लेख—प्रकाशन सम्बन्धी निर्देश देने के बाद मोटे अक्षरों में रचना-रूप का उल्लेख किया जाता है यथा 'प्रेस नोट'।

3. विषय/शीर्षक का उल्लेख—इसके बाद आलेख का विषय/शीर्षक दे दिया जाता है। लेकिन विषय का शीर्षक देना जरूरी नहीं होता। शीर्षक सदैव संक्षिप्त रहना चाहिए।

4. विषय-वस्तु/कलेवर—इसके बाद विषय-वस्तु रहती है। निर्णय, बयान, स्पष्टीकरण, निवेदन तथा अन्य सभी प्रकार की जानकारी इसी के अन्तर्गत रखी जाती है।

5. आदेश—प्रेस नोट के अन्त में यह आदेश रहता है कि इसे प्रधान सूचना अधिकारी के पास भेज दिया जाए जिससे वह इसे जारी कर सके। यह आदेश इसलिए होता है क्योंकि समाचार पत्रों/एजेंसियों आदि को सभी प्रेस नोट प्रधान सूचना अधिकारी द्वारा जारी किए जाते हैं।

6. हस्ताक्षर एवं पद नाम—आदेश के बाद दाईं ओर प्रेस नोट जारी करने वाले के हस्ताक्षर होते हैं तथा नीचे पद नाम लिख देते हैं।

7. मंत्रालय का नाम, स्थान और तिथि—बाईं ओर को पहली पंक्ति में मंत्रालय का नाम और दूसरी पंक्ति में पहले स्थान और फिर तिथि लिखते हैं।

उदाहरण

(जनसम्पर्क अधिकारी, गृह मंत्रालय, भारत सरकार द्वारा समाचार-पत्रों में भेजे गए प्रेस नोट की प्रतिलिपि नीचे दी जा रही है।)

भारत सरकार

गृह मंत्रालय

प्रैस नोट

हिन्दी के प्रचार-प्रसार के लिए भारत सरकार के प्रयत्न

गृह मंत्रालय ने भारत सरकार के कर्मचारियों तथा अधिकारियों में हिन्दी के प्रयोग को बढ़ावा देने के लिए अनेक महत्त्वपूर्ण कदम उठाए हैं तथा हिन्दी शिक्षण-योजना

के अन्तर्गत हिन्दी प्रशिक्षण के 900 नए केन्द्र खोले हैं; 'प्रबोध', 'प्रवीण' एवं 'प्राज्ञ' की हिन्दी परीक्षाओं में विशेष योग्यता का प्रदर्शन करने वाले कर्मचारियों को 100 से 350 रुपये तक के पुरस्कारों की व्यवस्था की है; 'प्राज्ञ' परीक्षा उत्तीर्ण करने वाले कर्मचारियों को दो अतिरिक्त वेतन वृद्धि दी जाती हैं । इन सबके अलावा हिन्दी का ज्ञान रखने वाले कर्मचारियों को अपने आवेदन-पत्र हिन्दी में लिखने तथा हिन्दी में प्राप्त होने वाले पत्रों का उत्तर हिन्दी में ही देने के लिए प्रेरित किया जा रहा है ।

....

(क ख ग)

अवर सचिव

गृह मंत्रालय
भारत सरकार

दिनांक 30 ज्येष्ठ, 19··· (शक)
20 जून, 19···

17. सूचना
(Notice)

जब सरकार, संस्थान, प्राधिकरण, प्रतिष्ठान आदि किसी जानकारी को विभिन्न स्थानों में रह रहे हजारों-लाखों व्यक्तियों को कोई जानकारी एक साथ पहुंचाना चाहते हैं तो वे जिस साधन का इस्तेमाल करते हैं उसे 'सूचना' कहते हैं। सूचनाएं सामान्यस: अखबारों में प्रकाशित कराई जाती हैं—यों वे कभी-कभी पोस्टर के रूप में, दीवारों या सूचनापट्टों पर तथा सार्वजनिक स्थानों या ऐसे स्थानों पर जहां जनता की दृष्टि आसानी से पड़ सकती है, चिपका दी जाती हैं।

सूचनाएं कई प्रकार की हो सकती हैं, जैसे—सरकारी कार्यालयों में रिक्त स्थान के विज्ञापन, नीलाम तथा निविदा (Tender) सूचनाएं, प्रतिवादियों को न्यायालय में उपस्थित होने की सूचनाएं, भागे हुए कैदियों या अपराधियों अथवा संगीन जुर्म करने वाले अभियुक्तों की गिरफ्तारी की सूचनाएं आदि।

सूचना का ढांचा

1. **शीर्षक**—'सूचना' तैयार करते समय सबसे पहले शीर्षक देते हैं। शीर्षक दो प्रकार के हो सकते हैं—(i) विषय सम्बन्धी जैसे 'आवश्यकता है', 'डाक्टर चाहिए', 'कार बिकाऊ है' आदि। (ii) बहुत बार बड़े संस्थान, प्राधिकरण आदि अपने नाम का प्रयोग शीर्षक के रूप में करते हैं जैसे—'संघीय लोक सेवा आयोग', 'दिल्ली विकास प्राधिकरण', 'सर गंगाराम हास्पिटल, नई दिल्ली', 'हिन्दू कालेज, दिल्ली'। इसके बाद बड़े अक्षरों में 'निविदा की सूचना', 'नीलामी की सूचना', 'फिटर की आवश्यकता है' आदि लिख देते हैं।

2. सूचनार्थ सामग्री की संक्षिप्त तथा स्वतःपूर्ण होना—शीर्षक लिखने के बाद सूचनार्थ सामग्री लिखी जाती है। यह हमेशा संक्षेप में लिखी जानी चाहिए। इसका कारण यह है कि यह सामग्री समाचार पत्रों में विज्ञापन के रूप में छपने के लिए होती है। विज्ञापन की छपाई आकार के हिसाब से ली जाती है। सूचनार्थ सामग्री को संक्षेप में लिखने से धन का कम व्यय होना स्वाभाविक है। लेकिन संक्षिप्तता का यह अर्थ कदापि नहीं है कि सूचना अपूर्ण ही रह जाए। सूचना में सभी प्रकार का अपेक्षित विवरण यथा आवेदन/निविदा कौन और कब तक दे सकता है, यदि उसके लिए कोई निर्धारित प्रपत्र है तो उसे कहां से और कैसे प्राप्त किया जा सकता है, यदि कोई अतिरिक्त जानकारी प्राप्त करना चाहे तो वह उसे कहां से और कैसे प्राप्त कर सकता है आदि का स्पष्ट एवं निर्भ्रान्त उल्लेख होना चाहिए।

3. अनुमोदन तथा हस्ताक्षर—कोई भी सूचना कभी भी सक्षम अधिकारी (Competent Authority) के अनुमोदन तथा हस्ताक्षर के बिना प्रकाशनार्थ नहीं भेजी जाती। अतएव सूचना का आलेख तैयार करने के बाद पहले उसका अनुमोदन और तदनन्तर हस्ताक्षर अवश्य करवा लेने चाहिए। हस्ताक्षर के बाद अधिकारी के पद नाम का उल्लेख अवश्य होना चाहिए।

4. तिथि—तिथि का उल्लेख आलेख के अन्त में बाईं ओर को किया जाता है। तिथि पहले शक संवत् में लिखी जाती है और फिर ईसवी सन् में।

सूचनार्थ सामग्री का आलेख तैयार करने के बाद एक अग्रेषण पत्र (forwarding letter) लगा कर उसे मुद्रण के लिए समाचार पत्रों के विज्ञापन अधिकारी अथवा विज्ञापन अभिकरण (Advertising Agencies) के पास भेज देते हैं। अग्रेषण पत्र में यह निर्देश दिया जाता है कि वह सूचना किस दिन और किस तिथि को किस पृष्ठ पर किस रूप में छापी जाएगी। यदि सूचनार्थ सामग्री किसी विज्ञापन अभिकरण के माध्यम (Advertising Agency) के माध्यम से मुद्रित होनी होती है, तो पत्र में उन अखबारों के नाम भी लिख दिए जाते हैं जिनमें उसका प्रकाशित होना अभीष्ट है।

उदाहरण

आवश्यकता है

औद्योगिक प्रशिक्षण प्राप्त करने के इच्छुक ऐसे प्रशिक्षणार्थियों की आवश्यकता है जो तीन वर्ष तक अपने मन पसन्द ट्रेड का प्रशिक्षण लेने को प्रस्तुत हों। प्रशिक्षण काल में प्रत्येक को 200 रुपये मासिक छात्रवृत्ति मिलेगी। प्रशिक्षण निःशुल्क रहेगा। प्रशिक्षण पूरा करने के बाद रोजगार दिलाने की कोई गारण्टी नहीं दी जाती। न्यूनतम आयु 18 वर्ष और न्यूनतम शैक्षणिक योग्यता मैट्रिक है। जिन रोजगार दिलाने वाले दफ्तरों

में अभ्यर्थियों के नाम दर्ज हैं उनके मार्फत आवेदन करें। आवेदन पत्र निम्न हस्ताक्षरी के पास पहुंचने की अन्तिम तिथि 15 सितम्बर, 1992 है।

निदेशक
औद्योगिक संस्थान
दीनदयाल उपाध्याय मार्ग (साउथ एवेन्यू)
नई दिल्ली-110001

18. संकल्प या संस्ताव
(Resolution)

संकल्प का शाब्दिक अर्थ है निश्चय। निश्चय की स्थिति कभी एकदम नहीं आती। वह तो चिन्तन की एक लम्बी प्रक्रिया का परिणाम होती है। किसी भी निश्चय पर पहुंचने से पहले विषय से सम्बद्ध सारी जानकारी प्राप्त करके, पक्ष-विपक्ष पर सम्यक ढंग से सोचते हुए, अच्छे-बुरे का विचार करना पड़ता है। इस प्रक्रिया में अनेक बार विभिन्न व्यक्तियों से विचार-विमर्श करना पड़ता है। इस प्रकार प्रत्येक संकल्प पर्याप्त चिन्तन-मनन का परिणाम होता है। सरकार के लिए तो ऐसा करना और भी अधिक जरूरी होता है क्योंकि उसके प्रत्येक निर्णय का सम्बन्ध सार्वजनिक एवं व्यापक होता है। सरकार संकल्प का सहारा निम्नलिखित स्थितियों में लेती है—

(1) जब सरकार नीति सम्बन्धी महत्त्वपूर्ण प्रश्नों पर अपने निश्चय की सार्वजनिक घोषणा करना चाहती है,

(2) जब उसे जांच समितियों या जांच आयोगों की नियुक्ति की घोषणा करनी होती है,

(3) जब उसे इस प्रकार नियुक्त जांच समितियों तथा जांच आयोगों के महत्त्वपूर्ण प्रतिवेदनों की घोषणा करनी होती है।

इन सारी बातों से सम्बद्ध संकल्प सरकारी गजट में प्रकाशित किया जाता है। गजट के जिस भाग या अनुभाग में संकल्प को प्रकाशित करना होता है उसका भी निर्देश कर दिया जाता है। संकल्प सदैव अन्य पुरुष में लिखा जाता है। उसमें न तो सम्बोधन होता है और न ही स्वनिर्देश।

संकल्प का ढांचा

1. प्रकाशन सम्बन्धी निर्देश—संकल्प सामान्यतः सरकारी गजट में प्रकाशित होता है। सरकारी गजट में प्रकाशनार्थ संकल्प के आलेख में सबसे पहले कोष्ठक के भीतर इस बात का निर्देश दिया जाता है कि वह गजट के किस भाग एवं अनुभाग में प्रकाशित किया जाएगा।

2. **संख्या**—इसके बाद पृष्ठ के ठीक बीच में संख्या लिखी जाती है।

3. **सरकार, मन्त्रालय और विभाग का नाम**—तदनन्तर पृष्ठ के ठीक बीच में पहली पंक्ति में सरकार का नाम तथा दूसरी पंक्ति में विभाग, कार्यालय आदि का नाम लिखा जाता है।

4. **स्थान एवं तिथि**—इसके बाद नीचे दाईं ओर को हटते हुए पहले स्थान तथा बाद में तिथि लिखते हैं। तिथि पहले शक संवत् में लिखते हैं फिर ईसवी सन् में।

5. **रचना-रूप का उल्लेख**—इसके बाद ठीक बीच में मोटे अक्षरों में '**संकल्प' या 'संस्ताव**' लिखते हैं।

6. **कलेवर**—संकल्प का कलेवर तीन भागों में बंटा होता है—(i) प्रस्तावना, (ii) स्वयं संकल्प तथा (iii) आदेश।

(i) **प्रस्तावना** (Preamble)—प्रस्तावना भाग की शुरूआत सदैव संदर्भ से की जाती है। पूर्व पत्रों, निर्देशों, पूर्व संकल्पों आदि का आवश्यकतानुसार उल्लेख करते हुए पृष्ठभूमि एवं आधार को यथोचित रीति से प्रस्तुत किया जाता है। इसके अतिरिक्त संकल्प के पीछे दिए कारणों, तर्कों एवं भाव को भी संक्षेप में प्रस्तुत कर देते हैं।

(ii) **संकल्प** (Resolution)—इसके बाद आता है स्वयं संकल्प। इस भाग में प्रस्तावना से संबद्ध निर्णय की घोषणा अर्थात् संकल्प का उद्देश्य कथित होता है। यदि संकल्प में किसी जांच-समिति या आयोग की नियुक्ति की घोषणा की जाती है तो उसमें निम्नलिखित बातों का भी उल्लेख किया जाता है:

(क) आयोग/समिति के अध्यक्ष का नाम,
(ख) संयोजक/सचिव का नाम,
(ग) सदस्यों के नाम,
(घ) सदस्यों के अधिकार-क्षेत्र तथा सुविधाएं,
(ङ) जांच-पड़ताल की विधि,
(च) प्रतिवेदन प्रस्तुत करने की अन्तिम तिथि।

(iii) **आदेश** (Order)—संकल्प का तीसरा भाग आदेश कहलाता है। यह या तो मोटे अक्षरों में लिखा जाता है या फिर इसे रेखांकित कर दिया जाता है। इस भाग में निम्नलिखित बातों का उल्लेख रहता है—

(क) संकल्प को किस प्रकार अमल में लाया जाएगा,
(ख) सम्बन्धित व्यक्तियों को सूचना किस प्रकार दी जाएगी,
(ग) सार्वजनिक जानकारी के लिए राजपत्र में छपवा देने का आदेश।

संकल्प सदैव निर्वैयक्तिक एवं तटस्थ शैली में लिखा जाता है। इसकी भाषा सरकार के गौरव एवं प्रभुत्व को व्यक्त करने वाली होती है।

7. **हस्ताक्षर एवं पद-नाम**—कलेवर की समाप्ति के बाद दाईं ओर को हस्ताक्षर करके नीचे पदनाम दे देते हैं।

संकल्प या संस्ताव का प्रारूप

(भारत के राजपत्र भाग 1 खंड 1 में प्रकाशन के लिए)

भारत सरकार

वित्त मंत्रालय

नई दिल्ली-2
ता०.........

संकल्प/संस्ताव

राजस्व संग्रह से सम्बन्धित विभागों और सेवाओं की कार्यकुशलता को और भी सुधारने का प्रश्न भारत सरकार के विचाराधीन रहा है और इस दिशा में पहला कदम यह उठाया गया है कि राष्ट्रपति महोदय ने भारत के संविधान के अनुच्छेद 307 के सम्बन्ध में दिए गए अपने अधिकारों का उपयोग करते हुए निश्चय किया है कि तारीख......से 'भारतीय राजस्व सेवा' नाम से पहली श्रेणी की एक केन्द्रीय सेवा की स्थापना की जाय।

आदेश—आदेश है कि इस प्रस्ताव की एक नकल......
को दी जाय।

यह भी आदेश है कि यह प्रस्ताव भारत के राजपत्र में जनसाधारण की सूचना के लिए प्रकाशित किया जाय।

(क ख ग)
सचिव भारत सरकार

संकल्प या संस्ताव का प्रारूप

नमूना-2

(भारत के राजपत्र भाग/खंड 1 में प्रकाशन के लिए)

क्रमांक.........

भारत सरकार

.........मंत्रालय

नई दिल्ली
तारीख.........

संकल्प/संस्ताव

केन्द्रीय सरकार के कर्मचारियों को अब जो महंगाई भत्ता दिया जा रहा है उसके कुछ हिस्से को वेतन का अंश मानने के प्रश्न पर भारत सरकार विचार कर रही

है। भारत सरकार ने अब एक समिति बनाने का निश्चय किया है जिसमें गैरसरकारी और सरकारी व्यक्ति होंगे जो इस विषय पर खोज करेंगे और सरकार को अपनी सिफारिशें पेश करेंगे।

श्री............समिति के अध्यक्ष होंगे।

श्री............और श्री............सदस्य होंगे।

समिति के विचारार्थ विषय ये होंगे—

(1)

(2)

(3)

आदेश— आदेश है कि इस संस्ताव की एक प्रति....................को दी जाय।

यह भी आदेश है कि संस्ताव भारत के राजपत्र में जनसाधारण की सूचना के लिए प्रकाशित किया जाय।

(क ख ग)
सह सचिव,
भारत सरकार

उदाहरण

भारत सरकार
वित्त मंत्रालय

नई दिल्ली
दिनांक 2 चैत्र, 19...(शक०)
22 मार्च, 19...

संकल्प

बढ़ती हुई महंगाई और तृतीय वेतन आयोग की सिफारिशों के अनुसार केन्द्रीय सरकार के कर्मचारियों के महंगाई भत्ते में पिछले दो वर्षों में कई बार वृद्धि करनी पड़ी। केन्द्रीय कर्मचारी महासंघ की भी मांग है और सरकार भी यह उचित समझती है कि 1983-84 वर्ष तक के महंगाई भत्ते का आधा भाग मूल वेतन में मिला दिया जाए। परन्तु इसके सम्पूर्ण वित्तीय पक्षों पर विचार करने के लिए भारत सरकार ने निम्न-

लिखित व्यक्तियों की एक समिति नियुक्त कर दी है जो ······ 1984 तक अपनी सिफारिशें सरकार को दे देगी। समिति के सरकारी और गैर-सदस्य ये होंगे—

1. श्री······सिंह संसद-सदस्य

2. श्री······यादव, अवर सचिव, वित्त मंत्रालय

3. श्री······जुनेजा, प्रतिनिधि, केन्द्रीय कर्मचारी महासंघ

इस समिति के अध्यक्ष होंगे श्री······सिंह, संसद सदस्य और संयोजक होंगे श्री ······यादव।

आदेश—आदेश दिया गया है कि संकल्प की एक-एक प्रतिलिपि उक्त तीनों सदस्यों को और केन्द्रीय कर्मचारी महासंघ के महामंत्री को प्रेषित कर दी जाय।

यह भी आदेश दिया गया है कि इस संकल्प को जनसाधारण की जानकारी और प्रतिक्रिया के लिए भारतीय गजट के भाग एक अनुभाग एक में प्रकाशित कर दिया जाए।

(क ख ग)
सहसचिव, भारत सरकार

19. घोषणा (उद्घोषणा)

(Proclamation)

जब सरकार को किसी अत्यन्त राष्ट्रीय महत्त्व के विषय में अपना निश्चय या निर्णय प्रसारित करना होता है तो वह घोषणा (उद्घोषणा) निकालती है। भारत सरकार पिछले वर्षों में कई महत्त्वपूर्ण उद्घोषणाएं निकाल चुकी है, जैसे—1962 के चीनी आक्रमण तथा 1965 और 1971 के पाकिस्तानी आक्रमण के समय राष्ट्रीय संकटकाल (नेशनल इमरजेन्सी) की घोषणाएं। इसी तरह, 25 जून 1975 को आपातकालीन स्थिति की घोषणा। जब किसी राष्ट्रीय या अन्तर्राष्ट्रीय महत्त्व के व्यक्ति का देहावसान हो जाता है तब तीन दिन या सात दिन के राष्ट्रीय शोक की घोषणा, जिसमें सभी सरकारी दावतें तथा उत्सव रद्द कर दिये जाते हैं। पिछले दिनों, लोकनायक जयप्रकाश नारायण, यूगोस्लाविया के राष्ट्रपति श्री टीटो, भूतपूर्व राष्ट्रपति वराह गिरि वेंकट गिरि के देहावसान के समय घोषित राष्ट्रीय शोक की घोषणाएं इसी कोटि में आएंगी।

घोषणाएं राज्यपाल अथवा राष्ट्रपति के हस्ताक्षर होने पर ही प्रसारित होती हैं।

घोषणा की भाषा नितान्त विधिविहित, परिशुद्ध और नपी-तुली होनी चाहिए—उसका एक भी शब्द निरर्थक नहीं होना चाहिए।

उदाहरण

भारत सरकार गजट

असाधारण
प्राधिकारी द्वारा प्रकाशित

नयी दिल्ली, बृहस्पतिवार, 26 जनवरी, 1950

भारत सरकार
गृह मंत्रालय

विज्ञप्ति

नयी दिल्ली, 26 जनवरी, 1950

संख्या : एफ 34/4/49 पब्लिक

परम श्रेष्ठ श्री राजगोपालाचारी ने 26 जनवरी, 1950 को गवर्नमेंट हाउस के दरबार हाल में 10-15 पूर्वाह्न निम्नलिखित उद्घोषणा की—

उद्घोषणा

"चूंकि, भारत के लोगों ने, भारत को सम्पूर्ण प्रभुत्व-सम्पन्न लोकतंत्रात्मक गण-राज्य बनाने के लिए दृढ़ संकल्प होकर अपनी संविधान सभा में 26 नवम्बर, 1949 ई० को भारत का संविधान अंगीकृत, अधिनियमित और आत्मार्पित किया;

और चूंकि उक्त संविधान द्वारा यह घोषित किया गया है कि इण्डिया अर्थात् भारत राज्य संघ होगा और संघ में वे राज्य-क्षेत्र सम्मिलित होंगे, जो अब तक गवर्नर के प्रान्त, भारतीय रियासतें और चीफ कमिश्नर के प्रान्त थे;

और चूंकि 26 जनवरी, 1950 उक्त संविधान लागू करने के लिए निश्चय किया गया है;

अतः अब एतद् द्वारा यह उद्घोषित किया जाता है कि 26 जनवरी, 1950 से इण्डिया अर्थात् भारत एक सम्पूर्ण प्रभुत्व-सम्पन्न लोकतंत्रात्मक गणराज्य होगा, और संघ तथा इसके अंग, भाग, राज्य उक्त संविधान के उपबंधानुसार सरकार और प्रशासन की समस्त शक्ति एवं कार्य का उपयोग करेंगे।"

संख्या एफ 66/1/50—पब्लिक

चूंकि श्री राजेन्द्र प्रसाद भारत-गणराज्य के राष्ट्रपति चुन लिए गये हैं और उक्त पद-ग्रहण कर लिया है, अतः उक्त नियुक्ति एतद् द्वारा विज्ञप्ति की जाती है।

—भारत-गणराज्य के राष्ट्रपति के आदेश से

20. प्राप्ति-स्वीकार या पावती
(Acknowldgement)

यह सरकारी पत्र-व्यवहार का ही एक रूप है, परन्तु है औपचारिक और संक्षिप्त।

जनता के विभिन्न वर्गों की ओर से प्रायः नित्य ही प्रधानमन्त्री, मुख्यमन्त्रियों, मंत्रियों (केन्द्रीय तथा राज्यीय) और विभिन्न विभागों एवं कार्यालयों के अधिकारियों आदि के नाम शिकायती और अन्य प्रकार के सैकड़ों पत्र आते हैं। उन सभी को प्रधानमंत्री या मुख्यमंत्रीगण पढ़ पावें, इतना अवकाश उनके पास नहीं होता। अधिकांश पत्रों को (जो गोपनीय और निजी न हों) प्रायः इन अधिकारियों के निजी सहायक ही पढ़ते हैं और कुछ खास-खास पत्रों को सम्बन्धित अधिकारियों के अवलोकनार्थ रख छोड़ते हैं। पत्र जिस सरकारी विभाग के कार्य से सम्बन्धित होते हैं, उसके उच्चाधिकारी के पास उचित कार्रवाई के निमित्त भेज दिये जाते हैं, परन्तु पत्र-प्रेषक के सन्तोष के लिए, प्रत्येक मंत्री और मंत्रालय तथा विभाग के पास कुछ छपे-छपाये पन्ने होते हैं जिनमें दिनांक आदि के स्थान ही रिक्त होते हैं। उनको भरकर पत्र-प्रेषक के पास एक टंकित या मुद्रित पत्र इस आशय का भेज दिया जाता है—

उदाहरण

प्रधानमंत्री,
भारत सरकार,
1, सफदरजंग मार्ग,
नई दिल्ली-110001
दिनांक............

श्री............
....
....

प्रिय महोदय/महोदया,

आपका दिनांक.... .....का पत्र प्रधानमंत्री को मिल गया है। उस पर उचित कार्रवाई की जा रही है।

भवदीय
....
निजी सचिव/सहायक
प्रधानत्री, मंभारत सरकार

पत्राचार के समय प्रयुक्त होने वाले कतिपय मुख्य वाक्यांश

1. उपर्युक्त विषय पर कृपया हमारा दिनांक······का पत्र क्र०······देखें।
2. यह पत्र उपर्युक्त विषय पर आपके दिनांक······के पत्र क्र०······के सन्दर्भ में है।
3. यह पत्र उपर्युक्त विषय पर हमारे दिनांक···के पत्र क्रमांक···के क्रम में है।
4. उपर्युक्त विषय पर हम आपका ध्यान अपने दिनांक······के पत्र क्र०······ की ओर दिलाते हैं।
5. इस पत्र के साथ······की एक प्रति संलग्न है।
6. हमने इस मामले पर ध्यानपूर्वक/सहानुभूतिपूर्वक विचार किया/किया जा रहा है।
7. इस मामले में जांच की जा रही है।
8. इस मामले पर हमारे······कार्यालय में विचार किया जा रहा है। / यह मामला हमारे······कार्यालय में विचाराधीन है।
9. आपको हमारे उपर्युक्त कार्यालय से/हमारे कार्यालय से शीघ्र ही उत्तर प्राप्त हो जाएगा। /हम आपको शीघ्र ही उत्तर देंगे।
10. आप सहमत होंगे कि/आप मानेंगे कि।
11. इस सम्बन्ध में शीघ्र उत्तर देकर अनुगृहीत करें।/कृपया इस सम्बन्ध में उत्तर देने की व्यवस्था करें।
12. कृपया हमें मामले की प्रगति की सूचना दें।
13. कृपया अपेक्षित सूचना शीघ्र भिजवाने की व्यवस्था करें।
14. इस सम्बन्ध में सूचना इकट्ठी/एकत्र की जा रही है तथा आपको यथाशीघ्र भेज दी जाएगी।
15. हमने मामले की जाँच के लिए श्री······को नियुक्त किया है। उनसे रिपोर्ट प्राप्त होते ही आपको सूचित किया जाएगा।
16. कृपया अपेक्षित सूचना तत्काल/अविलंब भिजवाने की व्यवस्था करें।
17. सम्बन्धित अधिकारी छुट्टी पर हैं, उनके वापस आते ही हम आपको मामले की वास्तविक जानकारी देंगे।
18. आपके दिनांक······के पत्र क्र०······में दी गई हिदायतें हमने नोट कर ली हैं तथा भविष्य में हम उनका पालन करेंगे।
19. इस सम्बन्ध में आपको जो असुविधा हुई है, उसके लिए हमें अत्यन्त खेद है।
20. हम आपको अच्छी से अच्छी सेवा प्रदान करने/देने का विश्वास दिलाते हैं।
21. कृपया इस पत्र की पावती/प्राप्ति-सूचना भेजें।
22. उपर्युक्त विषय पर आपका दिनांक···का पत्र क्र०···हमें प्राप्त हो गया है/मिला।

23. प्रतिलिपि सूचना/मार्गदर्शन/आवश्यक कार्रवाई के लिए···को प्रेषित।
24. इसका······ने अनुमोदन कर दिया है।/इसके लिए······ने मंजूरी दे दी है।
25. ···हमारे प्रस्ताव से सहमत है।
26. ···के परामर्श से यह निर्णय किया गया है कि···
27. आगे की आवश्यक कार्रवाई के लिए।
28. मार्गदर्शन के लिए।
29. ···के अनुसार।
30. ···के अतिरिक्त/अलावा।
31. ···की पुष्टि में।
32. ···के परिणामस्वरूप।
33. ···के फलस्वरूप।
34. ···के बदले में।
35. कृपया औपचारिक मंजूरी प्राप्त करें।
36. ···के कारण।
37. ···की ओर से।
38. ···की सलाह पर/से।
39. इसके विपरीत······
40. कृपया अपना कार्यभार श्री······को सौंप दें।
41. कृपया इसे पूर्णतः गोपनीय समझें/रखें।
42. अनुस्मारक/स्मरण-पत्र भेजें/भेज दें।
43. प्रस्ताव/सिफारिश के अनुसार मंजू दी जाती है।
44. सूचनार्थ/सूचना के लिए प्रस्तुत है। कृपया सूचनार्थ/सूचना के लिए देखें।
45. स्वतः स्पष्ट/अपने आप में स्पष्ट।
46. इस कार्यालय को सूचना देते हुए।
47. श्री······अवर श्रेणी लिपिक को उनके 21-8-92 से 27-8-92 तक छुट्टी बढ़ाने के सम्बन्ध में चिकित्सा प्रमाण-पत्र देने के लिए कहा गया था। उन्होंने प्रमाण-पत्र दे दिया है। नियमों के अनुसार और उनके छुट्टी के लेखे के अनुसार भी उन्हें 6 दिन की छुट्टी दी जा सकती है। छुट्टी मंजूर कर दी जाए।
48. कृपया ध्यान रखें कि आपको कूट संख्या······नियत की गई है। भविष्य में हमारे साथ होने वाले पत्र-व्यवहार तथा समस्त प्रस्ताव-पत्रों में हमेशा इसका उल्लेख करें।
49. मुझे इसकी सच्चाई में सन्देह है।
50. कृपया यह सुनिश्चित करें कि जमा रकम तुरन्त भेजी जाए।

5

बैंक-पत्राचार

बैंकों में हिन्दी में काम करने की प्रवृत्ति को बढ़ावा देने के लिए भारतीय रिजर्व बैंक द्वारा यह निर्देश दिया गया है कि 'क', 'ख' और 'ग' क्षेत्रों में स्थित बैंक-कार्यालयों एवं शाखाओं को अपने कुल मूल पत्रों के क्रमशः 67%, 40% तथा 10% पत्र हिन्दी में जारी करने होंगे। 'क' क्षेत्र के अन्तर्गत बिहार, हरियाणा, हिमाचल प्रदेश, मध्य प्रदेश, राजस्थान, उत्तर प्रदेश तथा केन्द्र प्रशासित क्षेत्र दिल्ली आते हैं। 'ख' क्षेत्र में गुजरात, महाराष्ट्र, पंजाब राज्यों के अतिरिक्त अंडमान और निकोबार द्वीप समूह तथा चंडीगढ़ आते हैं। 'ग' क्षेत्र के अन्तर्गत 'क' तथा 'ख' में उल्लिखित राज्यों के अतिरिक्त शेष सभी राज्य तथा केन्द्र प्रशासित क्षेत्र आते हैं। इसके अतिरिक्त यह भी निर्देश है कि हिन्दी में प्राप्त पत्रों के उत्तर हिन्दी में ही दिए जाएँ। ऐसे पत्रों में वे पत्र भी शामिल हैं जिनमें प्रेषक ने अपने हस्ताक्षर हिन्दी में किए हैं तथा पत्र किसी अन्य भाषा में लिखा गया है।

इस स्पष्ट निर्देश के बावजूद हिन्दी में काम की गति बढ़ नहीं पा रही है। यों इसके अनेक कारण हैं यथा (i) हमारी यह मानसिकता कि पत्र-प्राप्तकर्ता पर अंग्रेजी में लिखे गए पत्र का प्रभाव अधिक पड़ता है, (ii) यांत्रिक सुविधाओं की कमी जैसे कार्यालय में हिन्दी टाइपराइटरों का अपेक्षित संख्या में न होना आदि; लेकिन एक मुख्य कारण पत्रों के पुराने प्रारूपों का अंग्रेजी में सहज सुलभ होना है। कर्मचारी उनकी प्रतिलिपि आसानी से तैयार कर लेते हैं। बैंकों में लगभग 75% कार्य मुद्रित या चक्र-मुद्रित मानक प्रारूपों के आधार पर होता है। नियमानुसार ये प्रारूप द्विभाषी रूप में तैयार किए जाते हैं, फिर भी इस तथ्य से इनकार नहीं किया जा सकता कि जनसाधारण इन मानक रूपों से बहुत अधिक परिचित नहीं है। बैंकों में भी ये अभी तक अपेक्षित लोकप्रियता प्राप्त नहीं कर सके हैं। अतएव इस अध्याय में बैंक पत्राचार के कतिपय महत्त्वपूर्ण नमूने दिए जा रहे हैं।

बैंकों के पत्राचार की परिधि अत्यन्त व्यापक है। इसे मुख्यतः दो वर्गों में बाँट सकते हैं— (i) आंतरिक पत्राचार, (ii) ग्राहकों से पत्राचार। (iii) मंत्रालयों अथवा सरकारी कार्यालयों से पत्राचार। सरकारी मंत्रालयों से पत्राचार की विधि वही है जो सरकारी पत्राचार की है। सरकारी पत्राचार की विधि आपको बतलाई जा चुकी है। अतएव इस अध्याय में आंतरिक पत्राचार तथा ग्राहकों से पत्राचार के विषय में बताया जाएगा।

(i) **आंतरिक पत्राचार**—प्रत्येक बैंक विभिन्न इकाइयों में बँटा होता है। इसकी सबसे छोटी इकाई शाखा है। इसके क्रियाकलाप का नियंत्रण क्षेत्रीय/प्रभागीय कार्यालय करते हैं। क्षेत्रीय/प्रभागीय कार्यालयों से तथा अंचल कार्यालय स्थानीय प्रधान कार्यालयों से नियंत्रित होते हैं। इन सब पर केन्द्रीय अथवा प्रधान कार्यालय का नियंत्रण होता है। विभिन्न कार्यालयों में परस्पर पत्राचार चलता रहता है। बैंक के कारोबार को बढ़ाने के लिए जमा राशियों में वृद्धि तथा उसके निमित्त लक्ष्य-निर्धारण, लेखा-परीक्षक द्वारा संकेतित अनियमितताओं के निवारण के निमित्त अनुवर्ती कार्यवाही करने, नए पदों की स्थापना, कार्मिकों के स्थानान्तरण, वेतन, छुट्टी आदि से संबंधित सैकड़ों क्रियाकलाप पग-पग पर पत्राचार की अपेक्षा रखते हैं।

(ii) **ग्राहकों से पत्राचार**—बैंक के समूचे कारोबार की केन्द्रीय धुरी ग्राहक है। बैंक की सारी योजनाएँ ग्राहकों को ध्यान में रखकर ही तैयार की जाती हैं। इसीलिए बैंक कई बार अपने नगर के महत्त्वपूर्ण व्यक्तियों, संस्थाओं आदि से अपने यहाँ खाता खोलने का अनुरोध करता है। उनकी शिकायतें सुनता और उन पर अपेक्षित कार्यवाही करता है। वह व्यक्ति विशेष से ही नहीं अपितु बड़े-बड़े व्यावसायिक संस्थानों, कंपनियों, उपक्रमों, सरकारी-गैरसरकारी संस्थानों आदि से निक्षेप के रूप में बड़ी जमाराशियाँ प्राप्त करता है। अपने खाताधारियों को ड्राफ्ट, ओवर ड्राफ्ट, ऋण, साख आदि की सुविधाएँ प्रदान करता है। ये सभी कार्य पत्राचार की अपेक्षा रखते हैं।

(iii) **मंत्रालयों/सरकारी कार्यालयों से पत्राचार**—बैंकों को भारतीय रिजर्व बैंक, भारत सरकार के वित्त मंत्रालय आदि के कठोर नियंत्रण में काम करना पड़ता है। पत्राचार के माध्यम से बैंकों से इनका निरन्तर सम्पर्क बना रहता है। भारत सरकार की राजभाषा-नीति के अनुसार बैंकों को इन संस्थाओं से अपना पत्राचार हिन्दी में करना चाहिए।

आन्तरिक पत्राचार

1. किन्हीं बातों के स्पष्टीकरण के अभाव में अनिर्णीत पड़े बिल की सूचना देने वाला पत्र

बैंक

………शाखा

पत्रांक……… दिनांक………

शाखा-प्रबंधक

………शाखा

………

विषय : स्वीकृति हेतु बिल

प्रिय महोदय,

उक्त विषय के संदर्भ में हम आपको सूचित करते हैं कि मंडल प्रबंधक………

से प्राप्त आपका............रुपए का बिल, निम्नलिखित बातों के स्पष्टीकरण के अभाव में, दि०.........से हमारे पास अनिर्णीत पड़ा हुआ है। कृपया शीघ्र स्पष्ट करें कि...

....

भवदीय

(हस्ताक्षर).........

सहायक महाप्रबंधक

प्रतिलिपि :

मंडल प्रबंधक..............मंडल.........

2. भुगतान हेतु स्वीकृति की सूचना देते हुए संबंधित पक्षकार को सूचना देने के लिए शाखा प्रबंधक को लिखा जाने वाला पत्र

बैंक

.........शाखा

पत्रांक.........

दिनांक.........

सेवा में,

शाखा-प्रबंधक

.........शाखा

....

विषय : भुगतान हेतु स्वीकृति

प्रिय महोदय,

उक्त संदर्भ में, सूचित किया जाता है कि हमने, आपके मंडल प्रबंधक......... से प्राप्त, बिल/बिलों को भुगतान के लिए पारित कर दिया है। संबंधित पक्षकार को, केवल निम्नांकित निर्देशों की पूर्ति के उपरांत ही भुगतान किया जाए।

क्र० सं०	बिल क्र० व दिनांक	पक्षकार का नाम	राशि	नामे ला/हा, सा/खा
1.				
2.				
3.				
4.				
5.				

निर्देश :

1. यदि कोई अग्रिम पहले दिया गया हो तो वह भुगतान करने से पहले वसूल कर लें।

2. अपने अभिलेख के लिए रसीदी टिकट सहित, रसीद प्राप्त कर लें।

3. ....शाखा की, आवश्यक समायोजन के लिए जमा एडवाइस भेजें।

भवदीय

(हस्ताक्षर) ....

सहायक महाप्रबंधक

प्रतिलिपि :

1. मंडल प्रबंधक...............मंडल............

3. प्रबंधक/अधिकारी को छुट्टी दिए जाने/न दिए जाने पर सहायक महाप्रबंधक द्वारा मंडल प्रबंधक तथा शाखा प्रबंधक को लिखा जाने वाला पत्र

बैंक

.........शाखा

पत्रांक.........   दिनांक.........

सेवा में,

शाखा-प्रबंधक

.........शाखा

....

विषय : प्रबंधक/अधिकारी श्री............का...................दिनों की विशेषाधिकार/बीमारी की छुट्टी हेतु प्रार्थना-पत्र

प्रिय महोदय,

उपर्युक्त विषय के संदर्भ में, हम आपको सूचित करते हैं कि हमने प्रबंधक/अधिकारी श्री.........को, दि०.........से.........दिनों का विशेषाधिकार/बीमारी की छुट्टी मंजूर कर दी/नहीं की है।

2. उनकी इस छुट्टी के दौरान.........शाखा के अधिकारी श्री......... स्थानापन्न रूप में, प्रबंधक का कार्य करेंगे।

3. कृपया नोट करें कि कार्यमुक्ति के संबंध में कोई भी समस्या, यदि हो तो उसके समाधान हेतु अपने मंडल से संपर्क करें।

4. प्रार्थना-पत्र आपके अभिलेख हेतु संलग्न है।

भवदीय

(हस्ताक्षर).........

सहायक महाप्रबंधक

संलग्न : उक्त

प्रतिलिपि :

1. मंडल प्रबंधक.........................को और

2. शाखा प्रबंधक...............शाखा को सूचना और आवश्यक कार्यवाही हेतु प्रेषित।

4. किसी ग्राहक द्वारा शिकायत किए जाने पर सहायक महाप्रबंधक द्वारा शाखा-प्रबंधक को लिखा जाने वाला पत्र

बैंक

.........शाखा

पत्रांक........ दिनांक........

सेवा में,

शाखा प्रबंधक

.........शाखा

....

विषय : **आपके विरुद्ध ग्राहक द्वारा की गई शिकायत**

प्रिय महोदय,

इस पत्र के साथ, हम केन्द्रीय कार्यालय को एक ग्राहक.........द्वारा आपके विरुद्ध लिखे गए शिकायती पत्र की प्रतिलिपि संलग्न कर रहे हैं।

2. कृपया इस शिकायत की विषय-वस्तु पर ध्यानपूर्वक विचार करें और इस संबंध में, अपना पक्ष अविलंब प्रस्तुत करें, जिससे शिकायतकर्ता की संतुष्टि की जा सके।

भवदीय

(हस्ताक्षर).........

प्रतिलिपि :

1. मंडल प्रबंधक..............विभाग, केन्द्रीय कार्यालय.........को पत्र क्र०............दि०.........के संदर्भ में प्रेषित।

5. किसी अधिकारी/लेखाकार को विशेषाधिकारी/बीमारी की छुट्टी दे दिए जाने पर मंडल प्रबंधक द्वारा शाखा-प्रबंधक को लिखा गया पत्र।

बैंक

.........शाखा

पत्रांक........ दिनांक...........

सेवा में,

शाखा-प्रबंधक

.........शाखा

....

विषय : अधिकारी/लेखाकार श्री...........का विशेषाधिकार/बीमारी की छुट्टी हेतु प्रार्थना-पत्र

प्रिय महोदय,

आपकी शाखा के उपर्युक्त अधिकारी/लेखाकार द्वारा प्रार्थित, दि०········ से आरंभ········दिनों का विशेषाधिकार/बीमारी छुट्टी हमने स्वीकृत कर दी है।

भवदीय
(हस्ताक्षर)········
मंडल प्रबंधक

6. खोए माँग-ड्राफ्ट के बदले दूसरा माँग-ड्राफ्ट जारी करने की अनुमति विषयक मंडल प्रबंधक का पत्र

···बैंक···
········शाखा

पत्रांक········ दिनांक········

सेवा में,

शाखा-प्रबंधक
················शाखा
···············

विषय : पूर्व प्रतिवेदित, खोए हुए माँग-ड्राफ्ट के बदले दूसरा माँग-ड्राफ्ट जारी करने की अनुमति

प्रिय महोदय,

मैसर्स/श्री········के पक्ष में········रुपये मूल्य के, पूर्व प्रतिवेदित खोए हुए माँग ड्राफ्ट क्र०········के बदले में दूसरा माँग-ड्राफ्ट जारी करने की अनुमति के लिए, आपके पत्र क्र०········दिनांक········के संदर्भ में, हिदायत दी जाती है कि दूसरा (डुप्लीकेट) माँग-ड्राफ्ट जारी करने से पूर्व········शाखा से इस बात की पुष्टि कर लें कि खोया हुआ कथित माँग-ड्राफ्ट उसकी बहियों के अनुसार भी अभी तक अप्रदत्त ही है, केवल तभी आपको ऐसा करने की अनुमति है। साथ ही, प्रार्थी एवं आदाता, दोनों पक्षों द्वारा हस्ताक्षरित, एक मुद्रांकित/अमुद्रांकित क्षतिपूरक बंधपत्र भी प्राप्त कर लें।

भवदीय
(हस्ताक्षर)········
मंडल प्रबंधक

7. शाखा प्रबंधक द्वारा वेतन/यात्रा-भत्ता/छुट्टी/त्योहार आदि हेतु अग्रिम दिए जाने पर मंडल प्रबंधक की पुष्टि का पत्र

···बैंक···

·········शाखा

पत्रांक········ दिनांक········

सेवा में,

शाखा-प्रबंधक

···············

···············

विषय : वेतन/यात्रा-भत्ता/छुट्टी/त्योहार आदि हेतु अग्रिम

प्रिय महोदय,

नीचे लिखे कर्मचारी/कर्मचारियों को, उसके/उनके माह······1990-199··· के वेतन/यात्रा/छुट्टी/त्योहार हेतु, आपके द्वारा स्वीकृत किए गए, रु०········· (रुपए ·········मात्र) के अग्रिम की हम पुष्टि करते हैं/नहीं करते हैं।

1. ·····························
2. ·····························
3. ·····························

भवदीय

(हस्ताक्षर)·········

मंडल प्रबंधक

ग्राहकों से पत्राचार

1. नया खाता खोलने का अनुरोध

···बैंक···

·········शाखा

क्रमांक········ दिनांक········

सेवा में

···············

···············

विषय : नया खाता खोलने का अनुरोध

महोदय,

हमारे बैंक की···········शाखा पिछले कई वर्षों से आपके क्षेत्र की सेवा में संलग्न है। हमारी इच्छा है कि आप भी हमारे बैंक में अपना खाता खोलकर सेवा का अवसर दें।

2. हमारी शाखा विविध प्रकार की बैंकिंग सेवाएँ प्रदान करती है जैसे विभिन्न प्रकार की आकर्षक योजनाओं के अंतर्गत जमा-स्वीकरण, उगाही सुविधाएँ, बीमा पालिसी के प्रीमियम जमा कराना, टेलीफोन तथा बिजली के बिलों का भुगतान, डाक या तार द्वारा रकम का स्थानान्तरण, लॉकर-सुविधा आदि।

3. आपसे विनम्र अनुरोध है कि किसी भी कार्य-दिवस पर बैंक पधारें या भेंट करने का मौका दें जिससे बैंक विविध योजनाओं के बारे में विस्तार से बताया जा सके।

भवदीय

(हस्ताक्षर)·········

शाखा प्रबंधक

2. नया खाता खोलने की इच्छा व्यक्त करने वालों को लिखा जाने वाला पत्र

···बैंक···

·············शाखा

क्रमांक·········　　　　दिनांक·········

सेवा में,

··············

··············

विषय : नया बचत खाता

आपका दिनांक·········का पत्र मिला। यह जानकर खुशी हुई कि आप हमारे बैंक में अपना बचत खाता खोलना चाहते/चाहती हैं। बचत खाते के नियमों की एक प्रति आपकी जानकारी के लिए संलग्न है।

2. कृपया अपनी सुविधानुसार किसी भी दिन हमारे यहाँ आएँ ताकि खाता खोलने से संबंधित सभी औपचारिक कार्य पूरे किए जा सकें।

भवदीय

(हस्ताक्षर)·········

शाखा प्रबंधक

3. खाते का विवरण भेजने की माँग

···बैंक···

·············शाखा

क्रमांक·········　　　　दिनांक·········

सेवा में

··············

··············

··············

विषय : खाते का विवरण

आपका पत्रांक······दिनांक·········प्राप्त हुआ। आपने लिखा है कि आपको

अपने·········खाता संबंधी·········माह का विवरण अभी तक नहीं मिला है।

2. इस पत्र के साथ उक्त विवरण की प्रतिलिपि संलग्न है। विलम्ब और उसके कारण आपको हुई असुविधा के लिए हमें खेद है।

3. हम आपको आश्वासन देते हैं कि भविष्य में खाता-विवरण समय पर भेजा जाएगा।

भवदीय
(हस्ताक्षर)·········
शाखा प्रबंधक

4. बचत खाता लेखा-पुस्तिका (पास बुक) की प्रविष्टियों की विसंगतियाँ दूर करना

···बैंक···
शाखा

क्रमांक·········   दिनांक·········

सेवा में,
···············
···············
···············

विषय : लेखा-पुस्तिका (पास बुक) में प्रविष्टि संबंधी विसंगतियाँ

प्रिय महोदय,

आपका पत्र संख्या·········दिनांक·········तथा लेखा-पुस्तिका मिली।

2. आपके उपर्युक्त पत्र के संदर्भ में यह सूचित करना चाहते हैं कि लेखा-पुस्तिका में निम्नलिखित कार्यवाही कर दी गई है :

(i) आज तक के सभी लेन-देन दर्ज कर दिए गए हैं।

(ii) आपके द्वारा संकेतित विसंगतियों की जाँच कर ली गई है और यथास्थान संशोधन कर दिया गया है।

3. कृपया सुविधानुसार लेखा-पुस्तिका शाखा से प्राप्त कर लें। यह भी अनुरोध है कि अपनी लेखा-पुस्तिका में समय-समय पर लेन-देन दर्ज करा लिया करें। विलम्ब के कारण आपको जो असुविधा हुई उसके लिए हमें खेद है।

सदा आपकी सेवा के लिए तत्पर।

भवदीय
(हस्ताक्षर)·········
शाखा प्रबंधक

5. खातेदार द्वारा किसी ऐसे स्थान पर अपना खाता अंतरित करने के अनुरोध पर लिखे गए पत्र का उत्तर जहाँ बैंक की कोई शाखा नहीं है

···बैंक···

··········शाखा

क्रमांक·········   दिनांक·········

सेवा में,

....

....

....

विषय : आपका चालू खाता

प्रिय महोदय/महोदया,

हमें आपका दि०·······का पत्र मिला जिसमें आपने अपना चालू खाता हमारी (गाँव का नाम)·········की शाखा में अंतरित करने का अनुरोध किया है।

2. सूचित करते हुए खेद है कि उक्त गाँव में हमारे बैंक की शाखा नहीं है। अतः हम आपके खाते का अंतरण करने में असमर्थ हैं।

कृपया इसके बारे में उचित निर्देश दें।

भवदीय

(हस्ताक्षर)·········

शाखा प्रबंधक

6. खातेदार द्वारा इच्छित स्थान पर बैंक की शाखा न होने के कारण खाता बंद करने के अनुरोध के उत्तर में लिखा गया पत्र

इससे पहले दिए गए पत्र के उत्तर में यदि खातेदार अपना खाता बंद करना चाहे तो उसे निम्नलिखित पत्र लिखना चाहिए जिससे बैंक के प्रति उसका सद्भाव बना रहे।

···बैंक···

······शाखा

क्रमांक·········   दिनांक·········

सेवा में,

....

....

....

विषय : आपका चालू खाता

प्रिय महोदय,

आपके दि०·········के पत्रानुसार हमने विवश होकर आपका खाता बंद कर दिया है। आपके खाते में जमा रकम का ड्राफ्ट संलग्न कर रहे हैं।

2. साथ में आपके खाते का विवरण-पत्र भी है। प्रार्थना है कि आपके पास जो अप्रयुक्त चेक हों, उन्हें लौटा दें जिससे वे रद्द किए जा सकें।

3. आपने खातेदार के रूप में हमें जो सहयोग दिया, उसके लिए हम आपके आभारी हैं। आप जब कभी हमारी सुविधाओं से लाभ उठाना चाहें, हम प्रसन्नतापूर्वक आपकी सेवा में तत्पर रहेंगे।

भवदीय
(हस्ताक्षर)·········
शाखा-प्रबंधक

7. उत्तराधिकारी द्वारा मृतक के खाते का प्रचालन बंद करने तथा जमाराशि का भुगतान करने संबंधी पत्र प्राप्त होने पर उसे लिखा जाने वाला पत्र

···बैंक···
··· ·········शा०।

क्रमांक········ दिनांक·········

सेवा में,

....
....
....

विषय : मृतक के खाते का प्रचालन बंद करना तथा जमा राशि का भुगतान उत्तराधिकारी को करना

आपका पत्रांक·········दिनांक·········आज ही प्राप्त हुआ। यह जानकर दुःख हुआ कि आपके·········का दिनांक·········को देहावसान हो गया।

2. आपका पत्र प्राप्त होने की तिथि से ही उक्त खाते का प्रचालन बन्द कर दिया गया है। आपने इस खाते की शेष राशि का भुगतान अपने नाम चाहा है। इस संदर्भ में अनुरोध है कि निम्नलिखित औपचारिकताएँ यथाशीघ्र पूर्ण करने की व्यवस्था करें :

(i) मृत्यु संबंधी मूल प्रमाण-पत्र।

(ii) किसी सक्षम न्यायालय द्वारा जारी किया गया उत्तराधिकार सम्बन्धी प्रमाण-पत्र।

(iii) वसीयतनामा (यदि कोई हो)

3. उक्त दस्तावेज प्राप्त होने के बाद ही यथाविधि कार्यवाही करना संभव होगा।

4. हमें आपसे पूर्ण सहानुभूति है और हम इस मामले में यथासंभव प्रत्येक प्रकार की सहायता का आश्वासन देते हैं।

भवदीय
(हस्ताक्षर)........
शाखा प्रबंधक

8. विभिन्न क्लबों, सोसाइटियों, नियमित (कार्पोरेट) संस्थाओं या लिमिटेड कंपनियों आदि द्वारा खाता खोलने के बारे में पूछताछ किए जाने पर लिखा जाने वाला पत्र

......बैंक
..............शाखा

क्रमांक........ दिनांक........

सेवा में,

....

....

....

विषय : चालू खाता

आपके दिनांक........के पत्र क्र० ....के अनुसार हम इस पत्र के साथ चालू खाता खोलने का फॉर्म और नमूना हस्ताक्षर की पर्ची (क्र० .....) भेज रहे हैं। कृपया इन्हें भरकर निम्नलिखित दस्तावेजों के साथ वापस भेजें।

(1) खाता खोलने के लिए मंजूरी देने वाले संकल्प (रेजोल्यूशन) की प्रमाणित सत्य प्रतिलिपि,

(2) जिन अधिकारियों को खाता परिचलन का अधिकार दिया गया है उनके पक्ष में निष्पादित मुखतारनामा,

(3) संस्था/कंपनी की उद्देश्य और नियमावली की अधिप्रमापित प्रतिलिपि,

(4) यथाविधि अधिप्रमाणित उपनियमों की प्रतिलिपि,

(5) पंजीकरण-प्रमाण पत्र। इनकी मूल प्रतियाँ भेजें जो निरीक्षण के बाद वापस कर दी जाएँगी,

(6) व्यवसाय शुरू करने का प्रमाण-पत्र,

(7) उपर्युक्त के साथ आरंभिक जमाराशि रु०............भी भेजें ताकि हम आपका खाता खोल सकें।

भवदीय
(हस्ताक्षर)......
शाखा प्रबंधक

अनुलग्नक :

9. बैंक के किसी काम में खातेदार को हुई असुविधा पर उसके द्वारा की गई लिखित शिकायत के प्रत्युत्तर में भेजा जाने वाला पत्र

…बैंक…

……….शाखा

क्रमांक……… दिनांक………

सेवा में,

……………

……………

……………

विषय : आपका शिकायती पत्र

प्रिय महोदय,

आपका दिनांक………..का उपर्युक्त पत्र मिला। आपको जो असुविधा हुई उसके लिए हमें बहुत खेद है।

2. हम उन स्थितियों की जाँच कर रहे हैं जिनके कारण आपको असुविधा हुई और कष्ट पहुँचा।

3. हमें पूरा विश्वास है कि हमेशा की तरह आपका सहयोग मिलता रहेगा।

भवदीय

(हस्ताक्षर)………

शाखा-प्रबंधक

10. भुगतान रोकने सम्बन्धी पत्र

… बैंक…

……….शाखा

क्रमांक……… दिनांक………

सेवा में,

……………

……………

……………

विषय : भुगतान रोकना

महोदय,

आपका पत्र क्रमांक………दिनांक………हमें दिनांक………को प्राप्त हुआ। हमने यह बात नोट कर ली है कि आप श्री………के पक्ष में लिखे गए चेक का भुगतान रोकना चाहते हैं।

2. हम इस संबंध में संभव सावधानी बरतेंगे किंतु कार्यव्यस्तता के कारण भूल से उक्त चेक का भुगतान हो जाने पर हमारा कोई दायित्व नहीं होगा। इस संदर्भ में हम आपका ध्यान बैंक के चालू/बचत खाता नियमों (नियम संख्या·········) की ओर आकर्षित करना चाहते हैं। यह नियम इस प्रकार है : "जारीकर्त्ता का चेक खो जाने या चोरी हो जाने संबंधी निर्देश बैंक नोट तो करेगा किन्तु चेक का भुगतान हो जाने की दशा में ग्राहक को क्षतिपूर्ति की गारंटी नहीं दे सकता।"

भवदीय
(हस्ताक्षर)·········
शाखा-प्रबंधक

11. किसी व्यक्ति के पत्र या आवेदन-पत्र को आवश्यक कार्यवाही के लिए संबंधित अधिकारी के पास भेजे जाने की सूचना देने वाला पत्र

···बैंक···
·········शाखा

क्रमांक·········
दिनांक·········

सेवा में,
···············
···············
···············

विषय : आवेदन-पत्र

प्रिय महोदय/महोदया,

आपका दिनांक·········के पत्र के संदर्भ में सूचित किया जाता है कि आपका पत्र/आवेदन-पत्र आवश्यक कार्यवाही के लिए······(पदनाम) बैंक ऑफ इंडिया,······ विभाग को भेजा गया है। उनसे इसके बारे में सूचना मिलने पर आपको सूचित करेंगे।

भवदीय
(हस्ताक्षर)·········
शाखा-प्रबंधक

सूचनार्थ प्रतिलिपि :
····················(पदनाम)
····················(विभाग)
····················

श्री/श्रीमती···········के आवेदन-पत्र की सत्य प्रतिलिपि/मूल आवेदन-पत्र संलग्न है। इसके बारे में हमने उन्हें कोई आश्वासन नहीं दिया है।

12. किसी स्थान पर बैंक की शाखा न होने पर भी वहाँ के किसी निवासी द्वारा खाता खोलने का अनुरोध होने पर दिए जाने वाले उत्तरों के नमूने

(1)

···बैंक···

·········शाखा

पत्रांक········· दिनांक·········

सेवा में

....

....

....

विषय :···में हमारे बैंक की शाखा

प्रिय महोदय/महोदया,

आपका दिनांक·········का पत्र मिला, धन्यवाद।

2. निवेदन है कि हमारे वर्तमान शाखा-विस्तार कार्यक्रम············में नई शाखा खोलने की योजना नहीं है। फिर भी, हम आपका पत्र अपने उत्तरी अंचल, दिल्ली के सहायक महा प्रबंधक के पास विचारार्थ और उचित कार्यवाही के लिए भेज रहे हैं।

3. हमारे बैंक के प्रति आपकी आत्मीयता देखकर बड़ी खुशी हुई। आशा है आप आगे भी हमसे संबंध बनाए रखेंगे।

सूचनार्थ प्रतिलिपि :
सहायक महाप्रबंधक,
उत्तरी अंचल कार्यालय,
नई दिल्ली

भवदीय
(हस्ताक्षर)·········
सहायक महाप्रबंधक
(आयोजना और विकास)

(2)

···बैंक···

·········शाखा

पत्रांक········· दिनांक·········

सेवा में

....

....

....

प्रिय महोदय/महोदया,

आपका दि०······का हमारे·········को प्रेषित पत्र मिला, धन्यवाद।

2. भारतीय रिजर्व बैंक की नीति के अनुसार आगामी 2-3 वर्षों में उत्तर प्रदेश में हमारे बैंक की कोई नई शाखा खोलने की योजना नहीं है। इसलिए हम आपका सुझाव कार्यान्वित करने में असमर्थ हैं। भविष्य में नई शाखा खोलते समय हम आपके सुझाव का ध्यान रखेंगे।

3. आशा है, भविष्य में भी आप हमारे बैंक के प्रति आत्मीयता बनाए रखेंगे।

भवदीय
(हस्ताक्षर) ....
सहायक महाप्रबंधक
(आयोजना और विकास)

(3)

...बैंक...

.........शाखा

पत्रांक.........   दिनांक ....

सेवा में
....
....
....

प्रिय महोदय/महोदया,

हमारे बैंक का खातेदार बनने के संबंध में आपका पत्र मिला, धन्यवाद।

2. इस संबंध में हम यह सूचित करना चाहते हैं कि.........राज्य में शाखा न होने के कारण हम आपकी सेवा करने में असमर्थ हैं। फिर भी संभव हो तो आप हमारी निकटतम शाखा.........से संपर्क कर सकते हैं।

3. हमारी विभिन्न जमा-योजनाओं का विवरण-पत्र आपकी जानकारी के लिए संलग्न है।

भवदीय
(हस्ताक्षर) ...
सहायक महाप्रबंधक
(आयोजना और विकास)

13. किसी सैनिक कर्मचारी द्वारा कृषि-ऋण के बारे में पत्र द्वारा पूछ-ताछ किए जाने पर लिखा जाने वाला पत्र

...बैंक...

............शाखा

पत्रांक .... दिनांक.........

सेवा में

....

....

....

विषय : कृषि-ऋण

प्रिय महोदय/महोदया,

आपका दिनांक.........का पत्र मिला। उससे पता चला कि आप.........में नौकरी करते हैं और आपकी खेती.........राज्य के......... जिले में है, लेकिन आपने यह नहीं लिखा है कि आप खेती का काम क्यों करना चाहते हैं ? कृपया उक्त बातों की पूरी जानकारी हमारी.........शाखा को दें। यदि आपके परिवार का कोई सदस्य खेती करता हो तो उन्हें हमारी उक्त शाखा के प्रबंधक से संपर्क करने की सूचना दें।

भवदीय

(हस्ताक्षर).........

मंडल प्रबंधक

(कृषि)

14. कृषि के लिए दी जाने वाली वित्तीय सहायता के बारे में पूछताछ किए जाने पर लिखा जाने वाला पत्र

...बैंक...

.........शाखा

पत्रांक......... दिनांक.........

....

....

....

विषय : कृषि के लिए वित्तीय सहायता

प्रिय महोदय/महोदया,

आपका दि०.........का पत्र मिला। कृषि को वित्तीय सहायता देने के उद्देश्य

से बैंक ने विभिन्न योजनाएँ बनाई हैं। कई किसान उनसे लाभ उठा रहे हैं। किसानों की कठिनाइयाँ जानने और उनका यथोचित मार्गदर्शन करने के प्रयोजन से बैंक ने कई विशेषज्ञ भी नियुक्त किए हैं।

कृपया इसके सिलसिले में आप हमारी निकटतम शाखा से संपर्क करें। हमारे शाखा-प्रबंधक आपकी समस्याओं को जान लेने के बाद आपको उचित सलाह देंगे।

भवदीय
(हस्ताक्षर)........
मंडल प्रबंधक

15. किसी खातेदार द्वारा अपनी जमा रकम से अधिक रकम का चेक जारी करने पर पहली बार लिखा जाने वाला पत्र

..बैंक..
........शाखा

क्रमांक .... दिनांक ....

सेवा में

....

.... **निजी और गोपनीय**

....

आपका चालू खाता क्र० ....

प्रिय महोदय/महोदया,

हम आपको सूचित करना चाहते हैं कि आपके खाते में रु० ....जमा होने पर भी हमने आपको रु० ....का चेक विशेष मामले के तौर पर भुगतान कर दिया है। इससे आपका खाता रु० ....से अधिविकर्षित (ओवरड्रान) हो गया है। आपसे अनुरोध है कि अपने खाते के समायोजन के लिए उक्त रकम तुरंत जमा करें।

2. इस संबंध में कृपया यह भी नोट करें कि पहले प्रबंध किए बिना, खातेदारों को अपनी जमा रकम से अधिक रकम निकालने की इजाज़त नहीं दी जाती है और न ही वैसी प्रथा है। हमने आपके उपर्युक्त चेक का यह सोचकर भुगतान किया है कि शायद

आपने भूल से अधिक रकम का चेक दिया होगा । विश्वास है ऐसी अप्रिय स्थिति फिर पैदा नहीं होगी ।

आपके खाते का अद्यतन विवरण-पत्र संलग्न है ।

भवदीय
(हस्ताक्षर) ········
शाखा-प्रबंधक

16. किसी पार्टी को लिखी गई दर्शनी हुंडियों के समय पर स्वीकार न किए जाने की स्थिति में चेतावनी देने के निमित्त लिखा जाने वाला पत्र

···बैंक···
·········शाखा

क्रमांक ········ दिनांक········

सेवा में
···············
···············
···············

विषय : दर्शनी हुंडियों का समय पर भुगतान

प्रिय महोदय/महोदया,

सूचनार्थ निवेदन है कि आप पर लिखी गई दर्शनी हुंडियाँ समय-समय पर हमारे पास आती हैं । इसकी सूचना आपको तुरंत दी जाती है, लेकिन प्रायः यह देखा गया है कि आपके द्वारा ये हुंडियाँ या तो समय पर स्वीकार नहीं की जातीं या स्वीकार कर लेने पर भी नियत अवधि में उनका भुगतान नहीं किया जाता । हमें बार-बार आपको याद दिलानी पड़ती है ।

2. आप जानते ही हैं कि हम हुंडी लिखने वाली पार्टी की हिदायतों से बँधे रहते हैं । इसलिए समय पर भुगतान न होने के कारण कई बार न चाहते हुए भी हमें हुंडी वापस लौटानी पड़ती है । इससे आपकी साख पर तो बुरा असर पड़ता ही है, साथ ही, बैंक को भी अनावश्यक नोटिंग करनी पड़ती है ।

इसलिए अनुरोध है कि आप नियत तिथि को ही दर्शनी हुंडी का भुगतान करते रहें । आशा है, आपका सहयोग मिलता रहेगा ।

भवदीय
(हस्ताक्षर) ········
शाखा-प्रबंधक

17. निर्धारित समय में अदा न होने के कारण वापस आए हुए बिल की सूचना देने वाले पात्र के नमूने

···बैंक···

·········शाखा

पत्रांक ········ दिनांक ········

सेवा में

···············

···············

···············

रजिस्ट्री रसीदी डाक

(1)

विषय : बिल के निर्धारित समय में अदा न होने की सूचना

प्रिय महोदय/महोदया,

आपका रु० ··················का बिल क्र० ································

··

2. खेद है कि आपका ऊपर उल्लिखित बिल निर्धारित समय में आहार्यी (ड्राई) द्वारा अदा नहीं किया गया। इसलिए उससे संबंधित कागजात इस पत्र के साथ वापस भेज रहे हैं।

कृपया इसकी पावती भेजें।

भवदीय

(हस्ताक्षर)·········

अनुसंलग्नक : शाखा-प्रबंधक

(2)

···बैंक···

·········शाखा

पत्रांक········ दिनांक········

सेवा में

···············

···············

···············

विषय : आहार्यी द्वारा बिल के भुगतान करने से इनकार करने की सूचना

प्रिय महोदय/महोदया,

आपका रु० ··············· का बिल क्र०··· ·························

··

2. आहार्यी ने उक्त बिल को/का स्वीकार/भुगतान करने से इन्कार किया, इसलिए आपको वापस भेज रहे हैं।

कृपया इसकी पावती भेजें।

भवदीय

हस्ताक्षर) ·········

शाखा-प्रबंधक

ज्ञापन

···बैंक···

·········शाखा

क्रमांक ········ दिनांक ······

ज्ञापन (मेमोरंडम)

श्री ························शाखा························को सूचित किया जाता है कि उन्होंने 'फुटकर देनदार' (संड्री डेटर्स) विवरण के अनुसार छुट्टी किराया रियायत (एल० एफ० सी०), यात्रा-भत्ता (टी०ए०) के लिए दि०··············को रु०·········अग्रिम (एडवांस) लिए थे जिसके बिल अभी तक प्रस्तुत नहीं किए गए हैं। यह भी देखा गया है कि उन्होंने न तो संबंधित बिल प्रस्तुत किए और न ही उल्लिखित बाकी अग्रिम रकम वापस की। इसलिए उन्हें सूचित किया जाता है कि वे आवश्यक बिल तुरंत प्रस्तुत करें, नहीं तो हमें संपूर्ण राशि उनके माह········ के वेतन से मजबूरन वसूल करनी पड़ेगी। इसे नोट किया जाए।

यदि बिल पहले ही प्रस्तुत/समायोजित कर दिए गए हों तो उसकी प्रस्तुति/समायोजन की तारीख पुनः जाँच के लिए हमें बताएँ।

···············

(हस्ताक्षर)

शाखा-प्रबंधक

सेवा में,

···············

···············

···············

कार्यालय ज्ञापन

···बैंक···

·········शाखा

क्रमांक··· ····· दिनांक ········

कार्यालय ज्ञापन (आफिस मेमो)

यह देखा गया है कि श्री ·······················दिनांक·········से ····· ·········तक बिना किसी सूचना के शाखा में अनुपस्थित थे। अब उन्हें सूचित किया

जाता है कि वे निम्नलिखित चिह्नित (√) सूचनाओं का अनुपालन करें :

(1) वह अपना छुट्टी का आवेदन-पत्र शीघ्र प्रस्तुत करें।

(2) वह अपने आवेदन-पत्र के साथ, उसके देरी से प्रस्तुत किए जाने के कारण का समुचित स्पष्टीकरण दें।

(3) यह ज्ञापन (मेमोरंडम) प्राप्त होते ही वह अपने काम पर हाजिर हों।

(4) चिकित्सा-छुट्टी पर होने की स्थिति में (बीमारी या विशेषाधिकार छुट्टी) आवेदन-पत्र के साथ डॉक्टर का प्रमाण-पत्र संलग्न करें।

इसके साथ ही यह भी सूचित किया जाता है कि भविष्य के लिए यह नोट करें कि विशेषाधिकार (पी० एल०) छुट्टी पर जाते समय, पूर्व सूचना देना आवश्यक है। आकस्मिक छुट्टी की स्थिति में आवेदन-पत्र कम-से-कम उसी दिन या अधिक-से-अधिक अनुपस्थिति के दूसरे दिन प्रस्तुत किया जाना आवश्यक है, अन्यथा बैंक को उक्त छुट्टी अवैतनिक समझने के लिए बाध्य होना पड़ेगा। इस संदर्भ में आपका पहले जैसा व्यवहार, बैंक को आपके विरुद्ध अनुशासनात्मक कार्यवाही (डिसिप्लीनरी एक्शन) के लिए प्रेरित कर सकता है।

(हस्ताक्षर)........

शाखा-प्रबंधक

लेखा-पुस्तिका/पास-बुक आदि में प्रयोग की जाने वाली प्रविष्टियों से संबंधित शब्द

Brought forward	आगे लाया गया
By Bonus	बोनस द्वारा
By Cash	नकदी द्वारा
By Cheque	चेक द्वारा
By Clearing	समाशोधन से
By Closing Allowance	संभरण भत्ते द्वारा
By Commission	कमीशन द्वारा
By Demand Draft	माँग ड्राफ्ट द्वारा
By Divident Warrant	लाभांश वारंट द्वारा
By Interest	ब्याज द्वारा
By Mail Transfer	डाक अंतरण द्वारा
By Medical Bill	चिकित्सा बिल द्वारा
By Salary	वेतन द्वारा
By Transfer,	अंतरण द्वारा
By Telegraphic Transfer	तार अंतरण द्वारा
By Travelling Allowance	यात्रा भत्ते द्वारा
By Travelling Expenses	यात्रा व्यय द्वारा

Carried Over	आगे ले जाया गया
Cash Balance	रोकड़ शेष
Cash in Hand	दस्ती रोकड़
Closing Balance	इति शेष
Credit	जमा
Debit	नामे
Opening Balance	अथ शेष
To Cheque	प्रति चेक
To Commission	प्रति कमीशन
To Demand Draft	प्रति माँग ड्राफ्ट
To Incidental Charges	प्रति प्रासंगिक प्रभार
Ta Mail Transfer	प्रति डाक अंतरण
To Telegraphic Transfer	प्रति तार अंतरण
To Transfer to R. D.	प्रति आवर्त्ती जमा में अंतरण हेतु
To Withdrawl	प्रति आहरण
Withdrawl	आहरण

6

अव्यावसायिक संस्थाओं का पत्राचार

समाज में व्यावसायिक संस्थाओं के साथ-साथ विभिन्न प्रकार की गैर-व्यवसायी/अव्यवसायी संस्थाएँ भी क्रियाशील रहती हैं। धार्मिक, सामाजिक एवं साहित्यिक संस्थाएँ इसी वर्ग के अंतर्गत आती हैं। इन सभी संस्थाओं को समय-समय पर पत्राचार करना पड़ता है। कभी किसी कार्यक्रम की रूपरेखा बनाने, उसे अंतिम रूप देने अथवा व्यवस्था आदि के निमित्त कार्य-समिति/कार्यकारिणी आदि की बैठक बुलाने के लिए पत्राचार करना पड़ता है तो कभी किसी माननीय अतिथि को बुलाने के लिए पत्र लिख कर अनुरोध करना पड़ता है। कभी असामाजिक तत्त्वों की रोकथाम के लिए राज्यपाल, लेफ्टीनेंट गवर्नर, मुख्यमंत्री, गृहमंत्री आदि को पत्र लिखने की जरूरत पड़ती है तो कभी स्थानीय अधिकारियों को पत्र लिखने पड़ते हैं। कभी समाचारपत्रों से तो कभी आकाशवाणी, दूरदर्शन आदि से सम्पर्क साधना पड़ता है। यह सारा पत्राचार औपचारिक पत्र-लेखन की श्रेणी में आता है। अतएव इनमें औपचारिक पत्रों की सभी विशेषताएँ होनी चाहिए। संक्षेप में ये विशेषताएँ निम्नलिखित हैं।

(1) **तथ्यात्मकता**—पत्र तथ्यात्मक होना चाहिए। उसमें असम्बद्ध अथवा अनर्गल बातों का समावेश भूल कर भी नहीं होना चाहिए। इससे किसी निरर्थक विवाद के जन्म लेने की संभावना नहीं रहती। पत्र का कलेवर संक्षिप्त रहता है और उसका आशय आसानी से समझ में आ जाता है।

(2) **स्पष्टता**—पत्र में द्वयार्थकता अथवा अस्पष्टता नहीं होनी चाहिए। कथ्य को प्रभावी रूप में व्यक्त करने वाले छोटे-छोटे सरल वाक्यों तथा सुनिश्चित अर्थ वाली शब्दावली का प्रयोग करना चाहिए। स्पष्टता की कसौटी यह है कि पत्र का आशय समझने के लिए उसे दुबारा पढ़ने की आवश्यकता नहीं होनी चाहिए। यह भी माना जाता है कि स्पष्ट पत्र वह है जिसका अर्थ मूढ़ से मूढ़ व्यक्ति भी हृदयंगम कर लेता है।

(3) **शिष्टता**—औपचारिक पत्रों का एक मुख्य गुण शिष्टता है। गैर-व्यवसायी पत्र भी औपचारिक होते हैं, अतएव उनमें भी इस गुण का होना आवश्यक है। शिष्टता से अभिप्राय यह है कि पत्र में ऐसी कोई बात नहीं होनी चाहिए जिससे पढ़ने वाला अपने को अपमानित समझे। भाषा के सुचिंतित प्रयोग से किसी भी पत्र में शिष्टता का गुण अनायास आ जाता है।

(4) **पूर्णता**—पूर्णता का गुण प्रत्येक प्रकार के पत्र के लिए अनिवार्य है। पत्र में सभी प्रकार की सूचनाओं का उल्लेख किया जाना चाहिए। यदि किसी पत्र का अभीष्ट किसी बैठक की सूचना देना है तो उसमें तिथि, स्थान, समय, विचारणीय विषय आदि का उल्लेख अनिवार्य रूप से होना चाहिए। पत्र सदैव महासचिव या सचिव की ओर से जाना चाहिए और उस पर उसके अपने हस्ताक्षर अवश्य होने चाहिए। हस्ताक्षर सदैव पैन/बॉल पैन से नहीं होने चाहिए। हस्ताक्षर करते समय अपनी उपाधियाँ नहीं लिखनी चाहिए। हस्ताक्षर पेंसिल से कभी नहीं करने चाहिए और न ही हस्ताक्षरों की मुहर ही लगाई जानी चाहिए।

(5) **संक्षिप्तता**—पत्र यथासंभव संक्षिप्त होना चाहिए। उसमें अनावश्यक विवरण या ब्योरे नहीं होने चाहिए। अनावश्यक विवरण/ब्योरे पत्र के आकार को ही लंबा नहीं करते अपितु उसमें विशृंखलता लाते हैं। पाठक की दृष्टि केन्द्रस्थ भाव पर नहीं टिक पाती, वह इधर-उधर की बातों में उलझ कर रह जाती है।

(6) **तार्किकता**—यह गुण मुख्यत: शिकायती पत्रों के लिए अपेक्षित है। ऐसे पत्रों में अपना पक्ष तार्किक शैली में प्रस्तुत करना चाहिए। सभी तर्क एक दूसरे से सम्बद्ध एवं शृंखलाबद्ध होने चाहिए। वे परस्पर इस प्रकार जुड़े रहने चाहिए कि कृत्रिमता न आने पाए। इससे संबोध्य अधिकारी पर तत्काल प्रभाव पड़ता है और कार्रवाई होने में विलंब नहीं होता।

कुछ उदाहरण

1. संस्था की कार्यसमिति की बैठक की सूचना

भारतीय अस्मिता विचार मंच
2/29, सैक्टर II, राजेन्द्रनगर
साहिबाबाद-201005

क्रम संख्या 3/4/92 22 फरवरी, 1992

विषय : नव संवत्सर 2049 विक्रमी (तदनुसार 4 अप्रैल 1992) की पूर्व-संध्या पर एक भव्य समारोह के आयोजन के संबंध में कार्य-समिति की बैठक।

आपको यहा ज्ञात ही है कि 20 फरवरी, 1992 को हुई साधारण सभा की बैठक ने नव संवत्सर 2049 के अवसर पर एक भव्य समारोह के आयोजन का प्रस्ताव पारित किया था। अतएव इस कार्यक्रम की रूपरेखा पर विचार करने के लिए कार्यसमिति की एक आवश्यक बैठक **रविवार, पहली मार्च, 1992 को संस्था के कार्यालय में सायंकाल 5 बजे** रखी गई है।

आपको विदित ही है कि हमारे देश में काल-गणना वर्ष प्रतिपदा से ही प्रारंभ

होती है । हमारे राष्ट्रीय जीवन में भी इस तिथि का अत्यन्त महत्त्वपूर्ण स्थान है । किसी भी अच्छे कार्य को प्रारंभ करने के लिए वर्ष प्रतिपदा का मुहूर्त्त अत्यन्त शुभ माना गया है। विक्रम द्वारा शकों पर प्राप्त विजय तथा शालिवाहन द्वारा उन्हें भारत से बाहर निकाल देने के उपलक्ष्य में इसी दिन आनन्दोत्सव मनाया गया था।

विनम्र अनुरोध है कि अपने अत्यन्त व्यस्त कार्यक्रम में से थोड़ा सा समय निकाल कर कार्यसमिति की बैठक में अवश्य सम्मिलित हों। आपके बहुमूल्य सुझावों से साधारण सभा के निर्णय को प्रभावी रूप में कार्यान्वित किया जा सकेगा।

भवदीय
आनन्दस्वरूप
महामंत्री

2. संस्था द्वारा विचार-गोष्ठी की सूचना

दूरभाष : 5725847

बाल साहित्य अकादमी
(भारतीय बाल साहित्य का विचार-मंच)
61/5 रामजस रोड, करौल बाग, नई दिल्ली-110005

क्र० सं० 30/4/10 30 अप्रैल, 1992

विषय : बाल-साहित्य लेखन-प्रशिक्षण शिविर

प्रिय महोदय,

आपको यह जान कर प्रसन्नता होगी कि अकादमी की प्रबंध समिति ने नवोदित बाल साहित्यकारों को उचित दिशा-निर्देश देने के निमित्त वर्ष में दो बार बाल लेखन-प्रशिक्षण शिविर आयोजित करने का निश्चय किया है।

अकादमी अपनी कार्य-योजना बनाते समय बाल साहित्य के वरिष्ठ लेखकों के अनुभवों से लाभान्वित होना चाहती है। इस निमित्त एक विचार-गोष्ठी का आयोजन किया गया है। आप हिन्दी बाल-साहित्य के एक मूल्यवान हस्ताक्षर हैं। अतः विनम्र अनुरोध है कि निम्नलिखित कार्यक्रमानुसार गोष्ठी में सम्मिलित होने की कृपा करें :

बैठक की तिथि : बृहस्पतिवार 15 मई, 1992
समय : सायं 5 बजे
स्थान : मीडिया सेंटर, 69 नार्थ एवेन्यू, नई दिल्ली
विचारणीय विषय : बाल-साहित्य लेखन-प्रशिक्षण शिविर का स्वरूप क्या हो ?

आपकी उपस्थिति की प्रतीक्षा रहेगी ?

भवदीय
प्रेमशरण शर्मा
महासचिव

3. नगर निगम के स्वास्थ्य अधिकारी को शिकायती पत्र

ईस्ट पार्क रोड मोहल्ला सुधार समिति
सी 4/156 यमुना विहार, दिल्ली

क्र० सं० 581 — 5 मई, 1992

सेवा में

स्वास्थ्य-अधिकारी
दिल्ली नगर निगम क्षेत्रीय कार्यालय
नई दिल्ली-110005

विषय : गंदगी के ढेर की सफाई

महोदय,

इस पत्र के द्वारा आपका ध्यान ईस्ट पार्क रोड पर लगातार बढ़ रही गंदगी की ओर आकर्षित करना चाहता हूँ। अजमल खां पार्क के निकट बसे होने के कारण यहाँ से गुजरने वाले लोगों की संख्या बहुत है। बहुत से लोग अपने साथ खाने-पीने की वस्तुएँ भी लाते हैं और केले-संतरे के छिलके, प्लास्टिक के खाली थैले, कागज के लिफाफे आदि चाहे जहाँ फेंक देते हैं। यहाँ पर रेहड़ी तथा खोमचे वाले भी काफी तादाद में खड़े होते हैं। वे रात को घर जाते समय सड़े हुए फल, डबल रोटी के सूखे हुए टुकड़े, बुसे हुए छोले आदि फेंक जाते हैं। सफाई कर्मचारियों के प्रतिदिन न आने के कारण गंदगी का ढेर कई-कई दिन तक लगा रहता है। इससे यहाँ के निवासियों के स्वास्थ्य पर बुरा असर पड़ रहा है। इस गंदगी के उत्पन्न हुए मच्छरों की अधिकता के कारण रात को सुख-पूर्वक सोना तो असंभव हो ही गया है, यह भय अलग लगा रहता है कि कब कोई बीमारी फूट पड़े।

आपसे विनम्र अनुरोध है कि इस ओर तुरन्त ध्यान देकर सफाई कराने की व्यवस्था करें, साथ ही सफाई कर्मचारियों को यह आदेश देने का भी कष्ट करें कि वे इस मोहल्ले की सफाई प्रतिदिन किया करें।

सधन्यवाद

भवदीय
जगतराम
महामंत्री

4. किसी संस्था द्वारा प्रकाशित की जाने वाली पत्रिका के विशेषांक के लिए रचना भेजने का अनुरोध

दूरभाष : 310150

आर्य प्रतिनिधि सभा
15 हनुमान रोड
नई दिल्ली-110001

विषय : विशेषांक के लिए रचना

प्रिय महोदय,

आपको यह जानकर प्रसन्नता होगी कि सभा ने हिन्दी के यशस्वी कवि नाथूराम शर्मा 'शंकर' की पुण्य तिथि के अवसर पर 'आर्य सन्देश' का विशेषांक निकालने का निश्चय किया है। आपसे अनुरोध है कि उनके व्यक्तित्व एवं कृतित्व के किसी भी एक पक्ष पर अपना लेख पंद्रह दिन के भीतर भेजने की अनुकम्पा करें। लेख फुलस्केप कागज पर टंकित अथवा सुस्पष्ट अक्षरों में केवल एक ओर लिखा होना चाहिए। वह मौलिक, अप्रकाशित एवं 2000 शब्दों से अधिक का नहीं होना चाहिए।

भवदीय
सूर्यप्रकाश
सम्पादक, आर्य संदेश

5. युवा सम्मेलन के लिए आर्थिक सहयोग की अपील

दिल्ली आर्य प्रतिनिधि सभा
15 हनुमान रोड, नई दिल्ली-110001

विषय : आर्य युवा महासम्मेलन

माननीय महोदय,

सादर नमस्ते।

प्रतिवर्ष की भाँति इस वर्ष भी युवा संचेतना के लिए दिल्ली आर्य प्रतिनिधि सभा की ओर से 8वाँ आर्य युवा महासम्मेलन 2 नवम्बर 19··· से 3 दिसम्बर 19··· तक आयोजित किया जा रहा है। सम्मेलन के अन्तर्गत दिल्ली के विभिन्न विद्यालयों में आर्यसमाज तथा राजकीय विद्यालयों के छात्र/छात्राओं की चित्रकला एवं निबन्ध, वाद-विवाद, खेल-कूद, भाषण, संगीत एवं सांस्कृतिक कार्यक्रम, वालीबाल, योग एवं शारीरिक प्रदर्शनों की प्रतियोगिताएँ आयोजित की जायेंगी और 3 दिसम्बर 19·· को प्रात: 9.00 बजे तालकटोरा इण्डोर स्टैडियम, नई दिल्ली में एक मुख्य समारोह में उपर्युक्त

प्रतियोगिताओं में विजयी होने वाले बच्चों को वैदिक साहित्य के साथ-साथ शील्ड, ट्राफी, कप आदि के पुरस्कार देकर उनका उत्साहवर्धन किया जायेगा। इस सम्मेलन का मुख्य उद्देश्य वर्तमान युवा पीढ़ी को आर्यसमाज के संपर्क में लाना है। ऐसे कार्यक्रमों के आयोजन से सभा को गत वर्षों में काफी सफलता मिली है।

आप जानते ही हैं कि सम्मेलनों के आयोजन पर, बच्चों को लाने-ले जाने के लिए मार्ग-व्यय पर, उनको जलपान तथा भोजनादि कराने पर, प्रचार-प्रसार पर, पुरस्कारों आदि पर सभा का लगभग 50-60 हजार रुपया प्रतिवर्ष व्यय होता है, यह राशि आर्यसमाजों, स्त्री आर्यसमाजों तथा दानी महानुभावों के सहयोग से ही एकत्रित हो पाती है।

मेरी आपसे सानुरोध प्रार्थना है कि आप इस सम्मेलन के निमित्त अपनी तथा अपने आर्यसमाज की ओर से कम से कम 101 रुपये की सहयोग राशि सभा को अविलम्ब भिजवाने की कृपा करें। हम आपको विश्वास दिलाते हैं कि आप द्वारा दी गयी राशि युवा पीढ़ी को नई दिशा प्रदान करेगी। मुख्य समारोह का कार्यक्रम आपको पृथक से भेजा जायेगा।

आपका सहयोग-सद्भाव ही हमारा संबल है। धन्यवाद।

भवदीय
सूर्य देव
महामंत्री

उत्तरापेक्षी
डा० धर्मपाल
प्रधान

7

विश्वविद्यालीय पत्राचार

विश्वविद्यालीय पत्राचार का सम्बन्ध मुख्यतः विश्वविद्यालय के अपने या उसके अधीन विभिन्न कॉलेजों / संस्थानों आदि में कार्यरत कर्मचारियों तथा विद्यार्थियों से रहता है। मानव संसाधन विकास मंत्रालय, विश्वविद्यालय अनुदान आयोग, देश-विदेश के विभिन्न विश्वविद्यालयों / संस्थानों, शिक्षाशास्त्रियों आदि के साथ भी आर्थिक, प्रशासनिक एवं शैक्षणिक विषयों पर पत्राचर चलता रहता है। यदि एक ओर इसका सम्बन्ध विभिन्न विषयों पर अधिकारियों के विचार जानने, विभिन्न समितियों की बैठकें बुलाने आदि से है तो दूसरी ओर विद्यार्थियों के विश्वविद्यालय/अधीनस्थ कॉलेज में प्रवेश लेने, नामांकन कराने, परीक्षा में सम्मिलित होने, प्रवास प्रमाण-पत्र, उपाधि प्रमाण-पत्र, अंक-तालिका आदि प्राप्त करने से सम्बद्ध है।

प्रशासन सम्बन्धी विभिन्न कार्यों के निपटान के लिए प्रायः आवश्यकतानुसार परिवर्तन करते हुए सरकारी पत्राचार की पद्धति ही अपनाई जाती है। मुख्य अन्तर केवल इतना है कि सरकारी कार्यालयों में नयाचार (Protocol) का जितना कड़ाई से पालन किया जाता है उतना विश्वविद्यालयों में नहीं किया जाता। फिर विद्यार्थियों के प्रवेश, परीक्षा आदि से सम्बन्धित अनेक कार्य ऐसे हैं जो विश्वविद्यालीय कार्यक्षेत्र में तो आते हैं किन्तु सरकारी कार्यालयों के दायरे से बाहर हैं। इन कार्यों के निपटान के लिए विश्वविद्यालय के अपने कायदे-कानून हैं, अपनी क्रिया-प्रणाली है।

सरकारी कार्यालयों के समान विश्वविद्यालयों में भी कर्मचारियों तथा विद्यार्थियों से सम्बद्ध अनेक मामलों में, विशेषतः आवेदनात्मक कार्यों में मुद्रित प्रयत्नों का प्रयोग किया जाता है। आवेदनात्मक प्रपत्र प्रायः द्विभाषी होते हैं। मुद्रित प्रपत्रों के प्रयोग का मुख्य कारण यह है कि इसमें सभी अपेक्षित विवरण एक सुनिश्चित क्रम में प्राप्त हो जाते हैं। इससे उनकी जाँच करने में सुविधा रहती है। जिन कार्यों के लिए निर्धारित प्रयत्न नहीं होते उनके लिए अवसरानुकूल पत्र तैयार किए जाते हैं। लेकिन इन पत्रों में भी सभी प्रकार की औपचारिकताओं का निर्वाह किया जाता है।

उदाहरण माला

1. सहकारी अध्यापन के लिए अनुरोध

दूरभाष :.........

विश्वविद्यालय की मोहर

.... विभाग

.........विश्वविद्यालय

दिल्ली-110007

क्रमांक 92-93/संस्कृत/65-66

दिनांक 1.7.19...

विषय : विभाग के सहकारी अध्यापन कार्यक्रम में भाग लेने के लिए अनुरोध

प्रिय महोदय/महोदया,

विभाग के सहकारी अध्यापन कार्यक्रम के अंतर्गत आपको शैक्षिक वर्ष...... में एम०ए० पूर्वार्द्ध/उत्तरार्द्ध/एम०फिल० की कक्षा... देने का प्रावधान किया गया है—

पाठ्यक्रम...............

कक्षा का दिन............

समय ....

स्थान.................

कृपया संलग्न प्रपत्र भर कर अपनी स्वीकृति दिनांक............तक विभाग के कार्यालय में भेजने का कष्ट करें। यदि किन्हीं अपरिहार्य कारणों से आप अपना सहयोग न दे सकते हों, तो भी इसकी सूचना उक्त तिथि तक अवश्य दे दें।

इस सत्र में ....की कक्षाएँ.............................. तिथि से आरम्भ हो जाएँगी।

भवदीय

....

(.........)

आचार्य एवं अध्यक्ष

सेवा में

....

....

....

स्वीकृति-पत्र

दिनांक········

··················

आचार्य एवं अध्यक्ष,············विभाग

···············विश्वविद्यालय

मान्यवर,

आपका पत्र क्रमांक·········दिनांक·········प्राप्त हुआ। सहकारी अध्यापन कार्यक्रम के अंतर्गत दिया गया कार्यभार मुझे स्वीकार्य है। मैं कक्षा आरंभ होने की तिथि से ही अध्यापन-कार्य आरंभ कर दूंगा/दूंगी। / मैं किन्हीं अपरिहार्य कारणों से सहकारी अध्यापन कार्यक्रम में अपना सहयोग नहीं दे सकता/सकती।

भवदीय

···········

कॉलेज का नाम························

घर का पता··························

दूरभाष संख्या····· ····················

2. निरीक्षण-कार्य के लिए अनुरोध

दूरभाष :·········

विश्वविद्यालय की मोहर

············विभाग

···············विश्वविद्यालय

दिल्ली-110007

क्रमांक : इतिहास—1992-93 दिनांक 31-3-19···

विषय : एम० ए० की परीक्षाओं में निरीक्षण-कार्य

प्रिय महोदय/महोदया,

इतिहास-विभाग की एम० ए० की परीक्षाएँ 14 अप्रैल 19······से प्रारंभ हो रही हैं। कृपया निरीक्षण-कार्य के लिए इन तिथियों को आने का कष्ट करें—अप्रैल : 20, 27, 29।

परीक्षा का समय प्रातः 9 बजे से 12 बजे तक रहेगा। कृपया 8-30 तक कला संकाय भवन,..........विश्वविद्यालय में अवश्य पहुँच जाएँ। अपनी स्वीकृति तुरन्त भेजने का कष्ट करें।

भवदीय

....

(.........)

आचार्य एवं अध्यक्ष

सेवा में

....

....

....

प्रतिलिपि

प्राचार्य

....

....

....

3. शैक्षणिक पुस्तकें तैयार करने के लिए बैठक बुलाना

दूरभाष :.........

विश्वविद्यालय की मोहर

............विभाग

..............विश्वविद्यालय

दिल्ली-110007

....

आचार्य एवं अध्यक्ष

क्रमांक/इतिहास/1992-93/467-472 दिनांक 7-10-92

विषय : शैक्षणिक पुस्तकें तैयार करने की योजना बनाने के लिए अनुरोध

प्रिय श्री.........

विश्वविद्यालय अनुदान आयोग की ओर से विभागीय स्तर पर शैक्षणिक पुस्तकें तैयार करने के सम्बन्ध में एक योजना प्राप्त हुई है। इस संदर्भ में विश्वविद्यालय के

प्रकाशन अधिकारी श्री मनोहरलाल का पत्र भी मिला है। पुस्तकें बी० ए० (पास), बी०ए० (आनर्स) तथा एम०ए० अर्थात् सभी स्तरों के विद्यार्थियों के लिए तैयार की जानी हैं। कृपया साथ भेजी जा रही पंजिका में रखे गए तत्संबंधी कागज़ात देख कर इस विषय में योजना तैयार करने का कष्ट करें। इस संदर्भ में मैं निम्नलिखित पाँच सदस्यों की एक समिति गठित कर रहा हूँ। इनके सहयोग से आप इस कार्य को नवम्बर के द्वितीय सप्ताह तक पूरा कर सकें तो उचित रहेगा।

समिति के सदस्य

1. श्री..................
2. कु० ....
3. श्रीमती..................
4. डॉ०..................
5. डॉ०..................

विश्वास है, आपका सहयोग अवश्य प्राप्त होगा।

भवदीय
....
(.........)

प्रोफेसर.........
प्रतिलिपि प्रेषित
कु०............
वार्डन,.........कॉलेज छात्रालय
मौरिस नगर, दिल्ली-110007

4. शैक्षिक पदों के लिए आवेदन-पत्र

D. U. P. 342—6-89—20,000

UNIVERSITY OF DELHI
दिल्ली विश्वविद्यालय

Application Form For Academic Posts

शैक्षिक पदों के लिए आवेदन-पत्र

Appl. No. ....
आवेदन संख्या

....
(To be filled in by the office)
(कार्यालय द्वारा भरा जाना है ।)

POST APPLIED FOR ....
पद का नाम (जिसके लिए आवेदन किया है ।)

IN THE DEPARTMENT OF...
पद जिस विभाग में है उसका नाम

Specialisation required for the Post, if any.......................................
पद के लिए (यदि कोई) विशेषज्ञता अपेक्षित है तो उसका विवरण

Advertisement No. Estab. IV/........./..........................Dated.....................
विज्ञापन सं० स्थापना चार/................/..................................दिनांक.......................

NOTES : 1. Copies of Certificates, Mark-sheets, testimonials etc., should be attached with the application (attested by the applicant himself) and the originals must be produced at the time of interview and at the time of joining, if selected.

टिप्पणियाँ : प्रमाण-पत्रों,उपाधियों, अंक-पत्रों,प्रशंसा-पत्रों आदि की (स्वयं आवेदक के द्वारा सत्यापित) प्रतियाँ आवेदन-पत्र के साथ संलग्न की जानी चाहिए और मूल प्रतियाँ साक्षात्कार के समय तथा कार्यभार सँभालने के समय,यदि चुने गए तो,प्रस्तुत की जानी चाहिए ।

(क्रमशः)

2. Except where otherwise indicated, applicants appearing for interview shall do so at their own expense.
यदि इस संबंध में कुछ न कहा गया हो, तो आवेदक को साक्षात्कार के लिए अपने खर्चे पर ही आना होगा।

3. Applicants who are in employment should send their application through their employers and by registered post.
यदि आवेदक सेवारत हैं तो उन्हें अपने आवेदन-पत्र अपने नियोक्ताओं के माध्यम से तथा रजिस्टर्ड डाक द्वारा भेजने चाहिए।

4. The selecting authority may consider the name of any person for appointment though he may not have applied.
चयन-समिति ऐसे किसी भी व्यक्ति को नियुक्त करने के बारे में विचार कर सकती है जिसने आवेदन न किया हो।

5. Separate application is required for each post applied for.
प्रत्येक पद के लिए अलग आवेदन-पत्र भेजा जाना जरूरी है।

---

1. (i) Name (in block letters)..
नाम (स्पष्ट शब्दों में)

(ii) Father's Name..
पिता का नाम

---

*2. Date of birth..Age (as on date)..
जन्म-तिथि आयु (दिनांक.................................को)

....Years..Months.
वर्ष माह

3. Nationality..Sex..
राष्ट्रीयता लिंग

---

* The selected candidates shall produce, in original, the Matriculation or equivalent certificate as proof of the date of birth. No other evidence will be accepted.
चुने हुए प्रत्याशियों को अपनी जन्म-तिथि के प्रमाण के रूप में मैट्रिक परीक्षा अथवा उसके समकक्ष किसी परीक्षा का मूल प्रमाणपत्र प्रस्तुत करना होगा। इस बारे में अन्य कोई साक्ष्य स्वीकार नहीं किया जाएगा।

(क्रमशः)

Married/Unmarried..
विवाहित/ अविवाहित

---

4. (a) Post held, if any, at the time of sending the application with date of appointment (state whether permanent, on probation or temporary)
(क) आवेदन-पत्र भेजने के समय, यदि किसी पद पर काम कर रहे हैं तो नियुक्ति की तारीख (इसका उल्लेख कि स्थायी हैं, परिवीक्षाधीन हैं या अस्थायी हैं)
(b) Name of Employing Authority
(ख) नियोक्ता का नाम

---

5. (a) Present basic monthly pay and allowances (state separately)
(क) वर्तमान मूल मासिक वेतन तथा भत्ते (अलग-अलग विवरण दीजिए)

Grade : Rs.
वेतनमान रु०
Basic Pay : Rs.
मूल वेतन रु०
Allowances.
भत्ते
1. Dearness : Rs.
महँगाई भत्ता रु०
2. City Compensatory : Rs.
नगर भत्ता रु०
3. House Rent : Rs.
मकान किराया भत्ता रु०
4. Any other allowances : Rs.
अन्य कोई भत्ता रु०

Total emoluments : Rs.
कुल वेतन रु०

(क्रमशः)

(b) Date of next increment :
(ख) अगली वेतन वृद्धि की तारीख
(c) Age of retirement in the present post :
(ग) वर्तमान पद पर सेवानिवृत्ति की आयु

6. Minimum basic pay acceptable Rs. ....per month.
स्वीकार्य न्यूनतम मूल वेतन रु० प्रतिमाह

7. Do You belong to Scheduled Caste/Scheduled Tribe? If yes, please state clearly and attach certificate is support thereof, positively.
क्या आप अनुसूचित जनजाति के हैं ? यदि हाँ, तो उसका स्पष्ट विवरण दीजिए और इस बारे में प्रमाण-पत्र साथ लगाइए ।

8. Address at which a reply to this application, if any, may be sent.
वह पता जिस पर आवेदन-पत्र का उत्तर भेजा जाए (यदि भेजना हो तो)

	Permanent Address स्थायी पता
PIN CODE No. .... पिन कोड सं०	PIN CODE No. .... पिन कोड सं०
Telephone No. (if any)................... फोन नं० (यदि कोई है)	Telephone No. (if any)................... फोन नं० (यदि कोई है)
Telergraphic address (if any)................... तार-पता (यदि कोई है)	Telergraphic address (if any)................... तार-पता (यदि कोई है)

(क्रमशः)

9. (a) Whether the candidate is receiving any pension benefits? If so, the amount of pension and pension equivalent of gratuity must be indicated.
(क) क्या आवेदक को कोई पेंशन-लाभ मिल रहे हैं ? यदि हाँ तो पेंशन की राशि और ग्रेच्यूटी की समतुल्य पेंशन राशि का उल्लेख किया जाए।
(b) Whether the candidate would be entitled to any pension benefits on his premature retirement from his persent post, if selected for appointment in the University, and, if so, the amount of pension and the pension benefits may be indicated.
(ख) यदि आवेदक को इस विश्वविद्यालय में नियुक्ति के लिए चुन लिया गया तो क्या वह अपने वेतनमान पद से समयपूर्व सेवानिवृत्ति लेने पर किन्हीं पेंशन लाभों को पाने का हकदार होगा, यदि हाँ, तो पेंशन राशि तथा पेंशन लाभों का उल्लेख किया जाना चाहिए।

10. Academic Qualifications :
Examinations passed from Matriculation/Higher Secondary onwards to Doctorate/Research degrees
शैक्षिक योग्यताएँ :
मैट्रिक/उच्चतर माध्यमिक से लेकर डाक्टरेट / अनुसंधान उपाधियों तक उत्तीर्ण की गई परीक्षाओं का विवरण)

Examination परीक्षा	Year वर्ष	Subjects विषय	Division श्रेणी	Percentage of marks obtained प्राप्तांकों का प्रतिशत	School/College attended किस विद्यालय/महाविद्यालय में अध्ययन किया	Name of the Board/ University परीक्षा बोर्ड/विश्वविद्यांलय का नाम

11. Academic distinction (e.g. any prize, medals, award etc.)
शिक्षा संबंधी विशेष योग्यता (जैसे कोई पुरस्कार, मेडल, पारितोषिक आदि)

(क्रमशः)

12. Teaching Experience at Universities or Degree Colleges :
विश्वविद्यालयों अथवा महाविद्यालयों में अध्यापन का अनुभव :

			Classes taught			Length of Experience कुल अनुभव	
Name of the University/College विश्वविद्यालय/महाविद्यालय का नाम	Designation पद का नाम	Nature of Post : Temporary/ Permanent पद की स्थिति : अस्थायी/स्थायी	Under graduate Pass/Hons. किन कक्षाओं को पढ़ाया : स्नातक स्तर/ पास/ आनर्स स्तर	Post graduate स्नातकोत्तर	Period (give dates) अवधि (तिथि-संकेत)	Years वर्ष	Months माह

(क्रमशः)

13. Administrative Experience, if any :
प्रशासनिक अनुभव, यदि कोई है :

Name of the Institution/Organization संस्था/संगठन का नाम	Designation पद का नाम	Nature of post : Permanent/ Temporary पद की स्थिति : स्थायी/अस्थायी	Nature of assignment कार्यभार का स्वरूप	Period (give dates) अवधि (तिथि-संकेत)	Length of Experience कुल अनुभव	
					Year वर्ष	Months माह

14. Have you been debarred or punished for adopting unfairmeans in any Examination by the Institution/ Board or University? I so please specify.
क्या आपको किसी संस्था/बोर्ड या विश्वविद्यालय द्वारा किसी परीक्षा में अनुचित तरीका अपनाने पर परीक्षा में बैठने से रोका गया है या दंडित किया गया है ? यदि हाँ, तो उसका पूरा विवरण दीजिए ।

(क्रमशः)

15. Any published work or books written by the applicant or particulars of any research or other work that he may like to mention (If necessary a separate sheet of paper may be used for this purpose.) आवेदक द्वारा कोई प्रकाशित सामग्री या उसके द्वारा लिखी गई पुस्तकों या ऐसे किसी शोधकार्य अथवा किसी अन्य कार्य का विवरण जिसका कि उल्लेख करना चाहता है (यदि आवश्यक हो तो इन सबका उल्लेख करने के लिए अलग कागज का प्रयोग किया जा सकता है)	Published प्रकाशित (Give number) (संख्या दीजिए)	Under Publication प्रकाशनाधीन (Give number) (संख्या दीजिए)	Under Preparation निर्माणाधीन (Please specify) (विवरण) (Give number) (संख्या दीजिए)	Under Submission प्रस्तुत की जा चुकी है (Give number) (संख्या दीजिए)
1. Books.................. पुस्तकें	________	________	________	________
2. Research Paper..... शोध-पत्र	________	________	________	________
3. Articles.................. लेख	________	________	________	________
4.	________	________	________	________
5.	________	________	________	________

(क्रमशः)

(b) Supervisor for research degrees : (ख) शोध उपाधि के लिए पर्यवेक्षक	Awarded उपाधि मिल चुकी (Give number) (संख्या दीजिए)	Research in progress शोधकार्य चल रहा है (Give number) (संख्या दीजिए)	Thesis/ Dissertation under submission शोध-प्रबंध शोध-निबंध प्रस्तुत किया जाना है (Give number) (संख्या दीजिए)
1. Ph. D. .... पीएच० डी०	....	....	....
2. M. Phil. .... एम० फिल०	....	....	....
3.	....	....	....

(c) Special subject of study or branch of specialization if any.
(ग) अध्ययन का विशेष विषय या विशेषज्ञता के क्षेत्र का नाम, यदि कोई है।

16. Membership of Learned Bodies :
विद्वत निकायों की सदस्यता

* Please also give the subject of papers published together with the names of journals and dates, reprints of important papers should be attached to the application.

प्रकाशित शोध-लेखों का विषय तथा दिनांक सहित उन पत्रिकाओं का नाम भी बताइए जिनमें वे प्रकाशित हुए हैं। महत्त्वपूर्ण शोधलेखों की पुनर्मुद्रित प्रतियाँ भी आवेदन-पत्र के साथ संलग्न की जानी चाहिए।

(क्रमशः)

17. Number of literary, cultural or other activities (e/g. attainment in sports etc.) in which the applicant is interested and distinctions, if any, obtained in the same.
उन साहित्यिक, सांस्कृतिक अथवा अन्य क्रिया-कलापों की संख्या (जैसे खेल-कूद संबंधी उपलब्धियाँ आदि) जिनमें आवेदक की रुचि है और यदि उसने कोई विशेष योग्यता प्राप्त की है तो उसका उल्लेख ।

---

18. Name of post with particulars for which the applicant may have already applied and which have not yet been disposed off (Particulars of any subsequent application should also be intimated in writing)
पूरे विवरण सहित उस पद का नाम जिसके लिए आवेदक ने पहले से ही आवेदन किया हुआ है और जिसके बारे में अभी तक कोई फैसला नहीं हो पाया है (उसके बाद भी यदि कोई अर्जी नहीं दी गई हो तो उसकी भी लिखित सूचना दी जानी चाहिए ।)

DECLARATION :
घोषणा

Signature of applicant
आवेदक के हस्ताक्षर

I declare that all the statements made in this application are true to the best of my knowledge and belief.
मैं घोषित करता/करती हूँ कि इस आवेदन-पत्र में प्रस्तुत किया गया समस्त विवरण मेरी पूरी जानकारी और विश्वास के अनुसार सत्य है ।

Date : ....
दिनांक

Signature of applicant
आवेदक के हस्ताक्षर

(क्रमशः)

19. Forwarded with the remarks that the facts stated in the above application have been verified and found correct and this Institution/Organisation has no objection to the candidature of the applicant being considered for the post applied for.

यह आवेदन-पत्र इस टिप्पणी के साथ अग्रप्रेषित किया जा रहा है कि इसमें प्रस्तुत किए गए तथ्यों की जाँच कर ली गई है तथा इन्हें सही पाया गया है और आवेदक ने जिस पद के लिए आवेदन किया है उस पद के लिए उसकी उम्मीदवारी पर विचार किए जाने के बारे में इस संस्था/संगठन को कोई आपत्ति नहीं है ।

Signature..
हस्ताक्षर

(Head of the Institution/Organisation)
(संस्था/संगठन का अध्यक्ष)

Designation..
पद नाम

Address..
पता

____

Pin Code No. ....
पिन कोड सं०

Telephone No. ....
फोन सं०

Date : ....
दिनांक

Appl. No. ....
आवेदन संख्या

....
(To be filled in by the office)
(कार्यालय द्वारा भरा जाना है ।)

UNIVERSITY OF DELHI

(Please fill this Proforma neatly/types)

Note : *No enclosure with this proforma is permissible*

Post applied for ....Deptt. ....

Name ....Date of birth...

Address ....

....

Present employer
(Institution) ....

Present grade ....

Present Basic Pay Rs. ....p.m.

Present gross
emoluments Rs. ....p.m.

Whether belongs
to SC/ST ....

Total teaching experience ....year ....months ....

Present position ....

(क्रमशः)

Academic Qualifications					Publications & Research Work (Give number)		
Exam.	Year	Divn.	Marks %	University	Published	Unpublished	Under Publication
					Books..........	....	....
					Research Papers..........	....	....
					Articles..........		
					....		
					....	....	....
						....	....
						....	....

(क्रमशः)

Experience					Research Guidance Number of Scholars who have been awarded Ph.D./M.Phil. degrees under your supervision		
Institution		Post held	From	To	Awarded	Under submission	Research in progress
					Ph. D............ M.Phil...........	....	....
					AREA/S OF SPECIALIZATION		

Academic distinctions/awards :

Any other relavant information
(Special Training etc.)

Signature ....

Date ....

(क्रमशः)

UNIVERSITY OF DELHI
दिल्ली विश्वविद्यालय

Acknowledgement for Academic post
शैक्षिक पद के लिए प्राप्ति-सूचना

No. Estab. IV ....
स० स्थापना IV ....
Delhi-110007 date ....
दिल्ली-110007 दिनांक

1. Your application for the post...
has been allotted Sr. No. ....
...................................पद के लिए आपके आवेदन-पत्र की क्रम संख्या...दी गई है।

2. For future correspondence reference to the application No. allotted and the name of the post may be quoted.
अपने आवेदन-पत्र के बारे में भविष्य में किए जाने वाले पत्र-व्यवहार में इसी संख्या का और पद के नाम का उल्लेख अवश्य करें।

3. Any change in postal address should be communicated immediately.
डाक-पते में परिवर्तन होने पर उसकी सूचना तुरन्त भेजो।

4. Your application has been received after the last date, prescribed.
आपका आवेदन-पत्र निर्धारित अंतिम तिथि बीत जाने पर प्राप्त हुआ है।

(क्रमशः)

6. You have not :–
आपने

(a) Sent your application through proper channel.
(क) अपना आवेदन-पत्र उपयुक्त माध्यम के द्वारा नहीं भेजा है ।
(b) Attached complete copies of certificates and marks sheets in respect of your qualifications.
(ख) अपनी योग्यताओं से संबंधित प्रमाण-पत्रों तथा अंक-पत्रों की सभी प्रतियाँ आवेदन-पत्र के साथ संलग्न नहीं की हैं ।

Please comply with the above within seven days of the receipt of this information.
कृपया इस सूचना के मिलने के सात दिन के भीतर ऊपर बताई गई कमियों को दूर करें ।

Note : The name of post and full address is to be completed by the candidate.
टिप्पणी : इस कार्ड पर पद का नाम व पूरा पता आवेदक द्वारा भरा जाना है ।

Section Officer
अनुभाग अधिकारी
Establishment IV
स्थापना IV

O.I.G.S.

____

____

____

PIN Code No. ____________

5. विश्वविद्यालय-प्रवेश के लिए आवेदन-पत्र

College Roll No. ....
महाविद्यालय अनुक्रमांक

UNIVERSITY OF DELHI
दिल्ली विश्वविद्यालय

APPLICATION FOR ADMISSION TO THE UNIVERSITY
विश्वविद्यालय प्रवेश आवेदन-पत्र

(To be filled in by the Applicant — Before filling in the form, see note on page 192-93)
(प्रार्थी स्वयं भरें—फार्म भरने से पहले पृष्ठ 192-93 पर अंकित टिप्पणी देखें)

1. Name (In English In block letters) | | | | | | | | | | | | | | | | | | | | | | |

पूरा नाम (हिन्दी में) (स्पष्ट अक्षरों में) ....

(Women students must write Miss or Mrs. as the case may be)
(छात्राएँ कुमारी या श्रीमती जो भी हों लिखें)

2. Date of birth (In figures)...............
जन्म-तिथि (अंकों में)

Age on 1st October the year in which the admission is sought.......................year.....................months......................days
प्रवेश वर्ष के प्रथम अक्तूबर को आयु (वर्ष) (महीने) (दिन)

3. Whether belongs to Scheduled Caste/ScheduledTribe. Yes/No. (Strike out whichever is not applicable.)
क्या प्रार्थी अनुसूचित जाति/ अनुसूचित-आदिम जाति का है ? है/नहीं (जो कुछ लागू नहीं होता उसे काट दिया जाए।)

(क्रमशः)

4. Whether belongs to the category of the Defence Personnel for which reservation is approved by the Government of India. Yes/No. (Strike out whichever is not applicable).
क्या प्रार्थी भारत सरकार द्वारा आरक्षित रक्षा सेना के वर्ग से सम्बन्धित है ? है/नहीं (जो लागू नहीं होता उसे काट दिया जाए)

5. Father's Name
(In block letters)
पिता का नाम (स्पष्ट अक्षरों में)

6. Place of permanent residence..................
स्थायी पता
....

7. Examination passed prior to admission in this University..................
इस विश्वविद्यालय में प्रवेश से पूर्व उत्तीर्ण परीक्षा

University/Board..................
विश्वविद्यालय/मंडल

Year..................Roll No. ....Marks obtained..................Max. Marks.................. Percentage
वर्ष अनुक्रमांक प्राप्तांक अधिकतम अंक प्रतिशत

8. Local Address..................
स्थायी पता

Date..................19
तिथि

Signature of Applicant
आवेदक के हस्ताक्षर

(क्रमशः)

PARTICULARS OF REGISTRATION
पंजीकरण का वितरण
(To be filled in by the College/Department/Institution Office)
(महाविद्यालय/विभाग/संस्था/कार्यालय द्वारा भरा जाए)

Course ....Class ....Date of Admission ....
पाठ्यक्रम कक्षा प्रवेश तिथि

(i) If admitted after the prescribed date, the delay was condoned by the Vice Chancellor
यदि नियत तिथि के बाद प्रवेश लिया है, तो उप-कुलपति ने विलंब को माफ कर दिया है

Vide letter No...Date..
पत्र-संख्या द्वारा तिथि..

(ii) Age relaxation approved by the Vice-Chancellor vide letter No. ....Dated............................
पत्र-संख्या जिसके द्वारा उप-कुलपति ने आयु में छूट की स्वीकृति दी है

Certified that the entries given above have been verified from the original documents produced by the applicant.
प्रमाणित किया जाता है कि उपर्युक्त विवरण प्रार्थी के प्रलेखों द्वारा प्रमाणित है।

Date..........19
तिथि

Principal/Head of the Deptt./Institution/College
प्रधानाचार्य/विभागाध्यक्ष/संस्था/महाविद्यालय
(Rubber Stamp)
रबड़ मोहर

To be filled in by the Registrar's Office

Enrolment No. ....
Application checked in all respects.

Branch Incharge Assistant's Signatures

(क्रमशः)

Note : – (1) The name of the applicant and his/her date of **birth given should** correspond with those given in **his/her** Matriculation/Senior School **Examination** or an **equivalent Examination.**
प्रार्थी का नाम व जन्म-तिथि जो यहाँ दी हुई है वह मैट्रिकुलेशन अथवा सीनियर स्कूल सर्टिफिकेट परीक्षा प्रमाणपत्र के समान अथवा तुल्यमान परीक्षा के समान होनी चाहिए।

(2) The entries should be made by the applicant in his/her own handwriting in ink and legibly written and no column should be left blank.
प्रार्थी को सारी पूर्तियाँ स्वयं अपने स्पष्ट हस्तलेख से स्याही से भरनी चाहिए तथा किसी भी स्तम्भ को खाली नहीं छोड़ना चाहिए।

(3) Those Students who are enrolled in this University as regular students in any of the Colleges/Institution (excluding External Candidates Cell, Non-Collegiate Women's Education Board and Teacher Candidates) at one time or the other need not fill in this form again.
जिन छात्रों का नामांकन दिल्ली विश्वविद्यालय की किसी संस्था (एक्सटर्नल कैंडीडेट्स सेल, नॉन कालिजेट वुमन्स एजुकेशन बोर्ड और टीचर कैंडीडेंट्स छोड़कर) में पहले किसी समय हो चुका है, उन्हें दोबारा यह नामांकन फार्म भरने की आवश्यकता नहीं है।

(To be filled in by the Registrar's Office)
(कुल-सचिव कार्यालय द्वारा भरा जाए)

1. Migrated to .... Colleg e
स्थानान्तरित महाविद्यालय में

2. University Examination taken विश्वविद्यालय की दी गई परीक्षा	Year वर्ष	Roll No. अनुक्रमांक	Result परिणाम	Signature of the Assistant सहायक के हस्ताक्षर
(i)	....	....	....	....
(ii)	....	....	....	....
(iii)	....	....	....	....
(iv)	....	....	....	....

(क्रमश:)

3. Date of Leaving ....
छोड़ने की तिथि

4. Migration Certificate No. ....Date..issued
प्रवास-प्रमाण संख्या तिथि जिस दिन दिया गया

for joining the University/Institution ....
विश्वविद्यालय/संस्था में प्रवेश के लिए

Section Officer — Dealing Assistant
सैक्शन आफिसर — सहायक

Enrolment No ....revived vide order dated..
नामांकन संख्या पुनरीक्षित टिप्पणी-पत्र तिथि द्वारा

Section Officer — Dealing Assistant
सैक्शन आफिसर — सहायक

U.P. 336 – 6-91 – 1,00,000.

6. विश्वविद्यालय-प्रमाण-पत्र के लिए आवेदन-पत्र

UNIVERSITY OF DELHI
दिल्ली विश्वविद्यालय

Form of Application for issue of University Certificate
विश्वविद्यालय-प्रमाणपत्र के लिए आवेदन
(Provisional, Migration, Special etc.)
(सामयिक, प्रवास, विशेष प्रमाण-पत्र आदि के लिए)
(To be filled in by the Applicant – Before filling in the form, see instructions on page 197-198)
(प्रार्थी स्वयं भरें—फार्म भरने से पहले पृष्ठ 197-198 पर अंकित निर्देश देखें)

Received Rs. ....
रु० प्राप्त हुए

Receipt No. ....
रसीद सं०

Dated
तारीख

Cashier
खजांची

1. Name of Applicant
आवेदक का नाम

2. Father's Name
पिता का नाम

3. Enrolment No.
नामांकन संख्या

4. Nature of Certificate
कौन-सा प्रमाण-पत्र चाहिए

(क्रमशः)

5. PARTICULARS OF LAST EXAMINATION : अन्तिम परीक्षा का विवरण   Annual Supplementary : वार्षिक/ अनुपूरक   Result : Passed/Failed/Absent परिणाम : उत्तीर्ण/ अनुत्तीर्ण/ अनुपस्थित

Examination Passed उत्तीर्ण परीक्षा	Year of Passing उत्तीर्ण वर्ष	Roll No. अनुक्रमांक	Marks Obtained प्राप्तांक	Division श्रेणी

6. Name of Class and College from which the candidate took the last examination..........
परीक्षार्थी ने पिछली परीक्षा जिस कालिज से दी थी उसका नाम तथा कक्षा

7. , In case a candidate applies for a Migration Certificate
अगर परीक्षार्थी प्रवास प्रमाण-पत्र के लिए आवेदन कर रहा हो तो

(i) Name of the University to which the candidate wants to migrate..........
परीक्षार्थी किस विश्वविद्यालय में जाना चाहता है

(ii) Course/Courses pursuing separately or simultaneously..........
अलग-अलग या एक साथ कौन-से पाठयक्रम/पाठ्यक्रमों के लिए अध्ययन कर रहा है

Dated..........
तारीख

Signature of Applicant ....
आवेदक के हस्ताक्षर

Postal Address..........
पता ....

....

(क्रमशः)

(To be filled in by the College/Deptt./Institution Office last attended
(आवेदक आखिर में जिस कालिज/विभाग/संस्था में था उसके कार्यालय द्वारा भरे जाने के लिए)

Certified that the above entries made by the applicant are correct and that he/she has paid College dues upto ....(Mention month & Year)

प्रमाणित किया जाता है कि आवेदक ने ऊपर जो प्रविष्टियाँ भरी हैं सही हैं और इन्होंने .... तक कालिज का शुल्क आदि सब दे दिया है । (मास और वर्ष का उल्लेख करें)

Note— Where a student has joined more than one course, the application should be signed by the respective Heads of the Deptts./ Institutions concerned.

नोट— जब किसी छात्र ने एक से अधिक पाठ्यक्रम में प्रवेश लिया हो तो आवेदन पर विभागाध्यक्षों/संस्था-प्रमुखों के हस्ताक्षर होने चाहिए ।

Principal/Head of the Deptt./Institution
प्रधानाचार्य/विभागाध्यक्ष/संस्थाध्यक्ष

(Stamp of the College/Deptt./Institution)
(कालिज/विभाग/संस्था की मुहर)

Received the above Certificate No. .... Dated.......... on..........
उपर्युक्त प्रमाण-पत्र संख्या प्राप्त हुआ दिनांक को

Dated..........
दिनांक

Signature of the Applicant..........
आवेदक के हस्ताक्षर

INSTRUCTIONS
निर्देश

1. The particulars of the student given in the form should correspond with those appearing in the certificate issued to him/her from time to time.
   विद्यार्थी द्वारा फार्म में दी गई जानकारी उसे समय-समय पर प्रदान प्रमाण-पत्रों के अनुरूप होनी चाहिए।

2. The prescribed fee for the required certificate can be remitted by cash or money order or by postal order drawn in favour of the Registrar University of Delhi, Delhi-110007
   अपेक्षित प्रमाण-पत्र के लिए आवश्यक शुल्क नकद, मनीआडेर अथवा पोस्टल आर्डर द्वारा कुलसचिव, दिल्ली विश्वविद्यालय, दिल्ली-110007 के पास भेजा जाना चाहिए।

3. At the time of submission of the application for issue of Migration Certificate the applicant should bring his/her original Degree Certificate or Statement of Marks of Final Year or Provisional Certificate issued by the last college attended by him/her for verification. Applicant applying by post may submit a photo copy (duly attested of the said Certificate.
   प्रवास-प्रमाण-पत्र के हेतु प्रार्थना-पत्र देते समय प्रार्थी अपने मूल उपाधि प्रमाण-पत्र या अंक तालिका या कालिज द्वारा दिया गया प्रगाण-पत्र जो कि उसे इस विश्वविद्यालय/महाविद्यालय ने समय-समय पर प्रदान किए हैं आवश्यक जाँच हेतु-अपने साथ लायें । डाक द्वारा प्रार्थना-पत्र देने वाले प्रार्थी प्रमाण-पत्रों की प्रमाणित प्रतिलिपि भेजें।

4. Duplicate Migration Certificate can be issued only in case the same has been lost, destroyed or mutilated on submission of an affidavit drawn up on a non-judicial stamp paper of the value of Rs. 2/- to be sworn before a Magistrate on the following format.
   प्रवास प्रमाण-पत्र की प्रतिलिपि उस दशा में मिल सकेगी यदि मूल प्रति गुम हो जाए, नष्ट हो जाए अथवा खराब हो जाए। इसके लिए दो रुपए मूल्य के गैर-न्यायिक टिकट पत्र पर न्याय अधिकारी के सम्मुख शपथ-पत्र भरा जाना चाहिए।

(क्रमशः)

(क्रमशः)

"I,..son/daughter of...
resident of...hereby
solemnly declare that the Migration Certificate No. ....dated..
issued to me by the Registrar University of Delhi, Delhi-7, to enable me to join...
University has been lost and that I did not join any other University on the basis of the same nor have I submitted the same for joining any other University.

5. Provisional Certificates can be issued only before the date of University Convocation for that particular year.

   अनंतिम प्रमाण पत्र केवल उस वर्ष विशेष के दीक्षांत समारोह की तिथि से पहले जारी किया जाएगा ।

6. The delivery of the certificate will ordinarily be made in person to the candidate or to his nominee, authorised in writting, at the University office during working hours. In respect of candidates who fall to collect the certificate within one month from the date of payment of fees, the certificate will be sent to their postal address Under Certificate of Posting at their own risk. If a candidate wishes that the certificate be sent to him/her by registered post he/she should alongwith the application submit a self-addressed envelope with postage stamps of the prescribed value of a registered letter.

   साधारणतः प्रमाण-पत्र व उनके द्वारा लिखित रूप में प्रमाणित व्यक्ति को कार्यालय के निर्धारित समय में दिया जाएगा । वे प्रार्थी जो शुल्क-प्रदान के एक माह के भीतर प्रमाण-पत्र लेने नहीं आयेंगे उसे उन्हीं की जिम्मेदारी पर 'सर्टिफिकेट आफ पोस्टिंग' के अन्तर्गत भेज दिया जाएगा । यदि कोई प्रार्थी यह चाहे कि उसे प्रमाण-पत्र रजिस्ट्री द्वारा भेजा जाए तो वह कृपया अपना पता लिखा एक लिफाफा, जिस पर उपयुक्त रजिस्ट्री मूल्य की डाक टिकट लगी हो, संलग्न करें ।

7. All the public dealings are made from 9.00 A.M. to 12.30 P.M.
   कार्यालय का निर्धारित समय जनसम्पर्क-हेतु प्रातः 9.00 से 12.30 दोपहर तक है ।

8. Prescribed Fee for Migration, Provisional and Special Certificate etc. is Rs. 30/- each

---

प्रवास प्रमाण-पत्र, अनंतिम प्रमाण-पत्र आदि के लिए निर्दिष्ट शुल्क 30/- रुपए है ।

8

विश्वविद्यालय सम्बन्धी शब्दावली तथा अन्य अभिव्यक्तियाँ

DESIGANATIONAL TERMS	पदनाम
Accommodation Officer	वास-अधिकारी
Accountant	लेखपाल
Accounts Officer	लेखा अधिकारी
Acquisition Officer	संप्राप्ति अधिकारी
Administrative Officer	प्रशासनिक अधिकारी
Apprentice	प्रशिक्षु
Archivist	अभिलेखागारिक
Area Manager	क्षेत्र-प्रबंधक
Artist	कलाकार
Assistant	सहायक
Assistant Accounts Officer	सहायक लेखा अधिकारी
Assistant Director	सहायक निदेशक
Assistant Editor	सहायक सम्पादक
Assistant Engineer	सहायक अभियंता
Assistant Manager	सहायक प्रबंधक
Associate Professor	सह आचार्य
Assistant Public Relations Officer	सहायक जन-सम्पर्क अधिकारी
Assistant-Registrar	सहायक कुलसचिव
Auditor	लेखा-परीक्षक
Bibliologist	ग्रंथ विज्ञानी
Binder	जिल्दसाज़
Botanical Assistant	वनस्पति सहायक

Book-binder	जिल्दसाज़
Chancellor	कुलाधिपति
Cataloguer	सूचीकार
Calligraphist	सुलेखकार आरेखक (भूगोल विभाग)
Cartographer	मानचित्रकार
Controlling Officer	नियंत्रण-अधिकारी
Classifier	वर्गक, वर्गकार
Coordinating Officer	समन्वय-अधिकारी
Clerk	लिपिक
Clerk-typist	टंकक-लिपिक
Cashier	रोकड़िया
Carpenter	काष्ठकार, बढ़ई
Computer-cum-Assistant	संगणक व सहायक
Compounder	औषध-योजक (रघु०)
Clinical Clerk	निदानशाली-सहायक
Controller	नियंत्रक
Compositor	कंपोज़िटर/अक्षर-योजक
Consultant	परामर्शदाता
Compiler	संकलनकर्त्ता
Clerk-Incharge	लिपिक-प्रभारी
Copist-cum-Calligraphist	प्रतिलिपिक व सुलेखकार
Chief-Cataloguer	मुख्य सूचीकार
Curator	संग्रहाध्यक्ष
Cartographer	सुलेखकार
Chief-Executive Officer	मुख्य अधिशासी/अधिकारी मुख्य कार्यपालक अधिकारी
Console Operator	कंसोल-प्रचालक
Chairman	अध्यक्ष/सभापति
Control-Clerk	नियंत्रण-सहायक
Dean	संकाय अध्यक्ष, अधिष्ठाता, डीन
Demonstrator	निदर्शक
Deputy Registrar	उपकुल-सचिव
Director	निदेशक
Dark-room Assistant	अंधकक्ष सहायक
Driver	चालक

Dresser	मरहम-पट्टीकार, पट्टी-बंधक (रघु०)
Distributor	अक्षर-वितरक
Documentation Officer	प्रलेखन-अधिकारी
Editor	संपादक
Estate Officer	संपदा अधिकारी
Electrical Overseer	विद्युत-अधिदर्शक
Emeritus Professor	प्रतिष्ठित आचार्य
Finance Officer	वित्त-अधिकारी
iFeldman	क्षेत्रिक
Foreman	फोरमैन
Fitter	फिटर
Gestetner-Operator	गेस्टेटनर-प्रचालक
Gate-Guard	द्वार-रक्षक
Garden-Overseer	उद्यान-अधिदर्शक
Gate-Supervisor	द्वार-पर्यवेक्षक
Gate-Keeper	द्वारपाल
Garden-Colliee	उद्यान-कुली
Glass-Blower	काँच-ध्माता (रघु०)
Head of the Department	विभागाध्यक्ष
Head Assistant	प्रधान-सहायक
Head clerk	प्रधान-लिपिक, प्रधान क्लर्क
Head Accountant	प्रमुख लेखापाल
Internal Auditor	आंतरिक लेखा परीक्षक
Investigator	अन्वेषक
Instrument Incharge	यंत्र-प्रभारी
Instrument Tutor	यंत्र-शिक्षक
Instrument Mechanic	यंत्र-मेकेनिक
Invigilatar	निरीक्षक
Junior Accountant	कनिष्ठ लेखापाल
Junior Caretaker	कनिष्ठ रखवाल
Junior Clerk	कनिष्ठ लिपिक
Junior Librarian	कनिष्ठ पुस्तकाध्यक्ष
Lecturer	प्राध्यापक
Laboratory Assistant	प्रयोगशाला-सहायक
Laboratory Attendant	प्रयोगशाला-परिचर
Laboratory Bearer	प्रयोगशाला-वाहक

Laboratory Technician	प्रयोगशाला तकनीकी
Leave Reserve Clerk	अवकाश-रिजर्व-लिपिक
Librarian	पुस्तकाध्यक्ष/पुस्तकालयाध्यक्ष
Library Assistant	पुस्तकालय सहायक
Library Attendant	पुस्तकालय-परिचर
Librarian, part-time	अंशकालिक पुस्तकाध्यक्ष
Mechanic	मेकेनिक
Museum-Curator	संग्रहालय-अध्यक्ष
Machine-Supervisor	यंत्र-पर्यवेक्षक
Medical Officer Incharge	चिकित्सा-प्रभारी
Mason	राज
Musician	संगीतकार
Music Tutor	संगीत-शिक्षक
Music Equipment Incharge	संगीत-उपस्कर प्रभारी
Mridangam-Accompanist	मृदंगम-उपवादक (रघु०)
Master (Incharge of a University Hostel)	आवासाध्यक्ष
Member-Secretary	सदस्य-सचिव
Nurse	परिचारिका
Officer on special duty	विशेषाधिकारी
Overseer	अधिदर्शक
Operator	प्रचालक
Pro-Chancellor	समकुलाधिपति
Pro-Vice Chancellor	समकुलपति
Proctor	कुलानुशासक
Professor	आचार्य
Principal	प्रधानाचार्य
Personal Assistant	वैयक्तिक सहायक
Patron	संरक्षक
Peon	चपरासी
Punch-Operator	वेधन-प्रचालक
Part-time-Lecturer	अंशकालिक प्राध्यापक
Painter	चित्रकार
Pipe-Fitter	नल-फिटर
Proof-Reader	प्रूफ-शोधक

Part-time Technician	अंशकालिक तकनीकी
Provost (Incharge of a Hostel)	आवासाध्यक्ष
Programmer (In Computor Centre)	संलेखक
Professional Senior	वरिष्ठ विशेषज्ञ
Professional Junior	कनिष्ठ विशेषज्ञ
Professional Assistant	विशेषज्ञ सहायक
Pool Officer	पूल-अधिकारी
Professor-in-charge	प्रभारी आचार्य
Physician	काय-चिकित्सक
Public Relations Officer/P.R.O.	जन-सम्पर्क अधिकारी
Research Associate	सहअनुसंधानकर्त्ता
Recognized Reader	मान्य-उपाचार्य/मान्य प्रवाचक
Research Scholar	अनुसंधान-छात्र
Rector	कुल-दैशिक/पादरी
Registrar	कुल-सचिव
Recognized Professor	मान्य आचार्य
Recognized Lecturer	मान्य प्राध्यापक
Research Fellow	अनुसंधान-अध्येता
Researeh Assistant	अनुसंधान-सहायक
Record-keeper	अभिलेखपाल
Roadman	मार्ग-संशोधक
Reader	उपाचार्य/प्रवाचक
Secretary	सचिव
Sarangi Accompanist	सारंगी-उपवादक (रघु०)
Senior Assistant	वरिष्ठ सहायक
Stenographer	आशु-लिपिक
Steno-typist	आशु-टंकक
Sports-Officer	खेलकूद-अधिकारी
Surgeon	शल्य-चिकित्सक
Safety Officer	संरक्षा-अधिकारी
Studio-Assistant	स्टूडियो-सहायक
Sanitary Inspector	सफाई निरीक्षक
Statistical Assistant	सांख्यिकीय सहायक
Sweeper	मेहतर

Sweepress	मेहतरानी
Stock-verifier	माल-सत्यापक (रघु०)
Senior-Technical Assistant	वरिष्ठ तकनीकी सहायक
Supervisor	पर्यवेक्षक
Store-keeper-cum-Assistant	भंडारी व सहायक
Sub-Overseer	उप-अधिदर्शक
Supervisor (Pumping Section)	पर्यवेक्षक (पंप-विभाग)
Supervisor (Machine Section)	पर्यवेक्षक (यंत्र-विभाग)
Steno-cum-Office Assistant	आशुलिपिक व सहायक
Semi-Professional	अर्ध-विशेषज्ञ
Sewage Pump Driver	मल-पंप-चालक
Tabla-Accompanist	तबला-उपवादक (रघु०)
Tanpura Accompanist	तानपूरा-उपवादक (रघु०)
Treasurer	कोषपाल
Technical Assitant	तकनीकी सहायक
Typist	टंकक
Telephone Operator	दूरभाष-प्रचालक
Time-keeper-cum-copy holder	समयपाल-व-मूल वाचक
Unskilled Labourer	अदक्ष श्रमिक (रघु०)
Vacation-Officer	विश्रामावकाश-अधिकारी
Visitor	कुलाध्यक्ष
Vigilance Officer	सतर्कता-अधिकारी
Violin-Acoompanist	वायलन-उपवादक (रघु०)
Vice-Chancellor	कुलपति
Visiting Profesor	अतिथि-आचार्य
Visiting Lecturer	अतिथि-प्राध्यापक
Vocal-Instrument Tutor	ध्वन-यंत्र-शिक्षक (रघु०
Welfare-Officer	कल्याण-अधिकारी
Waterman	पानीवाला
Watchman	चौकीदार
Ward-boy	कक्ष-परिचारक (रघु०)
Wireman	तार-मिस्त्री

Warden	क्षात्रपाल, वार्डन
Workshop Superintendent	कर्मशाला-अधीक्षक
Warkshop Instructor	कर्मशाला-शिक्षक
X-Ray Technician	एक्सरे तकनीशियन

FACULTIES & DEPARTMENTS संकाय एवं विभाग

(A) Faculties	(क) संकाय
Faculty of Arts	कला-संकाय
Faculty of Agriculture and Forestry	कृषि व वन विद्या संकाय
Faculty of Ayurvedic Medicine	आयुर्वेदिक औषध-संकाय
Faculty of Commerce	वाणिज्य-संकाय
Faculty of Education	शिक्षण-संकाय
Faculty of Engineering	अभियांत्रिकी-संकाय
Faculty of Foreign Langurges	विदेशी भाषा-संकाय
Faculty of Oriental Studies	प्राच्य विद्या संकाय
Faculty of Law	विधि-संकाय
Faculty of Music and Fine Arts	संगीत व ललित कला-संकाय
Faculty of Modern Indian Languages	आधुनिक भारतीय भाषा-संकाय
Faculty of Mathematics	गणित-संकाय
Faculty of Medical Sciences	आयुर्विज्ञान-संकाय
Faculty of Mental, Moral and Social Sciences	मानस विज्ञान, नीति विज्ञान और समाज विज्ञान-संकाय
Faculty of Oriental Languages	प्राच्य भाषा-संकाय (रघु०)
Faculty of Science	विज्ञान-संकाय
Faculty of Social Sciences	सामाजिक विज्ञान-संकाय
Faculty of Technology	औद्योगिकी-संकाय

(B) Departments	(ख) विभाग
Department of Animal Husbandary	पशु-संवर्धन विभाग
Department of Agriculture	कृषि विभाग
Department of Anthropology	मानव-शास्त्र विभाग
Department of Arabic and Persian	अरबी-फ़ारसी विभाग
Department of Architecture	वास्तुकला/स्थापत्यकला विभाग
Department of African Studies	अफ्रीकी-अध्ययन विभाग
Department of Ancient Indian History	प्राचीन भारतीय इतिहास विभाग
Department of Anatomy and Physiology	शरीर एवं शरीर-क्रिया विज्ञान विभाग
Department of Assamese	असमिया विभाग
Department of Botany	वनस्पतिशास्त्र विभाग
Department of Bengali	बंगाली विभाग
Department of Bio Chemistry	जैवरसायन शास्त्र विभाग
Department of Business Management and Industrial Administration	व्यवसाय-प्रबन्ध एवं उद्योग प्रशासन विभाग
Department of Bio-physics	जीव-भौतिकी विभाग
Department of Buddhist Studies	बौद्ध अध्ययन विभाग
Department of Chemistry	रसायन विभाग
Department of Commerce	वाणिज्य विभाग
Department of Chemical Engineering	रसायन-अभियांत्रिकी विभाग
Department of Chinese Studies	चीनी-अध्ययन विभाग
Department of Demography	जनांकिकी विभाग
Department of Education	शिक्षण विभाग
Department of English	अंग्रेजी विभाग
Department of Economics	अर्थशास्त्र विभाग
Department of Electrical Engineering	विद्युत् अभियांत्रिकी विभाग

Department of Entemology	कीटविज्ञान विभाग
Department of Forestry	वन-विद्या विभाग
Department of Fine Arts	ललित कला विभाग
Department of Genetics	आनुवंशिकी विभाग
Department of Geology	भू-विज्ञान विभाग
Department of Gujarati	गुजराती विभाग
Department of Gynecology	नारीरोग विभाग
Department of History	इतिहास विभाग
Department of Home Science	गृह-विज्ञान विभाग
Deprtment of Hindi	हिन्दी विभाग
Department of Journalism	पत्रकारिता विभाग
Department of Kannada	कन्नड़ विभाग
Department of Law	विधि विभाग
Department of Libarty Science	पुस्तकालय विज्ञान विभाग
Department of Linguistics	भाषा-विज्ञान विभाग
Department of Marathi	मराठी विभाग
Department of Malyalam	मलयालम विभाग
Department of Medicine	भैषज विभाग
Department of Mathematics	गणित विभाग
Department of Modern Indian Languages	आधुनिक भारतीय भाषा विभाग
Department of Modern European Languages	आधुनिक योरोपीय भाषा विभाग
Department of Medieval Indian History	मध्यकालीन भारतीय इतिहास विभाग
Department of Modern Indian History	आधुनिक भारतीय इतिहास विभाग
Department of Mechanical Engineering	यांत्रिक-अभियांत्रिकी विभाग
Department of Music	संगीत विभाग
Department of Nursing	उपचारण विभाग
Departmet of Opthalmology	नेत्र-चिकित्साशास्त्र विभाग
Depratment of Oriya	उड़िया विभाग
Department of Pali	पालि विभाग
Department of Prakrit	प्राकृत विभाग
Department of Panjabi	पंजाबी विभाग

Department of Para Psychology	परामनोविज्ञान विभाग
Depratment of Physical Training	शारीरिक-प्रशिक्षण विज्ञान
Department of Political Scier ce	राजनीति-विज्ञान विभाग
Department of Tamilt	तमिल विभाग
Department of Telugu	तेलुगू विभाग
Department of Physiology	शरीर-शास्त्र विभाग
Department of Philosophy	दर्शनशास्त्र विभाग
Department of Psychology	मनोविज्ञान विभाग
Department of Physics and Astro-Physics	भौतिकी एवं तारा-भौतिकी विभाग
Department of Sanskrit	संस्कृत विभाग
Department of Sindhi	सिंधी विभाग
Dcpartment of Statistics	सांख्यिकी विभाग
Department of Social Work	समाजकार्य विभाग
Department of Sociology	समाजविज्ञान विभाग
Department of Surgery	शल्य-चिकित्सा विभाग
Department of Teacher's Training	अध्यापक-प्रशिक्षण विभाग
Department of Tuberculosis Diseases	यक्ष्मारोग विभाग
Department of Urdu	उर्दू विभाग
Department of Veterinary Science	पशु-चिकित्सा विभाग
Department of X-Ray	एक्सरे विभाग
Department of Zoology	प्राणीशास्त्र विभाग

ACCOUNTS — लेखा

Annual Accounts	वार्षिक लेखा
Accountancy	लेखाशास्त्र
Accounting	लेखांकन
Accounts-Section	लेखा-अनुभाग
Accumulated-Balance	संचित राशि
Acting-Allowanco	स्थानापन्न-भत्ता
Additional Amount	अरिरिक्त राशि
Advances	अग्रिम
Advance-Increment	अग्रिम वेतन-वृद्धि

ALLOWANCE	**भत्ता**
Annual-Budget	वार्षिक आय-व्यय
Bills	विपत्र/बिल
Board of Account	लेखा-मण्डल
Book-keeping	लेखा-कार्य
Budget Memorandum	आय-व्ययक विज्ञप्ति
Budget	आय-व्ययक/बजट
Capital Budget	पूंजीगत आय-व्ययक/बजट
Capital Account	पूंजीगत लेखा
Current Budget	चालू आय-व्ययक/बजट
Consolidated Budget	समेकित आय-व्ययक/बजट
Consolidated Fund	समेकित निधि
Contingency	आकस्मिकता, आपात
Contingency Fund	आकस्मिकता-निधि/आपात-निधि
Conveyance Allowance	सवारी भत्ता/वाहन भत्ता (स० प्र० श०)
Current Account	चालू-लेखा
Credit	उधार
Credit System	उधार-प्रणाली
Deficit Account	घाटा-लेखा
Deficit Budget	घाटा-आय-व्ययक/घाटे का बजट
Daily Expenditure	दैनिक व्यय
Dearness Allowance	महँगाई-भत्ता
Depreciation Fund	अवक्षय-निधि
Dividend	लाभांश (स० प्र० श०)
Examiner Remuneration	परीक्षक का पारिश्रमिक
Expenditure	व्यय
Financial Estimates	वित्तीय अनुमान
Fund	निधि
Halting Allowance	विराम-भत्ता
Hire	भाड़ा
Head of Account	लेखा-शीर्ष
Instalment	किस्त
Interim Account	अन्तरिम लेखा
Investment	निवेश
Junior Accountant	कनिष्ठ लेखापाल
Junior Auditor	कनिष्ठ लेखापरीक्षक

Local Allowance	स्थानीय भत्ता
Maintenance Allowance	अनुरक्षण-भत्ता
Maintenance Grant	अनुरक्षण-अनुदान
Milage Allowance	मील-भत्ता
Officiating Allowance	स्थानापन्न-भत्ता
Officiating-pay	स्थानापन्न-वेतन
Other Allowance	अन्य भत्ता
Plan Development Scheme Account	विकास-योजना-लेखा
Quotation	भाव
Remuneration	पारिश्रमिक
Revenue Budget	राजस्व आय-व्ययक/राजस्व बज
Reserve Fund	रिजर्व-निधि
Salary	वेतन
Scholarship	छात्र-वृत्ति
Special Allowance	विशेष भत्ता
Stipend	वृत्तिका
Studentship	छात्रवृत्ति
Suspense Account	निलम्बित लेखा
Totat Receipt	पूर्ण रसीद
Total Amount	पूर्ण राशि
Travel Grant	प्रवास-अनुदान
Travelling and Halting Allowance	यात्रा एवं विराम-भत्ता

EXAMINATION — परीक्षा-कार्य

Academic Distinctions	शैक्षिक वैशिष्ट्य
Admission Examination	प्रवेश-परीक्षा
Answer-Books	उत्तर-पुस्तिकाएँ
Co-Examiner	सह-परीक्षक
Certificate Examination	प्रमाण-पत्र परीक्षा
Ceitificate of Proficiency Examination (Punjab) in Law	विधि-प्रवीणता (पंजाब) प्रमाण-पत्र
Certificate in Medical Laboratory Examination	प्रयोगशाला चिकित्सा प्रमाण-पत्र

Compulsory Test in Hindi	अनिवार्य हिन्दी परीक्षा
Conditions of Admission to University Examinations	विश्वविद्यालय-परीक्षा प्रवेश नियम
Classification of Results etc.	परीक्षा-फल वर्गीकरण इत्यादि
Division or Distinction	श्रेणी अथवा वैशिष्ट्य
Diploma Examinations	उपाधि-पत्र परीक्षा
Duties of Invigilators	निरीक्षकों के कर्तव्य भार
Direction to Candidates for Examinations	परीक्षा प्रार्थियों के लिए निदेश
Evaluation of the Thesis	शोध-प्रबन्ध का मूल्यांकन
Examination Awards	परीक्षा-पंचाट
Examining Body	परीक्षण-निकाय
Examination Hall	परीक्षा-भवन
Entrance Examination	प्रवेश-परीक्षा
Evaluation of the Records	अभिलेखों का मूल्यांकन
Ex-Students	भूतपूर्व विद्यार्थी
Examination Committee and Tabulation of Results	परीक्षा-समिति एवं परिणाम सारणीकरण
Final Examination	अन्तिम परीक्षा
Field-Work (Performance)	क्षेत्र-कार्य (निष्पादन)
General Rules for Examinations	परीक्षाओं के सामान्य नियम
General Paper	सामान्य पत्र
Invigilator Incharge	निरीक्षक प्रभारी
Laboratory Records	प्रयोगशाला अभिलेख
Laboratory Record-book	प्रयोगशाला अभिलेख पुस्तक
Private Candidates	विद्यालयेतर प्रार्थी/प्राइवेट परीक्षार्थी
Prize Winners	पारितोषिक-विजेता
Preparatory Examination	प्रारम्भिक परीक्षा
Pre-Medical Examinatian	पूर्व-चिकित्सा परीक्षा
Post-Graduate Examination	स्नातकोत्तर परीक्षा
Project Report	परियोजना-विवरण
Pass Percentage	उत्तीर्ण प्रतिशतता
Qualifying Examination	अर्हक-परीक्षा
Question Paper	प्रश्न-पत्र
Roll Number	अनुक्रमांक

Remuneration to Examiners	परीक्षकों का पारिश्रमिक
Special Examination	विशेष परीक्षा
Supplementary Examination	पूरक परीक्षा
Scale of Marks	अंकमान
Teacher Candidates	अध्यापक प्रार्थी
Tabulation of Marks	अंकों का सारणीकरण
Senior Secondary Examination, Delhi	उच्चतर-माध्यमिक परीक्षा, दिल्ली
High School Examination	माध्यमिक परीक्षा
Intermediate Examination	माध्यमिक परीक्षा
Joint Services Wing Examination	संयुक्त सेना खंड परीक्षा
The Final Passing out examination of the Indian Mercantile Marine Training Ship 'Dufferin'	भारतीय मरकेनटाईल मेरीन जहाज 'डफरिन' की अंतिम परीक्षा
The Forces Preliminary Examination	सेना की प्रारम्भिक परीक्षा
The General Certificate of Education Examination	सामान्य शिक्षा प्रमाण-पत्र परीक्षा
The Intermediate Technical Examination	माध्यमिक तकनीकी परीक्षा
The Post-School Certificate Course Examination	विद्यालयोत्तर प्रमाण-पत्र पाठ्यक्रम परीक्षा

CONVOCATION — **दीक्षान्त समारोह**

Academic Costumes	शैक्षणिक वेशभूषा
Convocation Hall	दीक्षान्त-भवन
Convocation Address	दीक्षान्त-भाषण
Degree in Absentia	अनुपस्थितीय उपाधि
Honorary Degree	मानद उपाधि
Order of Precedence	पूर्वता-क्रम

GOWN — **गाउन**

Claret Gown	रक्तिरा गाउन	(रघु०)
Cream Band	शर पट्टी	(रघु०)
Electric Blue Border	विद्युत् नीला किनारा	

Gold Lace	सुनहरी किनारी	(रघु०)
Gold-heading and tassel	सुनहरा शीर्षक एवं प्रगुच्छ	"
Light Maroon with black linen	हलका उन्नाबी तथा काली पंक्ति	"
Mortar Band	उलुखल-पट्टी	(रघु०)
Scarlet Silk	सुनहरी शोण	"
Scarlet Gown	शोण गाउन	"
Strips of Heather	रक्तानील पट्टी	"
Purple Velvet	नीललोहित-मृदुक	"
Gold Lace and tufts	सुनहरी किनारा एवं गुच्छ	"
Silver Tassel	सुनहरी प्रगुच्छ	

VARIOUS UNIVERSITY DEGREES — विश्वविद्यालय की विभिन्न उपाधियाँ

A. Certificate and Diplomas — प्रमाण-पत्र व उपाधि-पत्र

Certificate	प्रमाण-पत्र
Diploma	उपाधि-पत्र
Diploma in Painting	चित्रकला उपाधि-पत्र
Diploma in Teaching	अध्यापन उपाधि-पत्र
Diploma in Engineering (D.E.)	इंजीनियरी उपाधि-पत्र/अभियांत्रिकी उपाधि-पत्र
Diploma in Music	संगीत उपाधि-पत्र
Diploma in Dance	नृत्य उपाधि-पत्र
Diploma in Gynecology and Obstetrics (D.G.O.)	प्रसूति तंत्र तथा स्त्री रोग विज्ञान उपाधि-पत्र
Diploma in Dramatics	नाट्य उपाधि-पत्र
Diploma in Physical Education (D.P.E.)	शारीरिक शिक्षा उपाधि-पत्र
Diploma in Medical Radiology and Electro-therapy (D.M.R.E.)	चिकित्सा एक्सकिरण तथा विद्युत् चिकित्सा उपाधि-पत्र
Diploma in Laryagology and and Otalogy (D.L.O.)	स्वरयंत्र तथा कर्णरोग विज्ञान तथा विद्युत् चिकित्सा उपाधि-पत्र
Diploma in Opthalmic Medicine and Surgery (D.O.M.S.)	नेत्र औषध तथा शल्यचिकित्सा उपाधि-पत्र

Diploma in Mechanical Engineering (D.M.E.)	यांत्रिकी इंजीनियरी उपाधि-पत्र/यांत्रिक अभियांत्रिकी उपाधि-पत्र
Diploma in Civil Engineering (D.C.E.)	सिविल इंजीनियरी उपाधि-पत्र/सिविल अभियांत्रिकी उपाधि-पत्र
Diploma in Chemical Engineering (D.Ch.E.)	रसायन इंजीनियरी उपाधि-पत्र/रसायन अभियांत्रिकी उपाधि-पत्र
Diploma in Electrical Engineering (D.E.E.)	वैद्युत इंजीनियरी उपाधि-पत्र/वैद्युत अभियांत्रिकी उपाधि-पत्र

B. Bachelor's Degrees	**स्नातक-उपाधि**
Bachelor of Arts (B.A.)	कला-स्नातक
Bachelor of Commerce (B. Com.)	वाणिज्य-स्नातक
Bachelor of Education (B. Ed.)	शिक्षा-स्नातक
Bachelor of Teaching (B. T.)	अध्यापन-स्नातक
Bachelor of Oriental Learning (B.O.L.)	प्राच्य विद्या-स्नातक
Bachelor of Literature (B. Litt.)	साहित्य-स्नातक
Bachelor of Law or Laws (B.L./LL.B.)	विधि-स्नातक
Bachelor of Civil Law (B.C.L.)	सिविल-विधि स्नातक
Bachelor of Science (B.Sc.)	विज्ञान-स्नातक
Bachelor of Music (B. Mus.)	संगीत-स्नातक
Bachelor of Techonology (B.Tech.)	प्रौद्योगिकी-स्नातक
Bachelor of Textiles (B.Text.)	वस्त्र-विज्ञान-स्नातक
Bachelor of Architecture (B.Arch.)	वास्तुविद्या-स्नातक
Bachelor of Agriculture (B.Agri.)	कृषि-स्नातक
Bachelor of Mechanical Engineering (B.M.E.)	यांत्रिक-इंजीनियरी-स्नातक/अभियांत्रिकी-स्नातक
Bachelor of Electrical Engineering (B.E.E.)	वैद्युत अभियांत्रिकी-स्नातक

Bachelor of Chemical Engineering (B.Ch.E.)	रसायन-इंजीनियरी-स्नातक/रसायन
Bachelor of Tele-communication Engineering (B.Tel.E)	दूर संचार इंजीनियरी-स्नातक/दूर संचार अभियांत्रिकी स्नातक
Bachelor of Civil Engineering (B.C.E.)	सिविल इंजीनियरी-स्नातक/सिविल अभि-यांत्रिकी स्नातक
Bachelor of Engineering (B.E.)	इंजीनियरी-स्नातक/अभियांत्रिकी स्नातक
Bachelor of Chemical Technology (B.Chem.Tech.)	रसायन-प्रौद्योगिकी स्नातक
Bachelor of Veterinary Science (B.V.Sc.)	पशुचिकित्सा विज्ञान-स्नातक
Bachelor of Veterinary Science and Animal Husbandary (B.V. Sc. & A.H.)	पशुचिकित्सा तथा पशुपालन विज्ञान-स्नातक
Bachelor of Dental Surgery (B.D.E.)	दन्त-शल्य-चिकित्सा स्नातक
Bachelor of Nursing (B. Nur.)	परिचर्या-स्नातक
Bachelor of Medicine and Bachelor of Surgery (B.M.B.S. or M.B. & B.S.)	कायचिकित्सा तथा शल्य-चिकित्सा-स्नातक
Bachelor of Pharmacy (B. Pharm.)	भैषजी स्नातक
Aurvedacharya, Bachelor of Medicine and Surgery (A.M.B.S.)	आयुर्वेदाचार्य, कायचिकित्सा तथा शल्य-चिकित्सा-स्नातक
Bachelor of Aurvedic Medicine (B.AM.)	आयुर्वेद-स्नातक
Bachelor of Aurvedic Medicine and Surgery (B.A.M.S.)	आयुर्वेद कायचिकित्सा तथा शल्य-चिकित्सा-स्नातक
Bachelor of Unani Medicine and Surgery (B.U.M. S.)	यूनानी कायचिकित्सा तथा शल्य-चिकित्सा-स्नातक
Bachelor of Sanitary Science (B. S. Sc.)	स्वच्छता विज्ञान-स्नातक
Bachelor of Indian Medicine (B.I.M.)	भारतीय आयुर्विज्ञान-स्नातक
Bachelor of Physical Education (B.P.E.)	शारीरिक शिक्षा-स्नातक

C. Master's Degrees	निष्णात-उपाधि
Master of Arts (M.A.)	कला-निष्णात
Master of Commerce (M. Com.)	वाणिज्य-निष्णात
Master of Education (M.Ed.)	शिक्षा-निष्णात
Master of Oriental Learning (M.O.L.)	प्राच्य विद्या-निष्णात
Master of Law or Laws (M.L./LL.M.)	विधि-निष्णात
Master of Letters or Master of Literature (M. Litt.)	साहित्य-निष्णात
Master of Philosophy (M.Phil.)	दर्शन-निष्णात
Master of Indology (M. Ind.)	भारतीय विद्या-निष्णात
Master of Social Work (M.S.W.)	समाज-कार्य-निष्णात
Master of Business Administration (M.B.A.)	व्यवसाय-प्रबंध-निष्णात
Master of Music (M. Mus.)	संगीत-निष्णात
Master of Library Science (M. Lib.)	पुस्तकालय-विज्ञान-निष्णात
Master of Science (M. Sc.)	विज्ञान-निष्णात
Master of Technology (M. Tech.)	प्रौद्योगिकी-निष्णात
Master of Engineering (M.E.)	इंजीनियरी-निष्णात/अभियांत्रिकी-निष्णात
Master of Electrical Engineering (M.E.E.)	वैद्युत-इंजीनियरी-निष्णात/वैद्युत अभियांत्रिकी-निष्णात
Master of Machenical Engineering (M.M.E.)	यांत्रिक-इंजीनियरी-निष्णात/यांत्रिक-अभियांत्रिकी-निष्णात
Master of Chemical Engineering (M. Ch. E.)	रसायन-इंजीनियरी-निष्णात/रसायन-अभियांत्रिकी-निष्णात
Master of Textile (M. Text.)	वस्त्र-विज्ञान-निष्णात
Master of Veterinary Science (M.V. Sc.)	पशुचिकित्सा विज्ञान-निष्णात
Master of Planning (M. Plan.)	योजना-निष्णात
Master of Architecture (M.Arch.)	वास्तुविद्या-निष्णात
Master of Surgery (M.S.)	शल्यविज्ञान-निष्णात
Master of Pharmacy (M. Pharm.)	भैषजी-निष्णात
Master of Obstetrics (M.O.)	प्रसूति-यन्त्र-निष्णात

Master of Obstetrics and Gyneacology (M.O.G.)	प्रसूति-तंत्र तथा स्त्री रोग विज्ञान-निष्णात
Master of Statistics (M. Stat.)	सांख्यिकी-निष्णात
Master of Chirugial (M. Ch.) or Master of Surgery (M.S.)	शल्यविज्ञान-निष्णात
Master of Physical Education (M.P.E.)	शारीरिक शिक्षा-निष्णात
D. Doctorate Degree	**वाचस्पति उपाधि**
Doctor of Letters or Doctor of Literature (D. Litt. or Litt. D.)	साहित्य-वारिधि
Doctor of Philosophy (Ph. D. or D. Phil.)	विद्या वाचस्पति
Doctor of Oriental Learning (D.O.L.)	प्राच्य-विद्या वाचस्पति
Doctor of Law (D.L.)	विधि-वारिधि
Doctor of Laws (LL.D.)	विधि-वारिधि
Doctor of Science(D.Sc. or Sc.D.)	विज्ञान-वारिधि
Doctor of Medicine (M.D.)	आयुर्विज्ञान-वाचस्पति
Doctor of Hygene (D. Hy.)	स्वास्थ्य विज्ञान वाचस्पति
Doctor of Music (D. Mus.)	संगीत-वाचस्पति
Doctor of Education (D. Edu.)	शिक्षा-वाचस्पति
Doctor of Engineering (D. Eng.)	इंजीनियरी-वाचस्पति/अभियांत्रिकी-वाचस्पति
LEAVE	**अवकाश**
Annual Leave	वार्षिक अवकाश
Accumulated Cumulated Leave	संचित अवकाश
Casual Leave	आकस्मिक अवकाश
Commuted Leave	रूपांतरित छुट्टी
Combination of Leave	अवकाश-संयोग/अवकाश-संयोजन
Commencement and Termination of Leave	अवकाश प्रारम्भ व समाप्ति

Conversion of one kind of leave to another kind	एक प्रकार के अवकाश का दूसरे प्रकार के अवकाश में परिवर्तन
Compilation of Leave	अवकाश-संकलन
Discretionary holidays	विवेकाधिकार छुट्टी
Duty Leave	कर्त्तव्य-भार अवकाश
Earned Leave	अर्जित अवकाश
Extra-ordinary Leave	असाधारण अवकाश
Earning of Leave	अवकाश अर्जन
Gazetted Holiday	राजपत्रित छुट्टी
Half-pay leave	अर्द्धवेतन-अवकाश
Leave without pay	अवैतनिक अवकाश
Leave preparatory to retirement	सेवानिवृत्ति-पूर्व अवकाश
Long Vacation	दीर्घकालीन अवकाश
Leave for academic work	शैक्षणिक कार्य के लिए अवकाश
Leave in exchange	विनिमय द्वारा अवकाश
Leave-Regulations	अवकाश-नियम
Leave not due	अवकाश अदेय है
Medical Leave	चिकित्सा-अवकाश
Maternity Leavc	प्रसूति-अवकाश
Qurantine Leave	संगरोध-अवकाश
Reserve Leave	सुरक्षित अवकाश
Sick Leave	आरोग्यता-अवकाश
Study Leave	अध्ययनार्थ-अवकाश
Special Emergencies Leave	विशेष-आपत्कालीन अवकाश
Terms, vacations and holidays	अवधि, विश्रामावकाश व अवकाश
Medical Certificate of Fitness	आरोग्य-प्रमाणपत्र
Medical Certificate of Sickness	बीमारी का प्रमाण-पत्र

MEETINGS — समिति

Acadamic Council	विद्या-परिषद
Admission Committee	प्रवेश-समिति
Adhoc Admission Committee	तदर्थ प्रवेश-समिति
Administration Committee	प्रशासनिक समिति
Appeal Committee	अपील-समिति
Committee of Courses and Studies	पाठ्यक्रम-समिति
Court	कुल-सभा

Consultation Committee	परामर्श-समिति
Countributory Provident Fund Committee	अंशदायी भविष्य-निधि समिति
Convocation Committee	दीक्षान्त-समिति
Child Health Diploma Course Committee	शिशु-स्वास्थ्य उपाधि पाठ्यक्रम समिति
Departmental Committee	विभागीय समिति
Examination Committee	परीक्षा-समिति
Establishment Committee	स्थापना-समिति
Estimates Committee	प्राक्कलन-समिति
Executive Council	कार्य-परिषद्
Election Committee	निर्वाचन-समिति
Enrolment Committee	नामांकन-समिति
Education Committee	शिक्षा-समिति
Eligibility Committee	पात्रता-समिति
Estate Committee	संपदा-समिति
Expert Committee	विशेषज्ञ-समिति
Extra-Curricular Activities Committee	पाठ्येतर क्रियाकलाप-समिति
Equivalence Committee	तुल्यांकन-समिति
Faculty Committee	संकाय-समिति
Finance Committee	वित्त-समिति
General Committee	सामान्य समिति
Honorary Degree Committee	मानद-उपाधि समिति
Hostel Committee	छात्रावास-समिति
Hospital Committee	अस्पताल-समिति
Index Committee	अनुक्रमणी-समिति
Inspection Committee	निरीक्षण-समिति
Instalment Committee	किस्त-समिति
Instruction Committee	अनुदेश-समिति
Interim Committee	अंतरिम समिति
Interview Committee	साक्षात्कार-समिति
Investment Committee	विनिधान-समिति
Journal Committee	पत्रिका-समिति
Library Committee	पुस्तकालय-समिति
Literacy Committee	साक्षरता-समिति

Moderation Committee	अनुसीमन-समिति
Maintenance Committee	अनुरक्षण-समिति
Maintenance Grant Committee	अनुरक्षण-अनुदान समिति
Medals Committee	पदक-समिति
Medical Advisory Committee	चिकित्सा-सलाहकार समिति
Membership Committee (Library)	सदस्यता-समिति (पुस्तकालय)
Memorial Lectures Committee	स्मारक-व्याख्यान समिति
Migration Certificate Committee	प्रवास-प्रमाणपत्र समिति
Preliminary Committee	प्राथमिक समिति
Publication Committee	प्रकाशन-समिति
Reaserch Committee	अनुसंधान-समिति
Remuneration Committee	पारिश्रमिक-समिति
Residence Committee	निवास-समिति
Research Grant Committee	अनुसंधान-अनुदान समिति
Result Committee	परीक्षाफल-समिति/परिणाम समिति
Selection Committee	प्रवरण-समिति/चयन समिति
Study-Leave Committee	अध्ययनार्थ अवकाश समिति
Scholorship Committee	छात्रवृत्ति-समिति
Scrutiny Committee	संवीक्षा-समिति
Specialisation Committee	विशेषज्ञता-समिति
Special Meeting	विशेष सभा
Sports Committee	खेलकूद-समिति
Statutory Committee	सांविधिक समिति विधिक समिति
Students Committee	विद्यार्थी-समिति
Subscription Committee	शुल्क-समिति
Survey Committee	सर्वेक्षण-समिति
Temporary Committee	अस्थायी समिति
Tabulation Committee	सारणीयन-समिति
Text-Book Committee	पाठ्यपुस्तक-समिति
Terminology Committee	पारिभाषिक शब्द-समिति
Time-table Committee	समय-सारिणी-समिति
Tournament Committee	क्रीड़ा-महोत्सव-समिति
Training Committee	प्रशिक्षण-समिति
Transfer Committee	स्थानांतरण समिति
Transaction Committee	प्रसार-समिति

Transaction Committee	संचालन-समिति
Travel Grant Committee	यात्रा-अनुदान समिति
Travelling and Halting Allowance Committee	यात्रा-अनुदान व विराम-भत्ता समिति
Triennial Inspection Committee	त्रैवार्षिक निरीक्षण समिति
Tutorial Committee	उपशिक्षण-समिति
University Press Committee	विश्वविद्यालय-मुद्रणालय समिति
Variety Entertainment Committee	विविध-रंजन समिति
Vocational Course Committee	व्यावसायिक पाठ्यक्रम समिति
Welfare Committee	कल्याण-समिति
Youth Festival Committee	युवक-महोत्सव-समिति

B. Words Related to Meetings — **बैठक/सभा सम्बन्धी शब्दावली**

According to merit	योग्यतानुसार
Agenda papers	कार्य-सूची पत्र
Adjornment of the meeting	सभा-स्थगन
A Motion of Amendment	संशोधन-प्रस्ताव
By Virtue of	के नाते
By Virtue of office/in official capcity	पद की हैसियत से
By order of the post	पद के आदेश से
Breach of order	आदेश-भंग
By order	के आदेश से
Casting Vote	निर्णायक मत
Cooped Members	सहयोजित सदस्य
Elected Members	निर्वाचित सदस्य
Ex-officio Members	पदेन सदस्य
Ex-officio Chairman	पदेन सभापति/अध्यक्ष
Ex-officio Secretary	पदेन सचिव
Ex-officio Representative	पदेन प्रतिनिधि
Method of election	निर्वाचन-पद्धति
Method of dissolution	विघटन-पद्धति
Meetings of the Authorities	प्राधिकारी-सभा
Meetings of the Faculties	संकाय-सभा
Meetings of the Research Board	अनुसंधान-मंडल सभा

Members Representing the Council of State	राज्य-सभा के प्रतिनिधि सदस्य
Members Representing the Legislature	विधान सभा के प्रतिनिधि सदस्य
Nominated Members	नामित सदस्य
Notice of the Meeting	सभा/बैठक की सूचना
Notice of Resolution and Amendment	प्रस्ताव व संशोधन सूचना
Notice of the Motion	प्रस्ताव-सूचना
Order of Business	कार्यकारी-क्रम
President of the Court	कुल-सभा-अध्यक्ष/सभापति
Powers of Disallowance	अस्वीकृति की शक्ति
Point of order	नियमापत्ति/व्यवस्था का प्रश्न
Possession of the House	सदन के अधिकार में
Proposed or Seconded	प्रस्तावित या अनुमोदित
Put the question to vote	प्रश्न को मतदान के लिए रखना
Representatives of the Alumni Association	भूतपूर्व विद्यार्थी-संघ के प्रतिनिधि
Representatives of the Departments and Colleges	विभाग व महाविद्यालय के प्रतिनिधि
Representatives of Educational Boards	शिक्षा-मंडलों के प्रतिनिधि
Representatives of the Legislature	विधान सभा के प्रतिनिधि
Summon Meetings	सभा/बैठक बुलाना
Supply of Minutes	कार्यवृत्त-प्रदान करना
Supply of Agenda	कार्य-सूची प्रदान करना
Supbly of Details	ब्योरा देना
Supply of Statement	बयान उपलब्ध कराना
Supply the Report of the Sub-Committee	उपसमिति का विवरण प्रदान करना
Supply the Report of the Sub-Committee	समिति-विवरण प्रदान करना
Single Transferable Vote	एकल संक्रमणीय मत
Show of Hands	हाथ उठाकर
To issue Notice of the Meeting	सभा-सूचना जारी करना
To issue Agenda of the Meeting	सभा/बैठक की कार्यसूची जारी करना

To confirm the Minutes	कार्यवृत्त की पुष्टि करना
To postpone the Meeting	सभा/बैठक स्थगित/मुल्तवी करना
To dissolve the Meeting	सभा/बैठक भंग करना
To adjourn the Meeting	सभा स्थगित करना
To coopt the Members	सदस्य सहयोजित करना
To appoint a Committee	समिति नियुक्त करना
To appoint a Chairman	सभापति/अध्यक्ष नियुक्त करना
To appoint a Sub-Committee	उप-समिति नियुक्त करना
To appoint a Secretary	सचिव नियुक्त करना
Tribunal of Arbitration	मध्यस्थ-अधिकरण
Two-third Members	दो-तिहाई सदस्य
Three-fourth Members	तीन-चौथाई सदस्य
One-third Members	एक-तिहाई सदस्य
Half Members	आधे सदस्य
To change the Order of the Business	कार्यगण में परिवर्तन करना
To pass on to the next item of the Business	कार्यगण के अगले मद पर विचार करना
To refer any matter to any authority of the University	किसी विषय को विश्वविद्यालय प्राधिकारी को भेजना
To propose the question be put to vote	प्रश्न को मत के लिए प्रस्तावित करना
To frame rules	नियम निर्माण करना
To elect a Chairman	सभापति निर्वाचित करना
To change the venue of the meeting	बैठक/सभा के स्थान में परिवर्तन करना
To call to order	व्यवस्था का आदेश देना
To adopt or impose	अपनाना अथवा अधिरोपित करना
To be present	उपस्थित होना
Term of the Faculties	संकाय की अवधि
They shall hold office	वह पदारूढ़ होंगे
Two persons eleeted by the Court	कुल-सभा द्वारा निर्वाचित दो व्यक्ति
Term of office	कार्यपदावधि
Vote by ballot	पर्ची द्वारा मतदान
Vote by secret ballot	गुप्त पर्ची द्वारा मतदान

Vote may be taken by voices or division	मत मौखिक या ध्वनि से अथवा विभाजन से लिया जाए
Vote of censure	परिनिन्दा/निन्दा मत
Voter	मतदाता
Voter's list	मतदाता सूची
Votes of credlt	प्रत्यानुदान
Voting	मतदान
Votable	मतदेय
Votable Item	मतदेय मद
Voted expenditure	दत्त मत व्यय

SCHOLARSHIP, FELLOWSHIP, PRIZES, MEDALS ETC. — छात्रवृत्ति, शिक्षावृत्ति, पारितोषिक, पदक इत्यादि

A. Scholarship — **छात्रवृत्ति**

All India Scheme Scholarships	अखिल भारतीय योजना छात्रवृत्ति
Entrance Scholarship	प्रवेश-छात्रवृत्ति
Endowment Scholarship	अक्षय निधि छात्रवृत्ति
Graduate Course Scholarship	स्नातक-पाठ्यक्रम छात्रवृत्ति
Post-Graduate Scholarship	स्नातकोत्तर-छात्रवृत्ति
Scholorship for the Study of Regional Languages	प्रादेशिक/क्षेत्रीय भाषाओं के अध्यनार्थ छात्रवृत्ति
Senior Scholarship in History	इतिहास, वरिष्ठ छात्रवृत्ति
Senior Scholarship in Economics	अर्थशास्त्र, वरिष्ठ छात्रवृत्ति
Senior Scholarship in Sociology	समाज-विज्ञान, वरिष्ठ छात्रवृत्ति
Research Scholarship	अनुसंधान छात्रवृत्ति

B. Fellowships — **शिक्षावृत्ति**

Research Followship	अनुसंधान शिक्षावृत्ति
Endowment Fellowship	अक्षय निधि शिक्षावृत्ति

C. Prizes — **पारितोषिक**

Charity Trust Prize	पूर्त न्यास पारितोषिक
Central Government Prize	केन्द्रीय राज्य पारितोषिक
Essay Prize	निबन्ध पारितोषिक
Central Government Prize for Agriculture	कृषि के लिए केन्द्रीय राज्य पारितोषिक

Government of India Prize for the Study of Regional Language	प्रादेशिक/क्षेत्रीय भाषा-अध्ययनार्थ भारत सरकार का पारितोषिक
Law Union Prize	विधि-संघ पारितोषिक
Memorial Prize	स्मारक पारितोषिक
Political Science Essay Prize	राजनीति विज्ञान निबन्ध पारितोषिक
Rector's Prize	कुलदेशिक पारितोषिक

D. Medals — **पदक**

Gold Medal	स्वर्ण पदक
Silver Medal	रजत पदक
Memorial Medal	स्मारक पदक

LIBRARY SCIENCE — पुस्तकालय विज्ञान

Activity Questionnaire	क्रिया-प्रश्नावली
Age-grade progress	आयु-श्रेणी-प्रगति
Aggregative statistics	समुच्चित आँकड़े
Allport-Vernon study of Values	आलपर्ट-वनर्न-मूल्य-परीक्षण
Attitudional Multivalence	अभिवृत्ति बहुकर्षण शक्ति
Aberrant copy	सदोष-प्रति
Absolute lccation	निरपेक्ष स्थान
Absolute size (also called exact size)	यथार्थ आकार
Accession	परिग्रहण
Accession arrangement	परिग्रहण व्यवस्था
Accession assistant	परिग्रहण सहायक
Accession book	परिग्रहण पंजिका
Accession book of periodicals	पत्रिका परिग्रहण पंजिका
Accession bulletin	परिग्रहण बुलेटिन
Accession date	परिग्रहण तिथि
Accession department	परिग्रहण विभाग
Accession division	परिग्रहण प्रभाग
Accession record	परिग्रहण अभिलेख
Aecession register	परिग्रहण पंजिका
Accession slip	परिग्रहण पर्ची, परिग्रहण पर्णी, परिग्रहण स्लिप
Accession stamp	परिग्रण मुद्रांक, परिग्रहण मोहर

Adjustable list	समायोज्य-सूची
Adoption of the Public Libraries	सार्वजनिक पुस्तकालयों का अंगीकरण
Advisor, readers	पाठ्य परामर्शदाता
Air dried	वायु-शोषित
Ajour binding	अजूर-जिल्द
Alber type	एलबरटाइप
Alcove	कोष्ठिका
All-along (sewing)	पूरी सिलाई
All over style	सर्वालंकरण शैली
Aliusion book	निर्देश ग्रन्थ
Alphabetical arrangement	आनुवार्णिक विन्यास
Alphabetical catalogue	आनुवार्णिक सूची
Alphabetical code	वर्ण-संकेत
Alphabetical index	वर्णानुक्रमणिका
Alphabetical sequence	वर्णानुक्रम
Alphabetic subject catalogue	आनुवार्णिक विषय/सूची
Alphabet mark	वर्ण-चिह्न
Analytic method	वैश्लेषिक रीति
Anastatie printing	चित्र-अंतरण-मुद्रण
Analistic reprint	चित्र-अंतरण-पुनर्मुद्रेण
Annalistic arrangement	प्रकाशनानुसारी कृति-सूची
Annonymous classic	अनामक श्रेण्य ग्रन्थ
Anopisthographic block Book	एकपार्श्व-मुद्रित ग्रंथ
Anterior numerical Classes	पूर्ववृत्ति संख्यात वर्ण
Antique Finish	खुरदरा परिष्करण
Applied Bibliography	अनुप्रयुक्त ग्रन्थ विद्या
Arabic figures	अरबी अंक
Archetypal novel	आद्य-उपन्यास/आद्य-कथासाहित्य
Area librarian	क्षेत्र-पुस्तकाध्यक्ष
Art canvas (also known as light-weight Bukrum)	हल्का बुकरम
Authority card	प्राधिकार कार्ड
Authority entry	प्राधिकार प्रविष्टि

Author's binding	लेखकीय जिल्द
Author's corrections	लेखकीय संशोधन
Author's edition	लेखक ग्रंथावली संस्करण
AutograPhed edition	स्वक्षरित संस्करण
Auto-lithography	स्वत: शिलामुद्रण
AutotyPe reProduction	आटोटाइप पुनर्मुद्रण
Auxiliary number	सहायक संख्या
Auxiliary Publication	सहायक प्रकाशन
Average sloPe Map	औसत ढलान-मानचित्र
Back board	पिछला गत्ता
Back margin	पिछला हाशिया/पश्च उपान्त
Back mark	पीठ-चिह्न
Back title	पृष्ठ आख्या
Back ground studies	पृष्ठभूमि अध्ययन
Bibliograbhy, annotated	सटिप्पण ग्रंथ-सूची
Back uP	पीठ-मुद्रण
Back bone	पोट, कगर
Backing	पोट निकालना, कगर निकालना
Backing Machine	पोट मशीन
Back strip	पीठ अस्तर, पश्च अस्तर
Bas-relief printing	उभरी छपाई
Bastard type	संकर-टाइप, अमानक टाइप
Battle dore	बैटिलडोर
Bedford binding	बेडफोर्ड जिल्द
Benday process	बेंडे प्रक्रम
Bevelled boards	प्रवणित बोर्ड
Bible paper	बाइबल कागज़
Biblia pauperum	सचित्र बाइबिल
Bibliognosist	ग्रंथ-विज्ञानी
Bibliographic Index	ग्रन्थ अनुक्रमणिका
Bibliographic service	ग्रंथ संदर्भ सेवा
Bibliographile binding	पुस्तक-प्रेमी जिल्द
Bibliophile edition	पुस्तक-प्रेमी संस्करण
Bibliothecal classification	विन्यासात्मक वर्गीकरण
Bibliothecal scheme	विन्यासात्मक योजना
Bifurcat classification	द्विधा वर्गीकरण

Bill of type	मुद्राक्षर वर्ग
Bind in	संलग्न करना
Binder's board	जिल्दी गत्ता, गत्ता
Binder's ticket	जिल्दसाज लेबल
Binding Book	जिल्दबन्दी रजिस्टर
Binding Copy	जिल्द के लिए प्रति
Binding department	जिल्द विभाग
Binding record	जिल्द विवरण
Bibliographical Dictionary	जीवनी कोश
Bi-weekly	पाक्षिक
Black face (syn-Bold face, Full face)	काला टाइप, स्थूलाक्षर
Black letter	काला टाइप
Black step	काला चिह्न
Blank leaves	अमुद्रित पृष्ठ
Blind-blocking	बिना स्याही गर्भित मुद्रण
Blind stamping	मसिहीन उभरी छपाई
Blind tooling	मसिहीन दाब छपाई
Blue print process	नीलमुद्रण प्रक्रम
Board label	लेपित लेबल
Body matter	विषयवस्तु
Body paper or Board (Sun : raw paper; base)	कच्चा कागज़
Body type	काय टाइप
Bold face	काला टाइप, स्थूलाक्षर
Bone-folder	मोड़ पटरी, बोन फोल्डर
Bonnage card catalogue tray	बोनेज कार्ड सूची ट्रे
Book boxes	पुस्तक पेटी
Book conveyor, or book carrier	पुस्तक वाहन
Book catalogue	पुस्तक-सूची
Book cloth	जिल्द-कपड़ा
Book cover	पुस्तक-आवरण
Book distributor	पुस्तक वाहक/वितरक
Book end (=Book support)	पुस्तक-अवलम्ब
Book label	पुस्तक लेबल

Book mark	पुस्तक-चिह्न
Book paper	किताबी कागज
Book post	बुकपोस्ट
Book press	पुस्तक दाब
Book rack	ग्रंथाधार, बुकरेक
Book patchel	पुस्तक थैला
Book shrine	ग्रंथायतन
Book slide	पुस्तक स्लाइड
Book slip	पुस्तक स्लिप
Book stack	पुस्तक भंडार
Book stamp	पुस्तक मोहर
Book stock	पुस्तक संग्रह
Book stand	पुस्तक स्टैंड
Book store	पुस्तक भंडार
Book support	पुस्तक अवलम्ब
Boak talk	पुस्तक वार्ता
Book trough	पुस्तक द्रोणी
Book truck	पुस्तक-ट्रक
Book week	पुस्तक सप्ताह
Book binding	जिल्दसाज़ी
Book case	पुस्तक केस
Book mark list	पुस्तक-चिह्न सूची
Book mobile, or Bookvan	पुस्तक बस/चल पुस्तकालय
Borrower's Index	ग्रहीता सूची
Borrower's number	ग्रहीता क्रमांक
Borrower's register	ग्रहीता रजिस्टर
Bottom note	पाद-टिप्पणी
Boyet style	बॉएट शैली
Bradel binding	ब्रेडेल-जिल्द
Branch Librarian	शाखा पुस्तकाध्यक्ष
Brass rule	पीतल की पट्टी
Bristol board	ब्रिस्टल फलक
Broad sheet	ताव, बड़ा चिट्ठा, वृहद् पत्रक
Broken letter	टूटा टाइप
Brown paper	बादामी कागज़
Brush-pen	तूलिका

Burnished edges	चमकीली कोर
Bye-laws	उपनियम
Cabinet edition	पुस्तकालय संस्करण
Calcography	ताम्रचित्रण, खड़िया-चित्रकला
Caldecott medal	काल्डेकॉट मेडल
Calendered paper	कैलेण्डर से चिकनाया कागज़
Cambridge style	केम्ब्रिज शैली
Cameo binding	केमियो-जिल्द
Cameo stamp	केमियो स्टांप
Caneveri binding	केनवरी जिल्द
Caption title	मुख्य शीर्षक
Card cabinet	कार्ड केबिनेट
Card drawer	कार्ड दराज
Cardographer entry	मानचित्रकार के नाम से प्रविष्ट
Cartridge paper	कार्ट्रिज कागज, चित्रांकण का पुष्ट कागज
Case book	वस्त्रावर्णी पुस्तक
Catalogue drawer/Catalogue tray	सूचीपत्र ट्रे
Catalogue raisonee	वर्गीकृत सूची
Catch line	संकेत पंक्ति
Catchword title	आख्यासूचक शब्द
Cathedral bindlng	कैथीड्रल जिल्द
Centre note	मध्य टिप्पणी
Chain line	श्रृंखला रेखा
Chain stitch	श्रृंखला सीवन, जुजबन्दी
Chained library	श्रृंखलित पुस्तकालय
Chalk drawing	खड़िया आलेख, पेस्टल चित्रण
Changed name	परिवर्तित नाम
Chap Book	सस्ता संस्करण
Charging desk	निर्गम डेस्क
Charging machine	निर्गम मशीन
Charging methods	निर्गम पद्धति
Charging slip	निर्गम पर्ची
Charter roll	अधिकार पत्र, खर्रा
Cheap edition	सस्ता संस्करण
Chemical wood pulp	रासायनिक कट लुगदी

China paper	चीनी कागज
Chinese style	चीनी शैली
Chromo-lithography	क्रोमो-लिथोग्राफी, रंजित शिला मुद्रण
Circulating Library	परिचालन पुस्तकालय
Circulation Department	परिचालन विभाग
Circulation desk	परिचालन डेस्क
Circulation work	परिचालन कार्य
Class catalogue	वर्गीकृत सूची
Class entry	अनुवर्ग प्रविष्टि
Class guide	वर्ग निदेशिका
Class letter	वर्ग संकेताक्षर
Class list	वर्ग (पुस्तक) सूची
Class mark	वर्ग-चिह्न
Classified catalogue	वर्गीकृत सूची
Classified library	वर्गीकृत पुस्तकालय
Clippings file (=cutting file)	कतरन मिसिल/फाइल
Closcd bibliography	पूर्ण ग्रंथ सूची
Closed joint	दृढ़ संधि, दृढ़ जोड़
Cloth boards	कपड़-गत्ता
Cloth joint	वस्त्र-जोड़
Cloth binding	वस्त्र-मुद्रण
Collected edition	ग्रंथावली संस्करण
Collective entries	समुच्चित प्रविष्टियाँ
Collective title	समुच्चित आख्या
College Library	कालेज पुस्तकालय
Colonial edition	औपनिवेशिक संस्करण
Colophon date	पुष्पिका तिथि
Colour lithography	रंगीन शिला मुद्रण
Colour prinitng	रंगीन मुद्रण
Coloured plate	रंगीन प्लेट
Commercial Library	व्यापारिक पुस्तकालय
Commercial Section	व्यापारिक पुस्तक अनुभाग
Compiler entry	संकलनकर्त्ता प्रविष्टि
Compound name	संयुक्त नाम
Comprehensive bibliography	व्यापक ग्रंथ-सूची

Condensed type	घना टाइप
Connective catalogue	संयोग सूची, अंतर्निर्देश सहित सूची
Contact photography	सम्पर्क फोटोग्राफी
Contents book	विषय-सूची पुस्तिका
Contents note	विषय विवरण
Contents table	विषय तालिका
Continuation card	अनुवर्ती पत्रक
Continuation list	अनुवर्ती सूची
Continuation record	अनुवर्ती रिकार्ड
Continuous pagination	सतत पृष्ठांकन
Continuous revision	सतत पुनरीक्षण
Contour line	समोच्च रेखा
Conventional title	रूढ़ आख्या
Cooperative catalouging	सहकारी सूचीकरण
Co-ordination of terms	पद-समन्वय
Copyright date	कापीराइट तिथि
Copyright deposit	कापीराइट निक्षेप
Copyright, International	अन्तर्राष्ट्रीय कापीराइट
Copyright library	कापीराइट पुस्तकालय
Copyright list	कापीराइट सूची
Corner marked card	कोणांकित कार्ड
Corporate entry	समिष्ट प्रविष्टि
Corporate name	समिष्ट नाम
Corrected edition	संशोधित संस्करण
Cottage binding	काटेज जिल्द, कुटीरी जिल्द
Couch roll	कौच रोल
Counter duty	काउन्टर-ड्यूटी/सेवा
Counter mark	प्रतिचिह्न
Counter sunk	सगर्त्त जिल्द
Cover paper	आवरण कागज
Cover pocket	आवरण पॉकेट, आवरण जेब
Crash finish	खुरदरी जिल्द
Crayon drawing	क्रेयन चित्रण, वर्त्तिका चित्रण
Cross head	केन्द्र शीर्षक
Cross reference	प्रति निर्देश
Cross reference Card	प्रतिनिर्देश कार्ड

Crown size	क्राउन आकार
Cryptonymous book	कूटनामी पुस्तक
Cul de lampa	अंत्य अलंकरण
Cum licentia	अनुमत, प्राधिकृत
Cum privilego	अनुमतिसहित
Cumulated book catalogue	समुच्चित पुस्तक सूची
Cumulative Index	समुच्चायक अनुक्रमणिका
Cumulative list	समुच्चित सूची
Current Comprehensive bibliography	सामयिक व्यापक ग्रंथ-सूची
Current selective bibliography	सामयिक वरणात्मक ग्रंथ-सूची
Cut edges (binding)	कटे किनारे, कर्तित कोर
Document	प्रलेख, दस्तावेज
Double track-system	द्विमार्ग पद्धति, द्विशाखा प्रणाली
Fact-finding study	तथ्यान्वेषी अध्ययन
Flash cards	उन्मेष कार्ड, फ्लैश कार्ड
Ladder system	सोपान पद्धति
Library card	ग्रहीता कार्ड
Marking system	अंकन पद्धति
Panel technique	नामिका-प्रविधि
Rates of reduction	छूट की दरें
Research student ticket	अनुसंधान विद्यार्थी-टिकट
Special ticket	विशेष टिकट
Scale indicator	अनुमाप-सूचक
Scholastic success	शैक्षिक सफलता
Teacher's Ticket	अध्यापक ग्रहिता कार्ड
Weighted Cross section method	भारित सर्वविध प्रतिनिधान प्रणाली

GENERAL TERMS — सामान्य शब्दावली

Alumni (Old Boys) Association	भूतपूर्व छात्र-संघ
Affiliated College	सम्बद्ध महाविद्यालय
Academic Body	शैक्षणिक निकाय
Academic Year	शैक्षणिक वर्ष
Academic Term	शैक्षणिक अवधि
Attendance at lectures	भाषणों में उपस्थिति
Admission Ticket	प्रवेश-टिकट

Agreement of Service	सेवा का अनुबन्ध
Applicant's Guardian	प्रार्थी का अविभावक
Audio-visual Course	दृश्य-श्रव्य-पाठ्यक्रम
Board of Adjudicators	अधिनिर्णयक-मण्डल
Board of Extra-mural Studies	बहिर्विद्यालयी अध्ययन मंडल
Board of Sports	खेलकूद-मंडल
Board of Studies	अध्ययन-मंडल
Board of University Teaching	विश्वविद्यालीय प्रशिक्षण-मंडल
Board of Conciliation	सुलह-मंडल
Commercial or Structural Festivals	वाणिज्य अथवा संरचना उत्सव
Change of Date of Birth	जन्म-तिथि में परिवर्तन
Constituent College	संभागीय महाविद्यालय
Calculation of Attendance at Lectures	भाषण-उपस्थिति गणना
Cause an Inspection	निरीक्षण कराना
Class IV Employees	चतुर्थ वर्ग कर्मचारी
Clerical error	लेखन-अशुद्धि
Constituent Recognized Institution	मान्यताप्राप्त संभागीय संस्था
Course Pamphlet	पाठ्यक्रम पुस्तिका
Constituent College Council	संभागीय महाविद्यालय परिषद
Course of Instruction	अनुदेश पाठ-योजना
Cultural Exchange	सांस्कृतिक विनिमय
Conditions of Service of Officers and Teachers	अधिकारियों व अध्यापकों की सेवा-शर्तें
Common Seal	निगम मुद्रा
Courses of Study	पाठ्य-क्रम
College Appointed Teacher	महाविद्यालीय नियुक्त प्राध्यापक
Clerical Staff	लिपिक वर्ग
Casual Vacancies	आकस्मिक रिक्तताएँ
Coordinating Board	समन्वय-मंडल
Domestic Bursar	घरेलू कोषाधीक्षक
Extra-mural teaching	बहिर्विद्यालयी शिक्षण
Elementary Form	प्रारम्भिक प्रपत्र

Electrorate Roll	निर्वाचक-सूची
Elocutation Competition	भाषण प्रतियोगिता
Eligibility Certificate	योग्यता प्रमाण-पत्र
Employed Persons	नियुक्त व्यक्ति
Enrolment Form	नामांकन-प्रपत्र
External Student	ब्राह्य विद्यार्थी
Extra-ordinary Powers	विशेषाधिकार
Extra-curricular Activities	पाठ्येतर-क्रियाकलाप
Information Bureau	सूचना-केन्द्र
Foreign Exchange	विदेशी विनियम
Individual Championship	वैयक्तिक सर्वविजेता
In-service training Course	सेवाकालीन प्रशिक्षण पाठ्यक्रम
Inter-University	अन्तर-विश्वविद्यालय
Inward Register	आवती-रजिस्टर
Joint Board	संयुक्त-मण्डल
Lecture Series	भाषणमाला
Managing Editor	प्रबन्ध-सम्पादक
Medical Centre	चिकित्सा-केन्द्र
Memorial Lecture Series	स्मारक भाषण-माला
Memorial Trophy	स्मारक वैजयंती/ट्राफी
Migration Certificate	प्रवास-प्रमाण-पत्र
Non-Residential Students	अनिवासी विद्यार्थी
Office Circular	कार्यालय-परिपत्र
Office Order	कार्यालय-आदेश
Optional Subjects	वैंकल्पिक विषय
Orientation course	अभिविन्यास पाठ्यक्रम
Original certificate	मूल प्रमाण-पत्र
Original Copy	मूल प्रति
Outstanding Balance	बकाया रकम
Percentage of Attendance	उपस्थिति-प्रतिशतता
Personal Interview	वैयक्तिक साक्षात्कार
Personal File	वैयक्तिक फाइल
Postal Address	डाक का पता
Prescribed Form	निर्धारित प्रपत्र
Private Candidate	निजी प्रार्थी
Probationary Period	परिवीक्षा काल

Proportional Representation	समानुपातिक प्रतिनिधित्व
Provisionally Admitted	अस्थायी तौर पर प्रविष्ट
Provisional Certificate	अस्थायी प्रमाणपत्र
Publication Board	प्रकाशन-मंडल
Race and Religion	जाति व धर्म
Recognized Institution	मान्यताप्राप्त संस्था
Residential Student	आवासी विद्यार्थी
Scheduled Caste	अनुसूचित जाति
Scheduled tribe	अनुसूचित जनजाति
School Leaving Certificate	विद्यालय छोड़ने का प्रमाण-पत्र
Service Training Scheme	सेवा-शिक्षण योजना
Seminar	संगोष्ठी
Souvenir	स्मारिका
Souvenir Volume	स्मारक-ग्रंथ
Student's Welfare	छात्र-कल्याण
Student's Common Hall	सामान्य कक्ष
Summer-School	ग्रीष्मकालीन विद्यालय
Tender Form	निविदा-प्रपत्र
Text-book	पाठ्य-पुस्तक
Three-year integrated Degree Course	त्रैवार्षिक एकीकृत/समाकलित स्नातक पाठ्यक्रम
Time-table	समय-सारिणी
Total Receipts	कुल प्राप्ति
Travel Grant	यात्रा अनुदान
Typed Copy	टंकित प्रति
University Senate	विश्वविद्यालीय अभिषद/सीनेट
Vocational guidance	व्यावसायिक निर्देशन
Waiting List	प्रतीक्षा-सूची
Withdrawal Slip	वापसी-पर्ची
Youth Festival	युवा-महोत्सव

परिशिष्ट

राजभाषा हिन्दी : संवैधानिक स्थिति

संघ की राजभाषा

343. (1) संघ की राजभाषा हिन्दी और लिपि देवनागरी होगी। संघ के राजकीय प्रयोजनों के लिए प्रयोग होने वाले अंकों का रूप भारतीय अंकों का अंतर्राष्ट्रीय रूप होगा।

(2) खण्ड (1) में किसी बात के होते हुए भी इस संविधान के प्रारंभ से पन्द्रह वर्ष की कालावधि के लिए संघ के उन सब राजकीय प्रयोजनों के लिए अंग्रेज़ी भाषा का प्रयोग किया जाता रहेगा जिनके लिए ऐसे प्रारंभ के ठीक पहले यह प्रयोग की जाती थी, परन्तु राष्ट्रपति उक्त कालावधि में आदेश द्वारा संघ के राजकीय प्रयोजनों में से किसी के लिए अंग्रेज़ी भाषा के साथ-साथ हिन्दी भाषा का तथा भारतीय अंकों के अन्तर्राष्ट्रीय रूप के साथ-साथ देवनागरी रूप का प्रयोग प्राधिकृत कर सकेगा।

(3) इस अनुच्छेद में किसी बात के होते हुए भी संसद उक्त पन्द्रह साल की कालावधि के पश्चात् विधि द्वारा—

(क) अंग्रेज़ी भाषा का, अथवा

(ख) अंकों के देवनागरी रूप का, ऐसे प्रयोजनों के लिए प्रयोग उपबन्धित कर सकेगी जैसे कि ऐसी विधि में उल्लिखित हों।

राजभाषा के लिए संसद का आयोग और समिति

344. (1) राष्ट्रपति इस संविधान के प्रारंभ से पाँच वर्ष की समाप्ति पर तथा तत्पश्चात् ऐसे प्रारंभ से दस वर्ष की समाप्ति पर, आदेश द्वारा एक आयोग गठित करेगा, जो एक सभापति और अष्टम अनुसूची में उल्लिखित भिन्न भाषाओं का प्रतिनिधित्व करने वाले अन्य सदस्यों से मिलकर बनेगा, जैसे कि राष्ट्रपति नियुक्त करें, तथा आयोग द्वारा अनुकरण की जाने वाली प्रक्रिया का आदेश परिभाषित करेगा।

(2) राष्ट्रपति को—

(क) संघ के राजकीय प्रयोजनों के लिए हिन्दी भाषा के लिए उत्तरोत्तर अधिक प्रयोग के,

(ख) संघ के राजकीय प्रयोजनों में से सब या किसी के लिए अंग्रेज़ी भाषा के प्रयोग पर निर्बन्धनों के,

(ग) अनुच्छेद 348 में वर्णित प्रयोजनों में से सब या किसी के लिए प्रयोग की जाने वाली भाषा के,

(घ) संघ के किसी एक या अधिक उल्लिखित प्रयोजनों के लिए किए जाने वाले अंकों के रूप के,

(ङ) संघ की राजभाषा तथा संघ और किसी राज्य के बीच अथवा एक राज्य और दूसरे राज्य के बीच संचार की भाषा तथा उसके प्रयोग के बारे में राष्ट्रपति द्वारा आयोग से पृच्छा किए हुए किसी अन्य विषय के बारे में सिफारिश करने का आयोग का कर्तव्य होगा।

(3) खंड (2) के अधीन अपनी सिफारिशें करने में आयोग भारत की औद्योगिक, सांस्कृतिक और वैज्ञानिक उन्नति का तथा लोकसेवाओं के बारे में अहिन्दी भाषा-भाषी क्षेत्रों के लोगों के न्यायपूर्ण दावों और हितों का सम्यक् ध्यान रखेगा।

(4) तीस सदस्यों की एक समिति गठित की जाएगी, जिनमें से बीस लोकसभा के सदस्य होंगे तथा दस राज्यसभा के सदस्य होंगे, जोकि क्रमश: लोकसभा के सदस्यों तथा राज्यसभा के सदस्यों द्वारा अनुपाती प्रतिनिधित्व पद्धति के अनुसार एकल संक्रमणीय मत द्वारा निर्वाचित होंगे।

(5) खंड(1)के अधीन गठित आयोग की सिफारिशों की परीक्षा करना तथा उन पर अपनी राय का प्रतिवेदन राष्ट्रपति को प्रस्तुत करना समिति का कर्तव्य होगा।

(6) अनुच्छेद 343 में किसी बात के होते हुए भी राष्ट्रपति खण्ड (5) में निर्दिष्ट प्रतिवेदन पर विचार करने के पश्चात् इस सारे प्रतिवेदन के या उसके किसी भाग के अनुसार निर्देश निकाल सकेगा।

राज्य की राजभापा या राजभाषाएँ

345. अनुच्छेद 346 और 347 के उपबन्धों के अधीन रहते हुए राज्य का विधानमंडल विधि द्वारा उस राज्य के राजकीय प्रयोजनों में से सब या किसी के लिए प्रयोग के अर्थ उस राज्य में प्रयुक्त होने वाली भाषाओं में से किसी एक या अनेक को या हिन्दी को अंगीकार कर सकेगा, परन्तु जब तक राज्य का विधान-मण्डल विधि द्वारा इससे अन्यथा उपबन्ध न करे तब तक राज्य के भीतर उन राजकीय प्रयोजनों के लिए अंग्रेज़ी भाषा प्रयोग की जाती होगी, जिनके लिए इस संविधान के प्रारंभ से ठीक पहले वह प्रयोग की जाती थी।

एक राज्य और दूसरे राज्य के बीच में अथवा राज्य और संघ के बीच में संचार के लिए राज्यभाषा

346. संघ में राजकीय प्रयोजनों के लिए प्रयुक्त होने के लिए तत्समय प्राधिकृत भाषा, एक राज्य और दूसरे राज्य के बीच में तथा किसी राज्य और संघ के

बीच संचार के लिए राजभाषा होगी, परन्तु यदि दो या अधिक राज्य करार करते हैं कि ऐसे राज्यों के बीच में संचार के लिए राजभाषा हिन्दी भाषा होगी तो ऐसे संचार के लिए वह भाषा प्रयोग की जा सकेगी ।

किसी राज्य के जनसमुदाय के किसी विभाग द्वारा बोली जाने वाली भाषा के सम्बन्ध में विशेष उपबन्ध

347. तद्विषयक माँग की जाने पर यदि राष्ट्रपति का समाधान हो जाए कि किसी राज्य के जनसमुदाय का पर्याप्त अनुपात चाहता है कि उसके द्वारा बोली जाने वाली कोई भाषा राज्य द्वारा अभिज्ञात की जाए तो वह निदेश दे सकेगा कि ऐसी भाषा को उस राज्य में सर्वत्र अथवा उसके किसी भाग में ऐसे प्रयोजन के लिए जैसा कि वह उल्लिखित करे, राजकीय अभिज्ञा दी जाए ।

उच्चतम न्यायालय, उच्च न्यायालयों आदि की भाषा

348. (1) इस भाग के पूर्ववर्ती उपबंधों में किसी बात के होते हुए भी जब तक संसद विधि द्वारा अन्यथा उपबंध न करे तब तक—

(ज) उच्चतम न्यायालय में तथा प्रत्येक उच्च न्यायालय में सब कार्यवाहियाँ,

(ख) जो—

(i)[1] विधेयक, अथवा उन पर प्रस्तावित किये जाने वाले जो संशोधन, संसद के प्रत्येक सदन में पुर:स्थापित किए जायें उन सबके प्राधिकृत पाठ,

(ii)[2] अधिनियम संसद द्वारा या राज्य के विधानमंडल द्वारा पारित किये जायें, तथा जो अध्यादेश राष्ट्रपति या राज्यपाल या राजप्रमुख द्वारा प्रख्यापित किये जाएँ, उन सबके प्राधिकृत पाठ, तथा

(iii) आदेश, नियम, विनियम और उपविधि इस संविधान के अधीन, अथवा संसद या राज्यों के विधानमंडल द्वारा निर्मित किसी विधि के अधीन, निकाले जायें उन सबके प्राधिकृत पाठ, अंग्रेज़ी भाषा में होंगे ।

---

1. इस उपखंड का आशय यथा निम्नलिखित है—

"(i) विधेयक संसद के प्रत्येक सदन में पुर:स्थापित किए जाएँ अथवा उनके जो संशोधन ऐसे सदन में प्रस्तावित किए जाएँ उन सबके प्राधिकृत पाठ ।"

2. संविधान (सप्तम संशोधन) अधिनियम, 1956 की धारा 29 और अनुसूची द्वारा संशोधन के पश्चात् इस उपखंड का वर्तमान स्वरूप इस प्रकार है—

(ii) "अधिनियम संसद द्वारा या राज्य के विधानमंडल द्वारा पारित किये जायें तथा जो अध्यादेश राष्ट्रपति या राज्यपाल द्वारा प्रख्यापित किये जायें, उन सबके प्राधिकृत पाठ, तथा,"

(2) खंड (1) के उपखंड (क) में किसी बात के होते हुए भी, किसी राज्य का राज्यपाल या राजप्रमुख राष्ट्रपति की पूर्व सम्मति से हिन्दी भाषा का या उस राज्य में राजकीय प्रयोजन के लिए प्रयोग होने वाली किसी अन्य भाषा का प्रयोग उस राज्य में मुख्य स्थान रखने वाले उच्च न्यायालय में की कार्यवाहियों के लिए प्राधिकृत कर सकेगा :

परन्तु इस खंड की कोई बात वैसे उच्च न्यायालय द्वारा दिये गये निर्णय, आज्ञप्ति अथवा आदेश को लागू न होगी ।[3]

(3) खंड (1) के उपखंड (ख) में किसी बात के होते हुए भी, जहाँ किसी राज्य के विधानमंडल ने, उस विधानमंडल में पुर:स्थापित विधेयकों या उसके द्वारा पारित अधिनियमों में अथवा उस राज्यपाल या राजप्रमुख द्वारा प्रख्यापित अध्यादेशों में अथवा उस उपखंड की कंडिका (iii) में निर्दिष्ट किसी आदेश, नियम, विनियम या उपबिधि में प्रयोग के लिए अंग्रेज़ी भाषा से अन्य किसी भाषा के प्रयोग को विहित किया है वहाँ उस राज्य के राजकीय सूचनापत्र में उस राज्य के राज्यपाल या राजप्रमुख के प्राधिकार से प्रकाशित अंग्रेज़ी भाषा में उसका अनुवाद उस खंड के अभिप्रायों के लिए उसका अंग्रेज़ी भाषा में प्राधिकृत पाठ समझा जायेगा ।[3]

---

3. संविधान (सप्तम संशोधन) अधिनियम, 1956 की धारा 29 और अनुसूची द्वारा संशोधन के पश्चात खंड (2) और (3) का वर्तमान स्वरूप इस प्रकार है—

"(2) खंड (1) के उपखंड (क) में किसी बात के होते हुए भी, किसी राज्य का राज्यपाल राष्ट्रपति की पूर्व सम्मति से हिंदी भाषा का या उस राज्य में राजकीय प्रयोजन के लिए प्रयुक्त होने वाली किसी अन्य भाषा का या उस राज्य में राजकीय प्रयोजन के लिए प्रयुक्त होने वाली किसी अन्य भाषा का प्रयोग उस राज्य में मुख्य स्थान रखने वाले उच्च न्यायालय में की कार्यवाहियों के लिए प्राधिकृत कर सकेगा :

परन्तु इस खंड की कोई बात वैसे उच्च न्यायालय द्वारा दिये गये निर्णय, आज्ञप्ति अथवा आदेश को लागू न होगी ।

(3) खंड (1) के उपखंड (ख) में किसी बात के होते हुए भी, जहाँ किसी राज्य के विधानमंडल ने, उस विधानमंडल में पुर::स्थापित विधेयकों या उसके द्वारा पारित अधिनियमों में अथवा उस राज्य के राज्यपाल द्वारा प्रख्यापित अध्यादेशों में अथवा उस उपखंड की कंडिका (iii) में निर्दिष्ट किसी आदेश, नियम, विनियम या उपविधि में प्रयोग के लिए अंग्रेजी भाषा से अन्य किसी भाषा के प्रयोग को विहित किया है वहाँ उस राज्य के राजकीय सूचनापत्र में उस राज्य के राज्यपाल के प्राधिकार से प्रकाशित अंग्रेज़ी भाषा में उसका अनुवाद उस खंड के अभिप्रायों के लिए उसका अंग्रेज़ी भाषा में प्राधिकृत पाठ समझा जायेगा ।"

भाषा संबंधी विधियों को अधिनियमित करने के लिए विशेष प्रक्रिया

349. इस संविधान के प्रारंभ से पंद्रह वर्षों की कालावधि तक अनुच्छेद 348 के खंड (1) में वर्णित प्रयोजनों में से किसी के लिए प्रयोग की जाने वाली भाषा के लिए उपबंध करने वाला कोई विधेयक या संशोधन संसद के किसी सदन में राष्ट्रपति की पूर्व मंजूरी के बिना पुर::स्थापित या प्रस्तावित नहीं किया जायेगा तथा ऐसे किसी विधेयक के पुर:स्थापित अथवा ऐसे किसी संशोधन के प्रस्तावित किये जाने की मंजूरी अनुच्छेद 344 के खंड (1) के अधीन गठित आयोग की सिफारिशों पर, तथा उस अनुच्छेद के खंड (4) के अधीन गठित समिति के प्रतिवेदन पर विचार करने के पश्चात् ही राष्ट्रपति देगा।

किसी व्यथा के निवारण के लिए अभिवेदन में प्रयोक्तव्य भाषा

350. किसी व्यथा के निवारण के लिए संघ या राज्य के पदाधिकारी या प्राधिकारी को, यथास्थिति, संघ में या राज्य में प्रयोग होने वाली किसी भाषा में अभिवेदन देने का, प्रत्येक व्यक्ति को हक होगा।[4]

---

4. संविधान (सप्तम संशोधन) अधिनियम, 1956 की धारा 21 द्वारा अनुच्छेद 350 के पश्चात् निम्नलिखित अनुच्छेद जोड़ दिये गये हैं—

प्राथमिक स्तर पर मातृभाषा में शिक्षा देने के लिए सुविधाएँ

"350 क. प्रत्येक राज्य और राज्य के अन्दर प्रत्येक स्थानीय प्राधिकारी का यह प्रयास होगा कि भाषाजात अल्पसंख्यक वर्गों के बालकों को शिक्षा के प्राथमिक स्तर में मातृभाषा में शिक्षा देने के लिए पर्याप्त सुविधाओं की व्यवस्था की जाये, और राष्ट्रपति किसी राज्य को ऐसे निदेश दे सकेगा जैसे कि वह ऐसी सुविधाओं का उपबंध सुनिश्चित कराने के लिए आवश्यक या उचित समझता है।

भाषायी अल्पसंख्यकों के लिए विशेष पदाधिकारी

350 ख. (1) भाषायी अल्पसंख्यकों के लिए एक विशेष पदाधिकारी होगा, जो राष्ट्रपति द्वारा नियुक्त किया जाएगा।

(2) भाषायी अल्पसंख्यकों के लिए जिन संरक्षणों की इस संविधान के अधीन व्यवस्था की जाये उनसे संबद्ध सब विषयों का अनुसंधान करना और ऐसी अंतरावधियों पर उन विषयों के संबंध में, जैसे कि राष्ट्रपति निर्दिष्ट करे, राष्ट्रपति को प्रतिवेदन देना विशेष पदाधिकारी का कर्तव्य होगा, और राष्ट्रपति ऐसे सब प्रतिवेदनों को संसद के प्रत्येक सदन के समक्ष रखवायेगा और संबंधित राज्यों की सरकारों को भिजवाएगा।"

हिन्दी भाषा के विकास के लिए निदश

351. हिन्दी भाषा की प्रसार-वृद्धि करना, उसका विकास करना ताकि वह भारत की सामाजिक संस्कृति के सब तत्त्वों की अभिव्यक्ति का माध्यम हो सके, तथा उसकी आत्मीयता में हस्तक्षेप किये बिना हिन्दुस्तानी और अष्टम अनुसूची में उल्लिखित अन्य भारतीय भाषाओं के रूप, शैली और पदावलि को आत्मसात करते हुए तथा जहाँ आवश्यक या वांछनीय हो वहाँ उसके शब्द-भंडार के लिए मुख्यतः संस्कृत से तथा गौणतः अन्य भाषाओं से शब्द ग्रहण करते हुए उसकी समृद्धि सुनिश्चित करना संघ का कर्तव्य होगा ।[1]

संविधान आदेश, 1955

राष्ट्रपति ने भारतीय संविधान के अनुच्छेद 343 के खण्ड 2 के प्रतिबन्धात्मक खण्ड द्वारा प्रदत्त अधिकारों का प्रयोग करते हुए एक आदेश जारी किया । इसे **संविधान आदेश, 1955** कहते हैं । इस आदेश के द्वारा निम्नलिखित सरकारी कार्यों के लिए अंग्रेजी के अतिरिक्त हिन्दी के प्रयोग को भी प्राधिकृत किया गया—

(1) जनता के साथ पत्र-व्यवहार ।

(2) प्रशासकीय रिपोर्ट, सरकारी पत्रिकाएँ, संसद में प्रस्तुत की जाने वाली रिपोर्ट ।

(3) सरकारी प्रस्ताव तथा संसदीय विधियाँ ।

(4) उन राज्य-शासनों के साथ पत्र-व्यवहार जिन्होंने हिन्दी को राजभाषा के रूप में स्वीकार कर लिया है ।

(5) संधियाँ तथा करार ।

(6) विदेशी राज्यों, उनके राजदूतों तथा अंतर्राष्ट्रीय संगठनों के साथ पत्र-व्यवहार ।

(7) राजनयिक तथा कांसुली अधिकारियों एवं अंतर्राष्ट्रीय संगठनों के भारतीय प्रतिनिधियों के साथ किए जाने वाले औपचारिक कागजात ।

राजभाषा आयोग, 1955

भारतीय संविधान के अनुच्छेद 344 में संविधान लागू होने के पाँच वर्ष बाद राष्ट्रपति को एक राजभाषा आयोग नियुक्त करने का अधिकार दिया गया था । इसके अनुसार राष्ट्रपति 7 जून, 1955 को एक राजभाषा आयोग का गठन किया । बम्बई

1. राजभाषा सम्बन्धी अनुच्छेद तथा धाराएँ, भारत का संविधान, पृ० 200-205

राज्य के भूतपूर्व मुख्यमंत्री स्वर्गीय श्री बाल गंगाधर खेर इस आयोग के अध्यक्ष बनाए गए। उनके अतिरिक्त इसमें विभिन्न राज्यों के 20 अन्य प्रतिनिधि थे। 15 जुलाई, 1955 को आयोग की पहली बैठक हुई। आयोग ने विभिन्न सरकारी, गैर-सरकारी व्यक्तियों, प्रतिनिधियों आदि से भेंट करने के बाद जुलाई, 1956 में अपना विस्तृत प्रतिवेदन राष्ट्रपति के समक्ष प्रस्तुत किया। आयोग ने अपने प्रतिवेदन में अनेक महत्त्वपूर्ण सुझाव रखे तथा हिन्दी के अधिकाधिक और प्रगामी प्रयोग पर बल दिया। लेकिन सरकार ने उन्हें ध्यान में रखकर हिन्दी के विकास के लिए कोई ठोस कदम नहीं उठाए। इसका कुफल आज हिन्दी को भोगना पड़ रहा है।

राष्ट्रपति का आदेश, 1960

राजभाषा आयोग द्वारा प्रस्तुत किए गए आवेदन पर विचार करने के लिए भारतीय संविधान के अनुच्छेद 344 के खण्ड 4 तथा 5 में दी गई व्यवस्था को ध्यान में रखते हुए लोकसभा के 20 तथा राज्यसभा के 10 सदस्यों की एक संसदीय समिति का गठन किया गया। भारत के तत्कालीन गृहमंत्री श्री गोविन्दवल्लभ पंत इस समिति के अध्यक्ष थे। समिति ने 8 फरवरी, 1959 को अपनी रिपोर्ट प्रस्तुत की। यह रिपोर्ट अप्रैल, 1959 में संसद में चर्चा के लिए प्रस्तुत की गई। राजर्षि पुरुषोत्तमदास टंडन तथा सेठ गोविन्ददास संसदीय राजभाषा समिति द्वारा दिए गए सुझावों से असहमत थे। उनका आरोप था कि सरकार ने हिन्दी को राजभाषा के रूप में प्रस्थापित करने के लिए आवश्यक कदम नहीं उठाए। इन दोनों नेताओं ने समिति द्वारा अंग्रेजी को राजभाषा बनाए रखने का भी भरपूर विरोध किया। संसदीय समिति ने राष्ट्रपति को राजभाषा आयोग की अधिकांश सिफारिशों को स्वीकार करने का सुझाव दिया। 27 अप्रैल, 1960 को राष्ट्रपति ने संघ राजभाषा के सम्बन्ध में एक आदेश जारी किया। इस आदेश में मुख्यतः ये सुझाव दिए गये थे—

(1) अखिल भारतीय सेवाओं तथा उच्चतर केन्द्रीय सेवाओं में भर्ती के लिए अभी परीक्षा का माध्यम अंग्रेजी बना रहना चाहिए, लेकिन कुछ समय बाद हिन्दी को वैकल्पिक माध्यम के रूप में अपना लेना चाहिए। तदनन्तर विभिन्न प्रादेशिक भाषाओं को परीक्षा के माध्यम के रूप में प्रारम्भ करने की व्यवस्था की जानी चाहिए, किन्तु ऐसा करते समय किसी प्रकार की कोटा प्रणाली को न अपनाया जाए।

(2) प्रशिक्षण संस्थाओं में प्रवेश के लिए अंग्रेजी तथा हिन्दी दोनों ही परीक्षा का माध्यम रहें।

(3) वैज्ञानिक तथा तकनीकी शब्दावली तैयार करने के लिए शिक्षा मंत्रालय को एक आयोग की स्थापना करनी चाहिए।

(4) संवैधानिक नियमों, विनियमों तथा आदेशों के अतिरिक्त सभी मैन्युअलों तथा कार्यविधि साहित्य के अनुवाद का काम शिक्षा मंत्रालय को अपने हाथ में लेना

चाहिए । भाषा में एकरूपता बनाए रखने के लिए आवश्यक है कि यह कार्य किसी एक ही अभिकरण को सौंपा जाए ।

(5) संसदीय अधिनियम तथा विधेयक अंग्रेजी में बनते रहें किन्तु उनका प्राधिकृत हिन्दी अनुवाद उपलब्ध कराया जाए ।

(6) उच्चतम न्यायालय की भाषा अंततः हिन्दी होनी चाहिए । उच्च न्यायालय के निर्णयों, आज्ञप्तियों और आदेशों के प्रयोजनों के लिए हिन्दी तथा राज्यों की राज्य-भाषाओं का प्रयोग विकल्पतः किया जा सकेगा । विधि मंत्रालय को इस सम्बन्ध में आवश्यक कार्यवाही करनी चाहिए ।

(7) एक मानक विधि कोश बनाने, हिन्दी में कानून बनाने तथा कानूनी शब्दावली के निर्माण के लिए विभिन्न राष्ट्रीय भाषाओं का प्रतिनिधित्व करने वाले कानून-विशेषज्ञों का एक स्थायी आयोग स्थापित किया जाए ।

(8) केन्द्रीय सरकार के विभागों के स्थानीय कार्यायय अपने आंतरिक कार्यों के लिए हिन्दी का प्रयोग करें तथा जनता के साथ व्यवहार करते समय प्रादेशिक भाषा का प्रयोग किया जाए। कर्मचारियों की भर्ती विकेन्द्रीकरण आदि के समय इस आवश्यकता को ध्यान में रखा जाए ।

(9) तृतीय श्रेणी से नीचे के कर्मचारियों, औद्योगिक संस्थानों के कर्मचारियों और कार्यप्रभारित कर्मचारियों को छोड़कर उन सभी केन्द्रीय कर्मचारियों के लिए हिन्दी का सेवाकालीन प्रशिक्षण अनिवार्य कर दिया जाए जिनकी आयु 1 जनवरी 1961 को 45 वर्ष से कम हो । गृह मंत्रालय टंककों और आशुलिपिकों को हिन्दी टंकण तथा आशुलेखन में प्रशिक्षण देने के लिए भी प्रबन्ध करे ।

(10) शिक्षा मन्त्रालय हिन्दी-प्रचार की व्यवस्था करे तथा इस कार्य में लगी हुई गैर-सरकारी संस्थाओं की सहायता करे ।

राजभाषा अधिनियम, 1963
(यथासंशोधित 1967)

उन भाषाओं का, जो संघ के राजकीय प्रयोजनों, संसद में कार्य के संव्यवहार, केन्द्रीय और राज्य अधिनियमों और उच्च न्यायालयों में कतिपय प्रयोजनों के लिए प्रयोग में लाई जा सकेंगी, उपलब्ध करने के लिए

अधिनियम

भारत गणराज्य के चौदहवें वर्ष में संसद द्वारा निम्नलिखित रूप में यह अधि-नियमित हो—

1. यह अधिनियम राजभाषा अधिनियम 1963, कहा जा सकेगा ।

(2) धारा 3 जनवरी, 1965 के 26वें दिन को प्रवृत्त होगी और इस

अधिनियम के शेष उपबन्ध उस तारीख को प्रवृत्त होंगे जिसे केन्द्रीय सरकार, शासकीय राजपत्र में अधिसूचना द्वारा नियत करे और इस अधिनियम के विभिन्न उपबन्धों के लिए विभिन्न तारीखें नियत की जा सकेंगी।

2. इस अधिनियम में जब तक कि प्रसंग से अन्यथा अपेक्षित न हो।

(क) 'नियत दिन' से, धारा 3 के सम्बन्ध में, जनवरी, 1965 का 26वाँ दिन अभिप्रेत है और इस अधिनियम के किसी अन्य उपबन्ध के सम्बन्ध में वह दिन अभिप्रेत है जिस दिन को वह उपबन्ध प्रवृत्त होता है।

(ख) 'हिन्दी' से वह हिन्दी अभिप्रेत है जिसकी लिपि देवनागरी है।

3. (1) संविधान के प्रारम्भ से पन्द्रह वर्ष की कालावधि की समाप्ति हो जाने पर भी, हिन्दी के अतिरिक्त अंग्रेजी भाषा नियत दिन से ही,

(क) संघ के उन सब राजकीय प्रयोजनों के लिए जिनके लिए वह उस दिन से ठीक पहले प्रयोग में लाई जाती थी; तथा

(ख) संसद में कार्य के संव्यवहार के लिए;

प्रयोग में लाई जाती रह सकेगी।

परन्तु संघ और किसी ऐसे राज्य के बीच जिसने हिन्दी को अपनी राजभाषा के रूप में नहीं अपनाया है, पत्रादि के प्रयोजनों के लिए अंग्रेजी भाषा प्रयोग में लाई जाएगी;

परन्तु यह और कि जहाँ किसी ऐसे राज्य के, जिसने हिन्दी को अपनी राजभाषा के रूप में अपनाया है और किसी अन्य राज्य के, जिसने हिन्दी को अपनी राजभाषा के रूप में नहीं अपनाया है, बीच पत्रादि के प्रयोजनों के लिए हिन्दी को प्रयोग में लाया जाता है, वहाँ हिन्दी में ऐसे पत्रादि के साथ-साथ उसका अनुवाद अंग्रेजी भाषा में भेजा जाएगा।

परन्तु यह और भी कि इस उपधारा की किसी भी बात का यह अर्थ नहीं लगाया जाएगा कि वह किसी ऐसे राज्य को, जिसने हिन्दी को अपनी राजभाषा के रूप में नहीं अपनाया है, संघ के साथ या किसी ऐसे राज्य के साथ, जिसने हिन्दी को अपनी राजभाषा के रूप में अपनाया है, या किसी अन्य राज्य के साथ उसकी सहमति से, पत्रादि के प्रयोजनों के लिए हिन्दी को प्रयोग में लाने से निवारित करती है, और ऐसे किसी मामले में उस राज्य के साथ पत्रादि के प्रयोजनों के लिए अंग्रेजी भाषा का प्रयोग बाध्य-कर न होगा।

(2) उपधारा (1) में अन्तर्विष्ट किसी बात के होते हुए भी, जहाँ पत्रादि के प्रयोजनों के लिए हिन्दी या अंग्रेजी भाषा—

1. केन्द्रीय सरकार के एक मंत्रालय या विभाग या कार्यालय के और दूसरे मंत्रालय या विभाग या कार्यालय के बीच;

2. केन्द्रीय सरकार के एक मंत्रालय या विभाग या कार्यालय के और केन्द्रीय सरकार के स्वामित्व में के या नियंत्रण में के किसी निगम या कम्पनी वा उसके किसी कार्यालय के बीच;

3. केन्द्रीय सरकार के स्वामित्व में के या नियंत्रण में के किसी निगम या कम्पनी या उसके किसी कार्यालय के और किसी अन्य ऐसे निगम या कम्पनी या कार्यालय के बीच;

प्रयोग में लाई जाती है वहाँ उस तारीख तक, जब तक पूर्वोक्त संबंधित मंत्रालय, कार्यालय या निगम या कम्पनी का कर्मचारिवृन्द हिन्दी का कार्य-विभाग, साधक ज्ञान प्राप्त नहीं कर लेता, ऐसे पत्रादि का अनुवाद, यथास्थिति, अंग्रेजी भाषा या हिन्दी में भी दिया जाएगा—

(3) उपधारा (1) में अन्तर्विष्ट किसी बात के होते हुए भी, हिन्दी और अंग्रेजी भाषा दोनों ही—

1. संकल्पों, साधारण आदेशों, नियमों, अधिसूचनाओं, प्रशासनिक या अन्य प्रतिवेदनों या प्रेस विज्ञप्तियों के लिए जो केन्द्रीय सरकार द्वारा या उसके किसी मंत्रालय, विभाग या कार्यालय द्वारा या केन्द्रीय सरकार के स्वामित्व में के या नियंत्रण में के किसी निगम या कम्पनी द्वारा या ऐसे निगम या कम्पनी के किसी कार्यालय द्वारा निकाले जाते हैं या किए जाते हैं;

2. संसद के किसी सदन या सदनों के समक्ष रखे गये प्रशासनिक तथा अन्य प्रतिवेदनों और राजकीय कागज-पत्रों के लिए,

3. केन्द्रीय सरकार या उसके किसी मंत्रालय, विभाग या कार्यालय द्वारा या उसकी ओर से या केन्द्रीय सरकार के स्वामित्व में के या नियंत्रण में के किसी निगम या कम्पनी द्वारा या ऐसे निगम या कम्पनी के किसी कार्यालय द्वारा निष्पादित संविदाओं और करारों के लिए तथा निकाली गई अनुज्ञप्तियों, अनुज्ञापत्रों, सूचनाओं और निविदा प्रारूपों के लिए; प्रयोग में लाई जाएँगी।

(4) उपधारा (1) या उपधारा (2) या उपधारा (3) उपबन्धों पर प्रतिकूल प्रभाव डाले बिना यह है कि केन्द्रीय सरकार धारा 8 के अधीन बनाए गए नियमों द्वारा उस भाषा या उन भाषाओं का उपबन्ध कर सकेगी जिसे या जिन्हें संघ के राजकीय प्रयोजन के लिच, जिसके अन्तर्गत किसी मंत्रालय, विभाग, अनुभाग या कार्यालय का कार्यकरण है, प्रयोग में लाया जाना है और ऐसे नियम बनाने में राजकीय कार्य के शीघ्रता और दक्षता के साथ निपटारे का तथा जनसाधारण के हितों का सम्यक् ध्यान रखा जाएगा और इस प्रकार बनाए गए नियम विशिष्टतया यह सुनिश्चित करेंगे कि जो व्यक्ति संघ के क्रियाकलाप के सम्बन्ध में सेवा कर रहे हैं और जो या तो हिन्दी में या अंग्रेजी भाषा में प्रवीण हैं वे प्रभावी रूप से अपना काम कर सकें और यह भी कि केवल इस आधार पर कि वे दोनों ही भाषाओं में प्रवीण नहीं हैं उनका कोई अहित नहीं होता है।

(5) उपधारा (1) के खण्ड (क) के उपबन्ध और उपधारा (2) उपधारा (3) और उपधारा (4) के उपबन्ध तब तक प्रवृत्त बने रहेंगे जब तक उनमें वर्णित प्रयोजनों के लिए अंग्रेजी भाषा का प्रयोग समाप्त कर देने के लिए ऐसे सभी राज्यों के विधानमण्डलों द्वारा, जिन्होंने हिन्दी को अपनी राजभाषा के रूप में नहीं अपनाया है,

संकल्प पारित नहीं कर दिये जाते और जब तक पूर्वोक्त संकल्पों पर विचार कर लेने के पश्चात ऐसी समाप्ति के लिए संसद के हर एक सदन द्वारा संकल्प पारित नहीं कर दिया जाता।

(4) (1) जिस तारीख को धारा 3 प्रवृत्त होती है उससे दस वर्ष की समाप्ति के पश्चात, राजभाषा के सम्बन्ध में एक समिति, इस विषय का संकल्प संसद के किसी भी सदन में राष्ट्रपति की पूर्व मंजूरी से प्रस्तावित और दोनों सदनों द्वारा पारित किए जाने पर, गठित की जाएगी।

(2) इस समिति में तीस सदस्य होंगे जिनमें से बीस लोक सभा के सदस्य होंगे तथा दस राज्यसभा के सदस्य होंगे, जो क्रमशः लोकसभा के सदस्यों तथा राज्यसभा के सदस्यों द्वारा आनुपातिक प्रतिनिधित्व पद्धति के अनुसार एकल संक्रमणीय मत द्वारा निर्वाचित होंगे।

(3) इस समिति का कर्तव्य होगा कि वह संघ के राजकीय प्रयोजनों के लिए हिन्दी के प्रयोग में की गई प्रगति का पुनर्विलोकन करे और उस पर सिफारिशें करते हुए राष्ट्रपति को प्रतिवेदन करे और राष्ट्रपति उस प्रतिवेदन को संसद के हर सदन के समक्ष रखवाएगा और सभी राज्य सरकारों को भिजवाएगा।

(4) राष्ट्रपति उपधारा (3) में निर्दिष्ट प्रतिवेदन पर और उस पर राज्य सरकारों ने यदि कोई मत अभिव्यक्त किए हों तो उन पर विचार करने के पश्चात् उस समस्त प्रतिवेदन के या उसके किसी भाग के अनुसार निर्देश निकाल सकेगा।

परन्तु इस प्रकार निकाले गए निर्देश धारा 3 के उपबन्धों से असंगत नहीं होंगे।

(5) (1) नियत दिन को और उसके पश्चात् शासकीय राजपत्र में राष्ट्रपति के प्राधिकार से प्रकाशित—

(क) किसी केन्द्रीय अधिनियम का या राष्ट्रपति द्वारा प्रख्यापित किसी अध्यादेश का, अथवा

(ख) संविधान के अधीन या किसी केन्द्रीय अधिनियम के अधीन निकाले गए किसी आदेश, नियम, विनियम या उपविधि का,

हिन्दी में अनुवाद उसका हिन्दी में प्राधिकृत पाठ समझा जाएगा।

(2) नियत दिन से ही उन सब विधेयकों के, जो संसद के किसी भी दिन में पुरःस्थापित किए जाने हों और उन सब संशोधनों के, जो उनके सम्बन्ध में संसद के किसी भी सदन में प्रस्तावित किए जाने हों, अंग्रेजी भाषा के प्राधिकृत पाठ के साथ-साथ उनका हिन्दी में अनुवाद भी होगा जो ऐसी रीति से प्राधिकृत किया जाएगा, जो इस अधिनियम के अधीन बनाए गए नियमों द्वारा विहित की जाए।

(6) जहाँ किसी राज्य के विधान मंडल ने उस राज्य के विधान मंडल द्वारा पारित अधिनियमों में अथवा उस राज्य के राज्यपाल द्वारा प्रख्यापित अध्यादेशों में प्रयोग के लिए हिन्दी से भिन्न कोई भाषा विहित की है वहाँ संविधान के अनुच्छेद 348 के खण्ड (3) द्वारा अपेक्षित अंग्रेजी भाषा में उसके अनुवाद के अतिरिक्त, उसका हिन्दी में अनुवाद उस राज्य के शासकीय राजपत्र में, उस राज्य के राज्यपाल के प्राधिकार से

नियत दिन को या उसके पश्चात् प्रकाशित किया जा सकेगा और ऐसी दशा में ऐसे किसी अधिनियम या अध्यादेश का हिन्दी में अनुवाद हिन्दी भाषा में उसका प्राधिकृत पाठ समझा जाएगा।

(7) नियत दिन से ही या तत्पश्चात् किसी भी दिन से किसी राज्य का राज्यपाल राष्ट्रपति की पूर्व सम्मति से, अंग्रेजी भाषा के अतिरिक्त हिन्दी या उस राज्य की राजभाषा का प्रयोग, उस राज्य के उच्च न्यायालय द्वारा पारित या दिए गए किसी निर्णय, डिक्री या आदेश के प्रयोजनों के लिए प्राधिकृत कर सकेगा और जहाँ कोई निर्णय डिक्री या आदेश (अंग्रेजी भाषा से भिन्न) ऐसी किसी भाषा में पारित किया या दिया जाता है वहाँ उसके साथ-साथ उच्च न्यायालय के प्राधिकार से निकाला गया अंग्रेजी भाषा में उसका अनुवाद भी होगा।

(8) (1) केन्द्रीय सरकार इस अधिनियम के प्रयोजनों को कार्यान्वित करने के लिए नियम, शासकीय राजपत्र में अधिसूचना द्वारा बना सकेगी।

(2) इस धारा के अधीन बनाया गया हर नियम, बनाए जाने के पश्चात् यथाशक्य शीघ्र संसद के हर एक सदन के समक्ष, उस समय जब वह सत्र में हो, कुल मिलाकर तीस दिन की कालावधि के लिए जो एक सत्र में या दो क्रमवर्ती सत्रों में समाविष्ट हो सकेगी, रखा जाएगा और यदि उस सत्र के, जिस में वह ऐसे रखा गया हो, या ठीक पश्चात्वर्ती सत्र के अवसान के पूर्व दोनों सदन उस नियम में कोई उपान्तर करने के लिए सहमत हो जाएँ या दोनों सदन सहमत हो जाएँ कि वह नियम नहीं बनाया जाना चाहिए तो तत्पश्चात् यथास्थिति, वह नियम ऐसे उपान्तरित रूप में ही प्रभावशील होगा या उसका कोई भी प्रभाव न होगा, किन्तु इस प्रकार कि ऐसा कोई या उपान्तर बातिलकरण उस नियम के अधीन पहले की गई किसी बात की विधिमान्यता पर प्रतिकूल प्रभाव डाले बिना होगा।

(9) धारा 6 और 7 के उपबन्ध जम्मू-कश्मीर राज्य को लागू न होंगे।

हिन्दी और अंग्रेजी दोनों भाषाओं में जारी किए जानेवाले विशिष्ट कागज

राजभाषा (संशोधित) अधिनियम, 1967 के पारित होने के बाद इस अधिनियम की धारा 3 की उपधारा (3) के अधीन निम्नलिखित विशिष्ट कागजों को द्विभाषिक रूप में, अर्थात् हिन्दी और अंग्रेजी दोनों में, जारी करना अनिवार्य हो गया है; इसमें यह उपबन्ध किया गया है कि निम्नलिखित के लिए हिन्दी और अंग्रेजों दोनों का प्रयोग होना चाहिए—

(i) केन्द्रीय सरकार या उसके किसी मंत्रालय, विभाग या उसके किसी कार्यालय या केन्द्रीय सरकार के स्वाभित्व में संचलित या उसके द्वारा नियंत्रित किसी निगम या कम्पनी या ऐसे किसी निगम या कम्पनी के किसी कार्यालय द्वारा जारी किये जाने वाले संकल्प, सामान्य आदेश, अधिसूचनाएँ, प्रशासनिक या अन्य रिपोर्टें या प्रेस विज्ञप्तियाँ;

(ii) संसद के एक सदन या सदनों के समक्ष प्रस्तुत की जाने वाली प्रशासनिक तथा अन्य रिपोर्टें और सरकारी कागज-पत्र;

(iii) केन्द्रीय सरकार या किसी मंत्रालय, विभाग या उसके किसी कार्यालय या केन्द्रीय सरकार के स्वामित्व में संचालित या उसके द्वारा नियंत्रित किसी निगम या कम्पनी या ऐसे किसी निगम या कम्पनी के किसी कार्यालय द्वारा या उनकी ओर से निष्पादित संविदाएँ और करार तथा उनके द्वारा या उनकी ओर से जारी किये जाने वाले लाइसेंस, परमिट, नोटिस तथा टेंडर के फार्म।

इन कागजों को द्विभाषिक रूप में जारी करने के संबंध में निम्नलिखित आवश्यकताएँ हैं :

(1) **संकल्प, अधिसूचनाएँ आदि** : सभी सांविधिक या असांविधिक सरकारी संकल्प, अधिसूचनाएँ आदि हिन्दी और अंग्रेजी दोनों में साथ-साथ जारी किये जाने आवश्यक हैं।

(2) **प्रेस विज्ञप्तियाँ, रिलीजें, विज्ञापन आदि** : इन्हें हिन्दी और अंग्रेजी में साथ-साथ जारी किया जाए।

(3) **प्रशासनिक और अन्य रिपोर्टें** : राजभाषा (संशोधित) अधिनियम, 1967 की धारा 3 (3) के उपबन्धों के अनुसार, प्रशासनिक और अन्य रिपोर्टें हिन्दी और अंग्रेजी दोनों भाषाओं में जारी की जानी आवश्यक हैं। यह बात सांख्यिकीय रिपोर्टों के बारे में भी लागू होती है जो द्विभाषिक (डिग्लाट) रूप में जारी की जानी चाहिए।

(4) **सामान्य आदेश** : सामान्य आदेश द्विभाषिक रूप में जारी हों।

इस प्रयोजन के लिए 'सामान्य आदेश' शब्द की निम्नलिखित परिभाषा की गई है—

(i) विभागीय प्रयोग के लिए अभीष्ट और स्थायी प्रकार के सभी आदेश, निर्णय या अनुदेश;

(ii) व्यक्तियों के समूह अथवा समूहों से सम्बन्धित या उन्हें सम्बोधित सभी आदेश, अनुदेश, पत्र, ज्ञापन, नोटिस आदि, चाहे वे व्यक्ति सरकारी सेवा से सम्बद्ध हों अथवा सामान्य जनता से;

(iii) सभी परिपत्र, चाहे वे विभागीय प्रयोग के लिए हों या सरकारी कर्मचारियों या जनता के लिए।

(5) **संसद के एक सदन या सदनों के समक्ष प्रस्तुत किये जाने वाले सरकारी कागज-पत्र** : यह सुनिश्चित करना आवश्यक है कि सभी सरकारी कागज-पत्रों का हिन्दी रूपांतर तैयार किया जाये और उनको अवश्य ही उनके अंग्रेजी पाठ के साथ-साथ ही संसद के किसी सदन के पटल पर रखा जाए।

(6) **संविदाएँ, करार, लाइसेंस परमिट, नोटिस तथा टेंडरों के फार्म** : यथा संशोधित राजभाषा अधिनियम की उप-धारा 3 (3) (iii) में यह व्यवस्था की गई है

कि केन्द्रीय सरकार, या किसी मंत्रालय, विभाग या उसके किसी कार्यालय द्वारा निष्पादित सभी संविदाएँ और करार तथा उसके द्वारा या उनकी ओर से जारी किये जाने वाले सभी लाइसेंसों, परमिटों, नोटिसों और टेंडरों के फार्मों के लिए हिन्दी और अंग्रेजी दोनों भाषाओं का प्रयोग किया जायेगा। इस प्रकार के सभी फार्मों को हिन्दी में अनूदित कराने और उनको द्विभाषिक रूप में छपवाने की यथाशीघ्र व्यवस्था की जानी चाहिए ताकि ये हिन्दी और अंग्रेजी दोनों में जारी किये जा सकें या भरे जा सकें।

राजभाषा संकल्प, 1968

गृह मंत्रालय

नई दिल्ली-1, दिनांक 18 जनवरी 1968

संकल्प

संसद के दोनों सदनों द्वारा पारित निम्नलिखित सरकारी संकल्प आम जानकारी के लिए प्रकाशित किया जाता है—

संकल्प

1. "जबकि संविधान के अनुच्छेद 343 के अनुसार संघ की राजभाषा हिन्दी रहेगी और उसके अनुच्छेद 351 के अनुसार हिन्दी भाषा की प्रसार वृद्धि करना और उसका विकास करना ताकि वह भारत की सामाजिक संस्कृति के सब तत्त्वों की अभिव्यक्ति का माध्यम हो सके, संघ का कर्त्तव्य है,

यह सभा संकल्प करती है कि हिन्दी के प्रसार एवं विकास की गति बढ़ाने के हेतु तथा संघ के विभिन्न राजकीय प्रयोजनों के लिए उत्तरोत्तर इसके प्रयोग हेतु भारत सरकार द्वारा एक अधिक गहन एवं व्यापक कार्यक्रम तैयार किया जाएगा और उसे कार्यान्वित किया जाएगा और किए जाने वाले उपायों एवं की जाने वाली प्रगति की विस्तृत वार्षिक मूल्यांकन रिपोर्ट संसद की दोनों सभाओं के पटल पर रखी जाएगी और सब राज्य सरकारों को भेजी जाएगी;

2. जबकि संविधान की आठवीं अनुसूची में हिन्दी के अतिरिक्त भारत की 14 मुख्य भाषाओं का उल्लेख किया गया है, और देश की शैक्षणिक एवं सांस्कृतिक उन्नति के लिए यह आवश्यक है कि इन भाषाओं के पूर्ण विकास के हेतु सामूहिक उपाय किए जाने चाहिए;

यह सभा संकल्प करती है कि हिन्दी के साथ-साथ इन सब भाषाओं के समन्वित विकास के हेतु भारत द्वारा राज्य सरकारों के सहयोग से एक कार्यक्रम तैयार किया जाएगा और उसे कार्यान्वित किया जाएगा ताकि वे शीघ्र समृद्ध हों और आधुनिक ज्ञान के संचार का प्रभावी माध्यम बनें;

3. जबकि एकता की भावना के संवर्धन तथा देश के विभिन्न भागों में जनता में संचार की सुविधा के हेतु यह आवश्यक है कि भारत सरकार द्वारा राज्य सरकारों के परामर्श से तैयार किए गए त्रै-भाषा सूत्र को सभी राज्यों में पूर्णत: कार्यान्वित करने के लिए प्रभावी किया जाना चाहिए;

यह सभा संकल्प करती है कि हिन्दी-भाषी क्षेत्रों में, हिन्दी तथा अंग्रेजी के अतिरिक्त एक आधुनिक भारतीय भाषा के, दक्षिण भारत की भा4ाओं में से किसी एक को तरजीह देते हुए, और अहिन्दी-भाषी क्षेत्रों में प्रादेशिक भाषाओं एवं अंग्रेजी के साथ-साथ हिन्दी के अध्ययन के लिए उस सूत्र के अनुसार प्रबन्ध किया जाना चाहिए।

4. और जबकि यह सुनिश्चित करना आवश्यक है कि संघ की लोक सेवाओं के विषय में देश के विभिन्न भागों के लोगों के न्यायोचित दावों और हितों का पूर्ण परित्राण किया जाए;

यह सभा संकल्प करती है—

(क) कि उन विशेष सेवाओं अथवा पदों को छोड़कर जिनके लिए ऐसी किसी सेवा अथवा पद के कर्त्तव्यों के संतोषजनक निष्पादन के हेतु केवल अंग्रेजी अथवा केवल हिन्दी अथवा दोनों जैसी कि स्थिति हो, का उच्च स्तर का ज्ञान आवश्यक समझा जाए, संघ सेवाओं अथबा पदों के लिए भर्ती करने के हेतु उम्मीदवारों के चयन के समय हिन्दी अथवा अंग्रेजी में से किसी एक का ज्ञान अनिवार्यत: अपेक्षित होगा; और

(ख) कि परीक्षाओं की भावी योजना, प्रक्रिया संबंधी पहलुओं एवं समय के विषय में संघ लोक सेवा आयोग के विचार जानने के पश्चात् अखिल भारतीय एवं उच्चतर केन्द्रीय सेवाओं संबंधी परीक्षाओं के लिए संविधान की आठवीं अनुसूची में सम्मिलित सभी भाषाओं तथा अंग्रेजी को वैकल्पिक माध्यम के रूप में रखने की अनुमति होगी।

ह०/-
आर० डी० थापर,
संयुक्त सचिव, भारत सरकार

विधि, न्याय और कम्पनी कार्य मन्त्रालय

(राजभाषा विभाग)

नई दिल्ली, 28 जून 1976

राजभाषा (संघ के शासकीय प्रयोजनों के लिए प्रयोग) नियम, 1976

सा० का० नि० 1052—केन्द्रीय सरकार, राजभाषा अधिनियम, 1963 (1963 का 19) की धारा 3 की उपधारा (4) के साथ गठित धारा 8 द्वारा प्रदत्त

शक्तियों का प्रयोग करते हुए, निम्नलिखित नियम बनाती है, अर्थात्—

1. संक्षिप्त नाम, विस्तार और प्रारम्भ—

(1) इन नियमों का संक्षिप्त नाम राजभाषा (संघ के शासकीय प्रयोजनों के लिए प्रयोग) नियम, 1976 है ।

(2) इन नियमों का विस्तार, तमिलनाडु राज्य के सिवाय सम्पूर्ण भारत पर होगा ।

(3) ये राजपत्र में प्रकाशन की तारीख को प्रवृत्त होंगे ।

2. परिभाषाएँ—

इन नियमों में, जब तक कि प्रसंग से अन्यथा अपेक्षित न हो,

(क) 'अधिनियम' से राजाभाषा अधिनियम, 1963 (1963 का 19) अभिप्रेत है;

(ख) 'केन्द्रीय सरकार के कार्यालय' में निम्नलिखित भी सम्मिलित हैं, अर्थात्

(1) केन्द्रीय सरकार का कोई मंत्रालय, विभाग या कार्यालय;

(2) केन्द्रीय सरकार द्वारा नियुक्त आयोग, समिति या अभिकरण का कोई कार्यालय; और

(3) केन्द्रीय सरकार के स्वामित्व में के या नियंत्रण में के किसी निगम या कम्पनी का कार्यालय;

(ग) 'कर्मचारी' से केन्द्रीय सरकार के कार्यालय में नियोजित कोई व्यक्ति अभिप्रेत है;

(घ) 'अधिसूचित कार्यालय' से नियम 10 के उपनियम (4) के अधीन अधिसूचित कार्यालय अभिप्रेत है;

(ङ) 'हिन्दी में प्रवीणता' से नियम 9 में यथावर्णित प्रवीणता अभिप्रेत है;

(च) 'क क्षेत्र' से बिहार, हरियाणा, हिमाचल प्रदेश, मध्य प्रदेश, राजस्थान और उत्तर प्रदेश के राज्य तथा दिल्ली संघ राज्य क्षेत्र अभिप्रेत हैं;

(छ) 'ख क्षेत्र' से, गुजरात, महाराष्ट्र और पंजाब के राज्य तथा अंडमान और निकोबार द्वीप तथा चंडीगढ़ संघ राज्य क्षेत्र अभिप्रेत हैं;

(ज) 'ग क्षेत्र' से' खंड (च) और (छ) में निर्दिष्ट से भिन्न राज्य और संघ राज्य क्षेत्र अभिप्रेत हैं;

(झ) 'हिन्दी का कार्यसाधक ज्ञान' से नियम 10 में यथावर्णित कार्यसाधक ज्ञान अभिप्रेत है ।

3. राज्यों आदि, केन्द्रीय सरकार के कार्यालय से भिन्न, के साथ पत्रादि— केन्द्रीय सरकार के कार्यालय से 'क' क्षेत्र के राज्य को या ऐसे राज्य में (केन्द्रीय सरकार के कार्यालय से भिन्न) किसी कार्यालय या व्यक्ति को पत्रादि, असाधारण दशाओं में के सिवाय हिन्दी में होंगे, तथा यदि कोई पत्रादि उनमें से किसी को अंग्रेजी

में भेजे जाते हैं तो उनके साथ-साथ उनका हिन्दी अनुवाद भी भेजा जाएगा।

(2) केन्द्रीय सरकार के कार्यालय से—

(क) 'ख' क्षेत्र के राज्य को या ऐसे राज्य में (केन्द्रीय सरकार के कार्यालय से भिन्न) किसी कार्यालय को पत्रादि सामान्यतया हिन्दी में होंगे और यदि कोई पत्रादि उसे अंग्रेजी में भेजे जाते हैं तो उसके साथ-साथ उनका हिन्दी अनुवाद भी भेजा जाएगा।

परन्तु यदि कोई ऐसा राज्य यह वांछा करता है कि किसी विशिष्ट वर्ग या प्रवर्ग के पत्रादि या उसके कार्यालयों में से किसी के लिए आशयित पत्रादि, उतनी अवधि तक जो सम्बन्धित राज्य की सरकार द्वारा विनिर्दिष्ट की जाएँ, अंग्रेजी में या हिन्दी में, दूसरी भाषा में अनुवाद सहित, भेजे जाएँ तो ऐसे पत्रादि उसी रीति से भेजे जाएँगे;

(ख) 'ख' क्षेत्र के राज्य में किसी व्यक्ति को पत्रादि हिन्दी में अथवा अंग्रेजी में भेजे जा सकते हैं।

(3) केन्द्रीय सरकार के कार्यालय से 'ग' क्षेत्र के राज्य को या ऐसे राज्य में (केन्द्रीय सरकार के कार्यालय से भिन्न) किसी कार्यालय या व्यक्ति को पत्रादि अंग्रेजी में होंगे।

(4) उपनियम (1) और (2) में किसी बात के होते हुए भी, 'ग' क्षेत्र में के केन्द्रीय सरकार के कार्यालय से 'क' क्षेत्र या 'ख' क्षेत्र के राज्य को या ऐसे राज्य में (केन्द्रीय सरकार के कार्यालय से भिन्न) किसी कार्यालय या व्यक्ति को पत्रादि हिन्दी में या अंग्रेजी में हो सकते हैं।

4. केन्द्रीय सरकार के कार्यालयों के बीच पत्रादि

(क) केन्द्रीय सरकार के एक मंत्रालय या विभाग और दूसरे मंत्रालय या विभाग के बीच पत्रादि हिन्दी में या अंग्रेजी में हो सकते हैं;

(ख) केन्द्रीय सरकार के एक मंत्रालय या विभाग और 'क' क्षेत्र में स्थित संलग्न या अधीनस्थ कार्यालयों के बीच पत्रादि हिन्दी में होंगे और ऐसे अनुपात में होंगे जो केन्द्रीय सरकार, ऐसे कार्यालय में हिन्दी का कार्य-साधक ज्ञान प्राप्त व्यक्तियों की संख्या, हिन्दी में पत्रादि भेजने के लिए सुविधाओं और उनके आनुषंगिक विषयों को ध्यान में रखते हुए, समय-समय पर अवधारित करें;

(ग) 'क' क्षेत्र में स्थित खंड (ख) में विनिर्दिष्ट से भिन्न केन्द्रीय सरकार के कार्यालय के बीच पत्रादि हिन्दी में होंगे;

(घ) 'क' क्षेत्र और 'ख' क्षेत्र या 'ग' क्षेत्र में स्थित केन्द्रीय सरकार के कार्यालयों के बीच पत्रादि हिन्दी में या अंग्रेजी में हो सकते हैं;

(ङ) 'ख' क्षेत्र या 'ग' क्षेत्र में स्थित केन्द्रीय सरकार के कार्यालय के बीच पत्रादि हिन्दी में या अंग्रेजी में हो सकते हैं;

परन्तु ऐसे पत्रादि के साथ उनका दूसरी भाषा में अनुवाद—

(1) जहाँ पत्रादि 'क' क्षेत्र या 'ख' क्षेत्र के कार्यालय को सम्बोधित है, वहाँ यदि आवश्यक हो तो, पहुँच के स्थान पर उपलब्ध कराया जाएगा;

(2) जहाँ पत्रादि 'ग' क्षेत्र में के कार्यालय को सम्बोधित हैं वहाँ ऐसे पत्रादि के साथ-साथ उपलब्ध कराया जाएगा;

परन्तु यह और कि दूसरी भाषा में ऐसा अनुवाद उपलब्ध कराने की अपेक्षा नहीं की जाएगी यदि पत्रादि किसी अधिसूचित कार्यालय को सम्बोधित है।

5. हिन्दी में प्राप्त पत्रादि के उत्तर—नियम 3 और नियम 4 में किसी बात के होते हुए भी, हिन्दी में पत्रादि के केन्द्रीय सरकार के कार्यालय के उत्तर हिन्दी में होंगे।

6. हिन्दी और अंग्रेजी दोनों का ही प्रयोग—अधिनियम की धारा 3 की उपधारा (3) में निर्दिष्ट सभी दस्तावेजों के लिए हिन्दी और अंग्रेजी दोनों ही प्रयोग में लाई जायेंगी और ऐसे दस्तावेजों पर हस्ताक्षर करने वाले व्यक्तियों का यह दायित्व होगा कि वे यह सुनिश्चित कर लें कि ऐसे दस्तावेज हिन्दी और अंग्रेजी दोनों ही में तैयार किए जाते हैं, निष्पादित किए जाते हैं या जारी किये जाते हैं।

7. आवेदन, अभिवेदन, अभ्यावेदन आदि—(1) कर्मचारी कोई आवेदन, अपील या अभिवेदन/अभ्यावेदन हिन्दी में या अंग्रेजी में कर सकता है।

(2) उपनियम (1) में निर्दिष्ट कोई आवेदन, अपील या अभिवेदन/अभ्यावेदन जब भी हिन्दी में किया जाए या उसमें हिन्दी में हस्ताक्षर किए जाएँ तो उसका उत्तर हिन्दी में दिया जाएगा।

(3) जब कोई कर्मचारी यह वांछा करता है कि सेवा विषयों (जिसमें अनुशासनिक कार्रवाइयाँ सम्मिलित हैं) से सम्बन्धित कोई आदेश या सूचना, जिसका कर्मचारी पर तामील किया जाना अपेक्षित है, यथास्थिति, हिन्दी में या अंग्रेजी में होनी चाहिए तो वह उसे बिना किसी अनुचित विलम्ब के उसी भाषा में दी जाएगी।

8. केन्द्रीय सरकार के कार्यालयों में टिप्पणों का लिखा जाना—(1) कर्मचारी किसी फाइल पर टिप्पण या कार्यवृत्त हिन्दी या अंग्रेजी में लिख सकता है और उससे यह अपेक्षा नहीं की जाएगी कि वह उसका अनुवाद दूसरी भाषा में भी प्रस्तुत करे।

(2) केन्द्रीय सरकार का कर्मचारी, जिसे हिन्दी का कार्यसाधक ज्ञान प्राप्त है, किसी हिन्दी दस्तावेज के अंग्रेजी अनुवाद की माँग तब के सिवाय नहीं कर सकता जब दस्तावेज विधिक या तकनीकी प्रकृति का है।

(3) यदि कोई ऐसा प्रश्न उठता है कि अमुक दस्तावेज विधिक या तकनीकी प्रकृति का है या नहीं तो उसका विनिश्चय विभाग या कार्यालय के अध्यक्ष द्वारा किया जाएगा।

(4) उपनियम (1) में किसी बात के होते हुए भी, केन्द्रीय सरकार, आदेश द्वारा ऐसा अधिसूचित कार्यालय, विनिर्दिष्ट कर सकती है जहाँ टिप्पण, प्रारूप और ऐसे अन्य शासकीय प्रयोजनों के लिए जो आदेश में विनिर्दिष्ट किए जाएँ, उन कर्मचारियों द्वारा जिन्हें हिन्दी में प्रवीणता प्राप्त है, केवल हिन्दी का प्रयोग किया जाएगा।

9. हिन्दी में प्रवीणता—कर्मचारी के बारे में यह समझा जाएगा कि उसे हिन्दी में प्रवीणता प्राप्त है यदि—

(क) उसने मैट्रिक परीक्षा या उसकी कोई समतुल्य या उससे उच्चतर परीक्षा हिन्दी को परीक्षा के माध्यम के रूप में अपनाकर, उत्तीर्ण की है, **अथवा**

(ख) स्नातक परीक्षा में अथवा स्नातक परीक्षा की समतुल्य या उससे उच्चतर किसी अन्य परीक्षा में हिन्दी उसका एक वैकल्पिक विषय थी, **अथवा**

(ग) वह इन नियमों से उपाबद्ध प्रारूप में यह घोषणा करता है कि उसे हिन्दी में प्रवीणता प्राप्त है ।

10. हिन्दी का कार्यसाधक ज्ञान—(1) कर्मचारी के बारे में समझा जाएगा कि उसने हिन्दी का कार्यसाधक ज्ञान प्राप्त कर लिया है—

(क) यदि उसने—

(1) मैट्रिक परीक्षा या उसकी समतुल्य या उससे उच्चतर परीक्षा हिन्दी विषय के साथ उत्तीर्ण की है, **अथवा**

(2) केन्द्रीय सरकार का हिन्दी प्रशिक्षण योजना के अन्तर्गत आयोजित प्राज्ञ परीक्षा या, जब उस सरकार द्वारा किसी विशिष्ट प्रवर्ग के पदों के संबंध में ऐसा विनिर्दिष्ट किया जाए, उस योजना के अन्तर्गत कोई निम्नतर परीक्षा उत्तीर्ण की है, **अथवा**

(3) केन्द्रीय सरकार द्वारा उस निमित्त विनिर्दिष्ट कोई अन्य परीक्षा उत्तीर्ण कर ली है, **अथवा**

(ख) यदि वह इन नियमों से उपाबद्ध प्रारूप में यह घोषणा करता है कि उसने ऐसा ज्ञान प्राप्त कर लिया है ।

(2) केन्द्रीय सरकार के कार्यालय के कर्मचारिवृन्द के बारे में सामान्यतया यह समझा जाएगा कि उन्होंने हिन्दी का कार्यसाधक ज्ञान प्राप्त कर लिया है यदि उस कार्यालय में कार्य करने वाले कर्मचारिवृन्द में से अस्सी प्रतिशत ने ऐसा ज्ञान प्राप्त कर लिया है ।

(3) केन्द्रीय सरकार या केन्द्रीय सरकार द्वारा इस निमित्त विनिर्दिष्ट कोई अधिकारी यह अवधारण कर सकेगा कि केन्द्रीय सरकार के कार्यालय के कर्मचारिवृन्द ने हिन्दी का कार्यसाधक ज्ञान प्राप्त कर लिया है, या नहीं ।

(4) केन्द्रीय सरकार के उन कार्यालयों के नाम, जहाँ के कर्मचारिवृन्द ने हिन्दी का कार्यसाधक ज्ञान प्राप्त कर लिया है, राजपत्र में अधिसूचित किए जाएँगे :

परन्तु यदि केन्द्रीय सरकार की यह राय है कि किसी अधिसूचित कार्यालय में काम करने वाले और हिन्दी का कार्यसाधक ज्ञान प्राप्त कर्मचारिवृन्द का प्रतिशत किसी तारीख से उपनियम (2) में विनिर्दिष्ट प्रतिशत से गिर गया है तो वह, राजपत्र में अधिसूचना द्वारा, घोषित कर सकती है कि उक्त कार्यालय उस तारीख से अधिसूचित कार्यालय नहीं रहेगा ।

11. मैन्युअल, संहिताएँ और अन्य प्रक्रिया संबंधी साहित्य, स्टेशनरी के सामान आदि—

(1) केन्द्रीय सरकार के कार्यालयों से सम्बन्धित सभी मैन्युअल, संहिताएँ और अन्य प्रक्रिया संबंधी साहित्य, हिन्दी और अंग्रेजी दोनों में द्विभाषिक रूप में यथास्थिति मुद्रित किया जाएगा, साइक्लोस्टाइल किया जाएगा और प्रकाशित किया जाएगा।

(2) केन्द्रीय सरकार के किसी कार्यालय में प्रयोग में लाए जाने वाले प्रारूपों और रजिस्टरों के शीर्ष हिन्दी और अंग्रेजी में होंगे।

(3) केन्द्रीय सरकार के किसी कार्यालय में प्रयोग के लिए लिखे गए, मुद्रित या उत्कीर्ण सभी नाम-पट्टों, सूचना-पट्टों, पत्रशीर्ष और लिफाफों पर उत्कीर्ण लेख तथा स्टेशनरी की अन्य मदें हिन्दी और अंग्रेजी में होंगी :

परन्तु केन्द्रीय सरकार, यदि वह ऐसा करना आवश्यक समझती है तो साधारण या विशेष आदेश द्वारा, केन्द्रीय सरकार के किसी कार्यालय को इस नियम के सभी या किन्हीं उपबन्धों से छूट दे सकती है।

12. अनुपालन का उत्तरदायित्व—(1) केन्द्रीय सरकार के प्रत्येक कार्यालय के प्रशासनिक प्रधान का यह उत्तरदायित्व होगा कि वह—

(1) यह सुनिश्चित करे कि अधिनियम और इन नियमों के उपबन्धों का समुचित रूप से अनुपालन किया जाता है, और

(2) इस प्रयोजन के लिए उपयुक्त और प्रभावकारी जाँच-पड़ताल के उपाय करे।

(3) केन्द्रीय सरकार अधिनियम और इन नियमों के उपबन्धों के अनुपालन के लिए अपने कर्मचारियों और कार्यालयों को समय-समय पर ऐसे निर्देश जारी कर सकती है जैसे कि आवश्यक हों।

प्रारूप

(नियम 9 और 10 देखिए)

मैं घोषणा करता हूँ कि निम्नलिखित के आधार पर मुझे हिन्दी में प्रवीणता प्राप्त है/मैंने हिन्दी का कार्यसाधक ज्ञान प्राप्त कर लिया है—

हस्ताक्षर

---

* जो लागू न होता हो उसे कृपया काट दीजिए।